LE SOLDAT

AU REPOS DU GUERRIER
TOME 1

SUSAN STOKER

DU MÊME AUTEUR

Pour la confiance de Cassidy

Delta Force Deux

Un refuge pour Gillian

Un refuge pour Kinley

Un refuge pour Aspen

Un refuge pour Jayme

Un refuge pour Riley

Un refuge pour Devyn

Un refuge pour Ember

Un refuge pour Sierra

Hawaï : Soldats d'élite

Un paradis pour Élodie

Un paradis pour Lexie

Un paradis pour Kenna

Un paradis pour Monica

Un paradis pour Carly

Un paradis pour Ashlyn

Un paradis pour Jodelle

Mercenaires Rebelles

Un Défenseur pour Allye

Un Défenseur pour Chloé

Un Défenseur pour Morgan

Un Défenseur pour Harlow

Un Défenseur pour Everly

Un Défenseur pour Zara

Un Défenseur pour Raven

Ace Sécurité

Au Secours de Grace

Au Secours d'Alexis

Au Secours de Bailey

Au Secours de Felicity

Au Secours de Sarah

Forces Très Spéciales Series

Un Protecteur Pour Caroline

Un Protecteur Pour Alabama

Un Protecteur Pour Fiona

Un Mari Pour Caroline

Un Protecteur Pour Summer

Un Protecteur Pour Cheyenne

Un Protecteur Pour Jessyka

Un Protecteur Pour Julie

Un Protecteur Pour Melody

Un Protecteur pour l'avenir

Un Protecteur Pour Les Enfants de Alabama

Un Protecteur Pour Kiera

Un Protecteur Pour Dakota

Un protecteur pour Tex

Forces Très Spéciales : L'Héritage

Un Sanctuaire pour Caite

Un Sanctuaire pour Brenae

1

Chad Young était appuyé contre le mur de la maison où il avait grandi, à la fois stupéfait et touché par le nombre de personnes venues assister à la célébration de la vie de son père, aujourd'hui. Presque toute la ville de Rockville était là. Sam, le boucher ; madame Lakeworth, son institutrice de CM1 ; des pêcheurs de homard qui avaient pris leur journée pour venir ; et bien sûr tous leurs plus proches voisins étaient présents, tout comme les meilleurs amis de sa mère et de son père. Il croyait même avoir aperçu quelques membres du conseil municipal, représentant le gouvernement local de Rockville.

Pratiquement toute la ville s'était déplacée pour rendre hommage à son père et faire savoir à sa mère qu'elle n'était pas seule. Il y avait plein de raisons pour lesquelles Chad avait quitté le Maine des années plus tôt pour s'engager dans l'armée, mais ce sentiment d'appartenance à une communauté, c'était sans doute ce qui lui avait le plus manqué.

— Comment tu tiens le coup ?

Se tournant vers son frère aîné, Lincoln, Chad haussa les épaules.

— Pas très bien.

— Oui, approuva Lincoln en buvant une gorgée d'eau à la bouteille qu'il tenait.

— Et maman, elle va comment ? demanda Chad.

— À peu près comme on s'y attendait.

Chad soupira. Evelyn Young faisait de son mieux pour jouer les hôtesses. Elle gardait bonne figure, mais perdre l'homme avec qui elle avait partagé cinquante ans de sa vie la touchait bien plus qu'elle ne le laissait paraître. Aussi heureux qu'il était de revoir ses frères, ses deux petits frères se promenant dans le jardin, saluant les invités tout en gardant un œil sur leur mère, Chad détestait que ce semblant de réunion de famille ait lieu parce que leur père était mort.

— Tu as pu parler au médecin qui s'est occupé de papa aux urgences ? demanda Chad.

— Oui. Il a dit qu'il n'avait pas souffert. Qu'il avait claire-ment fait un AVC quand maman a appelé les secours. Et qu'ils n'avaient rien pu faire quand il en a eu un second en arrivant aux urgences.

Chad regarda toutes les personnes rassemblées dans le jardin et cligna des yeux pour chasser ses larmes. C'était impossible de penser à son père autrement que comme un géant invincible. Du haut de son mètre quatre-vingt-quinze, il imposait le respect. Mais c'était aussi un gentil géant. Des souvenirs de son rire tonitruant résonnaient encore dans la tête de Chad. C'était déchirant de savoir qu'il ne l'entendrait plus jamais.

Austin Young avait été le meilleur des pères dans son enfance. Patient, mais ferme. Il exigeait que ses quatre garçons soient sérieux dans leurs études, mais il tenait aussi à leur apprendre l'importance de s'amuser. L'équilibre. Son père n'avait toujours juré que par l'équilibre.

Chad et ses frères avaient eu une merveilleuse enfance. Ils

avaient bricolé tous les moteurs possibles, motos, quads, motoneiges, voitures, camions, tondeuses. Il n'existait pas un seul
moteur sur cette terre que leur père ne savait réparer, et il leur
avait transmis tout son savoir. Ils avaient fait du camping, du
bateau, de la randonnée... passant le plus de temps possible
dehors.

Mais ça n'avait pas toujours été rose. Ses parents avaient
travaillé d'arrache-pied pour subvenir aux besoins de la
famille. Ils avaient acheté un grand terrain à leur mariage,
qu'ils avaient baptisé Lobster Cove. Il était au bord de l'eau,
plutôt vaste, avec environ deux hectares. Et au fil des années, ils
y avaient lancé des commerces, en commençant par un
entrepôt de stockage de bateaux pour l'hiver. Ensuite, son père
s'était mis à travailler pour le comté, à déneiger les routes, tout
en aidant amis et voisins à dégager leurs allées.

Le garage était cependant la principale source de revenus
de ses parents, et son père, même à soixante-treize ans, y avait
travaillé jusqu'au jour de sa mort.

Leur dernière entreprise avait été de construire et de louer
deux maisons d'hôtes sur la propriété. Elles n'étaient pas
grandes, l'une était un chalet avec deux chambres, l'autre avec
une seule, mais elles étaient complètes chaque été, du Memo-
rial Day à la fête du Travail. La plupart du temps, au-delà aussi.

Sa mère avait pris la responsabilité de ce business en particulier. Elle nettoyait les maisons, gérait les réservations,
accueillait les invités, aidait les nouveaux venus à découvrir les
activités à faire dans la région, et préparait des pâtisseries
offertes à chaque arrivée.

Pensant à ce qu'il adviendrait de Lobster Cove maintenant
que leur père n'était plus là, Chad sentit son ventre se nouer.
Son père gérait le garage et le stockage des bateaux... et il avait
le pressentiment que sa mère allait être fortement touchée par
la perte de revenus si ces deux entreprises venaient à s'arrêter.

Ses frères cadets s'approchèrent avec les sourcils légèrement froncés. Dix ans séparaient l'aîné du benjamin, mais beaucoup de gens pensaient souvent qu'ils étaient bien plus proches en âge. Ils se ressemblaient physiquement, et ils avaient tous décidé de s'engager dans l'armée après le lycée, et ils étaient donc relativement athlétiques et musclés. Mais chacun avait suivi un chemin différent, rejoignant une branche distincte de l'armée. Cela nourrissait une rivalité bon enfant permanente dans la famille.

À cet instant, Chad n'avait pas le cœur à taquiner Zach au sujet du match de football Armée-Marine, ni à plaisanter sur quelle branche de l'armée était la meilleure. Il avait déjà bien du mal à garder son calme, car partout où il posait les yeux sur la propriété, il voyait des traces de son père.

— Papa aimait Lobster Cove de tout son cœur, lâcha Zach sans préavis après avoir rejoint ses frères.

— Oui, approuva Lincoln. C'est vrai.

— J'ai entendu Victor demander à maman ce qu'elle comptait faire de la propriété, maintenant que papa n'est plus là.

— Tu es sérieux ? siffla Lincoln. Pendant la cérémonie en sa mémoire ? Quel connard !

Chad était du même avis. Tout le monde savait que leur voisin avait toujours eu un œil sur les terres des Young. Cela faisait des années qu'il essayait de convaincre leur père de lui en vendre une partie. Et apparemment, il avait jugé opportun de poser la question à leur mère à un moment où elle était au plus vulnérable.

— Qu'est-ce qu'on va faire ? demanda Knox.

— À propos de quoi ? répondit Lincoln.

— De Lobster Cove. Maman ne peut pas tout gérer toute seule. Elle ne connaît rien au garage, et on sait tous que si elle prenait un chasse-neige en main, rien de bon n'en sortirait.

Tout le monde rit. Leur mère était tristement célèbre pour

être une conductrice exécrable. Elle avait eu plus d'accidents de voiture dans sa vie que n'importe qui, et leur père avait toujours refusé de la laisser conduire le chasse-neige, de peur qu'elle ne fonce dans l'une des maisons. C'était une blague récurrente dans la famille, qui semblait plus triste que drôle à présent qu'Austin Young était parti.

— Otis reste, pas vrai ? demanda Zach.

Otis était le meilleur ami de leur père depuis longtemps. D'environ cinq ans son cadet, il s'occupait de la comptabilité et des salaires pour les différentes entreprises de leurs parents. Il gérait également leurs investissements personnels et faisait leur déclaration d'impôts chaque année. Il était indispensable à Lobster Cove, et leur mère aurait plus que jamais besoin de lui.

— Oui. Je lui ai parlé plus tôt, et il m'a assuré qu'il ne comptait pas partir, répondit Lincoln.

— Ouf. Et Barry et Walt ? demanda Knox.

Les deux mécaniciens qui travaillaient avec leur père seraient essentiels pour maintenir le garage en activité.

— Eux aussi restent. Du moins pour l'instant, dit Lincoln.

L'esprit de Chad tourbillonnait. Partout où son regard se posait sur la propriété, il voyait des choses à faire. C'était la mi-avril, et l'hiver reculait enfin. Il y avait les tâches d'entretien habituelles : le jardin avait besoin d'être entretenu, le quai devait être remis à l'eau, les kayaks sortis du stockage pour que les clients estivaux puissent en profiter librement, et les propriétaires n'allaient pas tarder à réclamer leurs bateaux entreposés pour l'hiver.

Mais au-delà de ça… plus Chad observait, plus il réalisait que beaucoup d'éléments avaient été négligés.

Le porche de l'une des maisons d'hôtes s'affaissait. Les toits des deux maisons avaient besoin d'être remplacés. Sa mère avait mentionné que le four dans celle avec une seule chambre ne fonctionnait plus correctement, et les générateurs de secours ne marchaient plus depuis un moment, sans doute parce que des souris s'y étaient encore infiltrées et avaient rongé des câbles.

Lobster Cove avait l'air... fatigué.

Il ne le reprochait pas à ses parents ; ils étaient septuagénaires, et c'était beaucoup de travail que de maintenir les entreprises à flot. L'entretien général n'avait manifestement pas été une priorité.

Chad se demanda donc ce que ses parents n'avaient pas dit à lui et à ses frères.

Il se sentait coupable de ne pas avoir posé plus de questions, de ne pas être venu plus souvent. Il avait été évident que son père ralentissait physiquement, et qu'il n'avait plus la capacité de faire certaines réparations nécessaires autour de la propriété. Mais des choses aussi importantes que la maintenance structurelle... ?

Maintenant, Chad se demandait si les affaires ne marchaient pas aussi bien qu'il le pensait et si ses parents n'avaient pas l'argent pour payer des dépenses plus importantes, comme un nouveau four ou l'embauche de sous-traitants pour réparer les toits.

Sans réfléchir, il lança :

— Je vais emménager à Rockville.

Aussitôt que les mots quittèrent ses lèvres, un poids énorme sembla se lever de ses épaules.

— Quoi ?

— Vraiment ?

— Waouh.

Il ne fut pas surpris par les réactions de ses frères. C'était une décision impulsive, après tout, et il s'était lui-même choqué.

— Maman ne peut pas gérer Lobster Cove toute seule. Elle ne peut pas vivre ici toute seule. Et je ne fais pas confiance à ce connard de Victor Rogers pour ne pas faire un truc louche pour mettre la main sur la propriété. On connaît tous la valeur de cet endroit. Maman et papa l'ont acheté pour une bouchée de pain, mais les prix des terrains en bord de mer dans cet état ont flambé au fil des années. Maman a besoin d'aide. Je peux faire ce que faisait papa. Reprendre le garage, aider pour l'entretien autour de la propriété. Peut-être même envisager de reprendre le contrat de déneigement de papa avec la ville.

Plus il en parlait, mieux la décision lui paraissait.

— Et Carissa ? demanda Lincoln.

Chad haussa les épaules.

— On a rompu il y a quelques mois. Je n'ai rien qui me retienne en Virginie. Maman a besoin de moi.

Puis une pensée lui traversa l'esprit, et il regarda chacun de ses frères dans les yeux.

— Elle a besoin de nous.

Il les laissa longuement s'imprégner de ces trois mots.

— Est-ce que l'un de vous peut me dire qu'il est vraiment heureux là où il en est ? Professionnellement ou personnellement ?

C'est Zach qui parla le premier.

— Je n'avais pas envie de quitter la Marine. J'adorais ce que je faisais. Mais à cause de mes deux opérations aux genoux, je ne peux plus me déplacer sur les navires sans douleur, et rester debout pendant des heures dans la cuisine n'était plus une option.

— Tu pourrais déménager à Rockville et ouvrir un restaurant de homard, suggéra Chad.

Zach leva les yeux au ciel.

— Comme si les quarante-trois déjà en activité ne suffisaient pas.

— Bon, d'accord. Autre chose, alors. Tu sais aussi bien que

moi qu'il n'y a pas assez de bons restaurants dans le coin, dit Chad avant de se tourner vers Knox.

— Et la Garde côtière est tout aussi occupée ici, dans le Maine, qu'en Floride.

Knox souffla du nez.

— Euh... non, pas du tout.

— D'accord, d'accord. Pas du tout. Mais je ne doute pas que l'entraînement soit aussi important ici qu'il l'est là-bas. Tu m'as dit il n'y a pas longtemps que tu cherchais plus de défis.

— Oui, répondit Knox en réfléchissant.

Après avoir pris une profonde inspiration, Chad se tourna vers son frère aîné. Il avait le pressentiment que Lincoln serait le plus difficile à convaincre.

Après le lycée, Lincoln était allé à la Air Force Academy à Colorado Springs et avait piloté des avions pour leur pays... jusqu'à ce qu'une mission tourne au vinaigre, et qu'il ait dû s'éjecter au-dessus du territoire ennemi. Chad ne connaissait toujours pas tous les détails, Lincoln n'en parlait jamais, mais il savait que son frère avait passé une semaine à échapper aux forces ennemies et à marcher une quinzaine de kilomètres par jour vers la frontière avant d'être enfin récupéré. À ce moment-là, il avait perdu onze kilos et s'était blessé à l'épaule si gravement qu'il ne pouvait plus piloter les jets qu'il adorait tant sans souffrir. Il avait été mis à la retraite médicale il y a quelques années et vivait désormais une vie de reclus dans le Montana.

— Linc, tu ne peux pas essayer de me faire croire que le Maine est si différent du Montana. C'est tout aussi rural, tu as autant de neige que nous ici, mais sans les fruits de mer décents à mille lieux à la ronde, plaisanta Chad.

Lincoln n'esquissa même pas un sourire.

— Rockville n'a pas autant de neige que le Montana, répondit-il sèchement.

Les deux frères se fixèrent du regard, et Chad peina à

comprendre ce qu'il voyait dans les yeux de son frère. Il prit une grande inspiration et décida de parler à cœur ouvert.

— Vous me manquez, déclara-t-il. Grandir avec vous tous... c'était incroyable. Lobster Cove était notre base, mais notre terrain de jeu, c'était l'État tout entier. Je ne me rendais pas compte à quel point ça me manquait jusqu'à maintenant. Et maman a vraiment besoin de nous. Oui, je peux essayer de prendre la place de papa, mais on sait tous qu'il faudra plus d'un de nous pour faire tout ce qu'il faisait. Pour faire prospérer Lobster Cove.

Il retint son souffle tandis que ses frères réfléchissaient à sa proposition. C'était un grand pas, de changer de vie et revenir dans leur ville natale. Mais pour autant que Chad sache, aucun d'eux n'était dans une relation sérieuse. Ce ne serait pas facile de trouver quelqu'un avec qui s'établir ici, dans le Maine, et ils étaient tous bien plus vieux que leurs parents quand ils s'étaient mariés. Peut-être que ce n'était pas leur destin.

Peut-être que Lobster Cove serait leur héritage.

Chad repoussa le cynisme qui le saisit en se demandant quel était l'intérêt de faire prospérer leur maison d'enfance s'il n'y avait personne à qui la laisser.

— Je suis partant, annonça soudainement Knox. Tu as raison. Je pensais déjà à chercher un autre poste de contractant. Ce sera un changement sympa d'être ici, où je ne transpire pas déjà des couilles à 6 h du matin.

Tout le monde s'esclaffa.

— Bon, d'accord. Je viens aussi. Mais je n'ouvrirai pas un putain de restaurant de homards, lança Zach.

Tous les regards se tournèrent vers Lincoln.

Leur frère aîné dévisagea les gens qui circulaient sur la propriété. Puis il soupira.

— Quelqu'un doit bien vous garder sous contrôle, dit-il.

Chad sourit tandis qu'une vague de satisfaction se répandait dans ses veines. Il était soudain particulièrement enthousiaste à propos de l'avenir. À propos de l'idée de passer plus de temps avec ses frères. Ils lui avaient manqué. Oui, ils étaient tous adultes maintenant, et ils avaient beaucoup changé depuis leur enfance, mais les liens du sang étaient puissants. Quand ça devenait sérieux, les Young se soutenaient. La famille passait toujours avant tout.

Il y avait encore beaucoup de détails à régler. Où vivre, car ce n'était pas comme s'il y avait des immeubles d'appartements à chaque coin de rue à Rockville, les emplois, la répartition des responsabilités à Lobster Cove... mais ils s'en sortiraient.

— Je vous aime, lâcha Chad.

Ce n'était pas quelque chose qu'ils se disaient souvent. Mais la mort soudaine de leur père leur avait fait prendre conscience de la fragilité de la vie, et de l'importance de dire à ceux qu'on aime combien ils comptent pour nous avant qu'il ne soit trop tard. Il ne se souvenait pas de la dernière fois qu'il avait prononcé ces mots à son père, et il regrettait de ne pas les lui avoir dits plus souvent au cours de sa vie.

Lincoln le saisit par la nuque et le serra contre lui. Zach et Knox se joignirent à eux, chacun passant leurs bras autour des épaules de l'autre. Tous les quatre se blottirent les uns contre les autres, consolidant leur engagement mutuel, envers eux, envers leur mère et envers leur héritage familial. Envers Lobster Cove.

C'était un nouveau départ pour chacun d'eux. La route serait semée d'embûches, c'était certain, mais en tant que famille, ils étaient capables de surmonter tous les défis.

2

Chad essuya son front de la main et prit une grande inspiration. Son dos lui faisait mal. Ses genoux lui faisaient mal. Ses épaules lui faisaient mal. En fait, tout son corps lui faisait mal. À trente-sept ans, ce n'était pas comme s'il était vieux. Mais il ressentait chaque marche de plus de soixante kilomètres qu'il avait effectuée au sein de l'armée. Chaque poste de tireur d'élite, allongé immobile sur un toit, dans la terre, dans le froid ou la chaleur, pendant des heures.

Il était sacrément doué dans son job, et Chad était fier d'avoir servi son pays. Mais il était aussi content d'être passé à autre chose. Tuer des gens, même s'ils représentaient le pire de l'humanité, n'était pas vraiment un sujet de conversation adapté pour les dîners en société.

Être de retour chez lui et travailler de ses mains d'une toute autre manière était exactement ce dont il avait eu besoin.

La brise salée qui arrivait de l'océan, encore fraîche malgré l'été qui approchait à grands pas, fit voleter ses cheveux bruns, rappelant à Chad qu'il avait bien besoin d'aller chez le coiffeur. Mais il avait été trop occupé, ces derniers temps. Il avait emménagé à Lobster Cove le premier week-end de mai, et depuis ces deux dernières semaines, il n'avait pas arrêté une seconde.

Ce jour-là, il nettoyait les terrains autour des maisons. Il y avait des branches à ramasser après les nombreux blizzards, des feuilles à broyer, de l'herbe à tondre... et ensuite, l'intérieur. Les chalets des invités nécessitaient pas mal de réparations, d'autant plus qu'il aidait également Walt et Barry au garage autant que possible.

Ses frères allaient arriver dans une semaine, et Chad était ravi de pouvoir compter sur leur aide. Il savait qu'il y avait beaucoup de travail à faire dans leur maison d'enfance, mais il n'aurait pas cru qu'il y en aurait autant.

— Chad ?

Se tournant vers la maison principale, il sourit à sa mère. Elle se tenait sur le perron, tenant une assiette et un verre visiblement rempli de limonade.

— C'est l'heure de la pause. J'ai fait tes biscuits préférés !

Sans hésiter, il posa le tas de branches qu'il tenait et se dirigea vers la maison. Sa mère était la raison de sa présence ici, et jamais il ne laisserait passer une occasion de passer du temps avec elle.

Evelyn avait du mal. En apparence, elle souriait et disait tout ce qu'il fallait, mais il était évident que son mari lui manquait terriblement. Et comment le lui reprocher ? Elle et Austin avaient passé des décennies ensemble. Son monde avait été bouleversé, et elle essayait désormais de trouver comment continuer sans lui. Cela prendrait du temps.

Chad se fit la réflexion qu'il devrait réparer les marches du perron qui grinçaient sinistrement à chaque pas. Lorsqu'il fut assez près, il n'hésita pas à envahir l'espace de sa mère pour la serrer dans ses bras.

— Chad ! Tu vas me faire tout renverser ! protesta-t-elle avec un petit rire.

Il recula et prit le verre et l'assiette de ses mains, les déposant sur une petite table entre deux fauteuils à bascule sur le perron.

— Quoi ? Un fils n'a pas le droit d'étreindre sa mère ? demanda-t-il en l'incitant à s'asseoir.

Il n'avait aucun doute sur le fait qu'elle avait travaillé aussi dur dans la maison que lui dehors.

— Bien sûr que si, mais tu m'as déjà fait un câlin hier soir. Et ce matin... trois fois.

— Alors maintenant, il y a une limite aux câlins ? demanda Chad en s'installant dans l'autre fauteuil à bascule.

Des souvenirs de ses parents assis dans ces mêmes fauteuils, les regardant, lui et ses frères, se chamailler dans le jardin, le frappèrent de plein fouet. La douleur de la perte de son père était encore si vive, et être ici, à Lobster Cove, n'arrangeait rien, car partout où il posait les yeux, il y avait des souvenirs. De bons souvenirs, certes, mais malgré tout, si lui ressentait autant de douleur, sa mère devait en ressentir dix fois plus.

— Je vais bien, Chad, le rassura-t-elle doucement. Je sais que tu crois que je vais m'effondrer, mais je n'en ferai rien.

— Ce n'est pas ce que je pense, répondit-il, sincèrement surpris. Tu es la femme la plus forte que je connaisse. Même à soixante-dix ans, tu es plus solide et plus résistante que moi. C'est d'ailleurs pour ça que je ne me marierai jamais. Quelle femme pourrait être à ta hauteur ?

— Oh, mon fils, désapprouva sa mère, d'une voix terriblement triste. Ne dis pas ça. Elle existe quelque part.

— Qui ?

— La femme faite pour toi. Le moment n'était tout simplement pas encore venu pour que vous vous rencontriez.

— Mais maintenant, c'est le bon moment ? demanda-t-il, amusé.

— Je le crois, acquiesça sa mère.

Elle le fixa ensuite longuement du regard.

— Quoi ? Pourquoi tu me regardes comme ça ? demanda Chad.

— Je... Je suis juste si heureuse que tu sois là. Tu m'as manqué. Toi et tes frères. Quand vous m'avez annoncé que vous rentriez tous à la maison, je n'arrivais pas à y croire. Ton père et moi en avons tellement parlé, tu sais. On se demandait si l'un d'entre vous reviendrait un jour.

Parler de son père était douloureux, mais en même temps, cela faisait du bien.

— Ah oui ? demanda-t-il, l'encourageant à continuer.

— Oui. J'angoissais à l'idée qu'aucun de vous ne revienne jamais. Que vous vous mariiez et qu'on ne voie nos petits-enfants qu'une ou deux fois par an.

Chad réprima l'envie de lever les yeux au ciel. Depuis des années, sa mère n'avait cessé de pousser ses fils à avoir des enfants. Elle rêvait de chouchouter des petits-enfants et ne ratait jamais une occasion de les interroger à ce sujet.

— Il serait tellement fier de vous voir tous prendre vos responsabilités, ajouta-t-elle.

Chad acquiesça. Son père serait fier, c'est certain. Il serait aussi sûrement autoritaire et envahissant, leur dictant sans cesse ce qu'ils devraient faire à Lobster Cove, surveillant leurs moindres faits et gestes et critiquant chacune de leurs décisions.

— Comment tu vas vraiment ? demanda-t-il soudain, cherchant l'assurance que sa mère allait tenir le coup.

Evelyn soupira.

— Je suis fatiguée. Et triste. Il me manque. Rien n'est pareil, et c'est difficile de trouver l'énergie et la volonté de se lever chaque matin pour continuer sans lui.

Une vague de panique traversa Chad. Mais sa mère poursuivit :

— Mais je le ferai. Austin serait furieux si je restais au lit à me lamenter sur la difficulté de ma vie sans lui. La vérité, c'est que la vie n'est jamais facile. Elle est faite de hauts et de bas. C'est dans la manière dont on affronte les bas que se mesure la véritable valeur d'une personne. Ton père et moi... nous avions juré, il y a longtemps, de ne jamais laisser les mauvais moments effacer les bons. Est-ce que je voudrais qu'il soit encore là ? Bien sûr. Mais ça ne veut pas dire que je ne peux plus jamais être heureuse. Je suis heureuse que tu sois ici. Que tes frères arrivent bientôt. Le reste, je le prends un jour à la fois.

Une bouffée d'amour pour cette femme envahit Chad. Elle était le pilier de Lobster Cove. Elle était aussi sa plus grande supportrice, toujours présente pour lui.

— Je t'aime, maman.

— Et je t'aime aussi. Maintenant... finis tes cookies et retourne travailler. Ces branches ne vont pas se ramasser toutes seules.

Chad éclata de rire.

— À vos ordres, madame.

Elle lui sourit de l'autre côté de la petite table.

— Tu vas en ville aujourd'hui ?

Elle essayait très clairement de changer de sujet, mais ça ne dérangea pas Chad. Il y a une limite à la dose d'émotions qu'une personne peut encaisser en une seule fois.

— Oui. J'ai besoin d'aller chercher quelques trucs à la scierie et de passer au magasin de bricolage. Tu as besoin de quelque chose à l'épicerie ?

— En fait, oui. J'ai une liste, répondit sa mère en se penchant sur le côté pour récupérer un bout de papier de sa poche arrière.

Ce geste familier le fit sourire. Il l'avait vue faire cela des centaines de fois au fil des ans. Elle gardait toujours un morceau de papier dans sa poche pour noter ce dont elle avait besoin pendant la semaine, puis elle donnait la liste à son père quand il allait à Rockville.

Chad tendit la main pour la prendre et jeta un œil aux articles. Elle avait noté beaucoup de produits ménagers, ainsi que des essentiels comme du sucre, de la farine et du riz. La semaine suivante, les premiers invités allaient arriver dans les maisons de location, et sa mère avait pour habitude de leur préparer des biscuits ou des muffins pour leur souhaiter la bienvenue à Lobster Cove.

— Je pourrais installer une appli sur ton téléphone, ce serait plus simple, proposa Chad. Tu pourrais écrire ce qu'il te faut au lieu de devoir garder ce bout de papier, puis me l'envoyer par texto.

Elle lui adressa un sourire plein de tendresse.

— Ça fait tellement longtemps que je fais comme ça que je serais incapable de changer, répondit-elle d'un ton catégorique.

Sa mère était résolument à l'ancienne. Elle avait bien un téléphone portable, mais elle le perdait dans la maison plus souvent qu'elle ne s'en servait. Elle le posait quelque part, puis oubliait où elle l'avait mis. Ou alors la batterie tombait à plat parce qu'elle ne l'avait pas utilisé depuis trop longtemps. Evelyn était intelligente ; elle ne voyait tout simplement pas l'intérêt de changer une routine qui fonctionnait depuis toujours.

— Très bien, mais si jamais tu changes d'avis, préviens-moi, lança Chad.

Elle lui jeta un regard qui disait clairement qu'elle n'était pas près de changer d'avis.

— Je vais aller parler à Walt et Barry avant de partir. Appelle-moi si tu penses à quelque chose que tu aurais oublié sur ta liste.

— Je vais préparer des gratins de tacos pour qu'ils puissent en emporter chez eux aujourd'hui, l'informa sa mère. Tu peux leur rappeler de venir à la maison avant de partir, s'il te plaît ?

Chad savait pertinemment qu'il serait inutile de rappeler à sa mère que les mécaniciens n'étaient ni des adolescents ni des étudiants, et qu'ils n'avaient pas besoin qu'on leur donne de la nourriture tous les vendredis soir. Comme elle l'avait dit plus tôt, elle avait ses routines bien à elle, et rien ne les ferait changer.

De toute façon, Walt et Barry n'auraient jamais refusé un repas préparé par sa mère. C'était un vrai cordon bleu, et son langage d'amour était les bons petits plats.

— Ça marche, maman. Autre chose avant que je parte ? demanda Chad.

— Sois prudent, dit-elle doucement. Les touristes commencent à revenir en ville.

— Promis.

Il aurait pu lui assurer que rien n'allait lui arriver. Qu'il avait survécu à des situations à l'étranger qu'elle n'aurait même pas pu imaginer, et qu'il n'allait certainement pas mourir dans un accident de voiture dans sa propre ville natale.

Mais il savait mieux que quiconque à quelle vitesse la vie pouvait basculer. Il était plus conscient que jamais de la valeur de chaque instant. Depuis la mort de son père, il prenait déjà beaucoup moins de risques qu'avant.

Chad se leva, embrassa sa mère sur la joue, traversa la grande étendue de terrain pour faire un arrêt rapide au garage auto, puis se dirigea vers le pick-up de son père. Il était vieux comme le monde, mais ronronna comme un chaton. Son père l'avait toujours entretenu avec soin et précision. Sa mère lui avait donné les clés à son arrivée, affirmant qu'Austin aurait voulu qu'il serve encore, plutôt qu'il reste là à rouiller dans le garage.

En conduisant le pick-up, Chad se sentait proche de son père. Il se souvenait particulièrement du trajet jusqu'à l'aéroport, juste tous les deux, quand il était parti de la maison pour s'engager dans l'armée. Le souvenir était doux-amer. Mais chaque réminiscence était un peu moins douloureuse qu'à son retour à Lobster Cove pour les funérailles de son père.

Se diriger vers la ville, cependant... cela restait encore un peu irréel alors qu'il empruntait des routes qu'il connaissait bien et admirait des paysages tant aimés. Il n'était rentré que depuis deux semaines, mais la familiarité des lieux lui donnait l'impression que cela faisait bien plus longtemps.

Rockville était une grande ville pour cette région du Maine, même si elle paraissait minuscule comparée à la région de Norfolk, en Virginie, d'où il arrivait. Ici, il ne fallait pas longtemps pour aller d'un endroit à l'autre, et les commerces familiaux prospéraient encore. Deux semaines plus tôt, il ne pouvait pas parcourir trois kilomètres sans tomber sur un Starbucks ou un autre grand restaurant de chaîne. Dunkin' Donuts régnait en maître dans le Maine, mais il n'y en avait qu'une poignée dans un rayon de cinquante kilomètres autour de Lobster Cove.

Non. La plupart des grandes enseignes s'étaient installées le long de la Route 1, ce qui avait du sens, puisque c'était la route que les touristes empruntaient pour aller vers Bar Harbor et le parc national d'Acadia.

Mais Chad ne se plaignait pas du manque de grandes chaînes. Il adorait soutenir les commerces locaux, même si cela coûtait parfois un peu plus cher. La qualité était meilleure, et le fait que ses parents soient connus un peu partout était un véritable bonus. À chaque détour, il pouvait se retrouver à écouter une anecdote préférée sur son père ou recevoir des vœux pour sa mère.

Même après toutes ces années d'absence, il se sentait toujours chez lui ici. Chad savait bien que la vie rurale dans le

Maine n'était pas faite pour tout le monde. Il fallait du temps pour s'y habituer. Accepter que tout le monde sache tout ce qui se passe dans votre vie. Que de nombreux restaurants et commerces ferment le lundi. Se passer de certaines commodités. Mais l'air pur, les arbres à perte de vue, et la beauté saisissante de chaque paysage compensaient largement tout le reste.

Chad tourna dans le petit dépôt de bois, calculant mentalement ce dont il aurait besoin pour réparer les marches du perron de la maison principale. Il se dit qu'il ferait aussi bien de prendre de quoi réparer celles des maisons d'hôtes, puisqu'elles devaient sûrement, elles aussi, avoir besoin d'un peu d'attention.

Il se dirigeait vers l'entrée quand des cris attirèrent son attention vers sa droite.

Se tournant, il aperçut un homme debout à côté d'une petite Toyota Corolla brune, penché vers une femme et agitant son doigt juste devant son visage, comme pour mieux appuyer son propos. Apparemment, élever la voix ne lui suffisait pas.

Avant même de réfléchir à ce qu'il faisait, Chad s'avança vers le couple. Il ne savait rien de la raison de leur dispute, mais le langage corporel de la femme montrait clairement qu'elle était mal à l'aise.

À mesure qu'il approchait, il l'observa en détail. Elle portait un jean et un T-shirt. Le jean semblait vieux et usé, et le T-shirt était l'un de ces vêtements bon marché vendus dans toutes les boutiques de souvenirs de l'État. En bas du motif, on pouvait lire le mot MAINE en majuscules, avec des arbres et un énorme soleil au centre.

Ses cheveux étaient attachés en queue de cheval, et, honnêtement, ils auraient bien eu besoin d'un bon shampooing. Elle ne portait pas de maquillage, et sauf erreur de sa part, Chad aperçut une trace de saleté sur sa joue. Elle était plutôt grande, il l'estima à environ un mètre soixante-quinze, et mince. Ses lèvres étaient pulpeuses et son nez légèrement de travers, comme s'il avait été cassé un jour.

Elle avait aussi l'air épuisée. Comme si elle n'avait pas dormi depuis une éternité. Les cernes sous ses yeux lui donnaient un air tourmenté.

Pour une raison qui lui échappait, l'image qu'elle présentait perturbait Chad. Il ignorait complètement qui elle était et d'où elle venait, bien que la plaque d'immatriculation de sa voiture provenait de Géorgie. C'était sûrement une touriste, et certainement très loin de chez elle si elle venait vraiment du Sud.

— Il y a un problème ? demanda-t-il en s'approchant.

Il ne reconnaissait pas l'homme, ce qui n'était pas surprenant, étant donné qu'il était parti très longtemps de sa ville natale.

L'inconnu se tourna en passant une main dans ses cheveux, agité.

— Oui, y a un problème ! Cette nana campe dans le parking. Elle ne peut pas faire ça. On n'est pas un foutu terrain de camping.

Le regard de Chad se posa sur la Toyota, et il remarqua ce qu'il n'avait pas vu avant. L'arrière était plein. La banquette arrière était remplie de sacs et de boîtes jusqu'au plafond. En se déplaçant légèrement, il aperçut que le siège passager était aussi rempli de ses affaires.

La femme poussa un soupir fatigué.

— Et comme je vous l'ai dit, je serais ravie de partir, mais ma voiture ne démarre pas. Je ne sais pas ce qui déconne.

— Ça, ce n'est pas mon problème, ni celui de mon responsable. Vous devez quitter ce parking dans une heure, sinon on appelle la police, aboya l'homme.

Il tourna ensuite les talons et repartit vers le magasin sans jeter un regard en arrière.

Chad porta son regard sur la femme. Elle soupira de

nouveau et ses épaules s'affaissèrent, mais elle redressa le menton, presque avec défiance, en le regardant en retour. Comme si elle se préparait à tout commentaire désobligeant qu'il pourrait lui balancer.

— Vous voulez que j'ouvre le capot ? Je peux jeter un œil.

Elle cligna des yeux et fronça les sourcils.

— Quoi ?

— Le capot, répéta Chad en le désignant d'un geste. Je m'y connais un peu en voiture. Je vais voir si je peux trouver ce qui cloche.

— Oh, euh... Je n'ai pas beaucoup d'argent pour vous payer, balbutia-t-elle.

Chad fit un geste de la main.

— Je ne fais que proposer mon aide, lui dit-il. Je ne veux pas d'argent.

— D'accord. Merci. Ça me touche.

La femme ouvrit la portière avant et se pencha pour saisir le levier qui ouvrait le capot.

Chad ne put s'en empêcher, et laissa son regard dériver vers son derrière. Elle avait peut-être l'air un peu négligée, mais elle avait une silhouette capable de faire tourner toutes les têtes. Et il n'était pas une exception.

Secouant la tête face à l'inconvenance de ses pensées, Chad se dirigea vers l'avant du véhicule. Il souleva le capot et se pencha sur le moteur, se forçant à se concentrer pour comprendre pourquoi sa voiture ne démarrait pas.

— Je m'appelle Chad, se présenta-t-il, sans la regarder.

Comme il l'espérait, elle répondit.

— Britt.

— C'est le diminutif de Brittney ? demanda-t-il.

— Non. Juste Britt.

— Vous n'êtes pas d'ici.

Ce n'était pas une question.

— Non.

Elle n'était pas très bavarde, mais étant donné qu'il était un inconnu pour elle, Chad ne le prit pas personnellement.

— Vous passez juste par ici ou vous comptez rester dans le coin ?

Elle ne répondit pas tout de suite, et Chad se tourna pour vérifier qu'elle était toujours là. Elle l'était. Elle le dévisageait avec une expression indécise sur le visage.

— Désolé, je ne veux pas être indiscret. J'essaie juste d'être sympa. Je peux me taire.

— Non, c'est juste... Je ne sais pas pourquoi vous m'aidez. Gratuitement.

Chad se redressa lentement. Elle était extrêmement méfiante. D'un côté, cela n'avait aucun sens... il venait à peine de la rencontrer. Elle n'avait aucune raison de suspecter une quelconque mauvaise intention derrière sa conversation pourtant très simple.

D'un autre côté, c'était parfaitement logique... il venait à peine de la rencontrer. Elle ignorait tout de son identité, et ne savait rien de son passé. Pour autant qu'il sache, elle était peut-être dans une relation abusive, ou avait déjà subi un traumatisme lié aux hommes.

Quoi qu'il en soit, ça le perturbait terriblement qu'elle s'attende à ce qu'il soit un connard.

— Je m'appelle Chad Young. J'ai grandi ici. Je viens de revenir dans la région pour aider ma mère, parce que mon père est décédé récemment. Il m'a appris à être respectueux et à donner un coup de main quand je le pouvais. Pas pour de l'argent. Pas pour obtenir quelque chose en retour. Mais pour être un bon être humain. Je ne connais pas votre histoire, Britt, mais vous pouvez me faire confiance. Je vous aide parce que vous en avez besoin. Parce que ce connard vous a effrayée en venant vous prendre la tête. Parce que vous avez l'air de ne pas avoir pris de pause pendant trop longtemps, et dormir dans une voiture, ça craint. Parce que j'ai les connaissances nécessaires pour comprendre ce qui ne va pas avec votre véhicule sans devoir vous facturer mille dollars. Et parce que ma mère me botterait le cul si je ne vous aidais pas.

Il la fixa du regard de longues secondes avant de détourner les yeux vers le moteur. Il savait déjà ce qui n'allait pas, et heureusement, c'était facile à réparer. Il n'était pas sûr de comment cela s'était produit, ce qui le rendait un peu mal à l'aise, mais il prenait un problème à la fois.

Le premier ? Rassurer Britt.

— Britt Starkweather. Et non, je ne viens pas d'ici. J'aimerais bien rester à Rockville, mais je ne sais pas si je pourrai.

Ce n'était pas beaucoup d'informations, mais Chad s'en contenterait. Il se redressa de nouveau et dit :

— On dirait que votre batterie a été déconnectée, c'est pour ça que votre voiture ne démarre pas... en supposant que vous avez de l'essence ?

Elle hocha la tête.

— Un demi-plein.

— D'accord.

— Euh... vous pouvez la réparer ? demanda-t-elle d'un ton incertain.

— Oui. Je n'aurais qu'à donner un ou deux coups de clé, que j'ai dans mon pick-up là-bas, expliqua-t-il en désignant son véhicule derrière lui. Ce qui m'inquiète plus, c'est comment c'est arrivé. Est-ce que vous avez bricolé sous le capot ?

Elle plissa le nez, une expression adorable qui le fit sourire.

— Non. Je ne saurais même pas quoi faire là-dessous.

— D'accord. Parfois, les boulons peuvent se desserrer tout seuls avec le temps... mais c'est rare.

Elle le dévisagea un instant.

— Qu'est-ce que vous essayez de me dire ? demanda-t-elle sans détour.

— Je me demande si quelqu'un n'aurait pas délibérément desserré les boulons pour qu'ils se déconnectent à un moment donné et vous laissent en rade, comme maintenant.

Les expressions se succédèrent si vite sur son visage que Chad ne parvint pas à en saisir une seule. Puis elle pinça les lèvres, et jura longuement dans un souffle.

Il haussa les sourcils devant les mots colorés qui sortirent de sa bouche. Il essayait justement de perdre cette habitude de jurer. Il l'avait prise dans l'armée, mais sa mère détestait les grossièretés, alors il faisait des efforts pour arrêter.

— Désolée, s'excusa-t-elle. C'est juste que... mon ex. C'est un connard. Je peux tout à fait l'imaginer faire un truc pareil juste pour me pourrir la vie.

— Il est toujours dans le coin ? Vous êtes en danger ? demanda Chad en inspectant le parking du regard, même s'il ne savait pas trop ce qu'il cherchait.

Quelqu'un se cachant dans les arbres, attendant de bondir et d'attaquer ?

— Non. Il est parti. Nous avons déménagé ensemble dans le Maine. On voulait repartir à zéro. Au début, tout se passait bien. Mais ensuite, il a décidé qu'il voulait retourner en Géorgie. Moi, non. Alors il est parti.

Chad fronça les sourcils.

— Juste comme ça ?

— Juste comme ça, confirma-t-elle. On n'avait même pas encore trouvé d'appart où vivre. Ça s'est révélé beaucoup plus difficile que ce qu'on pensait en arrivant ici, et Cole n'avait pas été totalement honnête sur certaines choses. Je ne pouvais plus non plus me permettre de rester à l'hôtel où on logeait. Je n'ai pas encore trouvé de travail... même si j'essaie vraiment très fort.

Là, c'était beaucoup d'informations d'un coup, et Chad eut soudain du mal à tout assimiler.

— Combien de temps vous êtes restés ici avant qu'il décide de partir ?

— Deux semaines.

Il cligna des yeux.

— Deux semaines ? C'est tout ?

— Eh bien, lui est resté deux semaines avant de se tirer, moi ça en fait trois que je suis là. Il n'aimait pas de ne pas pouvoir avoir son Taco Bell dès qu'il en avait envie. Il n'aimait pas qu'il pleuve autant. Il n'aimait pas le froid, et il s'énervait de l'absence d'immeubles d'appartements comme à Atlanta. En gros, il n'aimait rien du Maine. Donc... il est parti.

Trois semaines. Cela voulait dire qu'ils étaient arrivés dans la région presque en même temps. Même si Chad savait bien que leurs situations étaient on ne peut plus opposées. Et son copain l'avait abandonnée sans un regard en arrière ? Quel idiot.

— Est-ce qu'il avait fait des recherches sur l'État avant de décider de déménager ? demanda Chad.

Britt haussa les épaules.

— Eh bien, oui, bien sûr. Moi aussi. Avant qu'on décide de déménager ici, on avait vérifié l'économie, les températures moyennes, l'employabilité, les activités locales, ce genre de trucs. Il m'avait dit que tout lui allait. Il avait aussi juré qu'il avait déjà une maison pour nous à louer... mais c'était évidemment un mensonge. Comme à peu près tout ce qu'il m'avait raconté.

Chad retint son envie irrépressible de demander Comme quoi ? Mais ça ne le regardait pas. Et de toute façon, Britt se retrouvait maintenant coincée dans une situation exécrable.

— Et vous ?

Elle fronça les sourcils.

— Et moi, quoi ?

— Vous voulez retourner en Géorgie, vous aussi ?

— Non, répondit-elle sans aucune hésitation. J'adore vivre ici. J'aime qu'il n'y ait pas de fast-foods à chaque coin de rue. J'adore l'air frais et tous les arbres. Le côté rural ne me dérange pas, et j'ai toujours voulu vivre près de l'eau.

Elle haussa les épaules.

— Et en général, la plupart des gens que j'ai rencontrés ont été très gentils. En plus...

Elle hésita, ses joues s'empourprant soudain. Chad attendit patiemment, sans rien dire.

Finalement, elle soupira avant de continuer.

— Il a pris tout l'argent qu'on avait économisé ensemble pour le déménagement quand il est parti, l'argent qu'on aurait pu utiliser pour payer le premier mois, le dernier et la caution d'une location. Il s'en fichait que la moitié m'appartienne. Et bien évidemment, il n'a pas payé l'hôtel avant de se barrer en pleine nuit. J'avais assez sur mon compte pour régler les deux semaines qu'on y avait passées, mais pas assez pour rester plus longtemps. C'est pour ça que je dors dans ma voiture... et pourquoi je ne pourrais pas retourner en Géorgie même si je le voulais.

Chad hésita un instant, puis prit une décision qui lui sembla juste.

— Vous avez faim ?

Elle inclina légèrement la tête à cette question, et il vit presque ses barrières se remettre en place.

— Pourquoi ? demanda-t-elle, désormais sur la défensive.

Il ne pouvait pas le lui reprocher.

— Ça me prendra dix secondes pour reconnecter votre batterie. En supposant que ce soit le seul problème avec votre voiture, elle devrait redémarrer, et vous pourrez reprendre votre route. Je suis récemment rentré chez moi, comme je vous l'ai dit, et j'aide ma mère à préparer notre propriété pour la reprise de la saison touristique. Elle se sent seule depuis le décès de mon père, et si vous n'avez rien de prévu, je suis sûr qu'elle serait ravie de faire votre connaissance, et de vous nourrir. C'est ce qu'elle fait de mieux. Elle passe son temps à essayer de me faire grossir. Je suis sûr que dans quelques mois, je ressemblerai à un dirigeable.

Chad parlait vite, mais plus il y pensait, plus l'idée lui plaisait. Sa mère avait besoin de compagnie, et Britt avait besoin d'un endroit où se remettre sur pied. Elle pourrait se rendre utile à la maison et sur la propriété, et sa mère aurait à nouveau quelqu'un à choyer, comme autrefois avec son mari.

Il voyait bien que Britt était intéressée. Vivre dans sa voiture devait être épuisant. Elle devait être constamment sur ses gardes, en espérant qu'une mauvaise personne ne la repère pas la nuit sur ce parking sombre. Inquiète à l'idée d'où viendrait son prochain repas, où elle allait vivre, comment elle allait survivre d'un jour à l'autre.

Mais elle n'était pas stupide non plus. Il restait un inconnu. Ce ne serait pas très malin d'accepter de suivre un homme simplement parce qu'il lui proposait un repas.

— C'est très généreux, mais je ne pense pas...

— Laissez-moi appeler ma mère, afin de vous prouver que je n'essaie pas de vous attirer dans mon antre pour assouvir mes noirs desseins, l'interrompit Chad. Que je suis honnête. Que j'ai vraiment une mère, et qu'elle serait ravie de vous rencontrer et de passer l'après-midi à faire votre connaissance.

Elle avait toujours l'air sceptique, mais elle devait être encore plus désespérée qu'il ne l'avait imaginé, car elle hocha la tête à contrecœur. Cela ne fit que renforcer la détermination de Chad à l'aider.

Il sortit immédiatement son téléphone portable et composa le numéro de la maison de sa mère. Il ne prit même pas la peine d'appeler son portable, elle ne répondrait sûrement pas, et de toute façon, il devait être à court de batterie.

Il ne connaissait personne d'autre qui avait encore une ligne fixe, mais il sourit en pensant au téléphone noir suspendu au mur de la cuisine, exactement là où il restait figé depuis des années.

— Lobster Cove, puis-je vous aider ?

Chad sourit de plus belle en entendant la voix polie de sa mère, comme il l'appelait.

— Salut, maman. C'est Chad.

— Coucou. Tout va bien ?

— Bien sûr. J'ai rencontré quelqu'un. Une femme. Et je l'ai invitée à la maison pour te rendre visite et manger un bout, mais elle est nerveuse, ce que je comprends, parce que je suis un inconnu.

— Donne-lui le téléphone, ordonna sa mère.

Chad continua de sourire en tendant son portable à Britt.

— Elle est un peu autoritaire, prévint-il, sachant pertinemment que sa mère l'entendait, sans s'en soucier pour autant. Et la moitié des choses qu'elle te dira sur moi seront des mensonges... surtout si elle raconte l'histoire de la fois où mes frères et moi avons décidé de naviguer jusqu'en Chine et que la Garde côtière a dû venir nous secourir quand une tempête a éclaté.

Il adora voir un petit sourire se dessiner sur les lèvres de Britt.

— Je vais juste aller chercher une clé pendant que vous parlez à ma mère.

Il tourna les talons dès qu'elle prit le téléphone. Il entendit Britt dire Allô ? pendant qu'il s'éloignait.

Il lui fallut un moment pour trouver la clé de la bonne taille dans la boîte à outils à l'arrière du pick-up, quand il revint vers la voiture de Britt, elle avait toujours son téléphone contre l'oreille et hochait la tête en écoutant sa mère.

Elle ne disait pas grand-chose elle-même à mesure que la conversation progressait, mais Chad n'était pas surpris. Sa mère pouvait être une sacrée pipelette, et il soupçonnait qu'elle était encore plus enthousiaste qu'il ne l'avait imaginé à l'idée de la compagnie d'une autre femme. Elle avait plein d'amies dans la région, mais elle avait toujours été entourée d'hommes à Lobster Cove. Son père. Walt et Barry. Otis, qui passait souvent pour discuter et travailler dans le bureau du garage.

Et maintenant, Chad et ses frères. Il y avait beaucoup de testostérone dans sa vie, et il ne doutait pas une seconde qu'elle ouvrirait les bras sans aucune hésitation à une femme dans le besoin. Même s'il ne l'avait pas distinctement exprimé, sa mère était suffisamment intelligente pour comprendre rapidement que Britt était clairement dans une situation difficile.

Il ne lui fallut pas longtemps pour réparer la batterie, mais il continua de bricoler sous le capot, donnant à Britt tout le temps qu'il lui fallait pour prendre une décision pendant qu'elle parlait à sa mère.

Finalement, elle demanda :

— Vous voulez que je vous repasse votre fils ?

Elle laissa échapper un petit rire à ce que sa mère répondit, puis ajouta :

— D'accord. Oui. À tout de suite. Merci. Au revoir.

Elle raccrocha et lui tendit le téléphone.

— Donc, vous venez ? demanda Chad.

— Oui. Elle est... sympa.

— C'est vrai, approuva Chad. Mais elle est aussi rusée. Elle a ce don de convaincre les autres de faire des choses qu'ils n'avaient absolument pas prévu de faire.

Il accompagna ses paroles d'un sourire, afin ne pas l'effrayer. À son grand soulagement, elle rit.

— Oui, j'ai remarqué.

Il referma le capot de la voiture et désigna d'un signe de tête le siège conducteur.

— Vous voulez essayer de la démarrer ? Histoire de voir si elle fonctionne ?

Britt se dirigea vers la portière et s'installa derrière le volant. Elle tourna la clé et lui adressa un grand sourire lorsque le moteur démarra immédiatement.

— Ça marche !

Chad ne put s'empêcher de la fixer du regard. Le grand sourire surpris qui illuminait son visage faisait rayonner Britt. Elle avait encore l'air fatiguée et stressée, mais quelque chose dans ce sourire le laissa complètement captivé.

— Chad ? demanda-t-elle, son sourire s'effaçant pour laisser place à une moue inquiète.

Il se ressaisit mentalement.

— Désolé. Si je vous donne l'adresse de Lobster Cove, vous arriverez à trouver le chemin ?

— Euh... Lobster Cove ?

— Pardon, c'est comme ça qu'on appelle notre propriété. On a les Locations Lobster Cove, le Garage Lobster Cove, et le Garde-bateaux Lobster Cove. C'est tout un ensemble. C'est un peu cliché, mais bon, dans le Maine...

Il laissa sa phrase en suspens.

Il fut récompensé par le retour de ce sourire qui le fascinait tant.

— Je pensais vous y envoyer directement, mais puisque vous n'avez pas l'air très sûre de savoir où c'est... Est-ce que ça vous dérangerait d'attendre pendant que je fais quelques courses ? Je n'en ai pas pour longtemps. Ensuite, vous pourrez me suivre jusqu'à la maison.

— Ça me va.

Chad acquiesça.

— Je comptais acheter du bois ici, mais je crois que je vais aller ailleurs.

— Pourquoi ?

— Parce que ce connard a été impoli avec vous. Et c'était complètement déplacé. Je préfère donner mon argent à quel-qu'un d'autre.

Elle l'observa si longtemps que Chad commença à se demander s'il n'avait pas dit quelque chose qu'il ne fallait pas. Finalement, elle se contenta de hocher la tête.

— D'accord.

— Très bien, approuva-t-il.

— Je devrais pouvoir trouver ce dont j'ai besoin à la quin-caillerie, puis je dois faire un rapide passage à l'épicerie. Ça vous va ?

— Bien sûr.

Chad lui adressa un signe du menton, donna une tape sur le capot de sa voiture, puis se retourna pour regagner son propre pick-up avant de faire quelque chose de stupide... comme l'inviter à monter avec lui. Elle lui faisait assez confiance pour venir à Lobster Cove, mais il ne voulait pas tenter le diable. Alors qu'il quittait le parking, il jeta un coup d'œil dans son rétroviseur et vit que Britt le suivait de près.

Une douce chaleur se répandit en lui. Il ne savait pas vrai-ment pourquoi. Mais ça lui plut. Beaucoup.

3

Britt s'était demandé au moins cent fois ce qu'elle fichait là depuis qu'elle avait suivi Chad Young en sortant du parking de la scierie. Elle savait qu'elle était stupide, mais elle avait besoin d'une pause. Les dernières semaines avaient été horribles.

Quand elle avait décidé de déménager dans le Maine avec Cole, elle débordait d'espoir. Elle n'était pas particulièrement attachée à son emploi, elle avait toujours travaillé dans la vente, un métier difficile, mais qu'elle pouvait exercer n'importe où. Alors, quand Cole avait proposé de partir s'installer dans le Maine, elle avait été plus qu'enthousiaste à l'idée de changer de vie.

Mais au fil des mois de préparation pour le déménagement... elle aurait dû écouter cette petite voix dans sa tête qui lui disait qu'elle commettait une erreur.

Cole avait tout du petit ami idéal. Du moins, en apparence. Il était beau, intelligent et drôle. Il venait d'une gentille famille de classe moyenne et gagnait bien sa vie comme vendeur de voitures.

C'est ce dernier point qui aurait dû la faire hésiter à

traverser le pays pour lui. Il aurait été capable de vendre du sable à un homme mourant de soif dans le désert. Heureusement, Britt avait insisté pour conduire sa propre voiture au lieu de la vendre et de suivre simplement Cole, comme il le lui avait proposé.

Rien ne s'était passé comme il l'avait prévu à leur arrivée à Rockville. Il avait cru pouvoir pousser la porte de n'importe quelle concession automobile et qu'on le supplierait d'accepter un poste. Au lieu de ça, il avait découvert que les emplois n'étaient pas si nombreux que ça ici. De plus, parce qu'il était un inconnu, les habitants du Maine n'avaient pas grande confiance en ses compétences, ni en sa volonté de rester. Et ils avaient eu raison.

Deux petites semaines. C'est tout ce qu'il avait fallu à Cole pour tout abandonner... et pour révéler son vrai visage. Tout ce qu'elle avait raconté à Chad à propos des raisons pour lesquelles son ex avait décidé de retourner en Géorgie était vrai. Il râlait sur tout, tout le temps. Ces deux semaines avaient été mentalement épuisantes.

Britt, en revanche, était tombée sous le charme de la petite ville de Rockville. Ils auraient pu s'installer à Portland ou dans une autre grande ville de la région, mais pour une raison quelconque, Cole tenait absolument à être près de la côte... ce qui convenait très bien à Britt. L'endroit était à couper le souffle. Chaque matin, quand elle se réveillait et voyait tous ces arbres et la beauté du paysage autour d'elle, elle était émerveillée.

La veille du départ précipité de Cole, ils s'étaient violemment disputés. Il avait décidé qu'ils partaient, mais Britt ne voulait pas. Elle avait cherché du travail avec acharnement, mais rencontrait les mêmes problèmes que Cole... elle était une étrangère, et les emplois n'étaient pas exactement légion, surtout puisque la saison touristique n'avait pas encore officiellement commencé.

Elle avait suggéré qu'ils tiennent encore un peu. Elle avait argumenté qu'ils n'avaient pas donné assez de temps à leur nouvelle vie pour réussir, qu'ils finiraient tous les deux par trouver un emploi, et qu'il suffisait d'être patients.

Cole avait piqué une crise. Il s'était mis à crier sur Britt comme jamais auparavant. Il l'avait traitée de parasite, lui avait dit qu'elle était paresseuse et pathétique. Il avait affirmé que même si elle trouvait un travail, cela ne suffirait pas à leur assurer un toit au-dessus de la tête, puisque ses seules compétences étaient dans la vente. Il avait prétendu que c'était son argent à lui qui les maintenait à flot, et qu'il en avait assez de porter son « poids mort ».

Britt avait été sous le choc. Certes, leur couple battait de l'aile depuis leur arrivée, mais la haine dans sa voix l'avait bouleversée. Jamais auparavant il n'avait évoqué leurs différences d'origine, d'éducation ou de situation financière. Jamais il ne l'avait fait se sentir « inférieure » parce qu'elle gagnait moins d'argent que lui. Jusqu'à ce moment-là.

C'était aussi complètement faux. Elle avait contribué à sa juste part pour le déménagement. Après avoir payé le loyer de son appartement et ses autres factures, elle avait économisé chaque dollar possible, et elle avait quelques milliers de dollars en liquide lorsqu'ils avaient quitté la Géorgie. Même si Cole gagnait plus d'argent, il aimait aussi beaucoup le dépenser, si bien qu'au final, il avait quitté l'État avec à peine plus que Britt.

Elle n'était pas un poids mort, et elle en voulait profondément à Cole d'avoir essayé de lui faire croire qu'elle profitait de lui.

Elle avait été tellement furieuse ce soir-là qu'elle avait quitté le motel et était partie faire une longue marche, pour leur laisser à tous les deux un peu d'espace et de temps pour se calmer. Lorsqu'elle était rentrée, Cole était déjà couché. Elle avait eu envie de le réveiller pour parler, mais elle savait par expérience qu'il était toujours grincheux quand on le tirait du sommeil.

Elle avait donc décidé de remettre à plus tard la discussion qui s'imposait, jusqu'au lendemain matin. Elle s'était endormie peu après.

Et quand elle s'était réveillée tôt le lendemain matin, Cole était parti.

Il s'était tiré au beau milieu de la nuit.

Et il avait emporté tout leur argent avec lui.

Britt avait deviné immédiatement qu'il ne reviendrait pas. Toutes ses affaires avaient disparu de la chambre de motel. C'était comme s'il n'avait jamais été là. Elle avait essayé de l'appeler, seulement pour découvrir qu'il avait bloqué son numéro. Ce connard l'avait abandonnée, sans un sou, dans le Maine, et était rentré chez papa et maman.

Britt avait envisagé de le suivre. De retourner en Géorgie elle aussi... mais elle n'en avait pas vraiment envie. Les gens qu'elle avait rencontrés en ville avaient, pour la plupart, été gentils et plutôt accueillants, sauf pour lui offrir un travail. Ils restaient un peu méfiants de ce côté-là, mais c'était compréhensible. La plupart vivaient ici depuis toujours et devaient être habitués aux touristes de passage.

Puis Britt avait découvert que Cole n'avait même pas payé la chambre du motel. Après avoir payé l'essence pour arriver dans le Maine, ainsi que d'autres dépenses diverses, car quoi qu'en disait Cole, elle avait contribué à leurs frais en achetant des produits en grande surface et en payant les courses, il ne lui restait que quelques milliers de dollars sur son compte. Elle avait dû utiliser la majeure partie de cette somme pour régler la note du motel.

N'ayant pas réussi à trouver un emploi, elle avait fini par dormir dans sa voiture. C'était humiliant et dégradant. À Atlanta, elle passait souvent devant des sans-abris sans vraiment réfléchir à leur situation. Certes, elle leur donnait de la monnaie quand elle en avait, mais elle supposait souvent que ces gens étaient atteints de troubles mentaux et incapables de conserver un emploi, ou qu'ils étaient toxicomanes et qu'ils dépenseraient l'argent pour s'acheter leur prochaine dose.

Elle se sentait affreusement coupable à présent. Chaque nuit depuis une semaine, elle n'avait eu d'autre choix que de dormir dans sa voiture. Oui. C'était définitivement une leçon d'humilité... et cela devenait de plus en plus difficile. Son dos la faisait souffrir, elle avait souvent faim parce qu'elle devait être prudente avec le peu d'argent qui lui restait, et elle se sentait sale. Ce n'était pas comme s'il y avait des douches gratuites sur la plage... non pas qu'il y ait des plages dans le coin d'ailleurs. Pas comme dans le Sud. Le bord de mer était différent ici. Plus sauvage. Austère. L'eau beaucoup plus froide.

De plus, comme elle l'avait dit à Chad, même si elle voulait retourner en Géorgie, elle était coincée. Elle n'avait pas assez pour l'essence du trajet.

Elle avait un demi-réservoir à ce moment-là, et elle devait trouver un endroit où se garer qui ne soit pas trop isolé, pour sa sécurité, mais qui reste à une distance de marche convenable d'un endroit où elle pourrait utiliser des toilettes. Elle avait prévu de se réveiller plus tôt ce matin-là et de partir avant l'ouverture de la scierie, mais cela ne s'était pas passé comme prévu.

À la place, elle avait été réveillée par un homme tapant furieusement contre sa vitre, lui criant de dégager immédiatement du parking sinon il appellerait la police. Elle avait essayé de démarrer sa voiture pour quitter les lieux, et, à sa grande horreur, rien ne s'était passé quand elle avait tourné la clé dans le contact.

Donc, en plus de tout le reste, il semblait que sa voiture était apparemment morte.

Elle avait tenté d'expliquer sa situation à l'homme en colère, mais il n'avait rien voulu entendre. Puis c'est là que Chad était intervenu.

Britt ignorait complètement pourquoi il l'aidait, mais elle lui en était reconnaissante. Elle n'avait pas vécu très longtemps dans sa voiture, pas vraiment, mais elle n'était pas trop fière pour accepter de l'aide lorsqu'on lui en proposait.

Penser à ce qu'il avait découvert concernant sa voiture la rendit une fois de plus furieuse contre Cole. Elle arrivait complètement à l'imaginer desserrant les liens de la batterie avant de filer en douce au milieu de la nuit, la laissant ainsi coincée. Il avait sûrement trouvé cela hilarant. Elle n'y connaissait rien en mécanique et ignorait totalement comment réparer une panne.

C'était un parfait connard. Et elle se portait mieux sans lui.

Sa vie avait été mise sens dessus dessous au cours du dernier mois, et Britt avait juste besoin d'une pause. Bien sûr, elle savait pertinemment que suivre un homme qu'elle venait à peine de rencontrer jusque chez lui était incroyablement stupide. Ce serait bien fait pour elle si elle finissait par passer dans une émission de faits divers. La femme qu'il avait prétendu être sa mère pouvait très bien être une psychopathe qui l'attendait pour lui tendre un piège.

Pour une raison étrange, l'image d'une plante carnivore lui traversa l'esprit. Dès qu'elle franchirait la porte, celle-ci se refermerait sur elle, et elle deviendrait l'esclave sexuelle d'un couple dépravé kidnappant des touristes imprudentes pour s'amuser.

Mais elle était fatiguée. Et affamée. De plus, elle avait désespérément besoin de prendre des vacances loin de sa vie. Si Chad Young et sa mère, si c'était bien sa mère, étaient de mèche et la tuaient... eh bien... qu'il en soit ainsi.

Au fond d'elle, pourtant, il y avait quelque chose chez cet

homme qui lui donnait envie de lui faire confiance. Il avait l'air tellement sincère. Sans compter que sa voix changeait quand il parlait à sa mère, ce qui était plutôt adorable. Quant à Evelyn Young, elle lui avait parlé à toute vitesse, la rassurant en lui expliquant que son fils était un homme bien, qu'il prendrait soin d'elle, et l'avait presque suppliée de venir à la maison pour qu'elle puisse la rencontrer.

Elle n'avait pas réussi à placer un mot, et avait fini par accepter, simplement parce qu'Evelyn avait semblé on ne peut plus ravie. À quand remontait la dernière fois que quelqu'un avait montré un tel enthousiasme à l'idée de la rencontrer ?

Alors elle avait suivi Chad à travers Rockville pendant qu'il faisait ses courses, préférant rester dans sa voiture. Un petit soupçon d'inquiétude l'avait effleurée alors qu'ils quittaient la ville en direction de chez lui, l'endroit qu'il avait appelé Lobster Cove. La route serpentait dans tous les sens, et ils ne tardèrent pas à sembler perdus au milieu de nulle part.

Pile au moment où Britt était prête à tout laisser tomber, elle vit Chad mettre son clignotant. Un grand panneau, avec un homard rouge au centre et les mots Lobster Cove autour de lui était accroché sur des poteaux au milieu d'un groupe d'arbres qui commençaient à retrouver leurs feuilles après le long hiver. Le panneau était vieilli, rustique... et Britt l'adora au premier regard.

Ce qui était stupide. Qui tombait sous le charme d'un panneau ? Mais pour une raison qui lui échappait, cela avait suffi à apaiser ses doutes. Est-ce qu'un tueur en série donnerait à son terrain de chasse un nom comme Lobster Cove ? Elle n'en connaissait aucun, mais elle en doutait fortement.

L'allée de gravier sillonnait entre les arbres, et même s'il ne faisait pas chaud, Britt baissa sa vitre. L'odeur des pins emplit immédiatement l'habitacle. Elle pouvait également entendre l'océan.

Chad prit un virage serré, et Britt écarquilla les yeux. Waouh, c'était magnifique ! C'était l'image même qu'elle s'était faite d'une vie dans le Maine.

Sur sa droite, elle avait une vue sur l'eau que des photographes du monde entier se disputeraient pour capturer. Le terrain descendait en pente vers ce qu'elle supposait être une plage de galets.

Également sur sa droite, une grande maison était positionnée, tournée dos à la baie, face à l'allée et à une vaste étendue de terrain ainsi qu'à divers bâtiments. Une véranda s'étendait sur toute la façade, où une femme, assise dans l'un des deux fauteuils à bascule près de la porte, leur fit signe à elle et à Chad. La maison à deux étages était recouverte de bardage bleu marine et de volets blancs, et ressemblait beaucoup aux demeures qu'elle avait vues en traversant les petites villes du Maine et du Massachusetts en montant vers le nord. Vieille et pleine de caractère.

Des pins, des peupliers et des érables étaient dispersés autour de la propriété, et elle supposa qu'en été, ils devaient offrir pas mal d'ombre. À travers les arbres, elle aperçut une maison bleue plus petite à gauche de la maison principale, qui semblait elle aussi offrir une vue sur l'eau. Un peu plus en retrait par rapport au rivage, se trouvait une troisième demeure, encore plus petite. Elle supposa que c'étaient les maisons d'hôtes que Chad avait brièvement mentionnées.

À sa gauche, plusieurs longues rangées de bateaux, de tailles diverses, étaient alignées, chacun recouvert d'une bâche blanche qui ressemblait à une sorte de film rétractable. Il y avait un garage près de la maison principale, ainsi qu'un bâtiment plus long sur sa droite immédiate, placé juste à l'intérieur de l'allée, avec trois portes de garage toutes occupées par des véhicules, des places de parking clairement destinées aux clients, et quelques voitures, motos et quads garés autour du bâtiment. C'était manifestement le garage. Elle n'avait pas besoin du panneau au-dessus de la porte indiquant Garage Lobster Cove pour le deviner.

L'herbe ondulait sous la brise, les oiseaux chantaient, et l'air salé emplissait ses poumons. Britt regarda autour d'elle, les yeux écarquillés. Chad avait grandi ici ? Qu'est-ce qui lui avait pris de partir ? Cet endroit était... idyllique. Parfait. Tout ce dont elle n'avait jamais su l'existence en grandissant dans une caravane à Atlanta.

Elle sursauta au son d'un bref coup de klaxon. Elle vit alors Chad assis dans son pick-up, la regardant avec des yeux inquiets.

— Ça va ? lança-t-il par sa vitre ouverte.

Se ressaisissant, Britt hocha la tête. Elle ne s'était même pas rendu compte qu'elle avait stoppé sa voiture à l'entrée de l'allée, émerveillée devant la propriété. Elle avança lentement et se gara à côté du pick-up de Chad. Il s'était arrêté devant le garage.

Au lieu de ressentir de la nervosité ou de l'inquiétude pour ce qui allait suivre, Britt eut l'étrange sensation d'être rentrée chez elle. C'était totalement ridicule, mais elle n'y pouvait rien. C'était ça, ce qu'elle avait imaginé quand Cole avait proposé qu'ils déménagent dans le Maine. Bien sûr, jamais elle n'aurait pu se permettre, même dans ses rêves les plus fous, une propriété pareille. Surtout avec un accès direct à l'eau. Elle avait consulté quelques sites immobiliers et s'était vite rendu compte que des propriétés moitié moins grandes, avec bien moins de bâtiments, se vendaient pour un million de dollars ou plus. Elle n'osait même pas imaginer combien ce domaine vaudrait si Chad et sa famille décidaient un jour de le vendre.

— Vous comptez rester là toute la journée, ou vous venez rencontrer ma mère ?

Britt tourna la tête vers la gauche et vit Chad debout près de sa portière. Il ne l'envahissait pas, ne rendait pas sa présence oppressante, se contentant de lui adresser un léger sourire. Il avait les sacs d'épicerie dans les mains, ce qui finit par faire bouger Britt.

Elle sortit de la voiture et tendit la main pour en prendre un.

— Laissez-moi vous aider.

— Je gère, répliqua-t-il en se retournant pour se diriger vers la grande maison.

Sa mère s'était levée du fauteuil à bascule et les attendait avec un grand sourire.

— Salut, maman, dit Chad alors qu'ils montaient les marches.

À la surprise de Britt, la vieille dame ignora complètement son fils et fonça droit sur elle.

— Vous êtes magnifique ! s'exclama-t-elle en serrant Britt dans une étreinte chaleureuse et sincère.

Britt resta figée un instant, tant il lui semblait que cela faisait une éternité qu'on ne l'avait pas touchée de manière aussi affectueuse et authentique. Cole n'était pas du genre câlin. Pas vraiment adepte des démonstrations publiques d'affection. Et quand ils faisaient l'amour, la dernière fois remontant à avant leur déménagement dans le Maine, c'était presque devenu mécanique, sans aucune étreinte après coup.

L'affection sincère que cette femme à l'allure de grand-mère lui témoignait faillit tirer des larmes à Britt.

— Bienvenue à Lobster Cove ! Je suis tellement heureuse que vous soyez là. Chad, pose les sacs sur le plan de travail, je vais tout ranger.

— Elle pense que je dérange son organisation, informa-t-il Britt avec un sourire affectueux adressé à sa mère.

— Parce que c'est vrai. J'ai tout arrangé exactement comme je le veux, et toi, tu débarques comme un éléphant dans un magasin de porcelaine, tu déplaces tout et après je ne retrouve plus rien. Tu n'as pas du travail qui t'attend, d'ailleurs ?

— Je pensais faire visiter les lieux à Britt, répondit-il.

— Elle a faim, elle doit manger d'abord, répliqua Evelyn à son fils.

— Maman, laisse-la respirer un peu.

Mais Evelyn se tourna vers Britt et demanda :

— Vous avez faim, n'est-ce pas ? Laissez-moi vous nourrir avant que Chad ne vous fasse marcher de force tout le long de la propriété.

Britt avait envie de rire. En réalité, elle avait faim. Elle était affamée. Elle ne se souvenait même plus d'à quand remontait son vrai repas. Même si elle ne voulait pas vexer Chad d'une quelconque manière.

Mais il rit doucement.

— D'accord. Est-ce que j'ai le droit de manger aussi ? Ou tu comptes me laisser mourir de faim ?

Evelyn leva les yeux au ciel.

— Peu importe. J'avais oublié combien vous mangez, vous les garçons. Ce matin, tu as avalé cinq pancakes, trois roulés à la saucisse, plusieurs tranches de bacon et deux biscuits. Je ne pense pas que tu risques de dépérir.

Britt eut l'eau à la bouche à la simple idée de tout ce festin.

Au lieu d'être gêné par l'énormité de son petit-déjeuner ou agacé que sa mère le chasse pratiquement de la maison, Chad poussa un profond soupir théâtral.

— Bon, très bien. Je vais aller voir Walt et Barry. Je dois aussi réparer les marches dehors. Je m'y mettrai si je n'ai rien à faire au garage.

Evelyn fit un geste de la main pour le chasser, puis se tourna de nouveau vers Britt.

— J'ai tellement hâte de mieux vous connaître. Ça fait du bien d'avoir une femme ici. J'adore mes garçons, mais parfois, l'atmosphère est un peu trop saturée de testostérone. Allez, venez.

Elle posa sa main sur le bras de Britt et l'attira vers la porte avec une force surprenante.

— Je reviendrai plus tard, lança Chad en croisant son regard. Si vous avez besoin de quoi que ce soit, je serai dehors.

Britt ne savait pas vraiment de quoi elle pourrait avoir besoin, mais elle aimait bien l'idée qu'il s'inquiète pour elle. Peut-être même un peu trop.

Pas de garçons, se rappela-t-elle tandis que la mère de Chad l'entraînait dans la grande maison. Elle en avait terminé avec les histoires de cœur. Pour un bon moment. Un homme était la raison même pour laquelle elle se retrouvait dans cette galère. Fauchée, obligée de vivre dans sa voiture, coincée ici.

La porte se referma derrière elles, et Britt s'arrêta net, observant le hall d'entrée de la maison. Il s'ouvrait sur le premier étage, et un grand escalier en colimaçon s'étendait devant elle. C'était majestueux, imposant, et manifestement très aimé.

— Waouh, souffla-t-elle.

Evelyn rit.

— Un peu prétentieux, mais mon Austin est tombé amoureux de cette demeure dès qu'il l'a vue. La maison a été construite il y a un siècle, et on a eu la chance de tomber dessus quand on s'est mariés et qu'on cherchait un endroit pour s'installer. Allez, venez, il faut que je voie si Chad a bien pris tout ce qui était sur la liste, et s'il a tout rangé.

Britt suivit la mère de Chad, faisant de son mieux pour s'imprégner de la maison en avançant. Le parquet craquait sous leurs pas, et une forte odeur de citron embaumait l'air, comme si quelqu'un venait de faire le ménage.

Elles passèrent sous une arche, et une fois de plus, Britt écarquilla les yeux en découvrant la pièce principale. De grandes fenêtres couvraient tout le mur du fond, donnant sur l'eau et une immense terrasse. Le soleil se reflétait sur la surface, l'éblouissant presque. La pièce était chaleureuse et accueillante, et Britt eut terriblement envie de s'effondrer sur le canapé et contempler la vue pendant des heures.

— C'est joli, n'est-ce pas ? dit doucement Evelyn.

Se tournant vers elle, Britt ne put qu'acquiescer.

Evelyn sourit, son expression empreinte d'un soupçon de tristesse.

— C'est ma pièce préférée de toute la maison. Certaines personnes n'aiment pas vivre aussi loin au nord. Ils disent qu'il fait trop froid. Que c'est trop isolé. Mais pour moi, c'est chez moi. C'est ici que j'ai élevé ma famille, et que l'amour de ma vie et moi avons passé cinquante ans ensemble. On s'asseyait sur ce canapé pour regarder les orages, les blizzards, les bourrasques, ou simplement admirer la beauté du soleil traversant les fenêtres, comme maintenant.

Britt observa la femme âgée. Sa peau était ridée, son dos légèrement voûté par l'âge, et sa silhouette fine donnait l'impression qu'une bourrasque pourrait l'emporter. Mais la force de son étreinte avait prouvé qu'elle n'était pas une vieille dame fragile.

Ses cheveux gris, coupés aux épaules, étaient repoussés derrière ses oreilles. Son sourire était chaleureux et accueillant. Britt pouvait voir la ressemblance entre la mère et le fils. Ils avaient les mêmes yeux brun roux, la même structure osseuse du visage, les mêmes lèvres pulpeuses.

Mais plus encore, la ressemblance dans leurs personnalités était évidente. Chad avait beau râler parce qu'il ne pouvait pas manger avec elles, et Evelyn se plaindre que son fils ne rangeait pas les courses correctement, c'étaient clairement des taquineries familiales, échangées sur un ton léger d'un côté comme de l'autre.

De plus, il y avait entre eux un respect et un amour sous-jacents qui serreraient le cœur de Britt.

Elle n'était pas proche de sa mère. Cette dernière avait toujours été trop occupée à travailler. Elle refilait Britt à d'autres pour la garder, puis la laissait se débrouiller seule longtemps avant qu'elle n'en soit capable, bien trop souvent pour que mère et fille puissent nouer un véritable lien. Britt ne lui en voulait pas, pourtant. Être parent célibataire était difficile, et sa mère avait fait tout son possible pour garder un toit au-dessus de leurs têtes et de la nourriture sur la table. N'empêche, cela avait eu un effet désastreux sur leur relation, et Britt le regrettait encore à ce jour.

La vérité, c'était que sa mère avait toujours ressenti une certaine rancœur envers sa fille unique. Par conséquent, elle n'avait jamais été particulièrement présente pour la soutenir. Elle avait mis Britt en garde que partir dans le Maine avec Cole était une erreur, et elle avait eu raison... mais elle lui avait aussi dit de ne pas revenir pleurer quand tout tournerait au vinaigre.

— Vous voulez vous asseoir là et profiter de la vue ? Ou je peux vous faire visiter la maison. Ou je peux vous préparer une petite collation pendant que les tourtes finissent de cuire.

Alors c'était ça, l'odeur si merveilleusement alléchante. Elle avait terriblement envie de voir le reste de la maison, mais elle voulait aussi simplement s'asseoir et profiter de la magnifique vue.

— Je peux vous aider dans la cuisine, proposa-t-elle à la place.

— Que Dieu vous bénisse, ma chère. Mais je me débrouille. Asseyez-vous donc, et détendez-vous. Je vous appellerai quand le déjeuner sera prêt.

Britt acquiesça et resta là où elle était jusqu'à ce qu'Evelyn soit occupée dans la cuisine, fouillant dans les sacs que Chad avait apportés. Elle s'assit lentement sur le canapé et contempla l'eau. La propriété était située sur ce qui semblait être une baie protégée. La surface était calme, et de là où elle était assise, Britt pouvait voir la plage, un quai sur la gauche, et quelques kayaks posés sur le rivage, prêts à être mis à l'eau. Il y avait aussi une table de pique-nique dans un coin verdoyant juste au-dessus des rochers sur la plage, et un peu plus loin, sur la rive, un banc.

C'était vraiment un endroit magnifique, et Britt se sentait honorée de le découvrir. Elle était tellement perdue dans ses pensées qu'elle sursauta légèrement lorsque Evelyn l'appela et lui annonça que le déjeuner était prêt.

Britt se leva d'un bond et se précipita dans la cuisine. C'était aussi idyllique que ce qu'elle avait vu de la maison jusqu'à présent. Les plans de travail étaient en granit, les appareils électroménagers en inox, l'évier de ferme était de toute beauté, et les armoires étaient d'un bleu marine profond, assorti à la couleur du bardage extérieur de la maison.

— Vous voulez manger dehors ? demanda Evelyn, debout près du poêle à six foyers.

Il y avait un four double à côté, d'où elle venait manifestement de sortir les tourtes brûlantes.

— Oh, il ne fait pas un peu trop frais ?

Evelyn rit.

— Ma chère, on est dans le Maine. Dix-sept degrés, c'est pratiquement un temps doux. Et le soleil vous fera croire qu'il fait plus chaud que c'est vraiment le cas. Mais on peut aussi prendre des couvertures pour se mettre à l'aise.

— Alors oui. J'adorerais manger sur la terrasse, répondit Britt avec enthousiasme.

Heureusement, Evelyn lui permit de porter les assiettes tandis qu'elle emportait une carafe de limonade et deux verres jusqu'à l'immense terrasse arrière. La brise venant de l'eau était un peu fraîche, et Britt fut contente d'avoir la couverture en laine qu'elle enroula autour de sa taille en s'asseyant à la table étonnamment grande sur le deck.

— Mon mari a insisté pour que nous ayons cette grande table ici, explique Evelyn, un petit sourire aux lèvres. Il disait que si on voulait dîner en famille, il nous fallait un endroit pour que nous puissions tous nous asseoir. Et il avait raison. Ça m'a semblé si vide après que les garçons sont partis. Et depuis la mort d'Austin, je n'avais plus le cœur à m'asseoir ici... mais maintenant que Chad est revenu, ça va mieux. De plus, mes autres bébés doivent bientôt arriver aussi. J'ai hâte.

— Ah bon ? demanda Britt avant de souffler sur le morceau de tourte brûlante dans sa cuillère.

Elle devait user de tous ses efforts pour ne pas ignorer la chaleur du plat et ne pas le fourrer directement dans sa bouche. Ça sentait tellement bon, et elle avait tellement faim, qu'elle dut se retenir de ne pas agir comme une sauvage.

— Oui. Mon aîné, Lincoln, était pilote de chasse dans l'Air Force. Mon cadet, Zachary, était dans la Marine et a remporté plusieurs prix pour son excellence culinaire. Ils ne servent pas n'importe quoi, vous savez. Il faut du talent pour pouvoir cuisiner des repas gastronomiques pour des milliers de marins en haute mer. Quant à mon troisième, Knox, il était dans la Garde côtière. Pas étonnant, puisque c'était le grand nageur de la famille. Maintenant, il travaille comme entrepreneur pour eux. Et Chad est loin d'être un paresseux. Il était dans l'armée, où il était tireur d'élite. Certaines mamans n'en seraient pas très fières, mais il était sacrément bon dans son boulot. De plus, ça ne me surprend pas, parce que ce gamin pouvait rester parfaitement immobile pendant des heures sans bouger un muscle en jouant à cache-cache avec ses frères dans les bois. Ils n'arrivaient jamais à le trouver.

Elle rit tendrement.

— Et ils rentrent tous à la maison, continua Evelyn. Je sais que c'est parce qu'ils ont pitié de moi, mais je m'en fiche. Je serai juste heureuse de les avoir à mes côtés.

Britt posa sa main sur celle d'Evelyn.

— Je suis désolée pour votre mari.

— Merci. Moi aussi. Mais ce n'est pas comme si on pouvait vivre éternellement. Il faut profiter des petites joies de la vie quand on le peut. J'ai passé cinquante ans avec l'homme que j'aimais. Je dois m'en satisfaire. Avec le temps qu'il me reste, je suis déterminée à garder Lobster Cove en activité du mieux que je peux. Austin a mis son cœur et son âme dans ce lieu, et c'est ici qu'on était les plus heureux.

— C'est magnifique. Et je n'ai même pas vu un quart de toute la propriété. C'est le genre de lieu où j'ai toujours rêvé de vivre. C'est parfait. Absolument parfait.

Une lueur apparut dans les yeux d'Evelyn que Britt ne comprit pas. Elle se pencha en avant.

— Alors... vous êtes venue dans le Maine avec un garçon et ça ne s'est pas bien passé ?

Britt souffla du nez.

— C'est le moins qu'on puisse dire.

— Vous avez un toit ?

— Euh... pas vraiment.

Elle doutait qu'Evelyn considère sa voiture comme un toit.

— Vous avez un travail ?

Se sentant mal à l'aise pour la première fois depuis son arrivée, et un peu honteuse, elle gigota sur sa chaise.

— Non, mais j'en cherche.

— Hmm, dit Evelyn avant de prendre une bouchée de sa tourte au poulet.

Britt ne savait pas ce que ça signifiait, mais comme elle ne voulait pas vraiment continuer à parler de ses échecs, elle questionna Evelyn sur l'histoire de la ville de Rockville. À son grand soulagement, cela détourna la conversation de sa situation actuelle. La fierté et l'amour qu'Evelyn éprouvait pour sa ville natale ressortaient distinctement tandis qu'elle discutait joyeusement pendant qu'elles finissaient leur repas.

Quand elles eurent fini, elles restèrent là à discuter. Au bout d'un moment, un bruit derrière elle fit se retourner Britt. Chad avait ouvert la porte et se dirigeait vers sa mère.

Il se pencha et déposa un baiser sur sa joue.

— Il fait frais ici. Maman, tu as froid ?

Evelyn le repoussa cependant d'un geste.

— Ça va. Comment vont Walt et Barry ?

— Ils vont bien. Ils sont très occupés. Vivement que les autres arrivent pour pouvoir donner un coup de main. J'ai commencé à bosser sur les marches de l'entrée. Il va falloir que tu utilises la porte latérale encore un jour ou deux, jusqu'à ce que j'aie fini.

Evelyn hocha la tête.

— Tu as mangé quelque chose ?

Malgré toutes les moqueries sur le gros petit-déjeuner de Chad, il était évident qu'elle s'inquiétait toujours qu'il mange suffisamment, et elle voulait le nourrir.

— Oui. J'adore tes tourtes.

— Je sais, répondit Evelyn avec satisfaction. Je pense qu'il est temps de faire à Britt la grande visite... puisqu'elle va travailler ici avec moi.

Britt écarquilla les yeux, bouche bée.

— Quoi ?

— Elle va travailler ici ?

Elle et Chad parlèrent en même temps. Étrangement, il ne semblait pas vraiment surpris. Mais Britt était trop occupée à essayer de comprendre de quoi Evelyn parlait pour se demander pourquoi.

— J'ai pris ma décision. Elle n'a pas d'endroit où rester, et elle a besoin d'un travail. J'ai besoin de plus d'aide ici. Tu sais aussi bien que moi, Chad, que je deviens trop vieille pour m'occuper des chalets toute seule. Nos réservations sont complètes pour cet été, avec plus de locations à court terme qu'à long terme, et cela signifie plus de nettoyage, de lessive et de s'assurer qu'elles sont bien approvisionnées. Britt peut m'aider avec tout ça, ainsi qu'accueillir les invités et s'occuper de leurs besoins pendant qu'ils sont ici.

Britt cligna des yeux, surprise.

— Elle peut rester ici, à la maison. Il y a largement de la place pour nous tous, même si tes frères décident de vivre avec nous aussi. Mais je suppose que vous voudrez tous avoir vos propres logis bientôt. En fait, je crois que Knox et Zach ont tous les deux mentionné qu'ils avaient déjà trouvé des appartements. Britt, tu peux rester ici aussi longtemps que tu souhaites. En fait, ça m'aiderait énormément si tu restais au moins pendant tout l'été. Oh, et je suppose qu'il faut que tu saches combien tu gagnerais avant de dire oui ou non.

Elle lui donna un chiffre qui fit écarquiller les yeux de Britt de plus belle.

Elle ignorait complètement quoi dire. L'offre semblait trop belle pour être vraie. Ce n'était pas tout à fait autant que ce qu'elle gagnait avant de déménager, mais comme elle n'aurait pas à payer de loyer, ce qui était un avantage considérable, c'était plus que raisonnable.

Mais Chad devait forcément être préoccupé par le fait que sa mère ait invité une inconnue à vivre chez elle et ait décidé de l'embaucher sans lui en parler au préalable.

— C'est super.

Elle tourna désormais son regard vers Chad, choquée. Il était d'accord ? Elle avait la tête qui tourne.

— Alors ? Vous prenez le poste ? demanda Evelyn.

— Oui ! lâcha Britt.

Autrefois, elle aurait voulu prendre plus de temps pour y

réfléchir. Mais pour être honnête, elle n'avait pas vraiment le choix en ce moment. Et puis... elle était déjà tombée amoureuse de Lobster Cove.

— Allez, dit Chad en tendant la main. Je vais vous faire la visite.

Britt était un peu perplexe. Pourquoi est-ce qu'il ne paniquait pas ? Pourquoi est-ce qu'il ne posait pas plus de questions ? Cela n'avait aucun sens.

— Allez-y, ma chère. Je vais m'occuper des plats, dit Evelyn avec un sourire satisfait.

Sans réfléchir, elle saisit la main tendue de Chad et se leva. Dès que ses doigts se refermèrent sur les siens, elle sut qu'elle avait des problèmes.

Elle eut aussitôt le sentiment que tout irait bien. Qu'elle était en sécurité. C'était une sensation terriblement étrange. Une qu'elle n'avait jamais éprouvée auparavant. Cela aurait dû la perturber. Ça la perturbait un peu, mais pas plus que cela, elle ressentait un soulagement immense. Elle ne s'était pas autorisée à penser à ce qu'elle allait faire après avoir dépensé son dernier dollar. Comment elle allait payer l'essence pour sa voiture. Comment elle allait manger.

Et maintenant, on lui avait offert un cadeau. Un cadeau qui était tombé directement sur ses genoux.

Elle avait envie de pleurer, de questionner Evelyn, de lui demander si elle en était bien sûre. Mais au lieu de cela, aucun mot ne franchit ses lèvres. Elle se contenta de suivre Chad, qui retourna à la maison et se dirigea vers ce qu'elle supposait être la porte latérale.

— Je vais te faire visiter l'atelier, le garage, le chantier naval, puis les maisons d'hôtes, puis on reviendra ici, où on pourra prendre tes affaires dans ta voiture et les apporter.

Avant qu'elle n'ait eu le temps de répondre ou de refuser, ils étaient dehors et se dirigeaient vers le garage automobile. Chad n'avait pas lâché sa main, et Britt en était contente. Elle avait l'impression de perdre l'équilibre.

Comment cela pouvait-il être réel ? Mais elle ne comptait pas essayer de contester un cadeau aussi inattendu. Elle ne pouvait pas. Elle allait simplement se laisser porter.

Il y avait une chance que tout cela soit un piège, et que Chad et sa mère, aussi innocente qu'une grand-mère en apparence, soient en réalité bel et bien des tueurs en série, qu'ils se glissent dans sa chambre en pleine nuit et lui plantent un énorme couteau de boucher de vingt centimètres en plein cœur.

Mais il y avait aussi une chance qu'ils soient exactement ce qu'ils semblaient être... deux âmes généreuses qui ne désiraient rien d'autre que d'aider une femme en difficulté.

Elle espérait de tout cœur qu'ils étaient la seconde option, et pas la première. Seul le temps le dirait.

4

Chad voyait bien que Britt était confuse. Il l'avait entraînée hors de la maison avant qu'elle n'ait le temps de protester et de dire à sa mère non merci pour le job. Elle avait besoin de Lobster Cove. Il le sentait jusqu'au bout des orteils. Comment, il n'en avait aucune idée, mais il le sentait.

Il avait appelé sa mère sur le chemin du retour et évoqué la possibilité d'embaucher Britt... si le courant passait entre elles, bien sûr. Elle avait vraiment besoin d'aide. Et oui, le retour de ses frères allégerait un peu sa charge, mais ils auraient déjà fort à faire rien qu'avec l'entretien de la propriété. Il fallait remplacer toutes les toitures, et sans doute aussi une partie du bardage. Les maisons d'hôtes avaient besoin de rénovations depuis longtemps, qu'il faudrait faire entre deux réservations, ce qui compliquait les choses. Les gros travaux devraient être reportés à l'automne et à l'hiver, mais en attendant, ils pouvaient boucher les trous, remplacer les carreaux cassés, vérifier que les appareils fonctionnaient, abattre les arbres morts ou malades... tout ça en plus de faire tourner les autres entreprises.

Et bien sûr, Knox avait déjà un travail de prévu, et Zach comptait lancer son propre business. Le temps qu'ils pourraient consacrer à Lobster Cove serait donc limité.

Mais Chad prendrait toute l'aide qu'il pourrait obtenir. Il se sentait débordé depuis son arrivée, et à ses yeux, ses frères ne pouvaient pas arriver assez vite.

En attendant, il comptait sur Walt et Barry pour assumer le plus gros du travail au garage, sur Otis pour tenir les comptes, et sur sa mère pour continuer à gérer les maisons d'hôtes comme elle le faisait déjà. La présence de Britt serait d'une grande aide, et un vrai soulagement. Sa mère était plutôt en forme pour ses soixante-dix ans, mais ça ne l'empêchait pas de s'inquiéter pour elle.

C'était la solution parfaite, et il était ravi que sa mère se soit suffisamment bien entendue avec Britt pour lui proposer le poste. Même si proposer n'était pas vraiment le mot adéquat. C'était évident qu'elle lui avait presque imposé le travail, et qu'elle lui avait pratiquement ordonné d'emménager chez elle et de donner un coup de main sur la propriété.

Alors, même s'il l'avait un peu kidnappée pour qu'elle ne puisse pas refuser l'offre, il se rendait compte qu'il allait devoir lui en dire davantage. Lui donner quelques détails. La rassurer sur le fait que lui et sa mère n'étaient pas devenus fous. Qu'ils ne ramenaient pas d'inconnues à Lobster Cove pour les forcer à accepter un boulot sorti de nulle part. Franchement, il était étonné qu'elle ne soit pas déjà remontée dans sa voiture pour filer à toute vitesse.

Il était également surpris que Britt ne lui ait pas lâché la main. Mais la sensation de leurs mains, liées l'une à l'autre, était agréable… alors il n'allait certainement pas être le premier à lâcher prise.

— Voici le garage auto. Le nom est un peu trompeur, parce qu'on répare à peu près tout ce qui a un moteur. Tondeuses, quads, motoneiges, voitures, camions, bateaux... si ça a un moteur, on peut généralement le réparer, expliqua Chad en désignant le bâtiment vers lequel ils s'avançaient, sa main libre accompagnant le geste.

Il la fit entrer dans un des ateliers et appela les autres.

— En dessous ! répondit Walt.

Tournant les yeux vers le pick-up rouge dans le premier atelier, Chad aperçut une paire de jambes dépasser de sous le moteur. Il sourit, puis entraîna Britt de ce côté.

— Sors une seconde, Walt. Je veux que tu rencontres Britt.

À ces mots, Walt bougea avec plus de vivacité que Chad ne lui en avait jamais vue. Walt avait la quarantaine et portait ce qu'il appelait une moustache de pompier. Elle était large, touffue, et retombait de chaque côté de sa bouche. C'était un homme imposant à la voix forte et tonitruante, parfois un peu excessif, mais au fond, c'était un vrai tendre.

— Une fille ? Tu as ramené une fille à la maison ? demanda-t-il en se relevant.

Jetant un coup d'œil à Britt, Chad vit qu'elle rougissait.

— Pas dans le sens où tu l'imagines, mais oui, on s'est rencontrés en ville, et elle cherchait du boulot. Maman aurait bien besoin d'un coup de main avec les maisons d'hôtes et tout le reste en général.

— Enchanté. Moi, c'est Walt. Si tu as besoin de quoi que ce soit, n'hésite pas. On est plutôt cool ici, et ça fera du bien d'avoir un joli minois parmi nos tronches pas très nettes.

Chad remarqua Walt glisser furtivement le regard vers leurs mains. Mais comme elle ne semblait pas gênée, il ne relâcha pas sa prise.

— Est-ce que Barry est là ?

Au lieu de répondre, Walt tourna la tête vers la porte menant à une petite pièce qui faisait office de bureau et cria :

— Barry !

Grimaçant, Chad secoua la tête à l'intention du mécanicien.

— Bordel, Walt, dit-il. Tu pourrais baisser d'un ton ?

— Désolé. Je voulais juste être sûr qu'il m'entende.

— Ils t'ont entendu jusqu'à Bangor, répliqua Chad.

Walt éclata de rire, un rire franc et sonore que Chad commençait à bien connaître. En deux semaines à Lobster Cove, il avait entendu cet éclat de rire résonner sur la propriété à intervalles réguliers.

La porte du bureau s'ouvrit en grinçant, et Barry fit son entrée. Il était un peu plus jeune que Walt, et son opposé à presque tous les égards. Il mesurait à peine un mètre soixante-dix, avec des cheveux roux et des yeux verts, et il était si mince qu'une simple brise aurait pu le faire tomber.

Mais cet homme était un génie des moteurs. Il ne parlait pas beaucoup, mais il travaillait dur et faisait preuve d'une loyauté sans faille. D'après ce que Chad avait compris, il travaillait autrefois sur un bateau de pêche au homard, mais après avoir frôlé la catastrophe lors d'une tempête, il avait décidé de changer de métier pour quelque chose de plus sûr. Il avait une femme et trois enfants qu'Evelyn adorait recevoir à la maison, affirmant que puisque ses propres fils ne lui avaient pas encore donné de petits-enfants, elle se rattraperait en gâtant ceux de Barry.

— Tu as braillé ? demanda Barry en les rejoignant.

— Voici Britt. Elle est avec Chad. Elle va aider madame Evelyn à la maison, annonça Walt, en prenant en main les présentations.

— Mademoiselle, la salua Barry poliment en hochant la tête.

— Oh, je vous en prie, appelez-moi juste Britt, répondit-elle aussitôt.

— Sa Corolla est garée devant la maison. Est-ce que l'un de vous peut y jeter un œil ? Quelqu'un a desserré les boulons de la batterie, ce qui a provoqué une déconnexion. J'ai réglé ce détail, mais je préférerais qu'on vérifie s'il n'y a pas autre chose.

— Les clés ? demanda Walt en tendant la main.

— Oh, euh... ça devrait aller maintenant, lança Britt.

— Walt va s'en assurer, répondit Chad d'un ton posé.

— Je... Chad, je n'ai pas les moyens de faire réparer quoi que ce soit pour le moment, murmura-t-elle, visiblement gênée.

Il s'en voulut intérieurement. Bien sûr qu'elle s'inquiétait pour ses finances. Il ouvrit la bouche pour la rassurer et lui dire que ça ne lui coûterait rien, mais Walt le devança.

— Tu es des nôtres, maintenant, tonna-t-il. Une Lobstérienne, c'est comme ça que je nous appelle. Les gens qui bossent ici, à Lobster Cove. Et les Lobstériens ne paient pas pour des conneries comme les révisions ou les vidanges. Donne-moi tes clés, ma belle, et on va s'assurer qu'elle ronronne convenablement avant que tu repartes.

— Prends ton temps, lança Chad. Maman l'a invitée à rester à la grande maison aussi longtemps qu'elle en aura besoin.

Les yeux de Walt pétillèrent alors qu'il souriait de plus belle.

— Vraiment ? C'est super ! Bienvenue à Lobster Cove, alors, Britt. Comme je te l'ai dit, si tu as besoin de quoi que ce soit, n'hésite surtout pas. Si un truc se casse dans une des maisons, Barry est ton homme pour y jeter un œil. La machine à laver, le frigo, l'aspirateur... peu importe, il est capable de le réparer.

— Euh... merci.

— Les clés ? redemanda Walt, en tendant la main une nouvelle fois en agitant les doigts.

Un instant, Chad se demanda si elle allait refuser. Puis elle glissa la main dans sa poche et en sortit un trousseau avec une seule clé. Pour une raison qu'il ne comprenait pas vraiment, la vue de cette clé unique accrochée à un porte-clés en forme de homard l'attrista. Il en avait personnellement au moins une douzaine, ce qui était particulièrement pénible, mais témoignait aussi du grand privilège d'avoir tant de serrures à ouvrir.

— Un homard. On dirait que ta venue ici était écrite, lança Walt avec un clin d'œil en récupérant le trousseau.

Britt haussa les épaules.

— Je l'ai vu en arrivant, dans une boutique pour touristes, et je l'ai trouvé mignon.

— Et maintenant te voilà à Lobster Cove. C'est le destin, conclut Walt.

— C'est bon, vous avez fini ?

En se retournant, Chad aperçut Otis Calvert debout dans l'encadrement de la porte du bureau. Il n'avait même pas réalisé qu'il était là.

— Otis ! Viens rencontrer la nouvelle employée de Lobster Cove, l'appela-t-il.

Cet homme plus âgé avait rencontré son père il y a plus de vingt ans, et le courant était passé immédiatement. Aussi loin que Chad s'en souvenait, Otis avait toujours fait partie de leur vie. Il participait aux barbecues de homard, aux parties de pêche, aux bières sur la terrasse. Il faisait autant partie de Lobster Cove que n'importe quel membre de sa famille.

Comme beaucoup, Otis avait connu sa part de galères financières, et le père de Chad l'avait soutenu en lui confiant de plus en plus de responsabilités à Lobster Cove. D'après Austin Young, le divorce d'Otis, survenu il y a bien longtemps, avait été particulièrement houleux, et ses deux enfants avaient souffert de devoir alterner entre leurs parents. Cela les avait profondément marqués tous les deux.

Sa fille, notamment, avait enchaîné les mariages désastreux et vivait désormais à Portland, dans la rue. Il avait tout essayé pour l'aider, mais elle ne voulait rien entendre et refusait de revenir dans ce trou perdu, comme elle appelait Rockville. Elle préférait apparemment les trottoirs et la compagnie de ses amis toxicomanes à un emploi stable. Chad se souvenait vaguement que son père lui avait dit un jour qu'elle souffrait de troubles mentaux, ce qui n'arrangeait rien.

Camden, de son côté, avait mal tourné à l'adolescence et passé plus que son quota de temps en prison. Otis avait vidé ses économies pour tenter de le sortir de ses galères judiciaires. Depuis une dizaine d'années, il semblait s'être un peu repris. Il vivait avec son père, évitait les ennuis, et travaillait à temps partiel à Lobster Cove au sein du garage.

Quant à Otis, il s'occupait depuis longtemps de toute la comptabilité de Lobster Cove, ce qui n'était pas une mince affaire. Il faisait leurs déclarations fiscales et s'assurait que leurs investissements fonctionnaient comme il se devait.

Il avait autrefois travaillé dans la pêche au homard, comme beaucoup d'hommes et de femmes de la région. Mais ce n'était pas un métier facile. Il était physiquement éprouvant, très chronophage et, en plus, était dangereux. Il avait arrêté vers la trentaine pour reprendre ses études et s'était spécialisé dans la comptabilité.

Le père de Chad l'avait embauché quelque temps après qu'Otis ait lancé sa propre entreprise de comptabilité et d'investissement, et la suite appartenait à l'histoire. Depuis, il tenait les comptes de Lobster Cove. C'était quasiment un membre de la famille.

— Nouvelle employée ? demanda Otis en s'approchant. Je n'étais pas au courant.

Chad ne savait pas s'il décelait de la désapprobation dans sa voix... mais il n'aimait pas ce ton. Et il ne voulait pas que Britt se sente autre chose que bienvenue.

— Eh bien, maman vient de lui proposer le poste il y a dix minutes, alors à moins que tu saches lire dans les pensées, je ne suis pas surpris que tu ne sois pas au courant, répondit-il.

Otis esquissa un sourire contrit.

— Désolé. Je ne voulais pas avoir l'air contrarié. C'est juste que j'ai besoin de ces infos pour mettre en place la paie et l'ajouter à notre assurance.

— Assurance ? répéta Britt, surprise.

— Oui, Austin et Evelyn ont toujours voulu rester compétitifs, expliqua Otis. Ils ne voulaient pas embaucher de bons employés pour les voir partir ensuite parce qu'un boulot plus traditionnel offrait de meilleurs avantages. Alors on s'est arrangés pour qu'ils puissent proposer non seulement une bonne assurance, mais aussi un plan de retraite.

— Waouh, c'est génial.

— Oui, c'est vrai, approuva Walt. C'est le meilleur boulot que j'ai jamais eu, et je ne compte jamais partir. Je parie que je serai encore là, à bricoler dans ce garage, quand j'aurai quatre-vingts ans.

Tout le monde éclata de rire.

— Bref, bienvenue dans l'équipe, dit Otis en lui tendant la main.

Britt la serra et lui adressa un petit sourire.

— Merci. Je n'arrive toujours pas à croire que c'est réel. J'avais vraiment besoin d'un travail. Et découvrir que ça vient avec une assurance, un logement, et même un plan de retraite ? C'est bien plus que tout ce que j'aurais jamais espéré.

— Elle va loger ici ? demanda Otis.

— Oui. Maman a insisté, lui répondit Chad.

— C'est génial. Ça lui fera du bien d'avoir un peu de compagnie dans cette grande maison. Enfin... euh... autre que toi. Je veux dire, de la compagnie féminine, ajouta Otis en bafouillant un peu.

— Je comprends ce que tu veux dire. En tant que fils, je ne compte pas, dit Chad en levant les yeux au ciel. Tout se passe bien ici ? Vous avez besoin de quelque chose ?

— Non, tout roule. J'étais juste en train de faire l'inventaire avec Barry, répondit Otis.

— Ça marche. Je vais continuer la visite de Lobster Cove avec Britt. Préviens-moi si vous avez un problème.

— Je suppose que tout ira bien. J'ai les choses bien en main, comme d'habitude, répliqua Otis en riant.

Après avoir promis de bien s'occuper de sa voiture et de les prévenir tous les deux s'il découvrait quoi que ce soit, Walt rangea la clé de Britt dans sa poche et retourna au pick-up sur lequel il travaillait avant d'être interrompu. Barry et Otis dirent au revoir, puis regagnèrent le bureau.

— Tu es prête ? lui demanda Chad.

Elle hocha la tête, et ils sortirent de l'atelier en direction de la zone d'entreposage des bateaux. Le reste de la visite passa relativement vite, et Britt sembla charmée par les deux maisons d'hôtes. Elles avaient été décorées d'une façon qui donnait l'impression que des homards avaient vomi partout, mais les clients semblaient adorer ça. Il y avait des dessins de homards encadrés sur les murs, et son père avait commandé des gobelets en plastique ornés du logo de Lobster Cove, que les visiteurs pouvaient emporter en partant. Il y avait des tapis, des rideaux de douche, des bibelots, tous à motif de homard, et même des couvertures dans les petits salons, chacune ornée d'un immense homard.

C'était trop pour Chad, mais en même temps, il avait grandi dans le Maine, et les homards n'avaient rien d'exceptionnel pour la plupart des locaux. Mais Britt, elle, semblait émerveillée. Le sourire amusé et léger qu'elle affichait en inspectant les chalets lui plut énormément.

Pendant qu'ils visitaient les maisons, qui allaient être occupées sous peu avec l'arrivée de la saison touristique, Chad prit pleinement conscience de nombre de choses à faire dans les deux. Les structures étaient solides, mais tout l'entretien de base avait manifestement été repoussé trop longtemps.

Les pièces sentaient un peu le renfermé, et les murs auraient bien eu besoin d'un coup de peinture. Il voulait remplacer la moquette des chambres par du parquet. Il y avait une petite tache au plafond du chalet à une chambre qui méritait d'être examinée de plus près. Et bien sûr, les toitures devaient être refaites. L'une des terrasses avait besoin d'un nouveau coup de pinceau, au minimum, et l'autre aurait bien mérité d'être complètement changée.

Ils marchaient au bord de l'eau après la visite, s'approchant d'un banc, lorsque Britt demanda timidement s'ils pouvaient s'arrêter un instant.

— Bien sûr, répondit Chad en désignant le banc.

Britt était assise, le regard rivé sur l'eau bleue et calme. Lobster Cove tenait son nom du plan d'eau sur lequel la propriété donnait, une crique protégée alimentée par l'océan Atlantique. Mais comme c'était une crique, ils n'avaient pas à subir les vagues destructrices lors des tempêtes. Quand ses parents avaient acheté la propriété, l'eau gelait presque chaque hiver, mais ces dernières années, ils subissaient rarement un temps aussi extrême.

Chad avait passé son enfance à nager, faire du kayak, du paddle et à s'amuser dans et autour de la crique. La balançoire que lui et ses frères avaient utilisée des centaines de fois pour voler au-dessus de la surface, sautant lorsqu'elle atteignait son sommet, était toujours suspendue à un grand arbre au bord de l'eau.

Il n'avait pas réalisé que l'océan pouvait en réalité être chaud jusqu'à ce qu'il parte un jour en vacances sur une plage en Floride.

Peu importe la direction dans laquelle il regardait, chaque coin lui ramenait de bons souvenirs d'une enfance heureuse.

Il avait passé beaucoup de temps à contempler cette étendue d'eau... alors il tourna son attention vers la femme à ses côtés. Il aimait tant découvrir Lobster Cove à travers ses yeux. Cela lui faisait apprécier davantage ce que lui et sa famille possédaient.

— C'est tellement beau, murmura-t-elle après un moment.

— Oui, approuva Chad, ne parlant pas uniquement du paysage.

— Tu as beaucoup de chance.

— Je sais.

Et c'était vrai. Chad essayait de ne pas prendre les choses qu'il avait dans sa vie pour acquises.

Britt se tourna vers lui, et la sérénité sur son visage se transforma en une expression inquiète. Il s'y attendait. C'était l'une des raisons pour lesquelles il n'avait pas hésité à accepter de faire une pause un instant. Pour qu'ils puissent parler.

— Ne te méprends pas. Je veux rester. Je veux travailler ici. J'ai vraiment besoin d'un boulot. Mais on dirait que ta mère n'a pas vraiment besoin de moi. Surtout maintenant que tes frères vont bientôt rentrer à la maison. Je ne veux pas profiter de toi ni de ta famille.

Son inquiétude ne fit que convaincre davantage Chad qu'il avait bien fait de l'inviter à venir à Lobster Cove. Si elle avait été différente, elle ne se serait préoccupée que de ce dont elle avait besoin ou envie.

— On a besoin de toi. Ma mère donne peut-être l'impression d'aller bien, mais elle a du mal. Elle a passé les cinquante dernières années avec mon père à ses côtés. Il lui a été arraché très soudainement, et elle ne sait pas trop comment avancer dans cette nouvelle phase de sa vie sans lui. Ta présence aujourd'hui, même seulement pour le court moment où tu es restée assise avec elle, a déjà fait une différence. J'ai vu une étincelle chez elle. Elle semble plus intéressée par ce qui se passe autour d'elle, à Lobster Cove, dans la vie.

Britt lui lança un regard sceptique.

— Désolé, c'était un peu maladroit. Maman... va bien. Elle est triste à cause de papa, mais déterminée à faire tourner les terres et les affaires qu'ils ont construites ensemble. Je voulais juste dire que j'ai vu combien elle avait apprécié passer du temps avec toi. Je pense que travailler ici vous fera du bien à toutes les deux.

— Je ne veux pas être un parasite, dit Britt, doucement.

Chad éclata de rire.

— Je ne plaisantais pas, insista-t-elle, légèrement contrariée.

— Pardon, je ne me moquais pas de toi. Mais tu as vu les maisons d'hôtes. Ce n'est pas un faux emploi ou une offre par pitié. On a vraiment besoin de toi. Des clients vont bientôt arriver, et s'ils voient l'état des chalets, ils ne reviendront jamais. On a besoin d'aide. Maman a besoin d'aide. Tu gagneras ton salaire, ne t'en fais pas pour ça.

— Honnêtement, avoir un toit au-dessus de ma tête et un endroit sûr où dormir, c'est déjà suffisant.

— Non, ça ne l'est pas. Le salaire que maman t'a proposé te convient ? Je peux lui en parler si tu trouves qu'il n'est pas adapté.

Elle le regarda avec des yeux écarquillés.

— Tu plaisantes.

— Non, pourquoi ? Ce n'est pas assez ?

— Chad ! J'ai le gîte et le couvert, et apparemment une révision pour ma voiture. C'est déjà trop !

— On est dans le Maine. Tout est plus cher ici. Pour info, moi je pense que c'est un salaire équitable, mais si tu veux négocier, comme je te l'ai dit, je peux en parler à maman.

Elle se tourna de nouveau vers l'eau, et Chad vit sa lèvre

inférieure trembler. Il lui laissa le moment dont elle avait visiblement besoin pour retrouver son calme.

Puis elle prit une grande inspiration et le regarda à nouveau.

— Le salaire est parfait. Je vais être la meilleure gouvernante, compagne, concierge... peu importe... que ta mère ait jamais eue.

— Je le sais.

Il le savait vraiment. Cette femme n'était pas du genre à accepter la charité. À profiter des autres. Comment il le savait, il n'en avait aucune idée, mais elle dégageait une sincérité désarmante.

— Tes frères ne vont pas être contrariés qu'elle m'ait embauchée sans leur en parler ?

— Non.

Là-dessus, Chad n'avait aucun doute.

Elle eut de nouveau l'air sceptique.

— Fais-moi confiance, ça leur est égal. Tout ce qui leur importe, c'est maman. Qu'elle soit contente et en sécurité.

— Ils vont emménager dans la maison eux aussi, quand ils arriveront ?

Chad ne savait pas trop si elle avait des appréhensions à l'idée de vivre avec autant d'inconnus, masculins, qui plus est.

— Je ne connais pas encore leurs plans exacts, mais je ne pense pas. Et même si c'était le cas, tu n'as pas à t'en faire. Tu peux leur faire confiance. À moi aussi, d'ailleurs. Si jamais tu as eu des doutes, je ne t'ai pas amenée ici pour te séduire ou pour t'emmener dans une sorte de repaire souterrain que les Young auraient fait construire pour y enfermer de pauvres femmes innocentes à des fins malveillantes.

Britt gloussa. Ce qui fit sourire Chad à son tour.

— Crois-le ou non, j'ai bien eu quelques moments où je me suis posé la question...

— Je suis un mec bien, Britt. Je te le jure. Je pense que si tu le laisses faire, Lobster Cove pourra guérir toutes tes blessures. Ton ex ? C'était un idiot. Et un connard. Je n'arrive pas à croire qu'il t'ait abandonnée comme ça, en te laissant avec la facture du motel. Tu es mieux sans lui, et si tu laisses une chance au Maine, il s'imprègnera en toi et tu te demanderas pourquoi tu n'es pas venue plus tôt.

— J'espère. Même avec toute l'incertitude dans ma vie récemment, j'ai découvert que j'aimais vraiment cet endroit. C'est... paisible. Là d'où je viens, tout le monde est toujours pressé. Ils sont énervés à cause des embouteillages, ils ignorent les déchets sur les trottoirs en passant, ils se fichent éperdument des autres. Je me suis retrouvée à adopter ce même état d'esprit, mais en arrivant ici, tout ça s'est comme évaporé. Et je sais que tout ne sera pas parfait ici. Il y a toujours de la criminalité, toujours des abrutis qui pensent que c'est normal de jeter leurs ordures par la fenêtre en roulant sur une route de campagne, toujours des gens mauvais. Mais ici, d'une certaine façon, tout ça semble... atténué. Si ça a du sens.

— Ça en a, approuva Chad. J'avais hâte de partir. Je voulais voir le monde, en quelque sorte. Et maintenant que je l'ai fait, le Maine, Rockville, et Lobster Cove me paraissent encore plus parfaits.

— Est-ce que votre plage a ces petits morceaux de verre tout lisses et polis par l'eau ?

C'était un changement de sujet abrupt, mais ça ne dérangea pas Chad.

— Parfois. Comme on est dans une crique protégée, on n'en a pas autant que des plages comme Fortunes Rocks Beach à Biddeford, ou Pebble Beach sur l'île de Monhegan. Les vagues ramènent le verre qui a été ballotté dans l'océan pendant des années, voire des décennies.

— C'est bizarre que quelque chose qui me révolte autant,

des déchets jetés dans nos océans, puisse créer quelque chose d'aussi beau que les gens cherchent ensuite de façon obsessionnelle.

— Je n'avais jamais vu ça comme ça. Mais je crois que je suis quand même du côté de ceux qui ne jettent rien dans la nature, dit Chad.

— Moi aussi. Mais je ne suis pas contre l'idée de nettoyer les plages en ramassant ces petits bouts de verre adorables, lança-t-elle avec un sourire.

Chad n'était même pas troublé de déjà penser aux lieux où il pourrait emmener Britt pour chercher du verre de mer.

— Je pourrais rester assise ici toute la journée, lâcha-t-elle après un moment.

— Tu dis ça maintenant, mais quand le vent va se lever et que tu seras gelée jusqu'aux os, tu seras bien contente d'être à l'intérieur, devant le feu, emmitouflée sous une couverture.

— C'est vrai, approuva-t-elle en riant.

Elle poussa ensuite un soupir.

— Chad ?

— Oui ?

— Merci.

Ses mots étaient doux, presque emportés par le vent.

— Je t'en prie. Allez, viens, on va voir dans quel pétrin ma mère s'est encore mise. Elle a sûrement ressorti le tableau blanc qu'elle utilisait quand j'étais gosse pour nous assigner les corvées. On détestait ce truc.

— Non, vous détestiez sans doute faire les corvées, répliqua Britt.

Chad s'esclaffa.

— Oui, tu as raison.

Il avait envie de lui reprendre la main, mais maintenant, ça lui semblait un peu gênant. Puis quelque chose lui vint à l'esprit, et il voulut clarifier ce petit détail tout de suite.

— Tu ne travailles pas pour moi, lâcha-t-il brusquement alors qu'ils se levaient.

— Quoi ?

— Je ne suis pas ton employeur. Tu ne me dois rien, tu n'as pas à justifier ton temps ou ce que tu fais avec moi ou avec l'un de mes frères. Je voulais juste que tu le saches.

Elle fronça les sourcils.

— Euh... alors pour qui est-ce que je travaille ?

Chad haussa les épaules.

— Pour ma mère, je suppose. Mais elle ne se verra jamais comme ta patronne non plus. À mon avis, tu es déjà, à ses yeux, un membre de la famille.

Il vit Britt lutter pour garder sa contenance.

— Je voulais juste que tu comprennes que ce n'est pas un environnement de travail classique, expliqua-t-il doucement. Mais d'un autre côté, si quelqu'un te met un jour mal à l'aise, un client ou un employé de Lobster Cove, y compris mes frères, tu ne dois absolument pas tolérer ça. Tu dois m'en parler, à moi ou à mes frères, ou même à Otis. On n'a peut-être pas de service RH officiel, mais personne ici n'acceptera que tu te sentes en danger ou mal à l'aise. D'accord ?

— D'accord. J'ai encore du mal à me dire que tout ça est réel, songea-t-elle en marchant à ses côtés sur le chemin qui menait à la maison principale.

— Tu en auras pleinement conscience quand tu seras agacée contre ma mère parce qu'elle te force à manger des parts énormes, ou quand tu devras nettoyer un des chalets après le passage d'un touriste mal élevé, ou quand tu seras tellement épuisée après une longue journée que tu ne pourras même plus garder les yeux ouverts.

— Oh, crois-moi, ce ne sera rien comparé à d'horribles ex-petits amis qui te font te sentir nulle juste parce que tu aimes un porte-clés en forme de homard, ou à gérer des clients pendant les fêtes de fin d'année quand tu bosses dans le commerce.

Chad sourit.

— Bienvenue à Lobster Cove, Britt. On a de la chance que tu sois là.

— C'est moi qui ai de la chance, répliqua-t-elle.

Chad se dit que peut-être, c'était lui le chanceux, d'avoir la chance de travailler avec elle, de la voir tous les jours, de vivre avec elle.

C'est cette dernière pensée qui le fit trébucher. Britt attrapa son bras, comme si elle pouvait l'empêcher de s'écraser la tête la première sur le sentier accidenté. Heureusement, il retrouva son équilibre et ne l'entraîna pas dans sa chute.

Il avait trente-sept ans, et il n'avait jamais vécu avec une femme. Sa mère ne comptait pas.

Mais ça ne le rendait pas nerveux. Au contraire, cela faisait tourbillonner dans ses veines une sorte d'attente impatiente, sans qu'il comprenne bien pourquoi. Il avait le sentiment que vivre avec n'importe quelle autre femme lui aurait déjà fait regretter d'avoir poussé sa mère à l'engager.

Mais vivre avec Britt ? Apprendre à la connaître ? Ça, il en avait hâte.

5

Une semaine plus tard, Britt apprit que Chad ne plaisantait pas quand il avait dit qu'elle allait mériter son salaire. Elle était épuisée, mais d'une bonne fatigue. Chaque jour, quelque chose de nouveau semblait surgir et demandait à être fait. Les premiers clients de la saison étaient arrivés, et son expérience dans le commerce s'était révélée utile, puisqu'ils semblaient avoir une centaine de questions par jour.

Elle leur avait donné son numéro de téléphone, l'appareil lui ayant été fourni par Otis, qui lui avait dit qu'elle devait être joignable à tout moment, maintenant qu'elle travaillait et vivait sur la propriété. Les clients ne s'étaient pas gênés pour la contacter. Ils voulaient savoir à quel moment il était préférable de faire du kayak, où se trouvait le Starbucks le plus proche (à environ une heure et demie de route, à Brunswick), et demandaient des recommandations sur où trouver le meilleur homard frais.

Elle avait aussi beaucoup travaillé avant l'arrivée des clients, veillant à ce que les maisons soient aussi confortables et propres que possible, et qu'elles aient l'air luxueuses, du moins au premier coup d'œil. Plus elle passait de temps là-bas, plus il était facile de voir le travail qu'il restait à faire. Un travail que Chad faisait de son mieux pour accomplir. Mais, comme pour elle, quelque chose de plus urgent semblait toujours surgir et exiger son attention.

Un arbre tombé pendant une tempête nocturne, des réparations d'urgence sur la pompe à chaleur de la maison d'hôtes à deux chambres, des bateaux à préparer pour être récupérés par leurs propriétaires. Lobster Cove était un endroit très animé, et il était plus qu'évident pourquoi Chad était enthousiaste à l'idée que ses frères arrivent aujourd'hui.

Britt était nerveuse. Même s'ils savaient tous qui elle était, et comment elle en était venue à travailler et vivre à Lobster Cove, rencontrer le reste des frères Young lui semblait intimidant.

Elle était assise sur le porche en train de boire un café avec Evelyn lorsqu'une Ford Explorer bleue se gara devant la maison. Evelyn poussa un petit cri adorable et se leva d'un bond de sa chaise, dévalant les marches récemment réparées.

Britt se leva mais resta sur place. Une partie de son anxiété venait de la certitude que si les frères de Chad protestaient contre sa présence, elle serait mise à la porte. Elle n'en doutait pas une seconde. Et plus le temps passait, plus elle avait envie de rester.

Evelyn était tout ce qu'elle avait toujours souhaité que sa propre mère puisse être, et Lobster Cove était peut-être le plus bel endroit qu'elle ait jamais vu de sa vie. Si elle n'avait pas été en train de tenir compagnie à Evelyn en attendant Zach, Britt aurait été sur la terrasse arrière, à regarder le lever du soleil. C'était une de ses activités préférées. Il faisait encore frais le matin, mais elle s'en fichait. Elle se blottissait sous une couverture et buvait son café tout en observant le monde s'éveiller.

Elle n'avait jamais vu de plongeon huard de sa vie avant de

venir dans le Maine, et maintenant, elle savait reconnaître leur cri distinctif et faire la différence entre les canards eiders et les huards qui nageaient dans la crique.

Mais il n'y avait pas seulement Evelyn, la vue, et la faune...

Il y avait Chad.

Elle appréciait son aide et sa gentillesse. Mais plus elle passait de temps avec lui, plus elle se rendait compte que la gratitude n'était pas la seule chose qu'elle ressentait pour lui. Ils avaient une sorte d'alchimie qu'elle n'avait jamais connue avec un homme... jamais de toute sa vie.

Elle avait été furieuse contre Cole de l'avoir quittée, mais pas anéantie comme l'aurait été quelqu'un profondément amoureux de son partenaire. Elle avait déménagé avec lui dans le Maine non pas parce qu'elle ne pouvait pas vivre sans lui, mais parce qu'elle voulait quitter la Géorgie. C'était une raison bancale pour traverser le pays avec un homme, et elle n'était pas fière de s'être servie de Cole de cette façon, mais malgré toutes les difficultés qu'elle avait connues... Elle ne regrettait pas d'avoir quitté sa zone de confort ni d'avoir bouleversé sa vie.

Avec Chad, elle n'avait pas l'impression de devoir faire semblant, de jouer un rôle. Il l'avait vue au plus bas, ce jour-là, sur le parking de la scierie, et il n'en avait pas été rebuté. Elle se souvenait encore de la sensation de sa main dans la sienne, quand il lui avait fait faire cette première visite de la propriété. Marcher à ses côtés lui avait tout simplement semblé... juste.

Comme s'il l'avait conduite exactement là où elle devait être.

Elle avait tenté d'éteindre ce sentiment depuis, mais c'était impossible. Même quand les choses tournaient mal, même quand elle faisait une erreur, elle n'avait pas l'impression qu'elle allait se faire virer ni qu'on lui en voulait. À Lobster Cove, il y avait aussi des galères, comme partout ailleurs, mais tout le monde prenait les choses comme elles venaient. C'était une belle façon de vivre... sans avoir peur, constamment, d'être jetée dehors sans pouvoir se défendre.

Mais maintenant que les autres frères Young arrivaient, elle allait redevenir l'étrangère. Ils avaient parfaitement le droit de décider qui pouvait ou non rester ici, et si elle faisait quelque chose qui leur déplaisait, ils se rangeraient forcément les uns du côté des autres pour la mettre à la porte.

Britt avait ouvert un compte en banque local cette semaine, dès qu'Otis lui avait remis son tout premier chèque de paie, et ça lui avait fait un bien fou de voir un solde qui ne flirtait pas dangereusement avec le rouge. Mais si elle devait partir, l'argent qu'elle avait gagné jusque-là ne tiendrait pas longtemps.

Ces pensées tourbillonnaient dans sa tête lorsque la porte de la maison s'ouvrit. Se retournant, elle vit Chad sortir. Il portait un jean bleu, un T-shirt noir et des bottes de travail noires. Ses cheveux bruns étaient mouillés ; il était évident qu'il sortait tout juste de la douche. Il s'était levé avant l'aube ce matin-là pour travailler sur une tondeuse dans l'atelier avant que Walt et Barry n'arrivent.

Au lieu de descendre les marches pour aller saluer son frère, Chad s'arrêta à côté de Britt.

— Bonjour, dit-il doucement.

Sans qu'elle sache pourquoi, un frisson parcourut les bras de Britt en réaction à sa voix grave et rocailleuse.

— Bonjour, répondit-elle.

Comme il ne bougeait pas, elle demanda :

— Tu ne vas pas dire bonjour à ton frère ?

— Quand maman aura fini de s'extasier devant lui, il viendra ici. Je l'ai vu il n'y a pas très longtemps et je lui ai parlé au téléphone hier soir. Il a passé la nuit à Boston. C'est pour ça qu'il est là si tôt. Il est du matin, ce qui est chiant.

Britt ne put s'empêcher de rire.

— Euh, je ne veux pas te vexer, mais toi aussi tu es un lève-tôt, Chad.

Il tourna la tête et lui adressa un sourire en coin.

— Oui, mais Zach, c'est vraiment un lève-tôt. Il devait se réveiller vers 3 h du mat' pour commencer à cuisiner quand il était dans la marine, et même aujourd'hui, il continue à se lever à l'aube. Quitter son hôtel avant six heures du matin, c'est normal pour lui. Même gamin, c'était toujours le premier réveillé... il rendait mes parents dingues, surtout pendant les fêtes de fin d'année, quand il voulait que tout le monde se lève en même temps que lui.

Britt adorait entendre des histoires sur l'enfance de Chad. Evelyn parlait sans arrêt de ses fils, de son mari et de leur vie à Lobster Cove. Ils avaient un héritage incroyable ici, et elle était très heureuse pour eux.

— Y'a pas de raison d'être nerveuse, tu sais, dit-il presque nonchalamment.

Britt leva les yeux vers lui.

— Ils ne vont pas te mettre à la porte.

Elle ignorait complètement comment il pouvait savoir que c'était la cause même de ses inquiétudes.

— Je suis une inconnue que tu as ramassée dans la rue. Je suppose qu'ils vont se poser des questions sur mes intentions, et se demander si je suis un danger pour ta mère.

— Tu ne l'es pas.

Britt souffla d'un air agacé.

— C'est vrai. Mais eux, ils l'ignorent. Pour tout ce qu'ils en savent, je planque l'argenterie dans mes sacs et filerai avec en pleine nuit.

Chad rit, et ce son résonna en Britt, la troublant par la façon dont elle aimait entendre n'importe quel son venant de cet homme.

Il n'eut pas le temps de répondre, car Zach s'approchait d'eux.

— Heureusement que tu es arrivé tôt. Je veux monter sur le toit pour voir l'étendue des dégâts, histoire d'estimer combien de temps on aura pour le remplacer. J'aurais besoin d'un coup de main, dit Chad.

Zach leva les yeux au ciel mais n'hésita pas à prendre son frère dans ses bras.

— Même pas un Salut, le trajet s'est bien passé ? avant de commencer à m'exploiter ?

— Salut, le trajet s'est bien passé ? répondit Chad sans émotion en se dégageant de leur rapide accolade fraternelle.

Zach donna un coup de poing à son frère dans le bras.

— Présente-nous, ordonna-t-il en tournant son attention vers Britt.

Britt se retint de gigoter sur place avec grand effort et adressa un sourire au plus jeune des frères de Chad. Il était grand, même pour elle. Elle savait qu'il mesurait un mètre quatre-vingt-dix-huit, et qu'il tenait sa taille de son père. Il avait les yeux noisette et une mâchoire carrée. Ses lèvres étaient pulpeuses et actuellement retroussées dans un sourire amical. Ses cheveux foncés, pas tout à fait noirs, mais pas vraiment bruns non plus, étaient coupés à la militaire, courts sur les côtés et un peu plus longs sur le dessus. Il portait un pantalon chino beige, un polo et des baskets. Il ressemblait plus à un jeune banquier chic qu'au chef renommé dont elle avait entendu parler.

— Zach, voici Britt. Britt, voici mon petit frère agaçant, enfin, l'un d'eux, Zachary.

— Enchanté. J'ai beaucoup entendu parler de toi, la salua Zach d'un ton formel.

Ce qui pouvait vouloir dire à peu près n'importe quoi. Britt ne pensait pas que Chad disait du mal d'elle dans son dos, et encore moins Evelyn, mais elle restait inquiète.

— Moi de même, répondit-elle.

— Alors, qu'est-ce que tu penses de notre petit domaine ? demanda-t-il, en désignant Lobster Cove dans son ensemble.

Voilà un sujet sur lequel Britt se sentait plus à l'aise.

— C'est incroyable. Comme un rêve. Le paysage est tellement magnifique.

— Jusqu'à ce qu'un demi-mètre de neige nous tombe dessus et qu'on doive tout déblayer, répliqua Zach en riant.

— Oh, je parie que c'est encore plus beau sous la neige ! s'exclama Britt.

— Entrez donc, ordonna Evelyn en les rejoignant. Pourquoi on reste debout comme des sauvages sur le perron alors qu'on pourrait être en train de manger le petit déjeuner ?

— Dis-moi que tu as fait tes gaufres spéciales, s'il te plaît, supplia Zach.

— Tu vas partir si je te dis qu'on mange du yaourt grec avec des fraises et des bagels allégés ?

Zach plissa le nez, montrant clairement à sa mère ce qu'il pensait de ce menu.

Elle gloussa.

— Évidemment qu'on va manger des gaufres. Ce sont tes préférées.

Zach glissa un bras autour des épaules de sa mère et lui donna une autre étreinte.

— C'est toi ma préférée, lui dit-il.

— Et toi, tu es mon préféré, répondit Evelyn.

— Hé ! protesta Chad.

Britt observait la scène avec un sourire. C'était évident que cette conversation faisait partie des blagues récurrentes de la famille.

— En fait, je crois que maintenant, c'est Britt, ma préférée, dit Evelyn. Elle a été une vraie bénédiction. Elle bosse comme une folle également. Vous savez que l'autre fois, elle a passé la journée à récurer le sol de la petite cuisine de la maison d'hôtes, et qu'elle a réussi à enlever ces vilaines taches d'eau qui étaient là depuis l'inondation, il y a quelques hivers ?

— Ah oui ? demanda Zach en guidant sa mère vers la porte.

Britt se sentit rougir. Ce n'était pas aussi impressionnant qu'Evelyn le disait. Même si ça avait été du boulot, frotter le sol avait eu chez elle un effet thérapeutique. Elle y avait vidé toute sa rancœur contre son ex sur les pauvres carreaux.

— Oui. Et elle ne se plaint pas quand elle doit plier le linge, contrairement à certaines personnes que je connais.

Evelyn donna un petit coup de coude à son plus jeune fils en se précipitant dans la maison devant eux, en direction de la cuisine.

Britt s'attendit à ce que Zach lance une plaisanterie ou lâche une remarque bon enfant, mais au lieu de ça, il se tourna vers Chad et demanda doucement, pour ne pas que leur mère entende :

— Comment elle va ?

— Bien. Enfin, aussi bien qu'on peut l'espérer. L'arrivée de Britt a vraiment tout changé. Je pense qu'elle se sentait seule et dépassée. Le retour de Linc et Knox va sûrement lui faire encore plus de bien.

— Ils doivent toujours arriver aujourd'hui, c'est ça ? demanda Zach.

— Tant qu'il n'y a pas d'imprévu, oui. Lincoln a dit qu'il passerait prendre Knox à l'aéroport de Portland en route. Il fait expédier sa voiture et ses affaires de Floride. Tu connais Lincoln, il refuse de monter dans un avion s'il n'est pas aux commandes, donc il fait tout le trajet en voiture depuis le Montana.

— Quel têtu, marmonna Zach.

Puis il se tourna de nouveau vers Britt. Ainsi, le garçon enjoué et détendu avec qui elle avait échangé quelques minutes plus tôt sur le perron laissa place à un fils sérieux, sceptique, et protecteur.

— Donc... j'aimerais bien entendre l'histoire de comment tu t'es débrouillée pour atterrir à Lobster Cove.

Le ventre de Britt se noua, mais elle releva le menton. Elle n'avait rien fait de mal. Elle n'avait pas supplié Chad de lui donner du travail. Mais elle comprenait l'inquiétude de Zach. Elle était une inconnue, vivant sous le même toit que sa mère veuve et vulnérable.

— Zach, le prévint Chad.

— Non, ça va, l'interrompit Britt, soutenant le regard de Zach sans ciller. Ma voiture ne démarrait plus, et j'étais coincée sur le parking où je dormais. Un employé me criait dessus pour que je dégage des lieux quand Chad est intervenu. Il m'a aidée à faire redémarrer mon véhicule et m'a invitée ici pour déjeuner. Ta mère m'a proposé un emploi, et comme j'avais exactement un dollar et quarante-trois cents en poche, j'ai accepté.

— Je t'ai déjà raconté ce qui s'est passé, fit remarquer Chad.

Britt ne quitta pas Zach des yeux. Il avait beau être le petit dernier, il n'était clairement pas du genre à se laisser marcher sur les pieds.

— J'adore ma mère. C'est la femme la plus importante de ma vie, et elle le restera toujours. Je déplacerai ciel et terre pour m'assurer qu'elle est heureuse. Et je n'hésiterai pas à faire ce qu'il faut pour éloigner tout problème de son quotidien.

— Elle a de la chance de vous avoir. Vous tous, répondit honnêtement Britt. Je ne vais pas lui faire de mal. En à peine une semaine ici, elle m'a traitée davantage comme un membre de sa famille que ma propre mère ne l'a jamais fait. Je vous prouverai, à toi et à tes frères, que je n'ai que de bonnes intentions. Je ne vais rien lui voler, ni à elle ni à qui que ce soit. Je n'ai pas de plan caché. Je veux simplement travailler dur et mériter ma place.

Zach la fixa longuement du regard, dans un silence pesant, puis hocha la tête.

Ce n'était pas tout à fait une approbation, mais ce simple geste suffit à faire retomber une partie de la tension dans les épaules de Britt.

— Tu as fini de la cuisiner ? demanda Chad d'un ton qu'elle n'avait jamais entendu de sa bouche.

Jetant un coup d'œil dans sa direction, Britt vit un muscle battre dans sa mâchoire et l'une de ses mains serrée en poing.

— Je ne la cuisinais pas. J'apprenais simplement à la connaître, se défendit Zach.

— Tu parles. Si c'est ta façon d'apprendre à connaître quelqu'un, j'ai pitié de la prochaine fille que tu fréquenteras. Ce que tu faisais, c'était remettre en question mon jugement quand j'ai encouragé maman à l'embaucher, et tu essayais de mettre Britt mal à l'aise, rétorqua Chad.

Zach fronça les sourcils.

— Je te fais confiance. Je me fais du souci, c'est tout, et je voulais juste qu'elle comprenne qu'on ne laissera passer aucune magouille.

Britt ne put s'en empêcher. Un sourire se dessina sur ses lèvres en entendant cet homme à l'allure de gendre idéal, et clairement intimidant physiquement, prononcer le mot magouille.

— Quoi ? Tu veux partager la blague ? demanda Zach.

Heureusement, il n'avait pas l'air fâché.

Britt échangea un regard avec Chad et le vit sourire à son tour. Il intervint aussitôt, la sauvant d'avoir à s'expliquer. Elle ignorait comment il pouvait deviner ce qu'elle pensait, mais comme souvent durant cette dernière semaine, ils semblaient sur la même longueur d'onde.

— Magouille ? Qui dit encore ça ? demanda-t-il à son frère.

Au grand soulagement de Britt, Zach éclata de rire.

— Oui, ça sonnait mieux dans ma tête qu'en vrai.

— Arrête de passer Britt au détecteur de mensonges ! cria Evelyn depuis la cuisine. Venez manger, ou je vous sers vraiment du yaourt !

Britt fronça les sourcils, pas très à l'aise avec l'idée qu'Evelyn sache qu'ils parlaient d'elle, même de façon détournée, dans son dos.

— Maman a le don de savoir tout ce qui se passe dans cette maison, l'informa Zach pendant qu'ils se dirigeaient tous vers la cuisine. Je jurais qu'elle et papa avaient planqué des caméras dans tous les coins.

— Mais ils ne l'avaient pas fait. Et ils ne l'ont jamais fait, s'empressa d'ajouter Chad.

— Ce doit être l'instinct maternel, répondit Britt, pour leur faire comprendre qu'elle ne craignait pas les caméras.

— Peut-être. Mais c'était l'enfer durant notre enfance. Tu te souviens de cette fois où j'embrassais ma copine sur le canapé, et que maman a crié, depuis sa chambre, que je devais garder mes mains pour moi ? demanda Zach. C'était la honte.

— Je n'étais pas là. J'étais déjà en camp d'entraînement, alors non, je ne m'en souviens pas. Mais je compatis. C'est comme cette fois où je fumais de l'herbe dans ma voiture avec un pote, juste pour essayer, et que papa est sorti de nulle part pour balancer un Twinkie par la fenêtre ouverte, en me disant que c'était pour quand j'aurais la dalle plus tard, répondit Chad en riant.

— Ah bon ? Il n'était pas en colère ? demanda Britt.

— Ça ne lui a pas plu, admit Chad. Mais on a eu une longue discussion le lendemain, et il m'a dit qu'il était soulagé que, si je devais expérimenter ce genre de trucs, je le fasse dans un endroit sûr et que je ne sois pas au volant.

Il soupira.

— Il me manque. Il avait cette manière de me faire réfléchir à deux fois avant de faire des conneries, sans jamais avoir l'air moralisateur.

— Oui, approuva Zach.

Pour la énième fois, Britt regretta de ne jamais avoir eu l'occasion de rencontrer cet homme. Il avait l'air génial.

Le petit déjeuner fut délicieux, comme toujours. Evelyn s'était surpassée, comme Zach était de retour. À peine Britt eut-elle fini de manger qu'elle reçut un message. C'était l'un des clients de la maison à deux chambres, qui voulait savoir si elle avait des recommandations pour un bon resto de fruits de mer.

Evelyn lui avait donné une liste des meilleurs restaurants de Rockville, et même d'un peu plus loin, au cas où les clients voudraient explorer un peu la région. Britt la gardait sur son téléphone, à jour, avec numéros et sites internet, et elle l'envoya donc par texto au client. Mais elle se dit qu'un petit détour ne ferait pas de mal, histoire de vérifier si les invités des deux chalets avaient besoin de quelque chose.

— Ravie de t'avoir rencontré, dit-elle à Zach en se levant de table avant de se tourner vers Evelyn. Je ferai la vaisselle en rentrant.

La vieille dame lui fit cependant un geste pour l'en dissuader.

— J'ai deux hommes parfaitement capables de laver une ou deux assiettes. Et je sais qu'Otis veut te voir, pour remplir les papiers de ton assurance ce matin. Passe donc le voir au garage après ta visite chez les clients.

Britt accepta à contrecœur. Elle emporta ses assiettes à l'évier, se sentant toujours coupable de les laisser là, puis se dirigea vers la porte d'entrée.

Chad la suivit dehors.

— Ça va ? demanda-t-il.

Britt fronça les sourcils.

— Pourquoi ça n'irait pas ?

— Parce que je sais que tu étais nerveuse à l'idée de rencontrer Zach, et il a été un peu dur avec toi.

Britt haussa les épaules.

— Dur ? Non, c'est un fils inquiet pour sa mère, qui se demande si une étrangère installée chez elle ne profite pas d'elle. En fait, je me serais davantage inquiétée s'il ne m'avait pas posé de questions sur ma présence.

Chad la fixa de longues secondes du regard.

— Quoi ? demanda-t-elle, mal à l'aise sous son regard insistant.

— Rien. Je voulais juste… merci.

— Pour quoi ?

— Pour être là. Pour ne pas avoir mal pris les questions. Pour ton aide. Pour tout.

— C'est moi qui devrais te remercier, répondit-elle.

— Et si on disait qu'on est quittes ? proposa-t-il.

— Marché conclu.

Aucun des deux ne bougea. Britt se sentait attirée par cet homme, sans comprendre pourquoi. Mais ça la rassura de voir qu'il semblait ressentir la même chose, à en juger par sa réticence à se séparer d'elle.

— Je suppose que tu dois y aller, dit-il.

— Oui.

— Tu veux qu'on se retrouve plus tard pour déjeuner ? proposa-t-il. Je pensais te montrer le sentier secret que mes frères et moi avons créé quand on était petits.

— Il mène à une cabane secrète dans les arbres ?

— Bien sûr.

Britt ignorait s'il plaisantait ou non, mais elle n'allait pas rater une occasion de voir une vraie cabane dans les bois… ou d'être seule avec Chad. Toutes les pensées qu'elle avait pu avoir sur lui ou sa famille, l'imaginant l'attirer dans leur repaire pour lui faire du mal, s'étaient envolées depuis longtemps.

Ils restèrent là à se fixer du regard pendant un instant de plus. Ce silence était chargé de... d'attente ? De nervosité ? D'incertitude ?

Un peu de tout ça.

Finalement, Britt recula d'un pas. Puis d'un autre, sans le quitter des yeux.

— Ne les laisse pas te marcher dessus, lui lança Chad.

— Les clients ? Ils sont gentils.

Il haussa simplement les épaules.

— Tu leur donnes un doigt, ils prennent le bras.

Il n'avait pas tout à fait tort, alors Britt acquiesça malgré tout.

— À plus tard.

— À plus, répondit Britt.

Elle se força ensuite à tourner les talons et à descendre les marches du perron. Elle ne put s'empêcher de se retourner à mi-chemin des chalets des clients. Chad était toujours debout sur le perron, à la regarder partir.

Elle poursuivit son chemin, des papillons lui tourbillonnant dans le ventre et un sourire se dessinant sur ses lèvres.

6

— Elle vivait vraiment dans sa voiture ? demanda Zach à Chad un peu plus tard, après qu'ils eurent tous deux grimpé sur le toit de la maison principale pour voir s'il y avait quelque chose à sauver.

— Oui. Y avait juste quelque chose chez elle qui m'a touché. Une sorte de dignité silencieuse, peut-être. Elle était au fond du trou, affamée, désespérée, et pourtant elle ne m'a pas supplié de lui donner de l'argent. Elle ne m'a rien demandé. Mais je crois que c'est la surprise dans ses yeux, quand je lui ai proposé de jeter un œil à sa voiture pour voir si je pouvais trouver ce qui n'allait pas, qui m'a vraiment marqué. Comme si elle était choquée que quelqu'un fasse quelque chose de gentil pour elle. Franchement, je n'arrive pas à croire que personne ne lui ait proposé son aide. Les choses ont changé, ici.

— Les choses ont changé partout, répliqua Zach. Les gens simulent des pannes de voiture tout le temps pour attirer des victimes à voler... ou pire. Et même s'il y a encore plein de gens prêts à faire preuve de charité et à tendre la main, ils ne sont pas idiots non plus. Ils ne veulent pas filer de l'argent à un inconnu, parce que y a de grandes chances que cet argent parte dans la drogue. Ils ne veulent pas donner un job à quelqu'un dans la galère, parce qu'ils ont peur de se faire avoir. C'est plus simple pour les gens de s'occuper de leurs affaires. Et je ne peux pas le leur reprocher, surtout quand c'est déjà compliqué de s'en sortir soi-même. Plus les prix augmentent, plus c'est difficile de gagner sa vie, alors les gens gardent ce qu'ils ont. Évidemment, ça veut dire que ceux qui n'ont rien se retrouvent encore plus désespérés.

Chad fixa son frère du regard en fronçant les sourcils.

— C'est plutôt pessimiste, dit-il.

Zach haussa les épaules.

— Tu es trop jeune pour être aussi cynique. Tu veux dire que tu ignorerais une jeune femme en train de se faire hurler dessus par un homme beaucoup plus grand et plus fort qu'elle, sur un parking ?

— Sans doute.

Chad n'y crut pas une seconde. Zach avait peut-être sept ans de moins que lui, mais ils avaient tous les deux été élevés par Austin et Evelyn Young. Deux personnes qui croyaient profondément que les autres étaient bons de nature. Qu'ils méritaient qu'on leur accorde le bénéfice du doute. Et ils avaient transmis ces croyances à leurs fils. Ils les avaient encouragés à faire ce qui était juste. À se dresser pour aider les plus faibles qui avaient besoin d'un champion.

— Je sais que cuistot, c'est loin d'être le boulot le plus dur de l'armée, dit Zach en regardant l'eau, mais j'ai quand même vu des horreurs. Je n'étais pas un SEAL, ni dans les Forces Spéciales. Je n'ai pas eu à gérer les conséquences des balles ou des bombes, ni ce qu'elles peuvent faire à un corps humain. Mais quand on était à quai, je me portais toujours volontaire pour livrer de la nourriture à des organisations qui la distribuaient à ceux dans le besoin. Ce que j'ai vu...

Sa voix s'éteignit.

Chad resta silencieux, attendant que son frère poursuive. Zach, le petit dernier de la famille, avait été gâté, et il avait causé sa dose de problèmes à l'école. Il avait visiblement beaucoup mûri dans la marine.

— Des hommes poussaient des femmes et des enfants pour atteindre la nourriture. Ils l'arrachaient des mains de petits garçons et de fillettes, puis s'enfuyaient. Les femmes n'étaient pas mieux. Le désespoir fait faire des choses affreuses aux gens. Le moindre signe de compassion, le moindre geste d'aide envers quelqu'un, pouvait signifier se faire tabasser ou se faire voler toutes ses possessions. Vouloir bien agir envers mon prochain m'a juste montré que là-dehors, c'est la loi du plus fort... et franchement ? Ça m'épuise.

Chad posa une main sur l'épaule de son frère. Il espérait sincèrement que revenir à Rockville aiderait Zach à guérir sa psyché malmenée.

Lui aussi avait ses propres démons liés à son service dans l'armée, mais il avait réussi à enfouir la plupart des horreurs si profondément qu'il n'y pensait presque plus. De plus, quoi que Zach ait traversé, Chad savait, au plus profond de lui, que si son frère avait été sur ce parking ce jour-là, et qu'il avait vu Britt face à ce connard du magasin, il serait intervenu exactement comme Chad l'avait fait. Peut-être qu'il ne l'aurait pas invitée à déjeuner chez lui, mais il ne l'aurait pas laissée se faire insulter.

— Tu l'aimes bien, dit soudain Zach, tournant son regard vers Chad.

— Quoi ?

— Tu l'aimes bien, répéta-t-il.

Son ventre se noua, et Chad haussa les épaules.

— Bien sûr. Elle est super avec maman et elle m'aide énormément.

— D'accord, mais c'est pas de ça que je parle. Je le vois,

frérot. Dans la façon dont tu la regardes quand vous êtes dans la même pièce. Fais juste attention, d'accord ?

L'agacement le saisit brusquement.

— Elle est inoffensive.

— Hmm-hmm.

— Elle l'est, insista Chad.

— OK, pas la peine de t'énerver, répondit Zach.

— Je ne m'énerve pas. Je ne veux juste pas que tu penses le pire d'elle alors que tu ne la connais même pas.

— Donc si j'apprenais à la connaître et décidais de l'inviter à sortir avec moi, ça ne te dérangerait pas ?

Ces mots frappèrent Chad en plein ventre. Son premier réflexe fut de balancer un « Hors de question ! », mais il se retint.

— Oui, tu la kiffes, déclara Zach pour la troisième fois. Je me demande juste comment elle a réussi à te charmer aussi vite. C'est parce que tu vis avec elle ? Tu l'as vue se balader en petite culotte et ça t'a tout retourné ?

Là, Chad vit rouge.

— C'est quoi ton problème, Zach ? Non, elle ne se promène pas en sous-vêtements. Merde ! Tu fais vraiment ton connard.

— Alors explique-moi, répondit calmement son frère.

Chad savait très bien ce que Zach était en train de faire. Il faisait ça tout le temps quand ils étaient gamins. C'était comme un chien avec un os. Une fois qu'il voulait savoir quelque chose, il ne lâchait rien tant qu'il n'avait pas ses réponses. Et il y arrivait simplement en tapant sur les nerfs de la personne visée, jusqu'à ce qu'elle craque et balance ce qu'il voulait entendre.

Ou, s'il voulait apprendre à faire quelque chose, il lisait tout ce qui lui tombait sous la main sur le sujet, ou il se lançait carrément, peu importe. De la persévérance à l'état pur. C'était Zach.

— Elle est... différente, dit Chad, sans grande conviction.

— En quoi ?

— J'en sais rien, elle l'est, c'est tout.

— Tu la connais depuis une semaine. Comment tu sais qu'elle est différente ? Peut-être que t'es juste en manque.

Bon sang, son frère était insupportable ! Il avait été content de le revoir, mais maintenant, il avait juste envie de le balancer du toit.

— Elle l'est, c'est tout ! balança Chad un peu trop fort.

Zach poussa un petit rire.

— D'accord, d'accord. Pas la peine de te fâcher.

Chad inspira profondément, agacé que son petit frère puisse encore le faire réagir comme lorsqu'ils étaient enfants.

— Honnêtement ? Je ne sais pas trop. Elle est juste... apaisante. Rien ne semble la déstabiliser, ce qui est complètement différent des femmes que j'ai fréquentées avant. Elles s'emballaient pour le moindre détail, c'était épuisant. Mais Britt, elle, est d'un calme constant, elle ne se vexe pas quand les choses ne tournent pas comme elle veut ou quand un client est impoli. Par exemple... l'autre jour, Maman sortait un gratin du four et l'a laissé tomber. Le plat s'est brisé, et il y avait de la nourriture et des éclats de verre partout. J'ai entendu le bruit depuis ma chambre, et le temps de descendre, ce qui m'a pris à peine quelques secondes, crois-moi, elle avait déjà fait sortir maman de la cuisine et vérifiait qu'elle n'était pas blessée par les morceaux de verre. Elle ne paniquait pas, elle se concentrait sur le fait de rassurer Maman, en lui disant que ce n'était pas grave.

— Hmm, fit Zach.

Chad ne savait pas trop ce que cela signifiait, mais il continua.

— Elle avait passé toute la journée à récurer le foutu sol de la maison d'hôtes, avait sauté le déjeuner, ce que je n'ai appris que plus tard, et elle devait crever de faim. Mais elle s'est assurée que Maman allait bien, puis elle s'est mise à nettoyer tout le bazar. J'allais l'aider, mais Maman était vraiment bouleversée. Je pense que c'était surtout le chagrin qui refaisait surface, et j'ai été occupé à la calmer. Quand elle s'est apaisée et que j'ai pu aller aider Britt, elle avait déjà nettoyé toute la cuisine et préparait des croque-monsieur pour nous trois. Je ne me souviens pas d'une autre femme avec qui je sois sorti qui serait restée aussi zen dans une telle situation.

— Tu n'as fréquenté que les mauvaises, Chad.

— Évidemment. Mais ce n'est pas tout. Ce n'est qu'après qu'on a mangé, quand elle a fini la vaisselle et qu'elle remontait dans sa chambre, que j'ai vu du sang sur sa jambe. Elle s'était coupée avec du verre et n'avait rien dit. Bon, ce n'était pas comme si elle s'était tranché une artère ou quoi, mais quand même. C'est juste un exemple, et pas un très bon... mais c'est difficile d'expliquer ce que je ressens quand je suis avec elle. J'essaie encore de mettre des mots là-dessus. Et oui. Elle me plaît.

Zach hocha la tête.

— Je pense quand même que tu devrais faire attention. Tu ne connais pas vraiment cette femme, même si elle s'entend bien avec maman et les clients. Mais je suis prêt à lui accorder le bénéfice du doute. Si tu dis qu'elle est différente, et qu'elle te plaît, je peux l'accepter.

— Zach, personne ne connaît vraiment personne au début d'une relation. C'est justement pendant le processus qu'on apprend à se découvrir. C'est comme ça que ça marche. J'apprécie ton soutien, même s'il est un peu à contrecœur et pas très convaincant, mais essaie de garder l'esprit ouvert à propos de Britt.

Chad savait très bien qu'il y avait encore beaucoup de choses qu'il ignorait sur leur nouvelle invitée. Il n'était pas prêt à lui faire une demande en mariage et à foncer à la mairie pour se marier, mais il aimait ce qu'il ressentait au fond de lui quand elle était dans les parages. Le temps dirait bien où tout cela les mènerait... si cela les menait quelque part.

— Qu'est-ce que tu penses de ce toit ? demanda Chad, voulant changer de sujet.

— Il est pété, répondit Zach en soupirant.

— Oui, c'est ce que je me disais aussi. Merde. Tu envisages de le remplacer par un toit en métal ?

— C'est justement ce que j'allais proposer, lança Zach. Je me dis qu'on pourrait économiser un peu d'argent si on s'en chargeait nous-mêmes. Ou au moins si on filait un coup de main.

— Je suis d'accord. Otis n'aime pas du tout les sommes faramineuses que cela exige pour retaper Lobster Cove.

— Papa et maman n'avaient pas de problèmes d'argent, si ? demanda Zach, soudain alarmé.

— Je ne pensais pas. Mais j'ai appris ces dernières semaines, par maman, que l'argent se fait rare. J'ai essayé de trouver un moment pour discuter avec Otis et passer en revue les finances, mais il se passe toujours quelque chose et on n'a pas pu se caler un moment. Et le toit, ce n'est que le début des gros trucs à réparer ici.

— Bon, je suis meilleur en cuisine qu'avec un marteau, mais tu sais que je suis toujours ravi d'aider quand je peux.

Chad leva les yeux au ciel. Austin Young avait fait en sorte que non seulement tous ses fils sachent travailler sur des moteurs, mais aussi qu'ils puissent réparer à peu près n'importe quoi dans une maison.

— Tu ne veux juste pas risquer d'abîmer tes petits doigts précieux, le taquina-t-il.

— Oh que oui, répondit Zach avec un grand sourire, en levant les mains et en agitant ses doigts. Ces petites merveilles sont mon gagne-pain. Je dois en prendre soin.

Il se dirigea vers le bord du toit, vers l'échelle.

— Et… les femmes aiment bien ce que je peux faire avec eux aussi.

Chad éclata de rire au sous-entendu salace et se contenta de secouer la tête.

Le bruit d'un véhicule entrant dans l'allée détourna son attention, et il sourit de plus belle en voyant Lincoln au volant et Knox côté passager.

Accélérant le pas, il suivit Zach qui descendait déjà de l'échelle.

Zach plaqua Knox dès qu'il sortit de la voiture, et les deux se retrouvèrent aussitôt à rouler dans l'herbe de la petite cour devant chez leur mère, en train de se battre comme des enfants. Chad laissa échapper un petit rire et rejoignit Lincoln. Il le salua avec une accolade virile, lui tapant dans le dos. Ils s'étaient vus récemment, lors des funérailles de leur père, mais cette fois, c'était différent. Les quatre frères étaient à nouveau réunis, pour plus qu'un simple aller-retour.

— Choppe-le !

Chad entendit les mots une seconde trop tard. Avant même d'avoir eu le temps de réagir, Knox l'avait déjà plaqué au sol. Zach s'occupa de leur grand frère, et en un clin d'œil, les quatre frères se retrouvaient les uns sur les autres à se chamailler. Chad eut l'impression d'être redevenu un adolescent se bagarrant avec ses frères.

Ils se figèrent tous sur place au son d'un puissant sifflement. Chad leva les yeux et vit leur mère debout dans la cour, les mains sur les hanches, les foudroyant du regard.

— Qu'est-ce que vous fabriquez tous les quatre ? Levez-vous ! Vous faites un boucan pas possible !

Chad ne put s'empêcher de rire. Elle avait exactement le même ton que lorsqu'ils étaient enfants. Il se releva et aida

Lincoln à se redresser. Puis, tous les quatre se ruèrent vers leur mère pour l'encercler dans un câlin collectif à cinq.

— Vous m'étouffez ! râla-t-elle, mais Chad remarqua qu'elle ne les repoussait pas.

Un mélange d'amour et de tristesse l'envahit. De l'amour pour sa famille, mais aussi de la peine de ne pas avoir leur père parmi eux en cet instant.

Ils finirent par desserrer l'étreinte, et leur mère leva vers eux des yeux humides de larmes.

— Vous avez faim ?

Knox et Lincoln éclatèrent de rire.

— Maman, l'aéroport n'est pas si loin, l'informa Knox. On a mangé en route.

— Ah bon ? Mais je voulais vous faire à manger, protesta Evelyn.

— Ce soir, c'est gratin de poulet aux épinards ? demanda Lincoln avec espoir.

— Avec tes biscuits maison ? ajouta Knox avec un grand sourire.

— Je pensais faire des ramen et des hot-dogs pour tout le monde, dit leur mère.

Un silence s'abattit sur eux pendant une bonne minute avant qu'elle ne pouffe de rire et ajoute :

— Je plaisante ! Je ferai tout ce que vous voulez.

— Mais en attendant, je pourrais bien manger de nouveau, dit Knox, ne voulant manifestement pas décevoir leur mère.

— Moi aussi, approuva Linc.

Chad débordait de bonheur. Il savait que ses frères allaient vite lui taper sur les nerfs. Il n'en doutait pas une seconde. Ils étaient tous trop dominants pour s'entendre parfaitement. Trop semblables. Mais pour l'instant, tout semblait à sa place dans son monde.

Sans vraiment savoir pourquoi, il jeta un œil vers le garage, là où il avait vu Britt pour la dernière fois. Il aperçut juste une fraction de seconde sa silhouette près de la porte latérale du bureau avant qu'elle ne disparaisse à l'intérieur. Mais il avait vu ce petit sourire nostalgique sur son visage alors qu'elle observait, depuis son point de vue, la mini-réunion dans la cour de la maison principale.

Une vision traversa l'esprit de Chad. Il la vit regardant un groupe d'enfants jouer dans cette même cour, des années plus tard. Riant alors qu'ils se chamaillaient et s'agaçaient les uns les autres. Son cœur s'emballa d'espoir et de désir.

Il se sentait troublé par ce qu'il ressentait pour cette inconnue qu'il avait invitée à Lobster Cove. Elle le poussait à réfléchir à des choses auxquelles il n'avait jamais songé auparavant. C'était déstabilisant, et en même temps, le remplissait d'une excitation à l'idée de l'avenir.

— Allez, frérot, viens m'aider à décharger la voiture, dit Knox en lui tapant l'arrière de la tête. J'ai ramené des trucs de Floride pour Maman.

Il se dirigea vers le SUV de Lincoln et demanda :

— Vous vous êtes déjà arrêtés chez vous, toi et Linc ?

— On s'est arrêtés pour récupérer les clés de nos logements avant de venir ici, répondit son frère. Et la baraque de Lincoln est top. Il a bien choisi. La maison n'est pas immense, mais elle donne sur l'Atlantique depuis une colline, et même si ce n'est pas Lobster Cove, c'est chouette. On a décroché la remorque avec toutes ses affaires pendant qu'on y était. Ça ne prendra pas longtemps pour l'y installer.

À la surprise de Chad, leur frère aîné avait acheté une maison après avoir pris la décision de revenir s'installer dans le Maine. Elle était en vente depuis un bon moment et nécessitait quelques travaux, ce qui ne faisait pas peur à leur frère. Bien sûr, ils l'aideraient tous autant qu'ils le pourraient.

De plus, leur mère avait vu juste : Knox louait un appartement plus près du centre-ville. Dans le Maine, on ne trouvait pas de grands immeubles comme dans d'autres régions du pays. En général, les gens rénovaient de vieilles maisons pour en faire des logements séparés. Knox occupait le rez-de-chaussée de l'une de ces maisons. Il y avait deux chambres et une salle de bain, et apparemment ce n'était pas bien grand, mais comme il était célibataire et comptait passer la plupart de son temps au travail, il avait dit à Chad que ça lui convenait parfaitement.

Zach avait aussi trouvé un endroit à louer. C'était un studio, en réalité juste une pièce dans une maison rénovée, un peu comme le logement de Knox. Mais plus important encore, il avait acheté un des stands de nourriture du centre-ville. Ironiquement, même s'il avait toujours protesté contre l'idée de tenir une échoppe de homard, c'était exactement ce que c'était. Mais Chad ne doutait pas une seconde que son frère mettrait ses talents culinaires à profit pour moderniser le menu afin qu'il soit à la fois raffiné et authentique.

Ses frères s'installaient, et Chad en était ravi. Lui-même n'avait aucun problème à rester à Lobster Cove. Il voulait être là pour veiller sur leur mère et s'assurer que tout continue de tourner sans accroc, maintenant que leur père n'était plus là pour jouer le rôle traditionnel qu'il avait assumé pendant un demi-siècle.

Il refusait d'écouter cette petite voix au fond de sa tête qui lui soufflait que ce n'étaient pas les seules raisons pour lesquelles il était heureux de rester dans la maison où il avait grandi.

Britt Starkweather.

Elle s'était immiscée sous sa peau. Maintenant qu'il l'avait admis à son frère, il était forcé de se l'avouer à lui-même aussi. Il voulait tout apprendre d'elle. Et quoi de mieux pour ça que de vivre à ses côtés ?

94

Lincoln le sortit de ses pensées en lui passant un bras autour des épaules et en le tirant vers la maison.

— Alors... quelle est l'ampleur des dégâts du toit ?

Il avait posé la question à voix basse pour que leur mère ne l'entende pas.

— Il est à refaire entièrement, répondit-il en haussant les épaules.

— Je m'en doutais. Eh bien, on s'en occupera avant que l'hiver revienne. Aucun souci.

C'était une autre raison pour laquelle Chad était heureux que ses frères soient là. Un problème partagé semblait toujours moins écrasant que lorsqu'on devait l'affronter seul.

Et, aussitôt, ses pensées revinrent à Britt. Elle semblait avoir eu plus que sa part de problèmes à gérer toute seule. Eh bien, maintenant elle l'avait lui, et toute sa famille, pour l'aider à surmonter ses défis. Cette idée le fit sourire alors qu'il montait les marches du porche.

Sa famille était peut-être bruyante et turbulente, mais il ne les échangerait pour rien au monde. Chez les Young, on restait soudés, quoi qu'il arrive.

7

Britt était assise sur une chaise devant le bureau qu'Otis Calvert utilisait lorsqu'il passait au garage, attendant son retour. Elle remplissait des papiers d'assurance quand Otis s'était excusé, disant qu'il devait courir jusqu'à sa voiture, où il avait laissé l'une des pages dans un dossier sur le siège avant. Alors qu'elle l'attendait, un grand vacarme provenant de dehors attira son attention.

Espérant que rien de grave ne s'était produit, elle se précipita vers la porte qui donnait directement sur le côté du garage, craignant qu'Evelyn ne se soit blessée ou autre. Mais ce qu'elle découvrit la surprit, puis la fit sourire. Apparemment, les autres frères de Chad étaient arrivés. Quatre hommes se roulaient par terre devant la maison principale, en train de se chamailler joyeusement, pendant que leur mère s'approchait d'eux.

Elle s'était adossée au chambranle de la porte et avait observé la scène, essayant de ne pas se sentir jalouse de la relation manifestement proche entre les frères. Elle n'avait jamais connu ça. Sa mère était trop occupée à travailler pour même préparer le dîner la plupart des soirs. Durant les seize années qui s'étaient écoulées depuis que Britt avait quitté le lycée et était partie de chez elle, elle avait essayé d'innombrables fois de créer un semblant de lien mère-fille, sans succès.

Sa mère était pleine de jugements. Et amère quant à la tournure qu'avait prise sa propre vie. Elle avait enchaîné les mauvaises relations, et n'hésitait pas à dire à sa fille unique que Britt finirait exactement comme elle. Britt n'était pas allée à la fac, et avait dû enchaîner deux boulots pour se payer un minuscule appartement en quittant la maison. Elle avait toujours travaillé dans la vente, et même si elle s'en sortait bien, elle n'aimait pas particulièrement ça.

Ce qu'elle voulait vraiment, c'était ce qu'elle n'avait jamais eu : une famille. Une grande famille. Un mari aimant qui travaillerait à ses côtés pour subvenir aux besoins de leurs enfants et qui ne leur reprocherait pas chaque bouchée de nourriture qu'ils avalaient, ni chaque petite dépense liée à leur éducation.

C'est comme ça que sa mère avait été. Elle avait peut-être gardé un toit au-dessus de leurs têtes, mais elle avait ressenti chaque centime dépensé pour élever une fille comme une injustice, et cela affectait encore Britt aujourd'hui.

Se souvenir de la dernière conversation qu'elle avait eue avec sa mère, lorsqu'elle lui avait annoncé qu'elle partait vivre dans le Maine avec Cole, était douloureux. Sa mère avait ri, un rire bas, cruel, amer, et avait balancé que Cole allait la lui mettre à l'envers, en la prévenant de ne pas venir pleurnicher à sa porte pour demander de l'aide quand ça arriverait.

C'était d'ailleurs la principale raison pour laquelle elle n'avait même pas pris la peine d'appeler sa mère quand Cole avait fait exactement ce qu'elle avait prédit. Britt n'obtiendrait aucune compassion de la part de sa propre mère. Et même si elle n'avait pas accepté un seul centime de sa part depuis le jour de ses dix-huit ans, Britt ressentait encore le besoin de prouver qu'elle pouvait s'en sortir toute seule. Qu'elle pouvait réussir.

Elle avait lamentablement échoué, jusqu'à sa rencontre avec Chad.

Elle était incapable de détacher son regard de lui alors qu'il interagissait avec ses frères. Ils se ressemblaient physiquement, mais en l'observant avec Zach, elle devina qu'ils devaient tous être très différents quant à leurs personnalités.

Quand Chad regarda soudain dans sa direction, Britt se replia rapidement dans le bureau, où elle y trouva Otis, debout dans l'embrasure de la porte menant au garage, qui l'observait. Elle espérait désespérément que le rouge sur ses joues n'était pas aussi visible qu'elle le sentait.

Les mots de l'homme plus âgé lui firent aussitôt oublier sa gêne.

— Tout l'argent d'Austin est allé à sa femme.

Britt cligna des yeux.

— Pardon ?

— Si tu penses mettre le grappin sur un des frères Young pour son argent, ou pour Lobster Cove, ça n'arrivera pas.

Une vague d'irritation envahit immédiatement Britt.

— Je ne cherche à sortir avec personne, déclara-t-elle.

— Tant mieux. Parce que l'argent ne pousse pas sur les arbres ici. Ce n'est pas comme s'il y avait des millions de dollars à la banque. Tout est bloqué dans l'immobilier et les investissements.

Britt fit de son mieux pour ne pas se laisser atteindre. Ce n'étaient pas ses affaires. Et bon sang, ce n'était pas à Otis de discuter de la réussite ou de l'échec financier de Lobster Cove avec une nouvelle employée.

Otis Calvert lui avait été présenté comme l'un des meilleurs amis d'Austin Young. Il travaillait pour la famille depuis environ vingt ans, gérait les investissements et les aspects financiers des différentes entreprises, faisait office de responsable des ressources humaines pour les employés, et s'occupait des impôts de Lobster Cove. Il était essentiel au bon fonctionnement de l'organisation, et cela lui semblait évident qu'il était un membre de confiance précieux aux yeux de la famille Young.

Mais voir le léger mépris actuellement affiché sur son visage rendit Britt extrêmement mal à l'aise.

Il avait soixante-huit ans, mais paraissait plus jeune. Il faisait la même taille que Chad, environ un mètre quatre-vingt, et était encore musclé. Il prenait manifestement soin de son corps. Il avait les yeux bleus et les cheveux blond-gris qui auraient bien eu besoin d'une coupe. Chaque fois que Britt le voyait à Lobster Cove, il portait un pantalon de smoking et une chemise boutonnée avec une cravate. Il détonnait dans l'ambiance détendue du lieu. Il semblait aussi prendre un certain plaisir dans le pouvoir et la responsabilité qu'on lui avait confiés.

Mais plus que tout ça... il lui fichait simplement la chair de poule. Il lui rappelait un des ex de sa mère. Il avait ce regard fuyant qui lui donnait envie de quitter immédiatement la pièce où il se trouvait. Ça n'avait aucun sens, car apparemment, tout le monde l'adorait.

Concluant qu'elle était en train de faire preuve d'une insensibilité déraisonnable et qu'elle devait mettre de côté ses sentiments ridicules à son égard, puisque de toute façon il serait souvent présent, elle fit de son mieux pour lui accorder le bénéfice du doute.

Cependant... l'écouter parler aussi ouvertement des finances de la famille Young lui projeta une vague de frissons sur la peau.

— Eh bien, je suis sûre qu'Evelyn va rester ici pendant longtemps, donc tout ça n'a finalement aucune importance.

Elle essaya de garder sa voix calme et de ne pas laisser

transparaître son irritation. Tout à coup, Britt réalisa qu'elle était seule avec cet homme, un quasi inconnu, et qu'il était clairement assez fort pour la maîtriser. Il valait mieux qu'elle signe ce qu'elle avait à signer et poursuive ses affaires.

— Je veux juste m'assurer que tu n'as pas d'idées derrière la tête, et que tu ne crois pas pouvoir te caser avec l'un de nos garçons. Tu ne seras pas la première femme à les avoir dans le collimateur, et tu ne seras pas la dernière.

Une colère pure menaçait désormais de l'envahir.

— Alors... quoi ? Vous croyez qu'ils vont rester célibataires éternellement ? Qu'ils ne se caseront jamais, qu'ils ne se marieront pas, qu'ils n'auront pas de famille ?

— Je suis sûr qu'ils le feront. Mais ce sera avec une fille du coin, pas une inconnue qui s'incruste dans la famille.

Elle usait de tout son sang-froid pour ne pas exploser de rage contre ce connard. C'était cet homme que toute la famille croyait capable de marcher sur l'eau ?

— Quoi d'autre dois-je signer ? demanda-t-elle brusquement.

Otis la dévisagea un instant, puis lui tendit le document qu'il était allé chercher dans sa voiture. Il s'assit, sortit une paire de lunettes de lecture de sa poche avant, et les posa sur le bout de son nez, marmonnant dans sa barbe en triant les autres papiers.

Aucun d'eux ne parla pendant qu'elle lisait et signait les documents nécessaires. Lorsqu'elle prit le temps de lire chaque feuille qui lui était présentée, Britt ignora les soupirs irrités d'Otis. Elle se moquait bien du temps que cela prenait. Elle n'allait pas signer quoi que ce soit sans l'avoir minutieusement lu au préalable.

Tout semblait en ordre, et quand elle eut terminé, bien qu'agacée par Otis, elle fut fière d'elle. Elle avait réussi à se remettre sur pied, grâce à Chad et à sa mère, et elle allait travailler dur pour maintenir la bonne réputation que Lobster Cove avait construite auprès des habitants comme des touristes.

Elle quitta le bureau en passant par le garage, tout en prenant soin de faire une brève visite à Walt et Barry. Ils étaient déjà plongés dans leur travail dans les garages. Elle ne voulait pas être une gêne, puisqu'ils étaient manifestement occupés, et partit peu après pour se rendre à la petite maison d'hôtes. Elle prévoyait de désherber le jardin arrière pendant que les invités seraient partis pour la journée, afin de le nettoyer un peu et de le rendre encore plus agréable pour les prochains locataires.

Le temps passa vite alors qu'elle se perdait dans ce travail monotone, mais d'une certaine manière cathartique. Une cloche sonna, attirant l'attention de Britt, sans qu'elle ne sache vraiment ce que cela signifiait. Jetant un œil à sa montre, elle constata qu'il était 13 h, plus tard qu'elle ne le pensait. Son ventre gargouilla, et elle se rendit compte que la cloche servait sûrement à indiquer que le déjeuner était prêt pour ceux qui n'étaient pas dans la maison principale.

Britt se doutait qu'elle avait souvent dû être utilisée du temps où les frères Young étaient enfants. Elle les imaginait courir autour de Lobster Cove, jouer dans l'eau ou dans les bois, et tout abandonner pour courir vers la maison dès que la cloche sonnait pour le déjeuner ou le dîner.

Contournant la maison d'hôtes, elle sourit en voyant Evelyn sur le porche en train de lui faire signe. Elle se dirigea rapidement vers la maison pour la rejoindre. Evelyn semblait plus heureuse que Britt ne l'avait vue depuis le jour de son arrivée.

— Mes garçons sont arrivés ! annonça-t-elle dès que Britt se fut suffisamment approchée.

— J'ai vu.

— Knox est trop maigre. Le pauvre garçon n'a jamais été très intéressé par la cuisine et s'est sûrement exclusivement nourri de cochonneries en boîte et de repas au micro-ondes.

J'ai préparé un énorme déjeuner pour tout le monde... des sandwichs, des fruits, des chips maison et un gâteau au chocolat pour le dessert.

Britt en eut l'eau à la bouche.

— Des chips maison ? demanda-t-elle en montant les marches du porche.

— Hmm-hmm. Je coupe les pommes de terre en tranches très fines, je les assaisonne, puis je les cuis au four. Elles sont bien meilleures que tout ce que l'on peut trouver en magasin de nos jours. Viens, je veux te présenter à tout le monde.

Evelyn glissa son bras dans celui de Britt et la guida vers la porte d'entrée.

Pendant un instant, elle envisagea de se dégager de l'emprise d'Evelyn et de s'enfuir, mais ce serait stupide. Elle était nerveuse à l'idée de rencontrer les autres frères Young. Elle avait perçu une gêne évidente chez Zachary, et elle craignait que les frères aînés pensent la même chose qu'Otis : qu'elle était là pour nuire d'une manière ou d'une autre à leur mère et à l'héritage familial.

À sa grande surprise, dès qu'elle entra dans la cuisine, Knox se retourna et lui adressa un grand sourire. Elle savait qui était qui, bien sûr, car Evelyn lui avait montré des tas de photos de ses fils, se vantant d'eux et partageant des histoires hilarantes sur chacun quand ils étaient enfants.

— Alors, tu dois être Britt.

— Euh... oui, c'est moi, répondit-elle avec incertitude, cherchant Chad du regard pour se rassurer.

Il se tenait dans un coin de la cuisine, les bras chargés d'un grand saladier rempli des chips maison qu'Evelyn avait tant vantées. Il lui lança un sourire encourageant juste au moment où l'homme qui l'avait saluée s'avança vers elle et la prit dans ses bras.

Elle fut encore plus surprise par cette accolade enthousiaste, mais ne recula pas.

Le frère aîné, Lincoln, donna une tape à l'arrière de la tête de Knox.

— Tu ne peux pas toucher les femmes sans leur permission ! s'exclama-t-il.

Britt fut immédiatement relâchée et se retrouva face au sourire du jeune homme.

— Désolé. Je suis Knox. Maman ne parle que de toi depuis ce matin. Elle dit que tu as repris le ménage des maisons d'hôtes, la lessive et tout ça. Tant mieux pour nous, parce qu'il n'existe pas de pire boulot que de nettoyer derrière les clients. Elle t'a raconté la fois où elle est allée faire le ménage après qu'une famille soit partie, et qu'elle a découvert qu'ils avaient apparemment adopté un raton laveur blessé trouvé dans les bois ?

Britt poussa un petit hoquet de surprise.

— Je ne mens pas. Ils l'avaient installé dans l'une des deux chambres d'amis, avec une tonne d'aiguilles de pin, je suppose pour lui faire un lit ou un truc du genre. Mais apparemment, il n'était pas aussi blessé qu'ils le pensaient, et il a complètement pété les plombs une fois enfermé dans la pièce, la détruisant de fond en comble. Il y avait de la merde et de la pisse de raton laveur partout, et je dis bien partout. La literie était foutue, les murs couverts de marques de griffes là où il avait essayé de grimper, et cette sale bête était presque enragée, tellement elle voulait s'échapper.

Britt resta sans voix.

— Papa et maman ont dû casser la fenêtre, parce qu'évidemment elle était verrouillée, et ils n'allaient pas entrer dans la pièce et risquer de se faire griffer à mort ou mordre, pour permettre à la pauvre créature de s'enfuir. Il nous a fallu une semaine entière pour récurer et aérer la pièce. C'est à partir de cette année-là qu'ils ont commencé à interdire les animaux dans les locations. Bref, ce que je veux dire, c'est... on est tous reconnaissants que tu aies repris le ménage des locations.

Britt lui sourit.

— De rien ?

— Mais si jamais un truc comme ça se reproduit, on t'aidera, la rassura Chad en posant le bol de chips au milieu de la table. On ne te laisserait jamais nettoyer une pagaille pareille toute seule.

— Bien sûr que non, intervint Evelyn. Britt, voici mon troisième fils, Knox. Il était dans la Garde côtière, et maintenant il travaille comme prestataire pour eux.

— Ravie de te rencontrer, dit Britt en lui tendant la main.

Knox lui prit la main et, au lieu de la serrer, se pencha pour lui déposer un baiser sur les phalanges.

— Le plaisir est pour moi de rencontrer une si jolie jeune femme.

— Arrête un peu, grogna Chad en cognant l'épaule de son frère, ce qui le fit lâcher la main de Britt et tenter de ne pas tomber au sol.

Le frère aîné de Chad leva les yeux au ciel et tendit la main à son tour.

— Je suis Lincoln. J'ai entendu dire que tu n'as pas eu de chance, ces derniers temps. Ça va mieux, maintenant ?

Britt lui serra la main, soulagée. Elle ne ressentait aucune mauvaise onde de la part des frères.

— Oui. Votre mère a été formidable. Et Lobster Cove est...

Elle chercha un mot adapté capable de traduire ce qu'elle ressentait.

— Tout.

— Oui, c'est vrai.

— Maintenant que les présentations sont faites, à table ! ordonna Evelyn.

Tout le monde se dirigea vers la grande table à côté de la cuisine, et Britt ne put s'empêcher de sourire en voyant tous les frères se ruer sur les plats que leur mère avait préparés. Elle se retrouva assise à côté de Chad et fut surprise quand il prit son assiette et la remplit pour elle.

— Je voulais juste m'assurer que tu en aies un peu, lui dit-il en la reposant devant elle. Je connais mes frères, et si tu es trop polie ici, tu vas mourir de faim.

Elle rit doucement.

— Je vois ça, dit-elle en observant les autres hommes empiler la nourriture dans leurs assiettes.

Le déjeuner fut une révélation. Britt savait déjà que Chad et Zach avaient une excellente relation avec leur mère, mais voir Evelyn entourée de tous ses fils, et l'affection qu'ils partageaient tous sans retenue, était magnifique. Beaucoup de rires et de taquineries bienveillantes furent échangés, ce qui fit sourire Britt comme une idiote.

Quant au repas... il avait manifestement été préparé avec amour. Ce qui pouvait sembler bête, puisque ce n'était que de la nourriture, mais étrangement, le goût semblait différent que cet après-midi. De plus, regarder Evelyn interagir avec ses fils fit prendre conscience à Britt combien ces hommes étaient incroyables. Ils avaient compris que leur mère avait besoin d'eux après la mort de leur père. Ils avaient quitté leurs maisons, leurs emplois... toute leur vie pour revenir vivre dans le Maine, simplement parce que c'était la bonne chose à faire.

Oui, leur présence allait grandement aider Lobster Cove, mais ils auraient aussi bien pu engager plus de personnel pour s'occuper du lieu. Cela dit, ça n'aurait pas empêché Evelyn de se sentir seule. Elle avait toujours été entourée d'hommes, et ce pratiquement toute sa vie dans la maison familiale. Britt eut la pensée amusée que Lobster Cove aurait dû s'appeler Alpha

Cove à la place... les frères Young étaient clairement à la hauteur de ce nom.

— C'est quoi le programme pour le reste de la journée, maintenant qu'on a réglé la question du toit ? demanda Chad.

— Je suis crevé, répondit Lincoln de but en blanc. Je conduis depuis trois jours. Je pensais aller à ma nouvelle baraque pour me poser, et peut-être faire une sieste avant de revenir ici pour le gratin de poulet aux épinards et les biscuits de maman.

— Tu peux me déposer à mon appartement ? demanda Knox. Mon pick-up est censé être livré demain, mais en attendant je suis sans véhicule.

— Tu peux prendre celui de papa si tu veux, proposa Chad.

— Ou ma Corolla, lâcha Britt.

Elle rougit alors que tout le monde se tournait vers elle.

— Enfin... je sais qu'elle est vieille, mais Walt l'a examinée et a dit qu'elle était sûre.

— Merci, dit Knox à la fois à son frère et à Britt. Mais si Lincoln peut encore me servir de chauffeur un petit moment, je tiendrai jusqu'à demain.

— Tu reviens ce soir ? demanda Evelyn.

— Je ne raterais ça pour rien au monde, la rassura Knox.

— Parfait.

— Si vous le voulez bien, je vais aller jeter un œil à la concurrence pour mon échoppe de homards, annonça Zach.

— Je n'arrive toujours pas à croire que tu as vraiment acheté une fichue échoppe de homards, dit Lincoln en secouant la tête.

— Ça va devenir le spot phare pour manger à Rockville. Retenez bien mes paroles, fanfaronna Zach.

— Je n'en doute pas une seconde. Tu es un vrai cordon bleu, lança Knox à son frère.

— Je ne sais pas si ce compliment vaut grand-chose de la

part d'un gars capable de faire cramer des nouilles instanta-
nées, plaisanta Zach.

Knox lança sa serviette en boule sur son frère.

— Ça suffit, les prévint Evelyn. La dernière fois que vous
avez commencé à faire les idiots à table, de la purée a fini au
plafond.

Tout le monde rit.

Britt se rendit compte qu'elle souriait si fort que ses joues
lui faisaient mal. Faire partie de cet environnement lui était
nouveau... une famille qui s'aimait, se soutenait, se taquinait. Et
elle adorait ça. Vraiment.

— Alors, filez, lança Evelyn en se levant. Le dîner sera prêt
vers 19 h.

Chacun se leva aussitôt que leur mère fut debout, puis
commença à ramasser les assiettes et les plats. Chad prit l'assiette des mains d'Evelyn.

— On s'en occupe, maman. Tu as cuisiné, on fait la
vaisselle.

Plus Britt passait de temps avec cet homme, plus elle l'appréciait. Elle ne se souvenait pas que Cole ait proposé une seule
fois de faire la vaisselle après qu'elle lui a préparé le dîner.

On l'avait gentiment chassée de la cuisine, et elle n'était pas
vraiment sûre de ce qu'elle était censée faire pendant que les
garçons s'occupaient de la vaisselle. Elle attrapa un chiffon et
essuya la table pendant qu'ils plaisantaient et riaient de leur
côté.

La maison semblait heureuse. En regardant Evelyn, Britt vit
qu'elle le ressentait aussi. Cela avait sans doute été très vide et
un peu effrayant de se retrouver seule dans cette demeure après
la mort de son mari.

Quand la vaisselle fut terminée et la cuisine à nouveau
propre et rangée, les trois frères se dirigèrent vers la porte. Knox
et Lincoln lui dirent une nouvelle fois combien ils étaient ravis

de l'avoir rencontrée et contents qu'elle soit là, puis ils sortirent avec Zach.

Britt était presque certaine qu'ils parleraient d'elle et de sa situation une fois qu'elle ne serait plus là, mais cela ne la dérangeait pas. Elle comprenait qu'ils veuillent protéger leur mère de quiconque pourrait chercher à en profiter.

Mais ce n'était vraiment pas dans les intentions de Britt. Plus elle passait de temps avec la famille Young, plus elle avait envie d'être près d'eux... et plus elle se sentait protectrice envers Evelyn elle-même.

— Tu es prête ?

Britt se retourna et jeta à Chad un regard confus.

— Prête pour quoi ?

— Pour la visite que je t'ai promise. Le sentier secret.

Elle avait complètement oublié.

— Oh, oui, si ta mère n'a besoin de rien ?

Elle jeta un coup d'œil à Evelyn, qui les écoutait sans vergogne.

— Non, non, allez-y. Je dois trier quelques affaires d'Austin.

— Maman, je croyais qu'on avait convenu que tu m'attendrais pour qu'on le fasse ensemble, lança Chad en fronçant légèrement les sourcils.

— Je sais que tu veux me protéger de toute douleur possible, mais j'ai besoin de faire ça seule, Chad. Ton père me manque dans la moindre parcelle de mon être, mais je refuse de faire comme s'il n'avait jamais existé. J'aime voir ses affaires et me souvenir des bons moments. Bon sang, même des mauvais. Je vais bien. T'avoir à la maison, avec tes frères, et toi aussi, Britt... ça m'aide. Beaucoup. Mais parfois, j'ai juste besoin de m'asseoir et de pleurer. Ça ira. Allez-y, faites ce que vous avez à faire.

— Si tu en es sûre, dit Chad avec scepticisme.

Evelyn s'approcha de lui et posa une main sur sa joue.

— Je t'aime, mon fils. Il y a des moments où je vous regarde, toi et tes frères, et je suis bouleversée de la ressemblance que vous avez tous avec votre père. C'est une bonne chose. Il continue à vivre à travers vous tous. Vous êtes son véritable héritage. Un héritage dont il était très fier. Et il voudrait que je continue à avancer. Ça me fait mal de voir ses vêtements dans notre placard et ses affaires sur le meuble de la salle de bain. Il faut trier tout ça, décider ce qui doit être donné à une association, ce que je veux garder, et ce qu'on peut jeter. Et c'est à moi de le faire.

Chad prit sa mère dans ses bras et la serra fermement contre lui, puis recula en gardant ses mains sur ses épaules.

— On est là si tu as besoin de quoi que ce soit. Une épaule pour pleurer, ou de l'aide pour trier et porter des sacs.

— Je sais, et j'en suis reconnaissante. Allez-y, vous deux. Mais je vous préviens, ce sentier n'a pas été emprunté depuis un moment, et les tiques sont encore plus nombreuses qu'avant. Pensez bien à faire une vérification minutieuse en rentrant.

Britt étouffa un frisson. Elle détestait les tiques. Il n'y avait rien de pire. Quelle était leur utilité, d'ailleurs ? Des sangsues suceuses de sang. Beurk.

— Ça marche. Je t'aime, maman, dit Chad en lui déposant un baiser sur le front, avant de se tourner vers Britt. Tu es prête ?

— Euh... on peut s'asperger d'insecticide avant de partir ?

Il laissa échapper un petit rire.

— Bien sûr, répondit-il en lui tendant la main.

Britt fixa un instant sa main du regard, se remémorant l'avertissement qu'Otis lui avait donné plus tôt. Elle lui avait dit qu'elle ne cherchait à sortir avec personne, mais en regardant la main tendue de Chad, son ventre fit des cabrioles. Elle avait envie de la prendre. Envie de sentir sa peau contre la sienne. Se rapprocher de lui n'était sans doute pas une bonne idée, mais apparemment, elle n'avait aucune volonté quand il était question de cet homme.

Elle glissa sa main dans la sienne et sentit des frissons lui remonter le long du bras quand ses doigts pressèrent doucement les siens.

Ils sortirent de la maison main dans la main, et elle ne se souvenait pas avoir déjà été aussi enthousiaste. Cet homme... elle avait le pressentiment qu'il pourrait soit lui briser le cœur et le piétiner, soit lui offrir la vie dont elle avait toujours rêvé.

Elle espérait de tout cœur que ce serait la seconde option.

8

Chad se faisait du souci pour sa mère. Il détestait qu'elle veuille s'occuper seule des affaires de son père, mais il comprenait aussi pourquoi elle ne voulait pas que ses fils soient là pendant qu'elle faisait son deuil. Au moins, le déjeuner s'était bien passé. Pour elle et pour eux tous.

Il adorait avoir ses frères à la maison. Ça allait vraiment simplifier les choses à Lobster Cove. Même si Knox, Zach et Lincoln auraient toujours leurs propres vies, il savait, sans l'ombre d'un doute, que s'il les appelait pour demander de l'aide, ils répondraient présents sans la moindre hésitation.

De plus, peu importe si la vie leur devenait mouvementée, ils reviendraient souvent à Lobster Cove. Ils y étaient attachés, tout comme lui. Il pouvait voir sur leurs visages combien leur mère leur avait manqué, et il espérait qu'ils ne regretteraient jamais d'avoir bouleversé leur vie pour revenir s'installer dans le Maine.

À titre personnel, Chad avait l'impression que revenir à Rockville était quelque chose qu'il aurait dû faire depuis longtemps. Il aimait la Virginie, mais rien ne valait la maison. Les souvenirs l'envahirent tandis qu'il guidait Britt le long du sentier envahi par la végétation, partaht du banc au bord de l'eau et traversant les arbres entre Lobster Cove et la propriété voisine.

Il avait passé beaucoup de temps ici, dans les bois, quand il était enfant. Avec ses frères, et aussi tout seul. Quand il avait besoin de solitude, c'était là qu'il venait, car, aussi fort qu'il aimait sa famille, elle pouvait parfois se montrer un peu envahissante. Il avait lu des livres ici, grimpé aux arbres, creusé des trous, combattu des dragons imaginaires, resté couché dans la terre pendant des heures à faire semblant de suivre des ennemis avec des fusils fabriqués à partir de bâtons. Puis avec les années, il avait emmené des filles ici pour s'embrasser.

Cette dernière pensée le fit sourire. Il avait appris assez vite qu'en général, les filles n'aimaient pas être sales, alors avant d'en amener une ici, il rendait la cabane plus confortable avec des bouteilles d'eau et un plaid. Il n'avait pas perdu sa virginité ici, dans les bois, mais il s'en était clairement approché.

— Tu avais l'air plongé dans un souvenir agréable, dit Britt.

— Oui, approuva Chad. Je pensais juste à tout le temps que je passais ici avant.

— Je comprends pourquoi. C'est magnifique. On a l'impression d'être seuls au monde. On pourrait être à des kilomètres de toute civilisation, et pourtant la maison est juste de l'autre côté des arbres.

— Exactement. Je crois que c'est pour ça que j'aimais autant cet endroit quand j'étais gamin. Je pouvais faire semblant d'être en pleine aventure, mais si je me griffais le genou ou que j'avais faim, je pouvais rentrer en quelques minutes.

— Tu as eu de la chance de grandir ici.

— C'est vrai.

— Je peux te poser une question ?

— Tu viens de le faire, plaisanta Chad.

Mais quand il regarda Britt, elle ne souriait pas.

— Pardon, bien sûr que tu peux. Je sais qu'on ne se connaît que depuis peu, mais j'espère qu'à ce stade, tu sais que tu peux me faire un peu confiance.

— C'est le cas. C'est juste que… je ne sais pas trop comment aborder ce sujet.

Chad fronça les sourcils, se demandant de quoi elle voulait parler.

— C'est à propos de maman ? Il y a un problème ?

— Non. Je viendrais te voir sans hésiter si je m'inquiétais pour elle. Elle est encore triste, ça se voit, mais elle est forte. Et je pense que votre retour, à toi et à tes frères, c'est exactement ce qu'il lui fallait.

Le soulagement que Chad ressentit fut presque écrasant.

— Tant mieux. Je pense que notre présence ici nous fait autant de bien qu'à elle. Cet endroit a une façon de t'attraper le cœur et de ne plus te lâcher.

Elle ne dit rien pendant qu'ils marchèrent, et Chad pensa qu'elle avait peut-être changé d'avis à propos de sa question. Puis elle prit une grande inspiration et s'arrêta au milieu du sentier.

— Otis… il est avec votre famille depuis longtemps, non ?

Le front de Chad se plissa.

— Oui. Lui et mon père étaient de très bons amis. Ils traînaient souvent ensemble, et passaient leur temps à pêcher.

Elle regarda les arbres, sans vraiment les voir.

— Pourquoi ? Qu'est-ce qu'il s'est passé ? Il a dit ou fait quelque chose d'inapproprié ?

Chad savait qu'elle était allée le voir pour signer des papiers avant le déjeuner.

— Il a l'air de penser que je suis ici parce que je veux mettre la main sur l'argent de votre famille. Il m'a bien assuré que toute votre fortune est bloquée dans Lobster Cove.

Chad serra les lèvres, agacé.

— Je suis désolé. Il n'avait aucun droit de te dire ça.

Britt haussa les épaules.

— Enfin, je comprends. Je suis une inconnue, et il veut protéger Evelyn et ses biens. C'est juste que... il...

Elle soupira.

— Non, laisse tomber.

— Non, dis ce que tu penses. S'il te plaît.

— Il m'a juste mise mal à l'aise. Il ne m'aime manifestement pas. Il me considère comme une inconnue. Il m'a dit que toi et tes frères finiriez par épouser des filles du coin et qu'une femme comme moi ne devrait pas se faire d'idées.

— Une femme comme toi ? demanda-t-il, retenant sa colère de justesse.

Otis n'avait aucun droit de traiter Britt de cette façon. Elle avait toujours été serviable et gentille avec sa mère.

Britt haussa les épaules, manifestement mal à l'aise à l'idée de continuer la conversation.

— Je vais lui parler.

Britt se tourna vers lui, les yeux écarquillés, et posa une main sur son bras.

— Oh ! Je t'en prie, non ! J'ai le pressentiment que ça ne ferait qu'empirer les choses. Je sais que c'est un ami de la famille, et je peux être polie avec lui pour le bien de mon travail. Ce qui m'a surtout gênée, c'est qu'il parle des finances de ta mère à une inconnue.

Chad allait vraiment parler à Otis. Cela faisait un moment qu'il ne lui avait pas adressé plus que quelques politesses. Il était temps d'y remédier. Mais... puisque cela concernait aussi ses frères, il pouvait attendre qu'ils soient bien installés dans leurs nouvelles maisons. Ensuite, ils s'assiéraient tous avec lui, leur mère aussi, pour discuter de Lobster Cove : les taxes, les investissements, et d'autres questions financières. C'était déjà sur sa liste de choses à faire, depuis que sa mère avait évoqué que l'argent commençait à manquer.

Puis, il prendrait un moment seul avec Otis pour parler de la façon dont il avait traité Britt.

— Merci de m'en avoir parlé, dit-il, sans lui faire de promesse. Je veux que tu saches que tu fais partie de la famille maintenant, tout comme Walt et Barry. Et personne n'a le droit de te faire douter de ta place dans ta propre maison. Si quelqu'un dit ou fait quelque chose d'inapproprié, tu me préviens, moi ou un de mes frères. Ça inclut les clients qui séjournent dans les chalets. D'accord ?

Elle acquiesça.

Une sensation de malaise pesa dans le ventre de Chad comme un bloc de charbon, mais il prit une grande inspiration et fit de son mieux pour l'ignorer. S'inquiéter maintenant de ce qui s'était dit entre Britt et Otis ne servirait à rien. Il le confronterait plus tard et lui ferait bien comprendre que Britt devait être traitée avec respect, et que les femmes que lui et ses frères choisiraient de fréquenter, voire d'épouser un jour, ne le regardaient pas.

— Tu veux toujours voir la cabane ? demanda-t-il.

— Oui ! répondit Britt, avec une voix plus proche de celle de la femme qu'il avait appris à connaître au cours de la dernière semaine.

— Très bien. Mais je te préviens, elle est là depuis longtemps, laissée à l'abandon dans les bois. Avec la neige et les tempêtes, il est possible qu'il ne reste plus qu'un tas de débris.

— Oh, ce serait dommage, lança Britt.

Chad reprit la marche sur le sentier, Britt sur ses talons. Il ne fallut pas beaucoup de temps pour atteindre la zone où se trouvait autrefois la cabane.

Mais à la place de la structure rudimentaire que lui et ses frères avaient construite et dans laquelle ils jouaient autrefois, se dressait ce qui ressemblait à une minuscule maison. Il y avait même des bardeaux sur le toit en pente.

Chad la fixa du regard, la bouche grande ouverte de surprise.

— Euh, ça ne ressemble pas vraiment à un tas de débris, fit remarquer Britt en riant.

— Je ne... comment... C'est quoi ce bordel ? bredouilla Chad.

— Il y a quelqu'un ? appela Britt.

Il ne savait pas à qui elle pensait s'adresser. À sa connaissance, il n'y avait aucun sans-abri vivant en secret dans leurs bois.

Mais à sa grande surprise, quelqu'un répondit :

— Qui est là ?

Chad resta bouche bée.

— C'est Britt et Chad, répondit-elle joyeusement en faisant un pas vers la petite cabane.

Mais Chad lui attrapa le bras et la retint.

— Tu ne sais pas qui est là-dedans, souffla-t-il.

— Non, mais c'est clairement un enfant. Tout va bien, Chad.

Elle se dégagea de son emprise et avança de nouveau vers la cabane.

Elle avait remarqué ce que Chad, sous le choc, n'avait pas perçu. La voix était bien celle d'un enfant. Il fut si soulagé qu'il en eut presque la tête qui tourne. Il s'était imaginé un prisonnier évadé planqué dans leurs bois, ce qui était ridicule.

La porte, faite de planches de bois récupérées, s'ouvrit lentement, et une tête de garçon en sortit. Il était à genoux, sans doute parce que l'abri n'était pas assez haut pour qu'il puisse se tenir debout. Ses cheveux roux partaient dans tous les sens. Il était maigre... plutôt chétif, en fait. Chad estima qu'il devait avoir entre dix et douze ans. Et il ne l'avait jamais vu de sa vie.

— Je vous connais pas, dit le garçon d'un ton agressif.

— Et je ne te connais pas non plus. Mais on peut corriger ça facilement. Je m'appelle Britt. Britt Starkweather. Et oui, c'est mon vrai nom, pas un surnom. Je vis à Lobster Cove avec la famille Young. J'aide Evelyn avec les maisons d'hôtes.

Elle lui tendit la main pour qu'il la lui serre.

Le garçon fronça les sourcils, visiblement perplexe. Mais quelqu'un lui avait manifestement appris les bonnes manières, car il lui serra la main comme s'il ne pouvait pas faire autrement.

— Moi c'est Kash Bates. J'habite là-bas, expliqua-t-il en désignant de sa main libre la propriété voisine de Lobster Cove.

Chad fronça les sourcils.

— C'est la maison de Victor Rogers, dit-il.

— Oui. C'est mon grand-père. Maman et moi, on a emménagé chez lui y a quelque temps.

Chad haussa désormais les sourcils de surprise. D'après ses souvenirs, Harper, la fille unique de Victor, était une de ces ados populaires et méchantes au lycée. Apprendre qu'elle était revenue à Rockville était plutôt surprenant, étant donné qu'elle avait juré de fuir ce bled paumé, comme elle disait, pour faire carrière à Hollywood ou à New York.

— Chad pensait que cette cabane ne serait sans doute plus qu'un tas de branches vu tout le temps qui s'était écoulé depuis sa dernière visite ici, dit Britt sur un ton conversationnel.

— C'était le cas, répondit Kash en haussant les épaules. Je l'ai retapée.

— Eh bien, tu as fait un travail incroyable. On dirait une mini-maison.

Son compliment fit manifestement très plaisir au garçon. Sa poitrine se gonfla légèrement alors qu'il hochait la tête.

— C'était pas difficile, dit-il nonchalamment.

Chad laissa Britt continuer à mener la conversation, car il

était évident que Kash était plus à l'aise avec elle qu'avec lui. Chaque fois que le garçon posait les yeux sur Chad, son visage se fermait et il semblait prêt à prendre la fuite à tout moment.

— Je peux regarder à l'intérieur ? demanda Britt.

À contrecœur, Kash hocha la tête. Chad resta en retrait pendant que Britt s'avançait et s'accroupissait pour jeter un coup d'œil par l'ouverture.

— Oh, waouh, c'est génial. Tu as construit des étagères ! C'était très malin d'utiliser ces planches comme sol, comme ça tu ne t'assieds pas par terre et tu ne te salis pas. C'est un télescope dans ce bac en plastique ? Tu aimes regarder les étoiles ?

Ça sembla être la bonne question à poser, car le visage de Kash s'illumina, et il se mit à parler avec enthousiasme de la Voie lactée, de la récente éclipse et du fait qu'il avait vu les aurores boréales plusieurs fois.

Chad se fichait que le garçon utilise la cabane. Il était content que la forêt offre à un autre enfant la même joie qu'elle avait offerte à lui et à ses frères. Mais ce qui le préoccupait, c'était qu'un gamin traîne ici tout seul, sans que personne ne semble être au courant.

Kash avait fabriqué une mini-maison ici, avec des livres et de la literie, si ce que Chad voyait depuis sa position était correct. Il avait aussi quelques bacs de rangement à l'intérieur pour garder ses affaires au sec quand il n'était pas là. Il espérait que ce n'était qu'une simple cabane pour le garçon... mais Chad ne pouvait pas être certain qu'il ne l'utilisait pas comme une cachette pour fuir sa vie à la maison.

La vérité, c'était que Victor Rogers était un connard. Il l'avait toujours été. Même si plusieurs hectares et beaucoup d'arbres séparaient leurs propriétés, Victor avait tout de même déposé régulièrement des plaintes auprès du shérif au fil des ans concernant Lobster Cove. Des plaintes pour tapage, des litiges sur les limites des terrains, des questions sur leurs licences commerciales, et même des tentatives pour faire valoir que le terrain n'était pas zoné pour ceci ou cela. Le père de Chad avait toujours tout fait dans les règles, donc aucune mesure légale n'avait jamais été prise contre les Young, mais Rogers restait quand même un sacré emmerdeur.

Il n'arrivait pas à imaginer qu'il puisse être agréable de vivre avec Victor Rogers. Cet homme était tout simplement méchant. C'était clairement de lui que sa fille avait hérité son sale caractère, à l'époque. Si elle était revenue vivre chez lui avec son fils, c'était qu'elle devait forcément être désespérée.

Évidemment, il pouvait complètement se tromper, et peut-être que cet homme était un vrai nounours avec sa fille et son petit-fils... mais Chad en doutait fortement.

— Tu as des snacks là-dedans ? demanda Britt à Kash.

— Oui.

— Cool. J'allais te dire que si tu n'en avais pas, peut-être que tu pourrais venir chez nous, proposa-t-elle en désignant le chemin par lequel elle et Chad étaient arrivés, pour en prendre. Je suis sûre qu'Evelyn serait ravie de te donner à manger.

Kash secoua la tête en écarquillant les yeux.

— Elle est méchante !

— Quoi ? demanda Britt, sincèrement choquée. Evelyn ? C'est la femme la plus gentille que j'aie jamais rencontrée.

Mais Kash continua à secouer la tête.

— Non, elle accueille les gens à la porte avec une arme ! Elle les menace aussi. C'est papi qui me l'a dit !

Chad était choqué. Si sa mère avait accueilli Victor à la porte avec le fusil que son père gardait à la maison pour se protéger des ours et des élans, beaucoup plus fréquents il y a quelques décennies, avant que la côte ne soit autant construite, c'est qu'elle avait dû avoir peur de cet homme.

Il voulait en savoir plus sur ce que Victor avait bien pu dire à sa mère pour qu'elle se sente obligée de le menacer avec ce fusil, si c'était vraiment ce qui s'était passé, mais Britt reprit déjà la parole, avec cette voix calme et posée qu'elle utilisait depuis le début. Elle voyait bien que le garçon était effrayé, et elle faisait tout son possible pour éviter qu'il ne prenne la fuite.

— Waouh, ça a dû te faire peur. Mais je peux te promettre qu'Evelyn n'est pas méchante, d'habitude. Je parie qu'elle avait juste passé une mauvaise journée. Tu sais, le genre de jour où tout va de travers ? Tu as une mauvaise note à un devoir, tu fais tomber ton sandwich à la cantine, ou ta maman te crie dessus alors que tu n'as rien fait de mal ?

Kash hocha la tête.

— Voilà. Donc, je parie qu'Evelyn vivait ce genre de journée. Est-ce que ton grand-père criait, peut-être ?

Kash haussa les épaules et détourna le regard. Ce que Chad interpréta comme un signe que le garçon n'était pas étranger aux sautes d'humeur de Victor.

— Les cris, ça peut faire peur. Je le sais, parce que ma mère a eu des petits amis qui criaient beaucoup, et ça me donnait toujours envie de me cacher. Bref... je viens tout juste d'arriver ici, il y a une semaine. Mais avant ça, je vivais dans ma voiture, et Evelyn m'a préparé un déjeuner délicieux, puis m'a proposé de rester. Tu y crois, toi ? Moi, je n'y croyais pas. Je gagne ma place, je travaille dur, mais quand même, elle n'était pas obligée de m'héberger chez elle. Je parie que si tu venais à la maison et que tu te présentais, elle t'inviterait à entrer et elle te nourrirait aussi.

Chad était captivé par le calme de Britt. Elle était manifestement en train de le convaincre.

— Toi aussi, tu as dû dormir dans ta voiture ?

Ces mots simples furent déchirants à cause de tout ce qu'ils révélaient.

— Oui. Ce n'est pas très amusant, hein ? C'est un peu

effrayant. J'ai toujours eu peur que quelqu'un frappe à la vitre au milieu de la nuit pour me dire que je devais partir.

Kash hocha la tête.

Elle jeta un coup d'œil par-dessus son épaule vers Chad, et il put voir l'inquiétude dans ses prunelles. Elle se tourna ensuite de nouveau vers Kash.

— Eh bien, je trouve que tu t'es fait un petit coin très sympa ici. C'est confortable, et tu as tes livres à lire. De plus, je parie que tu peux super bien voir les étoiles, la nuit.

— Ouais. Surtout quand je vais vers la côte.

— Oh, fais attention là-bas, surtout dans le noir. Tu pourrais te faire mal si tu tombais dans l'océan. On va y aller, et te laisser tranquille. Mais si jamais tu as besoin d'aide, ou si tu as faim, ou même juste si tu t'ennuies, passe à Lobster Cove. Je suis sûre que tout le monde serait ravi de te rencontrer. Walt et Barry passent généralement la journée au garage, à bricoler des voitures ou des moteurs, et maintenant que tous les frères Young sont rentrés, ils viendront aussi faire de la maintenance sur la propriété. Tu seras toujours le bienvenu. Pas vrai, Chad ?

Elle leva les yeux vers lui en disant cette dernière phrase.

— Bien sûr, répondit-il sans hésiter. On serait ravis de t'accueillir à la maison. On pourrait apprendre à te connaître un peu.

Kash sembla sceptique.

— Tu vas me dénoncer ? demanda-t-il à Chad.

— Dénoncer quoi à qui ? le questionna-t-il.

— Je sais que c'est chez vous. Je ne suis pas censé être là. Papi a installé cette clôture pour vous empêcher d'entrer sur sa propriété, mais je l'ai escaladée et j'ai trouvé cette cabane. Je l'aime bien. Je me la suis appropriée.

Chad s'accroupit, reposant son poids sur la pointe des pieds. Il fit de son mieux pour paraître détendu et le moins possible contrarié. Il ne l'était pas, pas au sujet de la présence du garçon sur la propriété de Lobster Cove. Ce qui l'inquiétait davantage, c'était pourquoi le garçon ressentait le besoin de fuir sa propre maison pour se cacher dans cette petite cabane.

— En ce qui me concerne, tu peux rester aussi longtemps que tu veux. Je jouais ici quand j'avais ton âge, et je suis ravi que tu aies redonné vie à la cabane Bad Assery.

Kash fronça les sourcils.

— La cabane Bad Assery ?

— Oui, c'est comme ça qu'on appelait cet endroit. Notre mère détestait. Elle voulait qu'on lui donne un nom plus sympa. Genre le coin tranquille ou la cabane dans les bois... mais mes frères et moi, on voulait qu'elle soit cool. Qu'elle soit *badass*. Alors on l'a appelée la cabane Bad Assery.

Kash sourit pour la première fois.

— J'aime bien. La cabane Bad Assery.

— Je pense que tu devrais éviter de le dire devant ta mère, lança Britt au garçon.

Il devint sérieux.

— Oh non. Elle ne sait même pas que je suis ici. Je ne vais pas me tromper et le dire devant elle.

Cela faisait encore une chose qui ne plaisait pas à Chad. Oui, Lobster Cove était sûr. Ce n'était pas comme si quelqu'un pouvait venir jusqu'au garçon pendant qu'il était ici, mais garder des secrets à un parent, ce n'était jamais bon signe. Pas si le petit utilisait le fort pour se cacher de quelqu'un ou de quelque chose.

— D'accord, profite bien de la cabane Bad Assery, dit Britt avant de sourire. C'est vraiment marrant à dire. Asssery, asssery, asssery.

À la grande surprise de Chad, Kash gloussa.

— Très bien. Rappelle-toi ce que j'ai dit, si tu as faim ou si tu te sens seul, viens nous voir. On est juste de l'autre côté des arbres, et je te promets que personne ne sera méchant.

Kash ne semblait pas totalement convaincu, mais il acquiesça.

Britt se redressa, fit un petit signe de la main au garçon, puis se tourna vers Chad et accrocha son bras au sien, le tirant loin de la cabane fraîchement rénovée dans les bois.

Dès que les arbres les eurent dissimulés à son champ de vision et qu'ils furent hors de portée de voix, Britt le regarda.

— Je ne sais pas quoi faire.

— Oui, approuva-t-il. Ça ne me dérange pas qu'il utilise la cabane ou qu'il traîne là-bas, mais ce qui m'inquiète, c'est la raison derrière sa présence. Et j'aime encore moins le fait que maman ait ressenti le besoin de sortir le fusil quand Victor est venu, si cette histoire est vraie. Ou qu'il lui ait sûrement crié dessus.

Britt n'avait pas lâché son bras, et elle se pencha contre lui un instant, posant sa tête sur son biceps. Une décharge parcourut Chad depuis ce point de contact jusqu'au bout de ses orteils. Il se figea, incertain de ce qu'il ressentait.

— Je suis inquiète. Pour Kash, Evelyn, Victor...

— Je m'en occupe, la rassura Chad en se décalant pour glisser un bras autour de ses épaules.

La tenir contre lui n'avait rien de comparable à étreindre une autre femme. C'était plus intime encore que lorsqu'il avait fait l'amour avec sa dernière petite amie, ce qui était à la fois troublant et effrayant. Mais il avait aussi l'impression d'être exactement là où il voulait être.

— Je vais prévenir Lincoln que son ancienne camarade de classe habite juste à côté de chez nous. Peut-être qu'il pourra passer lui dire bonjour, et jauger un peu l'ambiance là-bas.

— Il ne va pas balancer Kash, hein ? demanda Britt, relevant la tête pour le fixer du regard.

— Non.

— Tu vas parler de Kash à tes frères ? demanda-t-elle.

— Bien sûr. On pourra tous veiller sur lui. Peut-être que tu pourrais l'amadouer en lui apportant quelques cookies de maman, un de ces jours.

— Oh ! Excellente idée.

Elle soupira.

— Chad ?

— Oui ?

— Lobster Cove est génial.

Il sourit.

— Oui, c'est vrai.

— Vous l'appeliez vraiment la cabane Bad Assery ?

Il s'esclaffa.

— Non. Mais je trouvais que ça faisait nom que des gamins de douze ans adoreraient.

— Tu as raison. Il a adoré.

— Tu veux aller t'asseoir sur le banc et regarder l'océan ?

— Oui. Mais je ne peux pas. Je dois aller voir les clients. Et j'ai promis à Evelyn de l'accompagner à l'épicerie.

Chad était déçu, mais aussi fier de la femme à ses côtés. Elle travaillait dur, ne fuyait jamais ses responsabilités, et elle aimait cette propriété autant que lui. En plus, elle semblait sincèrement tenir à sa mère. C'était une situation gagnant-gagnant sur tous les plans, et il était tellement reconnaissant d'avoir fait un détour par cette scierie et de l'avoir rencontrée.

Lui aussi avait des choses à faire, mais pour la première fois de sa vie, tout ce qu'il voulait, c'était s'asseoir et parler avec une femme.

Il faillit souffler du nez. Depuis quand était-il heureux de simplement parler avec une femme ? Ses anciens camarades de l'armée se seraient tapé des barres en lui disant de se dépêcher de l'emmener dans son lit. Mais il n'était plus le même homme qu'avant. Il ne cherchait plus à accumuler les conquêtes. Il voulait ce que ses parents avaient eu, et il était déjà bien en retard pour y arriver. Comme tous ses frères.

Il ignorait complètement ce que ses frères pensaient du fait de se caser et de fonder une famille, si c'était quelque chose qu'ils désiraient ou non... mais il aurait parié tout ce qu'il possédait qu'ils ressentaient la même chose que lui.

Chad refusait de se contenter du minimum. Il avait vu l'amour et le respect que ses parents se portaient. L'équipe qu'ils formaient, travaillant ensemble pour réaliser leurs rêves. C'était ça que Chad voulait, quelqu'un prêt à faire des efforts pour construire un avenir à deux. Quelqu'un dont il serait fier d'avoir à ses côtés, et qui ressentirait la même chose à son égard.

Et il ne pouvait s'empêcher de se demander si cette personne n'était pas déjà juste à côté de lui...

Il se trouva ridicule. Britt n'était là que depuis une semaine, et il ne la connaissait pas si bien que ça. Il baissa le bras et fit très intentionnellement un pas en arrière.

Britt cligna des yeux, puis se redressa et ramena une mèche de cheveux derrière son oreille.

— Euh... on devrait y aller, dit-elle.

Chad détesta l'idée de l'avoir rendue incertaine. Mais il avait un tas de choses à gérer, et s'impliquer avec la femme qu'il avait ramenée pour tenir compagnie à sa mère et l'aider à Lobster Cove ne semblait soudainement plus aussi malin. Bon sang, ils vivaient ensemble... en quelque sorte. Ils se voyaient tous les jours, chaque soir, et prenaient leur petit-déjeuner à deux tous les matins. Ça pourrait être un désastre total s'ils commençaient à sortir ensemble et que les choses tournaient mal.

Il ne pouvait pas faire ça à sa mère. Il devait garder ses distances. N'est-ce pas ?

L'esprit embrouillé, il lui sourit et s'engagea de nouveau sur le sentier menant à la maison principale. Il avait l'impression d'envoyer à Britt des signaux contradictoires, mais au moins, il pouvait y mettre un terme. Il serait simplement poli. Plus de contacts physiques, plus de mains tenues. Il serait amical, mais professionnel.

À peine cette pensée eut-elle traversé son esprit qu'elle laissa échapper un petit hoquet.

Avant même que son cerveau ne réagisse à l'instinct de son corps, Chad se retourna et tendit les bras vers elle. Elle avait trébuché sur une branche qui barrait le chemin, et il la rattrapa juste à temps, l'empêchant de s'écraser la tête la première sur le sol. Une fois qu'elle eut retrouvé son équilibre et qu'ils reprirent leur marche... il se retrouva, d'une manière ou d'une autre, à lui serrer la main de plus belle...

Et toute l'anxiété qu'il ressentait à propos de ce qu'il devait ou ne devait pas faire s'évanouit.

Merde.

9

Au cours des deux semaines suivantes, Britt repensa plus d'une fois aux moments qu'elle avait partagés avec Chad dans les bois. Elle avait eu l'impression qu'ils se connectaient à un niveau plus profond que de simples amis, puis, sur le chemin du retour, c'était comme si un voile était tombé sur ses yeux, l'empêchant de voir la moindre émotion, malgré le fait qu'il lui avait tenu la main tout le long du trajet. C'était déroutant et désorientant... mais d'une certaine manière, elle en était soulagée.

Elle commençait à être trop attirée par Chad. Son séjour à Lobster Cove n'était pas permanent. Une fois l'été terminé, une fois qu'elle aurait économisé assez d'argent et qu'il y aurait moins à faire sur la propriété, elle partirait pour trouver son propre logement. Cela ne voulait pas dire qu'elle ne reviendrait pas rendre visite ou aider Evelyn, mais elle ne pouvait pas vivre dans la maison principale indéfiniment.

Alors, depuis leur moment dans les bois, elle et Chad avaient gardé leurs distances. Ce qui était préférable... et facile, puisqu'ils étaient tous les deux occupés. Elle apprenait encore les rouages de Lobster Cove, et Chad travaillait dur pour faire le plus d'améliorations possible sur le domaine.

L'une des choses que Britt préférait en vivant et travaillant sur la propriété, c'était de faire connaissance avec les autres fils d'Evelyn et de les observer interagir avec leur mère. Les frères étaient tous très différents, mais en même temps, ils se ressemblaient de manière troublante sur certains points. Par exemple, ils étaient tous incroyablement protecteurs envers leur mère.

La semaine dernière, un matin, Evelyn était tombée alors qu'elle se trouvait dans la cuisine. Elle allait bien, elle s'en était juste sortie avec quelques contusions. Chad avait entendu le bruit et avait dévalé les escaliers en courant pour voir ce qui s'était passé. Une fois rassuré que sa mère n'avait rien, s'étant retrouvée avec juste quelques bleus et surtout embarrassée, il avait évidemment appelé ses frères pour les mettre au courant.

Il n'avait fallu pas plus de vingt minutes pour que les trois autres garçons Young débarquent. Ils voulaient voir de leurs propres yeux qu'Evelyn allait bien. C'était incroyablement touchant et attendrissant... et Britt avait dû monter dans sa chambre pour ne pas se ridiculiser en fondant en larmes devant tout le monde. Une fois de plus, elle avait été frappée par le côté alpha et protecteur des frères Young. Elle s'était même de nouveau dit qu'Alpha Cove aurait été un meilleur nom pour la propriété familiale que Lobster Cove.

Les frères Young avaient beau être d'anciens militaires redoutables aux tendances dominantes, ils étaient aussi les petits garçons à leur maman. Très portés famille. Déterminés à faire en sorte qu'Evelyn soit heureuse et en sécurité aussi longtemps qu'elle serait là... espérant pour encore vingt ou trente ans.

Étrangement, cette attitude protectrice semblait aussi s'étendre à Britt, ce qui lui était difficile à appréhender. Elle avait été seule pendant si longtemps que ça lui faisait bizarre d'être entourée de tant d'attentions, non seulement de la part d'Evelyn, mais aussi de ses fils. On lui demandait constamment si elle allait bien, si elle avait tout ce qu'il lui fallait, si elle avait besoin d'aide, ou si elle désirait prendre un jour de repos.

Ce n'est qu'au contact de la famille Young qu'elle avait pris conscience de combien la plupart de ses relations passées, avec des hommes, mais aussi avec les gens en général, avaient été toxiques.

Au gré des deux dernières semaines, elle avait aussi rencontré les autres employés à temps partiel de Lobster Cove. Il y avait un adolescent et son père qui venaient en fin d'après-midi pour donner un coup de main à Knox avec les bateaux. Ils aidaient les propriétaires qui venaient les récupérer de l'entrepôt à les atteler à leurs véhicules et leurs remorques. Ou bien, selon leur préférence, ils les mettaient à l'eau depuis le quai en eau profonde de Lobster Cove, afin que les propriétaires puissent rentrer chez eux par voie maritime.

Il y avait aussi quelques mécaniciens à temps partiel qui avaient été embauchés pour la saison estivale chargée. Non pas que le garage ne soit pas actif en hiver, mais l'activité redoublait dès que les gens commençaient à sortir de chez eux après les longs mois de froid.

L'un des employés à temps partiel du garage était Camden Calvert, le fils d'Otis. Il avait la quarantaine bien entamée, et tout comme son père, il donnait à Britt une mauvaise impression. Il n'avait rien dit de spécial, mais c'était plutôt par rapport à l'éclat dans ses yeux quand il regardait les gens, comme s'il mijotait constamment quelque manigance.

Britt détestait ressentir cela, d'autant plus qu'elle ne connaissait même pas vraiment cet homme... mais elle devait bien admettre qu'elle ne se sentait pas à l'aise en sa présence ou en celle de son père.

Heureusement, elle ne s'était plus retrouvée seule avec Otis depuis, même s'il traînait souvent sur la propriété. Il venait régulièrement déjeuner dans la maison principale avec Evelyn, et il utilisait fréquemment l'ordinateur du bureau du garage pour gérer les fiches de paie, régler les factures, et s'occuper de tout ce qui touchait à l'entreprise. Britt aurait préféré qu'il fasse tout cela depuis son propre bureau, au centre-ville de Rockville, mais puisqu'il faisait pratiquement partie de la famille, elle ne comptait pas le suggérer à qui que ce soit.

Alors qu'elle traversait la cour en direction du garage, elle espérait qu'Otis ne travaille pas dans le bureau ce jour-là. Cela faisait quelques jours qu'elle ne l'avait pas vu, et cela lui convenait parfaitement. Elle n'arrivait pas à oublier les suppositions qu'il avait faites à son sujet, ni le manque de respect qu'il avait manifesté envers les frères Young. Les personnes qu'ils souhaitaient fréquenter ou épouser ne regardaient en rien Otis.

Elle portait un grand sac rempli de récipients en verre contenant le chili qu'Evelyn avait préparé pour le déjeuner. Elle avait informé Britt que Walt et Barry adoraient son chili, et elle voulait leur en faire profiter. Elle avait glissé des bols dans le sac, mais comme ils étaient débordés avec le retard accumulé sur les voitures, elle avait tout emballé dans des bocaux, au cas où ils auraient besoin de mettre le plat dans le frigo du garage jusqu'à leur prochaine pause.

Alors qu'elle s'approchait des ateliers, elle entendit une série de jurons et de cris provenant de l'intérieur. Elle reconnut immédiatement la voix de Chad. Elle avait cru qu'il était parti en ville, mais visiblement, soit il y était allé et était déjà revenu, soit il n'était jamais parti.

Elle entra prudemment dans le premier atelier et cligna des yeux tandis que ces derniers s'habituaient à la lumière plus tamisée à l'intérieur. De nouveaux jurons fusèrent de sous un pick-up surélevé.

Britt s'éclaircit la gorge.

— Désolée si je dérange, mais Evelyn vous envoie un peu de déjeuner.

Presque en même temps, trois têtes émergèrent de sous le véhicule, ce qui fit rire Britt.

— Un déjeuner ? demanda Walt.

— Qu'est-ce que c'est ? ajouta Chad.

— Dis-moi que c'est son chili, s'il te plaît, supplia Barry.

— C'est du chili, confirma Britt.

Soudain, elle se retrouva entourée par les trois hommes. Barry lui prit le sac des mains avec un « Merci ! » enthousiaste et se dirigea aussitôt vers le bureau, suivi de près par Walt.

Elle s'esclaffa, puis se tourna pour se diriger vers la petite maison d'hôtes. Les locataires étaient partis ce matin-là, et elle devait la nettoyer et la préparer pour demain, jour de l'arrivée d'un couple.

— Tu as mangé ? demanda Chad.

Consciente qu'elle ne pouvait pas se contenter de l'ignorer, ce serait impoli, Britt s'arrêta et lui offrit un petit sourire. Comment un homme aussi sale pouvait-il être aussi séduisant, cela lui échappait complètement. Il portait un T-shirt gris arborant le logo du Garage Lobster Cove avec des taches sur le devant, comme s'il s'était essuyé les mains pleines de graisse dessus à un moment donné. Cette même graisse lui maculait également la joue. Ses cheveux sombres étaient en bataille, laissant ressortir davantage les reflets éclaircis par le soleil après avoir travaillé dehors.

Et son regard était rivé sur elle, comme si elle était la chose la plus importante au monde à cet instant, malgré tout le travail qui les attendait dans le garage.

C'était un élément de plus qui attirait Britt chez cet homme. Quand il lui parlait, il ne lui donnait jamais l'impression qu'elle l'empêchait de faire quelque chose de plus important, même s'il était toujours occupé. Il se concentrait entièrement sur elle, et c'était une sensation enivrante. Elle avait toujours été une pensée secondaire. Pour sa mère, pour ses petits amis. Même pour les amis qu'elle avait eus autrefois. Mais avec Chad, il la regardait dans les yeux, ne touchait pas à son téléphone, ne balayait pas la pièce du regard pour voir s'il y avait quelqu'un de plus important à qui parler ou quelque chose de plus urgent à faire.

— Britt ? Tu as mangé avec maman à la maison ?

— Oui. Lincoln est passé tout à l'heure, mais il a dû partir, et je ne voulais pas qu'elle déjeune seule.

Il la fixa du regard encore de longues secondes, plus intensément encore, si c'était même possible, et Britt aurait voulu savoir ce qu'il pensait.

— Tu as une minute pour t'asseoir avec nous ? demanda-t-il enfin.

Elle s'apprêta à refuser, mais pour une raison qu'elle ignorait, elle acquiesça à la place.

Chad sourit enfin et fit un pas en avant, lui prenant le coude pour la guider vers le bureau. Il lâcha sa main dès qu'ils se mirent en marche, mais sa peau picotait encore de ce contact léger.

Walt et Barry mangeaient déjà directement dans les contenants en verre, ignorant les bols qu'Evelyn avait envoyés avec le repas. Britt ne put s'empêcher de sourire en voyant cela. C'était le plus beau des compliments, ils ne voulaient même pas attendre les quelques secondes nécessaires pour verser le chili dans des bols.

— C'est encore chaud ! lança Barry à Chad en attrapant un des deux contenants restants.

— Le premier qui finit a droit au récipient en plus, expliqua Walt, la bouche pleine.

Britt étouffa un gloussement. Ils étaient drôles, surtout le grognement que Barry poussa contre son collègue.

— Il y en a encore plein. Évitez de vous rendre malades en mangeant trop vite, leur dit-elle. Evelyn a fait une énorme marmite. Je pensais que c'était beaucoup trop, mais je constate que je me suis trompée.

— J'irai en reprendre dès qu'on aura trouvé les pièces nécessaires pour le pick-up, l'informa Barry.

— On dirait qu'on est tout le temps à court des pièces nécessaires, grommela Chad en s'asseyant pour manger, un peu plus calmement que les deux autres.

Britt avait pris la dernière chaise libre, et elle savoura ce petit moment de répit avant de devoir aller nettoyer le chalet.

— C'est le cas, approuva Barry en haussant les épaules.

— Pourquoi ? demanda Chad.

Walt posa son récipient de chili sur ses genoux et croisa le regard de Chad.

— Tu veux la vraie réponse ou celle qui évitera les conflits ?

— La vraie. Toujours, répondit Chad, on ne peut plus sérieux.

— Ton père n'a jamais voulu investir de l'argent pour un système d'inventaire. Il disait que ce n'était pas nécessaire. Que nous trois savions ce qu'on utilisait, ce qu'on avait et ce dont on avait besoin. Il n'avait pas totalement tort, mais au fil des années, on a eu de plus en plus de boulot... et depuis quelque temps, ça devient un peu le bazar par ici.

— Attendez, vous n'avez pas de système d'inventaire informatisé ? demanda Chad, incrédule.

— Non. C'est à nous de prendre des notes et de suivre ce qu'on utilise, mais au final, il nous faut un moyen de comptabiliser ce qu'on consomme et ce qu'on doit commander.

Britt écoutait avec attention.

— Qu'est-ce que tu proposes ? demanda Chad.

— Un système d'inventaire qui génère aussi des factures détaillées. Je sais que ce ne sera pas donné, entre l'achat du logiciel et l'embauche d'un employé pour le gérer, mais ça nous ferait gagner un temps fou à Barry et moi. Du temps qu'on pourrait consacrer à servir plus de clients, suggéra Walt.

Il jeta ensuite un coup d'œil à Barry, qui acquiesça légèrement.

— Et ce n'est pas tout. Pour tout avouer... parfois, on n'a pas pu commander certaines pièces à cause de factures impayées.

— Quoi ? s'écria Chad, les sourcils dressés. Tu te fous de moi ?

— Désolé, mais non.

— Merde, jura-t-il en posant son chili sur le côté. Il faut qu'on règle ce bordel. Lobster Cove ne va pas devenir connue pour ne pas régler ses dettes.

— Euh... Chad ? intervint timidement Britt.

— Oui ? demanda-t-il, manifestement ailleurs.

— Avant de déménager dans le Maine, j'ai travaillé pendant des années dans la vente. Grands magasins, restauration rapide, et même dans des supérettes. Je travaillais toujours avec des logiciels d'inventaire.

— Où tu veux en venir ? demanda Chad.

— Peut-être que je peux donner un coup de main ?

— Tu es déjà sur les rotules à faire le ménage, t'occuper des clients, aider maman avec les réservations, répondre aux appels et aux e-mails, faire des pâtisseries pour les invités, et tenir compagnie à maman, lui rappela-t-il.

— Je sais. Et j'aurais forcément une période d'adaptation, puisque je ne connais pas les noms des pièces que vous utilisez pour réparer les voitures. Mais je suis sûre qu'avec l'aide de Walt et Barry, je pourrais apprendre rapidement. Et j'ai même déjà formé de nouveaux employés à ces systèmes, notamment sur la facturation et l'inventaire. Je pourrais sûrement aider Walt et Barry à comprendre ses mécanismes.

Un silence s'abattit sur le bureau, et pendant un instant,

Britt crut avoir dépassé les limites. Elle ne comptait pas rester ici éternellement. De plus, elle n'avait aucune envie que Chad ou qui que ce soit pense qu'elle essayait de soutirer plus d'argent à la famille Young.

Mais apparemment, les hommes assis avec elle ne pensaient pas ça. Ou alors, ça leur était égal.

— Ce serait génial !

— C'est exactement ce qu'il nous faut.

— Je ne sais pas trop.

Ce fut la réponse de Chad qui inquiéta Britt.

— Je vous promets que je ne ferai pas de bêtises. Et je ne veux même pas être payée davantage. Je veux juste aider. Je ne pense pas que ça prenne tant de temps, d'ailleurs. Juste quelques heures de plus par jour. Je ne suis pas comptable, je n'ai pas de diplôme en commerce, mais je me débrouille plutôt bien avec la saisie de données. S'il y a un programme, il suffit d'entrer les chiffres et les descriptions dans les bons champs. Et je n'aurais pas besoin d'avoir accès aux numéros de comptes bancaires ou quoi que ce soit. Otis pourra entrer les infos financières, et une fois le système en place, il pourra sûrement télécharger directement les données dans ses feuilles de calcul.

— Respire, Britt, intervint Chad en lui prenant doucement la main. Je te fais confiance. Et si tu penses vraiment que ça ne sera pas trop, on sera ravis de ton aide pour l'inventaire et d'autres petites tâches administratives dans le garage. Ce serait un immense coup de main. Mais si tu trouves que tu n'arrives plus à suivre avec tout ce que tu as déjà à faire, préviens-nous. Je peux en parler à mes frères et trouver une solution, comme peut-être embaucher un assistant administratif à temps partiel.

— Je peux le faire, répondit fermement Britt.

Si le garage avait réellement des factures impayées, elle détestait l'idée que les Young doivent encore embaucher un énième employé pour un boulot qu'elle était certaine de pouvoir gérer. Ce n'était pas comme si elle était occupée toute la journée, de toute façon. Elle avait une multitude de moments de creux, et son salaire était déjà plus que suffisant, surtout en comptant le logement et la nourriture offerts.

— Et je ne suis pas sûr qu'on puisse augmenter ton salaire, l'informa Chad. Entre mon emploi du temps et celui d'Otis, je n'ai toujours pas réussi à trouver un moment pour discuter avec lui afin de comprendre ce qui cloche avec les finances de Lobster Cove. On dirait qu'il est dispo pour tout le monde, sauf pour moi.

— Ça ne me pose aucun problème. Vous me payez déjà très bien. Je suis ravie de pouvoir aider !

— Je verrai ce que je peux faire, répondit Chad, comme si elle n'avait rien dit.

Britt fronça les sourcils alors qu'il reprenait son chili.

— Lâche l'affaire, lui lança Barry. Je disais tout le temps à Austin qu'il me payait trop, mais il se contentait à chaque fois de m'ignorer. Il disait que s'il voulait les meilleurs, il devait mettre le prix. Et… juste pour info… Walt et moi, on est les meilleurs mécanos du coin. Enfin, sans compter les petits Young.

— Les petits ? demanda Chad en haussant un sourcil.

Les trois hommes s'esclaffèrent.

Elle ne s'attendait pas à recevoir une augmentation en proposant son aide. Il était hors de question qu'elle accepte plus d'argent de la part d'Evelyn. Britt travaillait dur pour reconstituer son compte en banque, qui était à zéro quand elle avait commencé. Même si elle n'avait pas encore assez pour louer son propre appartement, surtout avec le premier mois, le dernier et la caution que la plupart des propriétaires exigeaient désormais, à la fin de l'été, elle devrait avoir le nécessaire, et même plus, même sans augmentation.

C'était grisant de gagner à nouveau sa vie. De savoir qu'elle pouvait subvenir à ses besoins. Cela faisait taire la voix de sa mère et celle de Cole, qui n'avaient cessé de lui répéter qu'elle ne tiendrait pas le coup toute seule dans le Maine.

— Je vais parler à Camden et aux autres pour les mettre au courant, et les informer qu'on va mettre en place un système de gestion d'inventaire et de facturation, expliqua Walt.

L'esprit de Britt bouillonnait déjà d'idées pour améliorer l'organisation du garage. Le système informatique serait d'une aide précieuse, même s'il fallait un temps d'adaptation aux mécanos.

— Tu sais, Austin a dirigé cet endroit de la même façon pendant des années. Je me dis que ce sera pas mal d'avoir du sang neuf... quelqu'un capable de mettre en place un système plus efficace. Un domaine dans lequel on n'y connaît rien, dit Barry en s'essuyant la bouche.

La confiance qu'il lui témoignait la toucha. Britt lui adressa un sourire reconnaissant.

— Bon, maintenant que c'est réglé, si on retournait affronter cette saloperie de monstre dans l'atelier ? proposa Chad.

Les autres acquiescèrent et rangèrent leur déjeuner en un clin d'œil. Même si Walt menaça d'aller chercher une nouvelle portion à la maison, il semblait rassasié pour l'instant. Avant même d'avoir eu le temps de réagir, Britt avait le sac, désormais bien plus léger, en main, prête à le ramener. Il était temps d'aller au chalet afin de vérifier si les derniers locataires y avaient causé des dégâts, et de s'y atteler pour le préparer aux prochains clients.

— Britt ? demanda Chad alors qu'elle se retournait pour partir. Je voulais juste te dire... Je t'ai peut-être rencontrée récemment, mais je savais déjà à ce moment-là, tout comme je le sais maintenant, que tu es quelqu'un de bien. Je l'ai senti dans cette scierie, et tu l'as prouvé sans relâche par ton éthique de travail et par la manière dont tu traites ma mère. Lobster Cove a eu de la chance de te mettre la main dessus avant que quelqu'un d'autre ne le fasse.

Les mots de Chad lui donnèrent envie de pleurer. Ils avaient une signification énorme pour elle.

— Deux dernières choses... La première, c'est que l'anniversaire de ma mère tombe la semaine prochaine. Et elle n'aime pas qu'on en fasse tout un plat, mais je voulais lui faire quelque chose de sympa. Il y a un spa en ville où j'ai pris rendez-vous pour qu'elle se fasse les ongles, les cheveux, et j'ai aussi organisé une rencontre avec des amies de longue date du coin, puis un dîner après. Mais avant tout ça, je me disais que ce serait chouette de commencer sa journée avec un bon petit-déjeuner qu'elle n'aurait pas à préparer elle-même. Est-ce que tu voudrais bien m'aider ? Je me débrouille en cuisine, mais je suis loin d'être un expert. J'aurais bien demandé à Zach, vu que c'est lui le chef de la famille, mais il bosse comme un forcené pour ouvrir l'échoppe de homards qu'il refuse d'appeler une échoppe de homards.

— Bien sûr que je vais t'aider, répondit Britt. C'est quand, son anniversaire ?

— Mardi prochain.

Britt cligna des yeux, surprise.

— Sérieusement ?

— Oui, pourquoi ?

— C'est aussi l'anniversaire de ma mère.

— Waouh ! Sacrée coïncidence.

Britt acquiesça. Oui, c'en était une, mais les différences entre la journée que Chad voulait offrir à sa mère et les anniversaires que sa propre mère avait connus étaient immenses.

— Maman se lève tôt, donc ça va être difficile de la surprendre, mais je me disais que si on se levait et qu'on commençait les préparations aux alentours de 5 h, peut-être qu'on aurait fini avant l'heure à laquelle elle apparaît habituellement dans la cuisine.

— Ça me va, approuva Britt.

Se lever à cette heure-là ne lui posait aucun problème. Elle aussi était du matin. Elle avait appris à le devenir en grandissant, puisque sa mère, souvent épuisée après son service de nuit, n'était pas en état de se lever pour s'assurer que sa fille prenait un petit-déjeuner avant d'aller à l'école.

— Merci. Ça me touche beaucoup. Et secondement... si tu pouvais m'aider à trouver une autre idée que des œufs brouillés et du bacon, ce serait génial.

Britt gloussa.

— Je pense que je peux m'en occuper. Tu veux que j'aille faire les courses ?

— Non. Tu en fais déjà bien assez ici. Donne-moi juste une liste, et j'irai chercher le nécessaire. Je pourrai les garder dans le frigo du garage, comme ça maman ne les verra pas et ne se doutera pas de ce qu'on prépare. Je les ramènerai le matin même.

Faire des projets avec Chad avait quelque chose de... cosy. Comme s'ils formaient un couple. Ce qui était insensé, mais Britt ne pouvait s'empêcher d'avoir cette impression. En trois semaines seulement, elle avait passé plus de temps avec Chad qu'avec n'importe lequel des hommes qu'elle avait fréquentés. Ils prenaient quasiment tous leurs repas ensemble, regardaient la télévision le soir avec Evelyn. Il se couchait à peu près à la même heure qu'elle, donc c'était souvent la dernière personne à qui elle disait bonne nuit le soir, et bien souvent, ils se croisaient dans le couloir le matin, quand ils se préparaient pour la journée.

Même s'ils ne dormaient pas dans la même chambre, ou dans le même lit, elle se sentait également plus proche de lui que de la plupart de ses anciens petits amis.

Se sentant soudain un peu mal à l'aise, et étrangement triste qu'il ne puisse être plus qu'un ami et un collègue, car sortir avec l'un des hommes qui avaient leur mot à dire sur son droit de présence ou non à Lobster Cove ne serait pas très malin, Britt lui adressa un dernier signe de tête et se dirigea vers la porte.

Plus elle s'intégrait à la vie de Lobster Cove, plus son départ serait douloureux. Ce n'était qu'un travail temporaire. Ils le savaient tous les deux. Elle savait qu'ils lui avaient offert ce poste par pitié, quand bien même Chad affirmait le contraire, mais elle comptait continuer à faire du bon travail avant de partir. Britt Starkweather n'était pas du genre à fuir devant l'effort.

Non, le travail, c'était la partie facile. Mais cet endroit risquait de la briser d'une autre manière d'ici à ce qu'elle le quitte. En quelques semaines seulement, elle était tombée amoureuse de Lobster Cove. D'Evelyn. De l'odeur de la brise marine, du chant entêtant, ou des jérémiades, des oiseaux le matin... et de Chad.

Cette dernière pensée la fit trébucher, mais heureusement, elle ne s'étala pas la tête la première par terre.

Chad était tout ce qu'elle avait toujours désiré chez un partenaire. Gentil, fort, compatissant, drôle, travailleur, et compréhensif. Et il n'était pas désagréable à l'œil non plus. Elle avait décidé, après le fiasco avec Cole et la manière dont il l'avait laissé tomber dans le Maine en emportant tout son argent avec lui, qu'elle en avait fini avec les hommes.

Mais la vie avait une façon bien à elle de lui rire au nez. Elle aimait Chad Young, même si elle ignorait complètement ce qu'elle devait faire de ces sentiments. Elle soupçonnait qu'elle finirait profondément blessée si elle tentait de les poursuivre.

Alors, la seule chose qu'elle pouvait faire, c'était faire semblant que rien n'avait changé. Qu'il n'était rien de plus qu'un collègue. Puis, quand l'été prendrait fin, peut-être qu'elle partirait finalement, en direction de l'ouest, vers Portland.

Parce que rester à Rockville et croiser constamment Chad et ses frères serait trop douloureux.

Au fond d'elle, pourtant, ça ne sonnait pas juste. Elle adorait Rockville et tout le Midcoast du Maine. Les gens, le climat, la beauté du paysage. Vivre près de l'eau était une expérience nouvelle pour elle, et elle l'adorait.

Mais elle pouvait sûrement trouver une autre ville. Le Maine ne manquait pas de littoraux.

Mais ce ne serait pas Lobster Cove. Cet endroit était spécial. Et même si elle avait l'impression qu'une force l'y avait guidée spécifiquement, elle ne pouvait pas continuer à se languir de Chad. Cela serait bien trop douloureux.

Sa décision prise, Britt redressa les épaules. Elle avait des choses à faire. Un chalet à nettoyer et un petit déjeuner d'anniversaire à organiser, et elle devait réfléchir à ce qu'elle pourrait offrir à Evelyn. Cette femme avait été davantage une mère pour Britt que sa propre mère, et elle méritait une superbe journée, pleine d'amour et exempte de tout stress. Une journée pour oublier le chagrin et se réjouir d'être entourée d'amis.

Mais malgré tous ses efforts pour se concentrer sur l'anniversaire d'Evelyn, le visage de Chad refusait de disparaître entièrement au fond de son esprit. Il y était gravé, et Britt avait peur qu'il ne s'efface jamais.

Elle déglutit avec grand effort, puis ouvrit la porte d'entrée de la maison principale. Être amoureuse, c'était nul, surtout quand la personne aimée n'en avait pas la moindre idée.

10

Chad était allongé dans son lit, les yeux rivés au plafond. Il était tôt. Ou tard. À 2 h du matin, il supposait que cela pouvait être l'un ou l'autre. Et il n'arrivait pas à dormir. Son esprit refusait de s'éteindre. La nuit dernière avait été... parfaite. Sa mère avait soudain eu envie de jouer au gin rami, alors il avait sorti les cartes, et il s'était installé pour jouer avec elle et Britt. Une partie était devenue deux, puis cinq.

Britt s'était révélée être une adversaire impitoyable, ce qui l'avait un peu surpris, car d'apparence, elle n'avait en rien l'air sans pitié. En général, elle était plutôt enjouée et discrète. Mais dès qu'il était question de gagner, elle ne retenait plus aucun coup. Et elle se vantait quand elle gagnait aussi. Avec humour, certes, mais il était évident qu'elle ne comptait pas laisser qui que ce soit l'emporter par gentillesse.

Cela faisait longtemps que Chad n'avait pas vu sa mère aussi détendue. Lorsqu'elle avait commencé à bâiller, il l'avait encouragée à aller se coucher. Lui et Britt étaient restés en bas, et s'étaient déplacés sur le canapé pour regarder Deadpool à la télé. C'était elle qui l'avait proposé, ce qui, une fois de plus, l'avait surpris. Il supposait qu'il faisait des stéréotypes, mais ça devait être le dernier film qu'il pensait qu'elle choisirait.

Quand le film s'était terminé, ils avaient discuté. De son enfance, de sa jeunesse dans le Maine, de Lobster Cove. Des bêtises qu'il faisait avec ses frères. Elle l'avait encouragé à lui parler davantage de son père, et cela lui avait fait du bien de partager combien cet homme avait compté pour lui. Ce n'est qu'après avoir parlé pendant ce qui lui semblait avoir duré une éternité qu'il s'était rendu compte qu'elle, de son côté, n'avait rien dit. Elle n'avait rien révélé de sa propre famille.

Lorsqu'il lui avait posé la question et qu'elle avait aussitôt changé de sujet pour parler de ce matin-là et de la surprise du petit-déjeuner d'anniversaire qu'ils préparaient pour Evelyn, Chad avait laissé tomber. Si elle ne voulait pas parler de sa mère, il n'allait pas la forcer. Mais il n'en était que plus déterminé encore à faire en sorte que son séjour ici, à Lobster Cove, soit une belle expérience.

Quand ils avaient décidé qu'il était tard et qu'il valait mieux aller dormir pour pouvoir se lever tôt et préparer le petit-déjeuner, ils s'étaient retrouvés debout ensemble devant la porte de sa chambre, silencieux pendant un long moment. Il avait terriblement l'impression de raccompagner une femme à sa porte après un rencard.

C'est là que Chad avait compris qu'il avait envie de l'embrasser. Envie de la prendre dans ses bras, d'ouvrir la porte de sa chambre et de l'allonger sur le lit.

Ce n'était pas si surprenant. Depuis leur première rencontre, et surtout depuis qu'ils vivaient pratiquement ensemble, il sentait bien qu'il y avait une attirance. Et jusqu'à présent, il n'avait rien vu chez elle qui le rebute. Elle ne médisait pas sur les autres derrière leur dos. Elle était perspicace, attentionnée, positive. Les petits imprévus liés à la gestion d'une entreprise ne la déstabilisaient pas.

Britt se débrouillait à merveille avec les clients, répondait à leurs questions et apaisait leurs inquiétudes sans avoir besoin de beaucoup de directives, ni de lui ni de sa mère. De plus, même si nettoyer les chalets entre deux séjours n'était la passion de personne, elle faisait le travail à fond. Elle ne bâclait rien et voulait que chaque groupe ait l'impression d'en avoir pour son argent dans l'espoir qu'ils reviennent l'été suivant.

Elle n'était pas parfaite, et de toute façon, cela aurait été rédhibitoire pour Chad. Il ne voulait pas d'une femme parfaite à la manière d'une épouse de Stepford. Il voulait quelqu'un qui puisse rire de ses erreurs, qui n'ait pas peur de se salir les mains, qui n'attende pas des autres qu'ils se plient à chacun de ses besoins.

La première fois qu'il avait aperçu Britt avant qu'elle ne prenne sa douche et ne soit prête pour la journée, elle était descendue pour prendre un café, vêtue d'un pantalon de survêtement troué de partout. Il était en lambeaux et visiblement vieux de plusieurs années. Son T-shirt n'était guère mieux. Ses cheveux étaient en bataille et elle avait une marque sur le visage qu'il supposait être celle de son oreiller. Elle avait l'air d'avoir passé toute une semaine à picoler.

Au lieu d'être gênée qu'il la voie dans cet état, elle s'était arrêtée en le remarquant, puis avait simplement haussé les épaules avant de se diriger vers la cafetière.

Il l'avait fixée du regard, stupéfait, pendant qu'elle discutait avec sa mère pendant une minute, manifestement indifférente à l'idée de paraître... moins présentable qu'à son meilleur. Elle était tellement à l'aise dans sa peau, et ça, c'était très excitant pour Chad.

Plus que ça, il adorait sa manie de regarder les gens dans les yeux quand ils lui parlaient, leur accordant toute son attention. Sa volonté de mettre la main à la pâte pour presque toutes les tâches à Lobster Cove. Ou encore la fois où elle avait voulu verser du sel dans un bol d'œufs et que le bouchon s'était détaché, gâchant la nourriture, et qu'elle n'avait pas paniqué, avait simplement ri et recommencé tout de suite un nouveau lot.

Cependant, tout ça, ce n'étaient que de petites choses. Ce qui avait gagné le respect de Chad, c'était la manière dont elle traitait les gens. Walt, Barry, Camden, le jeune voisin, Kash, la mère de Chad et ses frères, les clients... peu importe qui c'était, Britt faisait toujours un effort pour être respectueuse. Pour être gentille, serviable et compatissante. Cela venait peut-être de son expérience dans le commerce, mais Chad avait l'impression que c'était simplement dans sa nature. Même lorsqu'elle n'aimait pas particulièrement quelqu'un, comme Otis, elle ne disait jamais rien de méchant à son sujet, et restait toujours polie et prévenante.

Oh, elle était de mauvaise humeur, parfois. Il y avait quelques soirs où elle était restée isolée, allant dans sa chambre après le dîner au lieu de traîner avec les autres. Mais dans l'ensemble, elle était facile à vivre.

Alors, quand Chad s'était tenu avec elle devant sa porte, quelques heures plus tôt, il n'avait pas pu s'empêcher d'avoir envie de l'embrasser. Même après qu'ils se sont dit une sorte de bonsoir un peu maladroit et qu'il est allé dans sa chambre, il voyait encore ses lèvres dans son esprit. Il voyait aussi l'intérêt qu'il ressentait se refléter dans ses yeux.

Elle était une employée. Elle vivait dans la même maison que lui. Ce serait mal de profiter de cette situation. Mais c'était extrêmement difficile de la voir jour après jour sans lui faire comprendre combien il commençait à tenir à elle. Combien il était attiré par elle.

Un grand coup de tonnerre fit trembler la maison, faisant sursauter Chad dans son lit. Il savait qu'une grosse tempête était prévue au cours de la nuit, et à présent, on aurait dit qu'elle était presque au-dessus d'eux.

Plus il écoutait, plus le vent hurlait fort. Chad ne se souvenait pas avoir déjà vécu une tempête aussi violente. Certes, il n'avait pas vécu dans le Maine depuis un moment, mais même lorsqu'il était enfant, il ne se rappelait pas que les tempêtes étaient aussi déchaînées.

Puisqu'il ne dormait pas de toute façon, il sortit du lit, alla jusqu'à la fenêtre et jeta un coup d'œil dehors. Il faisait noir, donc il ne voyait pas grand-chose, mais la lumière que sa mère gardait toujours allumée au-dessus de la porte arrière illuminait juste assez la cour pour qu'il voie les pins autour de la maison se balancer furieusement d'un côté à l'autre sous le vent. La pluie tombait presque à l'horizontale, et il grimaça, regrettant que lui et ses frères n'aient pas pu refaire le toit avant que cette tempête d'été particulièrement violente ne décide de passer.

Il pensait à tout ce qu'il faudrait faire demain, enfin, plus tard dans la journée, pour nettoyer. Il y aurait des branches partout dans la cour. Il priait pour qu'aucun arbre sur la propriété ne tombe sur l'un des véhicules en attente de réparation au garage. Il allait devoir vérifier l'état du toit, non seulement de la maison principale, mais aussi des maisons d'hôtes. Il espérait également de tout cœur que les kayaks n'étaient pas actuellement en train de s'envoler.

Chad était encore perdu dans ses pensées, réfléchissant à tout le travail qui l'attendait, quand un bruit à sa porte attira son attention. Jetant un coup d'œil par-dessus son épaule, il vit quelqu'un dans l'encadrement. Pendant une seconde, il crut que c'était sa mère, et une pointe d'inquiétude le traversa... mais il la reconnut alors.

— Britt ? demanda-t-il en se tournant vers elle.

Avant qu'elle ne puisse répondre, un éclair illumina la pièce, immédiatement suivi d'un coup de tonnerre assourdissant. L'orage était juste au-dessus d'eux.

Britt se couvrit les oreilles avec une grimace, puis, sans dire un mot, se précipita dans la chambre et alla droit vers lui.

Elle jeta ses bras autour de son cou et enfouit son visage contre sa gorge.

Instinctivement, les bras de Chad se refermèrent autour d'elle, la serrant fermement. Il la sentait trembler presque de façon incontrôlable.

— Britt ? répéta-t-il. Qu'est-ce qui se passe ? Ça va ?

— L-la tempête, balbutia-t-elle, la chaleur de ses lèvres et de son souffle se diffusant contre sa peau.

C'est à ce moment-là que Chad se rappela qu'il ne portait rien d'autre qu'un caleçon, et que Britt n'avait sur elle que le vieux T-shirt qu'elle semblait toujours se servir comme pyjama. Ses jambes étaient nues, et il pouvait sentir la douceur de ses cuisses contre les siennes alors qu'elle se collait contre lui.

Sa première pensée fut combien elle lui semblait... à sa place... dans ses bras.

La seconde fut... Oh merde, c'est totalement déplacé.

Elle ne semblait même pas remarquer leur quasi-nudité. Un nouvel éclair illumina la pièce, et il la sentit se raidir contre lui juste avant que le tonnerre n'éclate. Un petit cri s'échappa de ses lèvres, et quand bien même il pensait cela impossible, elle réussit à se blottir davantage contre lui.

C'est là qu'il comprit enfin. Elle était complètement terrifiée. Par la tempête.

Ne désirant rien d'autre que la réconforter, Chad la fit reculer jusqu'à ce qu'ils soient éloignés de la fenêtre, puis se tourna lentement pour s'asseoir au bord de son lit. À sa grande surprise, au lieu de s'asseoir à côté de lui, Britt grimpa sur ses genoux. Elle s'installa à califourchon sur ses cuisses et pressa sa poitrine contre la sienne. C'était l'une des positions les plus intimes qu'il ait jamais connues avec une femme, mais ce n'était pas dû à un élan de désir. Elle tremblait encore comme une feuille et semblait sincèrement terrorisée.

— Ça va aller, murmura-t-il, essayant de reculer pour pouvoir s'adosser à la tête de lit.

Une tâche d'autant plus difficile que Britt pesait de tout son poids contre lui. Elle s'agrippait à ses épaules si fort qu'ils étaient complètement collés l'un à l'autre.

Chad commençait à être un peu secoué lui aussi. Il voulait désespérément apaiser sa souffrance. Car il était évident qu'elle souffrait vraiment.

— Chuuut, l'apaisa-t-il en faisant glisser une main de haut en bas dans son dos, tandis que l'autre la tenait fermement.

Elle émettait de petits gémissements du fond de la gorge, un son dont il n'était même pas sûr qu'elle en ait conscience. Ils lui brisaient le cœur.

— Je suis là, la rassura-t-il. Ferme les yeux, concentre-toi sur moi, et rien d'autre.

Chad se sentait impuissant. Il ne savait pas quoi faire ni quoi dire pour l'aider.

Évidemment, la tempête n'aidait en rien. Un nouvel éclair éclatant suivi d'un grondement tonitruant fit trembler la maison, et le rythme de la respiration de Britt s'accéléra dangereusement.

Prenant une décision, Chad s'abaissa jusqu'à être allongé à plat, entraînant Britt avec lui. Non pas qu'il ait eu vraiment le choix, puisqu'elle s'accrochait à lui comme un bébé paresseux agrippé à sa mère.

Il souleva une fesse et parvint à dégager la couette sous son poids, puis la tira par-dessus eux, les enveloppant tous les deux dans l'obscurité.

— Tu vas bien. La tempête est dehors, et nous, on est en sécurité ici. Ralentis ta respiration, Britt.

Mais ses mots doux ne lui faisaient aucun effet. Il ajouta un peu plus de fermeté dans sa voix.

— Je suis sérieux, Britt, ralentis ta respiration. Fais comme moi... inspire... retiens... expire. C'est bien. Encore.

Il la sentit faire l'effort de l'imiter, et une part de sa propre panique commença à se dissiper. Britt avait glissé une de ses mains dans ses cheveux, et il sentait ses ongles gratter son cuir chevelu en rythme. Ça ne faisait pas mal, mais ce geste soulignait son état de détresse. Ce n'était pas une simple peur de l'orage. Cette réaction extrême venait de bien plus loin.

La couverture tirée sur leurs têtes, l'air était humide et chaud, mais Chad ignora ce léger inconfort car cela avait aussi l'avantage d'atténuer la lumière des éclairs. Il continua de lui parler, sans avoir la moindre idée de ce qu'il disait, tout en la tenant fermement contre lui.

Petit à petit, les éclairs et le tonnerre effrayants commencèrent à s'estomper, mais le bruit de la pluie contre la fenêtre et du vent qui soufflait violemment dehors persistait. De temps à autre, Chad entendait un fracas, et il priait de nouveau pour que les arbres ne causent pas de dégâts aux véhicules ou aux bâtiments.

Mais c'était le cadet de ses soucis pour le moment. La femme dans ses bras était sa priorité. Elle était encore tendue, encore tremblante, mais au moins, comme les éclairs et le tonnerre s'étaient calmés, ses gémissements déchirants avaient cessé.

Chad abaissa la couverture de leurs têtes et inspira profondément l'air frais. Britt était toujours allongée sur son torse, ses jambes de chaque côté des siennes, et ils étaient toujours collés l'un à l'autre. Son T-shirt était remonté, et le seul tissu qui séparait la majeure partie de leurs corps était leurs sous-vêtements. Il sentait son ventre nu contre le sien. Mais il n'était pas excité. Pas du tout.

— Tu peux me parler, Britt ? Tu veux bien lever la tête et me regarder ?

Elle secoua la tête contre lui, et Chad ne chercha pas à insister.

— D'accord. On va juste rester là et respirer ensemble.

C'est donc ce qu'ils firent.

À sa grande surprise, même s'il entendait toujours la pluie tambouriner contre la fenêtre, Britt s'endormit dans ses bras. Il sentit exactement le moment où cela se produisit, car son corps tout entier devint mou contre le sien. Pendant une seconde, il paniqua, croyant qu'il se passait quelque chose de grave. Mais en sentant sa respiration régulière contre son cou et son cœur battre contre son torse nu, il comprit qu'elle avait simplement trouvé un peu de repos bien mérité.

Il n'osa pas bouger d'un centimètre, de peur de la réveiller maintenant qu'elle dormait. Jetant un œil à l'horloge sur sa table de chevet, Chad vit qu'elle était dans sa chambre depuis une heure. Cela ne lui avait pas semblé si long, et en même temps, cela lui avait paru une éternité. Mais il était loin de réussir à trouver le sommeil. Son esprit tournait à mille à l'heure.

Tout d'abord, qu'est-ce qui avait bien pu causer une telle peur des tempêtes à cette femme ? Certes, cela le mettait lui-même mal à l'aise et lui faisait craindre les dégâts après coup, et beaucoup de gens n'en aimaient pas le bruit. Mais la panique que Britt avait exprimée était suffisante pour le convaincre qu'elle avait subi un traumatisme lié à une tempête, une aussi violente que celle qui venait de passer. Imaginer ce que ce traumatisme pouvait être l'empêcha de fermer l'œil.

Le lendemain allait être une galère. Pas moyen d'y échapper. C'était l'anniversaire de sa mère, ils avaient prévu un petit déjeuner spécial, ses frères allaient tous passer pour célébrer, et maintenant, il faudrait en plus gérer les conséquences de la tempête. Faire tout ça avec peu ou pas de sommeil allait être extrêmement difficile. Mais c'était loin d'être sa première nuit blanche, après toutes celles qu'il avait expérimentées dans l'armée. Allongé sans bouger sur les toits, tantôt sous le soleil brûlant, tantôt dans le froid glacial de la nuit, à attendre le moment précis pour éliminer sa cible.

Il supportait bien mieux l'épuisement que la plupart des gens.

Ce qui l'inquiétait, c'était Britt. Rien dans l'heure écoulée n'avait été agréable. Il n'avait même pas pu apprécier de la tenir enfin dans ses bras. Quand, plus tôt dans la soirée, il avait imaginé l'emmener dans son lit, ce n'était certainement pas à cela qu'il pensait.

Malgré tout, il n'aurait voulu être nulle part ailleurs. Il n'avait pas manqué de remarquer que, prise de panique, Britt s'était tournée vers lui.

Elle avait sans doute vécu bien d'autres orages dans sa vie, et il se demanda comment elle les avait affrontés jusque-là. Se terrait-elle dans un placard ? Écoutait-elle de la musique ? Restait-elle recroquevillée dans un coin, seule, en attendant que ça passe ? Il n'en savait rien. Mais il se sentait honoré qu'elle ait choisi de chercher du réconfort auprès de lui ce soir-là.

Se promettant dans son esprit de ne jamais la laisser tomber à partir de là, Chad ferma les paupières. Il fit exactement ce qu'il avait demandé à Britt de faire plus tôt : il se concentra sur sa respiration. Calant son souffle sur le sien. Et, aussi inquiet qu'il fût pour la femme dans ses bras, il ne tarda pas à céder lui aussi à l'appel de l'épuisement.

11

Britt resta immobile, se demandant où diable elle était et pourquoi elle avait si chaud. Quand le matelas sous son corps bougea, elle se figea, et tout lui revint en un éclair. Elle était allée se coucher après une soirée merveilleuse. Elle s'était sentie excitée, et s'était donné du plaisir en repensant au regard de Chad lorsqu'il lui avait dit bonne nuit sur le pas de sa porte... puis elle avait été réveillée par un coup de tonnerre si violent qu'elle avait eu l'impression qu'il éclatait dans sa chambre, et non dehors.

D'un coup, les souvenirs l'envahirent, et elle redevint cette fillette de huit ans, morte de peur. Seule, alors que le monde semblait exploser sous la rage d'une tempête.

La nuit dernière, elle n'avait eu qu'une seule pensée : trouver un endroit sûr. Ne pas être seule. Elle s'était alors dirigée vers la seule personne à laquelle elle avait pensé en s'endormant, celle qui la faisait se sentir en sécurité.

Chad.

Elle était allongée sur le côté, à côté de lui, dans son lit. Une jambe et un bras passés par-dessus son corps, sa tête posée sur son épaule comme sur un oreiller. Lui était sur le dos, un bras autour de ses épaules pour la garder contre lui, l'autre reposant au-dessus de sa tête.

Alors qu'elle restait là, elle sentit sa respiration changer. Il ne dormait plus.

Elle ignorait l'heure qu'il était, si ce n'est qu'il était sûrement bientôt temps de se lever pour préparer le petit-déjeuner qu'ils avaient prévu pour l'anniversaire d'Evelyn. Il avait fallu un certain temps à Britt pour s'habituer aux étés dans le Maine, où la lumière du jour arrivait bien plus tôt qu'ailleurs. Être tout à l'est du pays signifiait des levers de soleil à l'aube et des couchers tout aussi tardifs.

Même si elle savait qu'elle devait se lever, Britt ne bougea pas. D'abord parce qu'à part la chaleur, elle n'avait jamais été aussi confortablement installée de toute sa vie. Mais surtout, elle était mortifiée. Cela faisait longtemps qu'elle n'avait pas vécu un orage comme celui de la nuit dernière, et elle pensait avoir appris à dompter sa peur ces dernières années. Cependant, apparemment, elle avait eu tort.

— Je sais que tu es réveillée, dit Chad doucement, son souffle chaud effleurant les cheveux au sommet de sa tête.

— Oui, chuchota-t-elle.

— Tu vas bien ?

Elle hocha la tête contre lui, essayant de trouver le courage de quitter la chaleur du lit et des bras de Chad. Elle ne l'avait pas remarqué en se réveillant, mais à mesure que sa lucidité revenait, elle réalisa qu'il était pratiquement nu. Les poils de son torse lui chatouillaient son bras, et elle sentait clairement de la peau sous sa propre cuisse nue.

Pendant un instant, elle paniqua, se demandant si elle s'était déshabillée avant de se glisser dans son lit. Puis elle soupira de soulagement en se rendant compte qu'elle portait bien son haut de pyjama. Mais il avait remonté jusqu'à s'entasser juste sous sa poitrine.

— Parle-moi, demanda Chad.

Lui parler ? Elle eut honte que sa première pensée soit Parler alors qu'on est presque nus tous les deux serait un vrai tue-l'amour. Elle n'était pas dans ses bras, dans son lit, à cause d'une aventure romantique. Elle ne lui avait pas laissé le choix de s'occuper d'elle. Elle était venue frapper à sa porte et s'était imposée, en quête désespérée de réconfort.

— Britt ? insista Chad.

Elle le sentit bouger la tête, comme s'il essayait de voir son visage.

Elle soupira mentalement. Elle n'allait pas pouvoir s'échapper sans lui parler. Et honnêtement, il méritait un semblant d'explication. Elle était une adulte qui avait agi comme un enfant de quatre ans.

— J'ai peur des tempêtes, lâcha-t-elle d'un coup.

Elle ne savait pas trop à quoi elle s'attendait, mais sûrement pas à ce qu'il éclate de rire. Le son vibra en elle, directement dans l'oreille collée contre son épaule, et elle réalisa combien cette explication succincte pouvait sembler ridicule.

— Je crois que j'avais compris, ma pêche.

Le surnom la surprit, et elle releva la tête juste assez haut pour le regarder.

— Quoi ?

— Ta pêche ? rétorqua-t-elle.

Il haussa les épaules.

— Tu viens de l'État de Géorgie. C'est sorti tout seul. Désolé.

— Non, ça va. C'est juste que... je n'ai jamais eu de surnom avant.

Ils ne dirent rien pendant de longues secondes, jusqu'à ce qu'il reprenne la parole.

— Tu as peur des orages...

Il laissa sa phrase en suspens, manifestement comme une invitation à continuer.

Britt reposa sa tête sur l'épaule de Chad pour ne pas avoir à le regarder pendant qu'elle expliquait sa peur.

— Quand j'avais huit ans, j'étais à la maison, dans la caravane où on vivait. Ce n'était pas l'idéal, mais nos voisins étaient plutôt sympas. C'étaient des gens travailleurs, qui en général ne se mêlaient pas des affaires des autres. C'était tout ce que ma mère pouvait se permettre. Maman travaillait de nuit, comme d'habitude, et j'étais seule à la maison. Il y avait une tempête. Non, ce n'est pas le bon mot, c'était plutôt un ouragan. Moins dangereux et puissant que lorsqu'il avait frappé la côte de Floride, mais quand il est arrivé jusqu'à Atlanta, c'était quand même une catégorie un. Le vent hurlait, et je crois me souvenir avoir entendu plus tard qu'il y avait eu aussi des tornades. La caravane s'est mise à trembler, elle a même bougé de ses fondations. Les arbres tombaient partout, et des débris frappaient les parois. La fenêtre de ma chambre a explosé, ce qui a rendu le vacarme encore plus assourdissant. Je ne savais pas quoi faire. Où aller. La caravane tremblait tellement fort que je pensais qu'elle allait se renverser. Que j'allais être emportée, comme dans Le Magicien d'Oz. J'ignore combien de temps ça a vraiment duré, mais pour une enfant, ça m'a semblé durer des heures. Je me suis d'abord cachée sous mon lit, mais ça m'a vite paru être une mauvaise idée si jamais la caravane s'effondrait. Alors j'ai couru jusqu'à la salle de bain et j'ai grimpé dans la baignoire, comme on nous avait appris à l'école. Mais le loquet de la porte était cassé, alors elle s'ouvrait et se refermait sans cesse, claquant contre le mur. Je pouvais sentir le vent souffler dans la maison, à travers les fissures des fenêtres et les joints. Quand la tempête s'est enfin calmée, je suis restée là où j'étais, trop terrorisée pour bouger. Pour voir ce qui s'était passé.

Maman n'est rentrée qu'au lever du jour, et quand elle m'a trouvée recroquevillée dans la baignoire, couverte de vomi, tremblante comme une feuille... elle a ri.

Britt grimaça à ce souvenir, encore vif dans son esprit après toutes ces années.

— Elle a quoi ? demanda Chad.

— Elle a ri, répéta Britt. Elle m'a dit que j'étais pathétique, que ce n'était qu'une tempête. Une tempête puissante, certes, mais juste une tempête quand même. Elle m'a dit de me lever et de me changer parce que je puais. Puis elle a ajouté qu'elle était épuisée, alors elle est allée se coucher.

Quand elle marqua une pause, Britt se rendit compte que l'homme sur lequel elle était quasiment allongée était extrêmement tendu. C'était comme si chacun de ses muscles était contracté.

— Ce n'était pas si grave, j'avais l'habitude de me débrouiller toute seule, dit-elle, minimisant à quel point c'en avait vraiment été un, en réalité, et combien elle avait été soulagée de ne plus être seule. Il a fallu un an et demi au propriétaire pour remettre la caravane droite sur ses fondations. Certes, elle n'avait bougé que d'environ vingt centimètres, mais chaque fois que je rentrais à la maison et que je voyais qu'elle était de travers, ça me rappelait cette nuit-là. Bref... je me suis levée et je me suis changée, comme ma mère le voulait. Ensuite, parce que je savais qu'il valait mieux ne rien faire qui puisse la réveiller, je suis sortie et j'ai commencé à aider les voisins à nettoyer. Globalement, on a eu de la chance. Personne n'a été tué ni même gravement blessé. Il y avait juste quelques voitures endommagées à cause des branches et des arbres tombés.

— Et depuis, tu as peur des tempêtes, conclut Chad sur un ton que Britt ne réussit pas à interpréter.

Il était étrangement calme. Et dénué d'émotion.

Elle haussa les épaules contre lui.

— Oui.

— Celle d'hier soir était violente, fait-il remarquer. J'avais oublié combien ils pouvaient être intenses ici, sur la côte. Heureusement, Lobster Cove est protégée, et on ne reçoit pas beaucoup de grosses vagues sur la plage. On a des marées hautes et basses, mais c'est à peu près tout. Qu'est-ce que tu fais d'habitude quand il y a une tempête ?

Son changement de sujet était un peu déroutant, mais elle répondit à sa question. Après ce qu'il avait fait pour elle, à la fois la nuit dernière et en général, elle avait l'impression de lui devoir toutes les explications qu'il voudrait entendre.

— D'habitude, je ne grimpe pas dans le lit d'inconnus, lança-t-elle sur un ton désinvolte.

Cependant, il ne rit pas. Au lieu de cela, il grogna presque :

— Toi et moi... on n'est pas des inconnus.

Il avait raison. Ils s'étaient rencontrés il y a peu de temps, mais elle connaissait Chad, et elle avait la sensation qu'il voyait bien plus de choses chez elle qu'elle ne le voudrait.

— D'habitude, je monte le son de la télé, je mets un casque, et je passe de la musique pour essayer de couvrir le bruit du tonnerre. Ça n'aide pas pour les éclairs, mais ça ne me dérange pas autant que les grondements. Une chose que je ne fais pas, c'est me cacher dans la baignoire. J'ai une aversion pour les bains maintenant... ce qui se comprend, je suppose, mais c'est franchement pénible.

— On n'a pas vraiment de tornades ici, dans le Maine, l'informa Chad. Et si on en a, c'est plutôt dans le sud-ouest et le centre de l'État, pas ici, sur la côte.

Britt déglutit avec grand effort. Il essayait tellement de la rassurer, et même si c'était un peu étrange, ça marchait.

— Tant mieux.

— Mais malgré tout, dès que tu te sens nerveuse ou mal à

l'aise, dès qu'il commence à pleuvoir, tu peux venir me voir. Je ferai tout ce que je peux pour te distraire, et si ça ne suffit pas, alors on se cachera sous les couvertures ensemble, comme hier soir.

Même si Britt n'aimait pas particulièrement parler de sa phobie, elle ne put s'empêcher de gigoter légèrement à l'idée qu'ils se cachent ensemble dans son lit, dans une position très similaire à celle dans laquelle ils se trouvaient actuellement. Elle ouvrit la bouche pour le remercier, mais il reprit la parole, la coupant net.

— Ta mère a été cruelle d'ignorer ta peur. De se ficher que tu aies été tellement terrifiée que tu en avais vomi. Je comprends qu'elle devait sûrement bosser comme une damnée pour garder un toit au-dessus de vos têtes, mais ce qu'elle a fait était injustifiable et complètement sans cœur, et elle aurait dû se faire retirer sa foutue carte de mère.

Britt ne put s'en empêcher, elle gloussa à cette dernière remarque.

— Je suis sérieux, lança Chad avec colère.

— Je sais. J'ai... des sentiments compliqués à propos de ma mère. Intellectuellement, je sais que ça devait être extrêmement difficile d'être mère célibataire, mais pendant la plus grande partie de mon enfance, elle n'était pas vraiment là. J'ai dû apprendre à me faire à dîner toute seule, et je préparais moi-même mon déjeuner pour l'école. Parfois, elle faisait le petit-déjeuner, mais seulement si elle n'était pas trop fatiguée après son service de nuit.

Britt inspira brusquement quand Chad la fit rouler sur le dos et se pencha au-dessus d'elle. Elle n'eut pas d'autre choix que de le regarder dans les yeux pendant qu'il l'observait.

— Est-ce que ça te rend nerveuse ?

Britt fronça les sourcils, confuse.

— Est-ce que quoi me rend nerveuse ? demanda-t-elle.

— Ça. Toi et moi. Dans un lit. Moi au-dessus de toi.

— Euh… non. C'est le tonnerre qui me fait peur, pas toi.

— Tant mieux. Parce que j'ai envie de t'embrasser, Britt. Je peux ?

Britt jura que son cœur s'arrêta de battre pendant une seconde.

— Parce que tu as pitié de moi ? Parce que j'étais terrifiée hier soir ? lâcha-t-elle.

— Pas du tout. C'est parce que t'avoir collée contre moi, presque nus tous les deux, met mes sens à vif. Je ne peux penser à rien d'autre qu'à la sensation de tes lèvres contre les miennes. Oui, je suis en colère à propos de ton enfance, et du fait que tu aies subi un événement aussi effrayant, et que ni ta mère ni personne d'autre dans ta vie n'ait jugé bon de t'amener à parler de ce qui s'est passé à un professionnel, pour que tu puisses tourner la page. Ils ne l'ont jamais fait, hein ?

Elle secoua légèrement la tête tout en fixant Chad du regard. Sans trop savoir pourquoi, elle avait posé ses mains sur sa taille quand il les avait fait rouler, et la chaleur de sa peau se diffusait dans ses doigts.

— Je vois. Donc oui, là, je suis en colère contre pas mal de choses… mais je n'ai pas pitié de toi. C'est ta mère que je plains, parce qu'elle n'a pas compris ce qu'elle perdait en te traitant ainsi. De ne pas avoir tissé un lien qui l'aurait aidée à traverser les moments difficiles. Tu ne m'as pas dit que vous vous étiez éloignées, mais je le suppose, et je m'excuse si je me trompe. Je suis aussi inquiet de ta réaction extrême à la tempête, même si je comprends d'où elle vient. Mais je suis tellement impressionné par ta force que j'en déborde presque de fierté. Tu as eu une enfance qui aurait pu te briser. Au lieu de ça, elle t'a construite. Elle t'a rendue plus forte. Je ne dis pas que ce que tu as traversé est juste ou acceptable. Mais être devenue la femme que tu es aujourd'hui relève du miracle. Et j'ai envie de t'embrasser parce que si je ne le fais pas, je sais que je le regretterai jusqu'à la fin de mes jours.

Elle avait cru qu'il serait agacé par le fait qu'elle se soit comportée comme une gamine la veille. Qu'il serait repoussé par le fait qu'elle se soit appuyée sur lui à cause de ses peurs paralysantes. Cela s'est révélé être tout le contraire. Elle était bouleversée par tout ce qu'il venait de dire. Mais plus encore, elle était excitée. C'était fou, mais c'était la vérité. Elle s'était carrément touchée la nuit dernière en pensant à lui. C'était elle qui allait regretter pour le reste de sa vie si elle ne goûtait pas à un de ses baisers. Mais...

— Je me suis pas brossé les dents, lâcha-t-elle soudain.

Il la regarda avec une telle émotion dans les yeux qu'elle en rougit.

Puis il sourit, et ce sourire transforma son visage.

— D'accord. Alors... et si on allait tous les deux se brosser les dents, puis qu'on se retrouvait ici ?

Britt regretta immédiatement ses paroles. Quelle rabat-joie elle faisait. Elle n'allait pas embrasser cet homme pour la première fois en pensant à sa mauvaise haleine, au lieu de se concentrer sur lui. Mais elle avait peur que dès qu'elle sortirait de ce lit, la réalité referait surface, et elle serait trop gênée pour revenir dans sa chambre et reprendre là où ils s'étaient arrêtés.

— D'accord, accepta-t-elle enfin.

Mais Chad ne bougea pas. Il continua de la regarder.

— Chad ?

— Tu m'épates, ma pêche. Je déteste ce qui t'est arrivé. Je vais le dire encore une fois, et je continuerai de le dire... quand il y a une tempête, viens me voir. Je m'occuperai de toi. Tu ne traverseras plus jamais de tempête seule et effrayée.

Elle ne put empêcher les larmes de monter dans ses yeux en hochant la tête.

Puis Chad s'écarta, se leva du lit et lui tendit la main.

Britt ne pouvait que le regarder. Il ne portait rien d'autre qu'un caleçon, et bien qu'il n'avait pas le physique d'un body-builder couvert de muscles, il était très athlétique. Travailler autour de Lobster Cove avait clairement contribué à le garder tonique.

Il avait aussi un léger bronzage de paysan à force de travailler dehors, et cela fit sourire Britt.

Elle prit sa main et se leva à ses côtés, un peu gênée. Son T-shirt couvrait toutes ses parties intimes et descendait jusqu'en haut de ses cuisses. Elle se sentait nue, mais lorsque son regard balaya son corps, de la tête aux pieds avant de remonter, elle se sentit aussi puissante. Belle. Tout ça à cause de la lueur d'intérêt dans les yeux de Chad.

— Quatre minutes, dit-il. Fais ce que tu as à faire, puis on se retrouve ici.

— On devrait sûrement s'habiller et commencer le petit-déjeuner... si on veut surprendre Evelyn, se sentit-elle obligée de préciser.

— On le fera. Après.

Bon, très bien. Chad lui serra les doigts, puis se tourna et l'attira derrière lui en s'avançant vers la porte.

Il y avait deux salles de bains à l'étage, une avec des toilettes et l'autre avec une salle de bain complète. Il la conduisit dans la salle de bain complète, où il attrapa sa brosse à dents et son dentifrice qui étaient posés près du lavabo. Puis il lâcha sa main et sortit à reculons de la petite pièce.

— Plus que trois minutes et demie, lui lança-t-il.

Reconnaissante de pouvoir se concentrer sur autre chose que la tempête de la veille et les émotions qu'elle avait ravivées, ou encore la sensation du corps de Chad contre le sien, Britt saisit sa propre brosse à dents.

12

Chad était en réalité soulagé d'avoir un moment de répit loin de Britt, mais pas pour la raison qu'elle pourrait penser. Il était assez en colère pour vouloir frapper un mur. Entendre qu'elle avait été laissée seule dans une caravane, la nuit, alors qu'un ouragan approchait, à huit ans, c'était de l'absurdité. De la négligence. De la maltraitance. Et en plus de cela, qu'on se moque d'elle alors qu'elle était manifestement traumatisée, c'était la cerise sur le gâteau.

Même si elle ne lui avait pas dit directement, il était évident que Britt avait des sentiments compliqués envers sa mère, simplement parce qu'elle refusait de trop en parler. Et quand elle en parlait, elle trouvait toujours des excuses pour son comportement.

Il ne pourrait et ne voudrait pas accorder le moindre bénéfice du doute à cette femme. S'il avait une épouse et des enfants, qu'il était au travail, et qu'une énorme tempête se préparait, il trouverait un moyen de les rejoindre. Ou il enverrait quelqu'un à la maison pour rester avec eux. Il ferait tout son possible pour s'assurer qu'ils allaient bien.

Il arrivait parfaitement à imaginer une jeune Britt, terrifiée, repliée dans une baignoire, essayant de survivre à la tempête. Cela le mettait dans une rage folle tout en lui brisant le cœur.

Il se tenait la tête baissée, les mains appuyées sur le meuble, luttant pour reprendre le contrôle de ses émotions. C'était étonnant qu'il ressente une telle variété d'émotions, car en temps normal, il avait l'habitude de compartimenter ses sentiments et de les ranger dans des boîtes à gérer plus tard. Il l'avait souvent fait en tant que tireur d'élite. Il y était bien obligé. Surtout lorsqu'il avait faim, qu'il était fatigué et qu'il souffrait, l'œil rivé sur la lunette de son fusil, en attendant le moment exact pour appuyer sur la détente.

Cela l'aida de se brosser les dents, parce que cela lui permit de réfléchir à la raison pour laquelle il le faisait. Sans prévenir, son membre durcit. Rien que penser à embrasser Britt l'excitait bien plus que l'idée de coucher avec certaines de ses anciennes partenaires.

Il y avait quelque chose de tellement attendrissant dans son envie d'avoir l'haleine fraîche avant de l'embrasser. Chad n'avait eu aucun problème à acquiescer.

Bien sûr, elle pourrait changer d'avis, maintenant qu'ils n'étaient plus allongés ensemble dans le lit. Et si c'était le cas, il l'accepterait. Il voulait l'embrasser pour lui-même. Mais il avait aussi voulu lui faire oublier sa mère, ou toute gêne persistante qu'elle aurait à propos de ce qui s'était passé la nuit précédente. Il n'était pas assez vaniteux pour penser qu'un baiser avec lui effacerait toutes ses peurs ou l'aiderait à se sentir mieux par rapport à ce qui s'était passé, mais peut-être, juste peut-être, réussirait-elle à penser à autre chose, ne serait-ce qu'un court instant. De préférence à lui.

De plus, il avait vu l'intérêt dans ses yeux. Il était difficile de le manquer. Il aurait mis sa main au feu que le même désir se reflétait dans son propre regard.

Il ignora la petite voix dans sa tête qui lui disait que c'était trop tôt. Que Britt se remettait encore de l'homme qui l'avait laissé tomber dans le Maine. L'électricité qu'il ressentait entre eux était puissante. Différente de tout ce qu'il avait jamais ressenti auparavant. Il avait trente-sept ans. Il connaissait la différence entre le désir charnel et les véritables sentiments. Il respectait Britt. Il l'admirait. Il était déjà attiré par elle.

Mais après la nuit dernière et ce matin, il la désirait plus que sa prochaine bouffée d'air.

Il finit de se préparer dans la salle de bain et retourna dans la chambre. À son grand plaisir, Britt était déjà là. Elle n'était pas retournée dans sa chambre. Elle n'avait pas changé d'avis. Du moins, il l'espérait.

Chad s'avança vers elle et n'hésita pas. Il posa ses mains sur ses joues et inclina sa tête vers le haut. Il sentit ses mains frôler timidement ses côtes avant qu'elle ne les pose sur sa peau nue, ses paumes à plat.

Son érection palpitait à l'unisson avec son cœur, et comme il ne voulait pas l'effrayer, il s'assura de garder une certaine distance entre ses hanches et son corps. Chad baissa la tête et s'humecta les lèvres, presque submergé par l'attente impatiente. Ce baiser serait le premier d'une longue série, du moins, il l'espérait. Il voulait qu'il soit parfait... d'où la raison pour laquelle il n'avait vu aucun problème à faire une petite pause pour se brosser les dents.

Dès que ses lèvres effleurèrent les siennes, Chad sut que sa vie venait de changer pour toujours.

Une vague d'énergie parcourut son corps tout entier. Ses doigts et ses orteils se mirent à picoter. Il pouvait sentir physiquement son cœur battre dans sa poitrine alors qu'il léchait la ligne de ses lèvres, demandant sa permission pour entrer.

Elle s'ouvrit à lui, et la fraîcheur mentholée de son haleine, mélangée à son goût naturel, l'encouragea à serrer davantage son visage. Il grogna au plus profond de sa gorge. Son membre tressaillit lorsqu'il sentit ses doigts s'enfoncer dans sa taille juste avant qu'elle ne s'affaisse contre lui.

Britt se donna à fond, entremêlant sa langue à la sienne et inclinant la tête pour tenter d'en obtenir plus. Les petits gémissements qu'elle émettait allèrent directement à son entrejambe. Du liquide pré-éjaculatoire s'écoulait du bout pour se préparer à s'enfouir si profondément en elle que ni l'un ni l'autre ne saurait jamais où l'un finissait et où l'autre commençait.

Chaque fibre de son être hurlait de l'allonger sur le dos et de lui faire rapidement et sauvagement l'amour. Mais il avait également envie de savourer ce... truc.

Si la décision lui appartenait, cela officialiserait les choses entre eux.

Il ne voulait pas aller trop vite, la pousser à faire quelque chose qu'elle ne voudrait peut-être pas. La vérité, c'est qu'il y avait encore un déséquilibre de pouvoir entre eux. Lobster Cove était sa maison. Elle ne travaillait pas vraiment pour lui, mais puisqu'il l'avait amenée ici, si les choses ne se passaient pas bien, ce serait gênant pour elle de rester. Il voulait donc y aller lentement, savourer le moment et s'assurer qu'elle sache que ce qui se passait entre eux n'avait aucune incidence sur son travail à Lobster Cove.

Bien sûr, c'était plus facile à dire qu'à faire. Il devrait lui prouver que si elle acceptait de sortir avec lui, ou plus, ce n'était pas pour profiter d'elle. Qu'elle pourrait dire non et ne subir aucune conséquence.

Toutes ces pensées le poussèrent à calmer la passion de son baiser et, finalement, à reculer. Son regard hébété fit éclater en lui une puissante fierté. Cela lui donna envie de se frapper le torse en signe de satisfaction virile. À la place, il leva une main et repoussa une mèche de ses cheveux derrière son oreille.

— Bonjour, murmura-t-il avec un petit sourire.

— Salut, répondit-elle.

Merde, elle était adorable.

— C'était... agréable, dit-il maladroitement.

Elle sourit.

— Ce n'est pas le mot que j'utiliserais, mais on peut dire ça.

— Que dirais-tu ? demanda Chad, la question sortant d'un coup.

— Méga bordel de bien ?

Il sourit.

— Je préfère celui-là.

Le sourire de Britt s'effaça.

— Qu'est-ce qu'on fait ? murmura-t-elle.

Détestant l'incertitude qu'il voyait sur son visage, Chad se hâta de la rassurer.

— On apprend à se connaître. C'est ce que font les gens quand ils sont intéressées l'un par l'autre, quand il y a une attirance mutuelle. Quand ils veulent sortir ensemble.

Elle sembla choquée. Elle tenta de cacher son émotion, mais Chad la vit avant.

— Qu'est-ce que tu crois qu'on faisait ? On s'amusait ? On grattait une démangeaison ? Parce que je suis trop vieux pour ce genre de conneries, lui dit-il, sur un ton un peu défensif. En ce qui me concerne, je veux plus, ma pêche. Je veux connaître tous tes espoirs, tes rêves, tes peurs. Entendre ton rire, t'apaiser quand tu es triste ou inquiète. Est-ce que je vais trop vite ? Oui. Mais je suis assez vieux pour savoir ce que je veux, et ce que je ne veux pas. Et toi, Britt Starkweather... je te veux. Mais si ce n'est pas réciproque, ce n'est pas grave. Ton boulot ne craint rien. Tu ne crains rien. Si tu veux que je me calme, tu n'as qu'à me le dire.

Elle s'humecta les lèvres, puis souffla des mots qui le firent chavirer.

— Ce que je veux, c'est retourner dans ce lit avec toi et ne pas en sortir avant plusieurs jours. Mais je me contenterai de baisers… pour l'instant. J'ai eu ma dose de relations pourries, alors je sais reconnaître un homme bien quand j'en vois un. Et toi, Chad Young, tu es presque trop bien pour être vrai.

Il lui sourit.

— Donc on est sur la même longueur d'onde ?

— Si cette longueur d'onde, c'est voir où tout ça nous mène, alors oui.

Une vague de soulagement déferla en lui, le remplissant de part en part.

— Super, souffla-t-il.

— Oui, approuva Britt.

Incapable de se retenir, Chad se pencha et l'embrassa à nouveau. Leurs lèvres s'effleurèrent à peine, sans passion ni langue, mais le geste n'en fut pas moins intime pour autant.

— On devrait se changer pour aller préparer ce petit-déjeuner, suggéra Britt.

— Oui.

Tout en Chad protestait. Il ne voulait pas la quitter des yeux, pas même une seconde. Mais ils avaient tous les deux des choses à faire.

Elle poussa un petit rire.

— Il va falloir que tu me lâches pour qu'on puisse faire ça.

Il lui fallut user de toute la force en lui pour retirer ses mains de son visage et faire un pas en arrière.

— À tout de suite dans la cuisine, dit-elle avec un sourire timide.

C'était officiel, Chad adorait qu'elle vive sous le même toit que lui. Ça signifiait qu'il pouvait passer bien plus de temps avec elle que s'ils avaient chacun leur propre logement, dans des conditions plus traditionnelles.

— À tout de suite, répondit-il.

Il l'observa sortir de sa chambre, détournant les yeux de

son postérieur à la toute dernière seconde... mais pas assez vite pour qu'elle ne remarque pas où il regardait quand elle jeta un dernier coup d'œil dans sa direction. À son grand soulagement, elle éclata de rire, et ce fut la dernière chose qu'il entendit avant qu'elle ne disparaisse dans le couloir.

Chad attrapa des vêtements propres et s'habilla, ignorant pour l'instant la tension persistante au niveau de son entre-cuisse. Il aurait bien aimé prendre une douche rapide et se pomponner un peu, mais il préféra laisser la salle de bain à Britt. Il se rendit au garage pendant qu'elle se préparait, afin d'aller chercher la nourriture qu'ils y avaient cachée pour ne pas éveiller les soupçons de sa mère.

À son retour, à sa grande surprise, Britt l'attendait déjà dans la cuisine. Ses cheveux étaient encore humides, et elle sentait le savon doux qu'elle utilisait toujours. Après le baiser de ce matin, et leur discussion sur la possibilité de construire quelque chose ensemble, tout ce qu'il voulait faire, c'était enfouir son nez dans le creux de son cou, et peut-être y planter les dents.

Merde. Il avait réussi à garder son calme en allant chercher les provisions, mais là, c'était reparti à puissance maximale.

— Euh... ça a l'air douloureux, dit Britt avec un petit sourire.

— Tu n'as même pas idée, ma belle.

— J'imagine que tu as l'habitude, non ? Tu es un mec, après tout.

— J'ai eu plein d'érections dans ma vie, oui, mais crois-moi, ça faisait longtemps que je n'en avais pas eue de spontanée.

— Oh, dit-elle en rougissant légèrement.

— Oui, oh, approuva Chad.

— Alors, à quoi ça ressemble dehors ? demanda-t-elle.

Chad fut reconnaissant qu'elle change de sujet. Il n'avait

pas honte de son érection, mais en parler ne la faisait pas disparaître. Bien au contraire.

— Pas top, admit-il. Il y a quelques arbres tombés et des branches partout.

— Tu crois que les maisons d'hôtes sont en bon état ? demanda-t-elle en fronçant les sourcils.

— Aucune idée. Je vérifierai après le petit-déjeuner avec mes frères. On ira tous voir ce qu'il en est.

— Oh ! Et la cabane de Kash... j'espère qu'elle n'a pas été détruite.

Chad n'y avait même pas pensé, mais maintenant qu'elle le disait, il n'était pas très optimiste. Elle n'avait jamais été très solide à la base, et même si leur petit voisin l'avait bien renforcée, ce n'était pas non plus une construction aux normes de sécurité.

— J'irai vérifier aussi.

Elle hocha la tête, mais il voyait bien qu'elle était toujours préoccupée.

Se sentant audacieux, Chad s'approcha d'elle par-derrière et glissa ses bras autour de sa taille. Il se pencha pour poser son menton sur son épaule.

— Si elle est abîmée, je l'aiderai à la réparer, la rassura-t-il.

Elle posa une de ses mains sur la sienne.

— Je suis sûre qu'il apprécierait.

Chad aurait voulu rester là toute la journée, mais le petit-déjeuner n'allait pas se préparer tout seul.

— Je veux bien que tu commences la recette de roulés à la cannelle que tu as trouvée sur Internet, je vais m'occuper de la pâte à gaufres.

Elle hocha la tête, et Chad baissa ses bras, non sans l'avoir embrassée doucement sur la tempe. C'était une sensation merveilleuse, de pouvoir l'embrasser intimement dès que l'envie lui prenait. Et à sa grande surprise, cette envie était fréquente. Il n'avait jamais ressenti cela avec ses partenaires précédentes, ce besoin constant de la toucher ou de l'embrasser, mais puisqu'elle ne s'en plaignait pas, il ne voyait aucune raison de se tracasser là-dessus.

Il devait simplement refréner ses pulsions lorsqu'ils étaient en présence de sa mère et de ses frères. Il n'avait aucun doute qu'ils seraient ravis d'apprendre qu'il était en couple avec Britt, mais c'était encore trop récent, à peine une heure, et il voulait garder ça privé pour l'instant.

À eux deux, Chad et Britt réussirent à tout cuisiner et préparer à temps, et le petit-déjeuner d'anniversaire de sa mère fut un immense succès. Et pas seulement à cause de la nourriture, même si elle fut délicieuse. Ils avaient préparé des roulés à la cannelle, des gaufres, des saucisses, du bacon, des fruits tranchés avec du fromage, et des donuts de chez Ruckus Donuts, que Zach avait ramenés en arrivant.

Non, sa mère déclara que c'était l'un des meilleurs anniversaires de toute sa vie, tout simplement parce que tous ses garçons étaient là pour le fêter avec elle pour la première fois depuis des années. Son époux lui manquait, bien évidemment, mais elle semblait heureusement un peu plus apaisée que lors de l'arrivée de Chad à la maison.

— C'était une sacrée tempête hier soir, hein ? lança Knox alors qu'ils étaient tous assis autour de la table, buvant du café et laissant un peu le copieux petit-déjeuner se tasser dans leur ventre.

— L'une des pires qu'on ait eue depuis un moment, répondit leur mère.

— C'est un vrai champ de bataille dehors, songea Lincoln. Il y a des arbres tombés dans tout le comté. J'ai vérifié les maisons d'hôtes avant de venir, et la grande, celle qui est occupée actuellement, semble intacte, mais la plus petite... un arbre est tombé sur un coin, et a arraché une partie du toit d'un côté. Mais on a eu de la chance, en vrai. S'il était tombé une trentaine de centimètres plus loin, il serait tombé en plein sur la maison. Heureusement, il n'y avait personne dedans cette nuit.

— Oh non ! s'exclama Britt, les yeux écarquillés.

— C'est plutôt normal, vu le nombre d'arbres dans le coin. De plus, beaucoup n'ont pas de racines très profondes, donc il suffit d'un sol humide et d'un bon coup de vent pour qu'ils s'écroulent, expliqua Zach en haussant les épaules.

Britt parut encore plus inquiète en entendant cela, et Chad aurait préféré que son frère se taise. Elle avait déjà du mal à gérer les tempêtes ; croire qu'un arbre allait s'écraser sur la maison à chaque coup de vent ou averse, ce n'était pas sain.

— Ça n'arrive pas souvent, intervint-il, tentant de la rassurer. On ira tous constater les dégâts tout à l'heure.

— On a des locataires qui doivent arriver aujourd'hui, leur rappela leur mère.

— Je sais. Mais Chad a raison, inutile de paniquer avant d'avoir vu de quoi il retourne, fit remarquer Lincoln.

— Vous n'avez pas l'air très inquiets, dit Britt en fronçant légèrement les sourcils.

— Pas la peine de stresser pour quelque chose tant qu'on ne sait pas si c'est vraiment un problème, dit Evelyn. Si on doit trouver une autre solution pour les gens qui arrivent aujourd'hui, on le fera.

Chad vit que Britt voulait argumenter, poser plus de questions, comme par exemple sur quel genre d'autre solution, mais elle se contenta de boire une gorgée de son café.

C'était déjà arrivé une fois par le passé, mais cette fois-là, un arbre avait carrément détruit un pan entier d'un des chalets. Tous les locataires réservés pendant la période des réparations avaient été invités à loger dans la maison principale, à tarif réduit. Certains avaient accepté, d'autres avaient annulé, mais tous ceux qui étaient restés avaient loué l'accueil des hôtes et le bon moment qu'ils avaient passé.

Bien sûr, cette fois, c'était différent, puisque Britt et Chad occupaient deux des chambres de la maison principale. S'ils devaient accueillir des clients payants, la maison serait pleine à craquer. Mais ils s'en sortiraient... Les Young avaient toujours été flexibles.

Même s'il y avait beaucoup à faire autour de Lobster Cove, personne ne semblait pressé de se lever et de s'y mettre. Zach mit tout le monde à jour concernant son échoppe de homards. Il n'avait pas encore trouvé de nom et envisageait d'organiser un concours sur les réseaux sociaux pour récolter des idées. Knox avait rencontré son chef de projet à la station de la Garde côtière et commencerait à travailler d'ici une semaine ou deux.

Lincoln n'avait pas dit grand-chose sur ce qu'il comptait faire, mais Chad savait qu'il touchait une bonne pension de la Air Force et qu'il pouvait se permettre de prendre son temps avant de trouver un emploi.

L'ambiance était tellement détendue que, sans réfléchir, Chad ouvrit sa grande bouche et posa à Britt une question, qui, avec du recul, aurait vraiment dû être gardée pour un moment en tête-à-tête.

— C'est aussi l'anniversaire de ta mère aujourd'hui, Britt, tu as pensé à la contacter ?

Elle souriait et buvait son café pendant que ses frères racontaient ce qui se passait dans leur vie, mais dès que la question franchit ses lèvres, Chad regretta immédiatement. C'était tellement idiot de sa part, surtout en sachant qu'elle n'avait pas vraiment de lien avec sa mère. S'il avait pu ravaler ses mots, il l'aurait fait.

Britt se raidit, et ses doigts blanchirent autour de sa tasse tant elle la serrait fort, signe évident qu'il venait de faire une grosse connerie.

— C'est aussi l'anniversaire de ta maman ? s'exclama joyeusement Evelyn. Oh ! C'est génial ! Oui ! Appelle-la. On peut tous chanter et lui souhaiter un bon anniversaire comme vous l'avez fait pour moi !

— Euh... Je ne suis pas sûre qu'elle soit déjà réveillée, bafouilla Britt.

Mais Evelyn, soit l'ignora, soit ne l'entendit pas, et se leva pour attraper le téléphone sans fil posé sur le meuble de la cuisine. Knox lui avait acheté un téléphone portable il y a quelques années et elle était sur son forfait, mais elle s'en servait rarement, préférant son bon vieux combiné sans fil qu'elle avait depuis des années.

Evelyn se rassit à la table et tendit le téléphone à Britt.

— J'adorerais lui parler, pour lui dire comme sa fille est merveilleuse, et combien ton aide m'est précieuse, dit-elle d'une voix sincère.

Britt prit le combiné à contrecœur, mais elle avait l'air aussi heureuse qu'un poisson hors de l'eau.

— Maman, on devrait peut-être laisser Britt appeler plus tard, si elle en a envie, intervint Chad, tentant de faire marche arrière.

— N'importe quoi. Ce merveilleux petit-déjeuner et la compagnie de cinq des personnes que j'aime le plus au monde sont un si beau cadeau que ça me rend triste que la maman de Britt ne puisse pas avoir sa fille à ses côtés pour son anniversaire.

— Nous n'avons pas le même genre de lien que vous avez avec vos fils, expliqua doucement Britt.

— Oh, eh bien... c'est dommage. Mais il n'est jamais trop tard pour enterrer la hache de guerre. Et son anniversaire serait une excellente occasion pour commencer.

Chad fronça les sourcils. Il devait réparer ça. Tout de suite.

— Britt, je suis désolé, dit-il fermement. Je n'aurais pas dû en parler. C'était déplacé de ma part. Et maman, si Britt veut appeler sa mère plus tard en privé, elle le fera.

— Ça va, le rassura Britt.

— Non, ça ne va pas. Oublie que j'ai mentionné ce sujet, insista Chad.

Il sentait que sa mère observait leur interaction attentivement. Elle ne connaissait pas les raisons du malaise de Britt, mais il était soulagé qu'elle ait arrêté de persister.

— Je pense que... je pense que j'ai envie d'essayer. De lui parler, je veux dire, précisa Britt. Vous avez raison. C'est son anniversaire, après tout.

Elle soupira ensuite.

— Je ne sais pas comment elle va réagir, par contre.

— Britt, tu peux l'appeler plus tard, tenta de nouveau Chad.

Elle lui jeta un coup d'œil. Puis elle se redressa et prit une profonde inspiration.

— Non. Autant le faire maintenant.

Chad ignorait si elle acceptait l'appel parce qu'elle ne voulait blesser personne ou parce qu'elle voulait sincèrement reprendre contact avec sa mère. Quelle que soit la raison, il voyait bien son malaise alors qu'elle appuyait sur les touches du téléphone. Une fois de plus, il regretta de ne pas avoir gardé sa fichue bouche fermée.

Pendant qu'elle composait le numéro, Chad tendit la main et la posa sur sa cuisse en signe de soutien.

Britt porta le téléphone à son oreille, mais tout le monde autour de la table pouvait clairement entendre la sonnerie à travers le combiné. Leur père avait perdu l'ouïe avec le temps, alors le volume du téléphone avait toujours été réglé au maximum. Visiblement, personne ne l'avait baissé depuis sa mort.

Britt ne sembla pas remarquer combien il était fort, ni que tout le monde pouvait entendre la sonnerie. Elle regardait droit devant elle, et à chaque nouvelle sonnerie, tous les muscles de son corps se tendaient un peu plus.

Chad était à deux secondes de lui retirer le téléphone des mains pour couper l'appel, mais il était trop tard. La mère de Britt décrocha.

— Vous savez quelle heure il est, bordel ? hurla la femme.

Ce n'était pas le meilleur début pour un appel téléphonique.

— Salut, maman. C'est moi, Britt.

— Je répète, tu sais quelle heure il est, bordel ?

— Euh... oui. Désolée. Je voulais juste te souhaiter un joyeux anniversaire, dit-elle d'un ton calme et posé.

— Joyeux ? Quelle blague. J'ai la gueule de bois, je suis fauchée parce que mon connard de mec a pillé mon compte en banque, et il a emporté la plupart de ma bouffe en partant hier. Je suis rentrée du boulot à pas d'heure pour trouver le frigo vide, sans rien à manger ni à boire. Tu parles d'un anniversaire.

— Je suis désolée.

— Oui, moi aussi. J'ai entendu dire que Cole était revenu en ville. Je t'avais bien dit que c'était un loser. C'est tout ce que tu fréquentes. Je t'avais prévenue de ne pas croire à ses mensonges. Je t'avais dit qu'il te briserait, mais tu n'apprends jamais. Telle mère, telle fille.

Un muscle se contracta dans la mâchoire de Britt alors qu'elle serrait les dents.

— Oui, tu avais raison, admit-elle après de longues secondes. Mais je vais bien. J'ai trouvé un travail auprès d'une famille formidable. Ils vivent sur la côte, et les paysages sont magnifiques.

— Et glacé. Je ne comprends pas pourquoi quiconque voudrait vivre là-haut, dans cette toundra glacée.

— Il ne fait pas si froid que ça. Le printemps était magnifique. Et jusqu'à présent, l'été est très...

— Y a une raison pour laquelle t'as appelé ? Je ne t'enverrai pas de fric. Je viens de te dire que je suis fauchée, et je t'ai aussi dit, quand t'es partie avec ce crétin, de pas revenir pleurnicher quand il t'aurait larguée.

— Non. Je voulais juste te souhaiter un joyeux anniversaire, maman, lui rappela doucement Britt, son regard toujours rivé sur la table devant elle. Tu es née le même jour que ma patronne. C'est une sacrée coïncidence.

— Eh bien, j'espère que t'es pas en train de lui casser les pieds comme tu l'as fait avec moi, cracha sa mère.

Chad en avait assez. C'était insupportable de rester assis là à écouter l'une des femmes les plus gentilles et les plus travailleuses qu'il ait jamais rencontrées se faire rabaisser par sa propre mère... surtout quand c'était lui qui avait provoqué cela.

Agissant sans réfléchir, il fit ce qu'il aurait dû faire plus tôt. Il prit le téléphone des mains de Britt et le porta à son oreille.

— Madame Starkweather ? Je m'appelle Chad Young, et je veux que vous sachiez que la façon dont vous parlez à votre fille est détestable. Elle a appelé pour vous souhaiter un bon anniversaire, rien de plus, rien de moins. Et vous n'avez fait que l'insulter et la dénigrer. Britt est une vraie bénédiction ici. Elle travaille dur et fait désormais partie de notre famille.

— Je ne sais pas ce que dénigrer veut dire, mais je n'aime pas votre ton, pesta sa mère.

Chad laissa échapper un soupir agacé.

— Et moi, je n'aime pas le vôtre. Est-ce que ça vous importe que votre fille vivait dans sa voiture quand je l'ai rencontrée ? Qu'elle crevait de faim ? Qu'elle mettait sa vie en danger parce qu'elle n'avait nulle part où dormir en sécurité ?

— Non.

Un seul mot. C'est tout ce qu'elle avait à dire à propos de son propre enfant.

Chad n'allait pas prolonger cet appel une seconde de plus.

Il retira le téléphone de son oreille et appuya sur le bouton pour raccrocher. Les vieux téléphones à cadran de ses parents lui manquaient terriblement, ceux qu'on pouvait raccrocher brutalement. Appuyer sur un bouton n'offrait pas du tout la même satisfaction que mettre fin à la conversation de force.

Un silence s'abattit dans la pièce comme le brouillard qui arrivait parfois de l'océan.

— Oui, donc...

Britt n'eut pas le temps d'en dire plus avant qu'Evelyn ne repousse brusquement sa chaise et ne se lève. Elle se mit à ramasser les assiettes vides et les couverts, tout en marmonnant dans sa barbe.

— Quelle garce ingrate. Parler de notre Britt comme ça ! Si on m'avait dit que l'un de mes garçons était sans-abri et vivait dans sa voiture, j'aurais posé une tonne de questions. Je serais montée dans un avion pour aller l'aider moi-même ! Elle ne mérite même pas le titre de mère. Quelle garce !

Chad craignait que Britt ne se sente offensée par la diatribe de sa mère, même si ce n'était pas dirigé contre elle. Elle parlait toute seule, en réalité. Elle se défoulait contre cette femme abominable tout en nettoyant la table du petit-déjeuner. Tout le monde l'entendait, bien sûr, car les autres étaient restés assis autour de la table, encore sous le choc de cet appel.

Quand Britt se leva, Chad fit de même. Il ne pouvait pas la laisser quitter la pièce, gênée par ce qui venait de se passer. C'était sa mère à elle qui aurait dû avoir honte. Même s'il ne pouvait pas reprocher à Britt d'être bouleversée.

Cependant, elle le surprit. Au lieu de partir, elle s'avança vers sa mère, lui prit la pile d'assiettes des mains, la reposa sur la table, puis l'enlaça et la serra fort dans ses bras en chuchotant :

— Merci.

Evelyn l'étreignit à son tour, encore plus fort, à la manière des mamans. Puis elle recula et prit le visage de Britt entre ses mains, lui inclinant la tête pour pouvoir la regarder dans les yeux.

— N'écoute pas un mot de ce que cette femme a pu dire. Tu es belle, douce, gentille, et je ne peux même pas imaginer Lobster Cove sans toi. Tu es la fille que je n'ai jamais eue, et je t'aime.

Les paroles blessantes qu'avait crachées sa propre mère n'avaient pas fait pleurer Britt, mais les compliments et les mots tendres de maman d'Evelyn, eux, si.

— Je suis désolée d'avoir insisté pour que tu l'appelles. Je ne t'ai même pas laissé l'occasion d'expliquer pourquoi ce n'était pas une bonne idée. J'ai simplement balayé tes protestations. Ne me laisse plus jamais faire ça, réprimanda Evelyn. J'ai tendance à devenir un peu insistante quand je pense avoir une bonne idée.

Britt la gratifia d'un petit rire noyé par les larmes.

— Oui, j'avais remarqué.

Les deux femmes échangèrent un long regard tendre.

— J'ignore comment tu as pu devenir aussi gentille après avoir été élevée par... elle.

— En général, j'ai dû m'élever toute seule, répondit Britt en haussant les épaules.

— Ça ne me soulage pas vraiment. Pour info, tu seras toujours la bienvenue chez moi et à Lobster Cove. Que ce soit dans dix ans ou dans cinquante.

— Hmm... même si j'adorerais que vous viviez jusqu'à cent vingt ans, je ne suis pas certaine que vous soyez encore là dans cinquante ans.

— Même quand je ne serai plus là, tu seras toujours la bienvenue ici.

Evelyn se tourna ensuite vers ses fils et ajouta d'un ton ferme :

— Pas vrai ?

— Oui, madame.

— Bien sûr.

— Aucun souci pour moi.

— Évidemment.

Les quatre frères répondirent en même temps. Evelyn se retourna vers Britt.

— Ce que je veux dire, c'est que tu ne te retrouveras plus jamais sans toit. Oublie cette garce. Tu es avec nous maintenant.

Britt sourit et serra Evelyn dans ses bras une nouvelle fois.

Chad resta à proximité du duo, ne sachant pas vraiment quoi faire. Il avait envie d'étreindre Britt et de la rassurer comme sa mère venait de le faire. Il n'était toujours pas certain de vouloir que les autres apprennent si tôt ce qu'il se passait entre eux... même si cet appel lui faisait sérieusement reconsidérer la question.

— Je pense que c'est le bon moment pour aller jeter un œil au terrain, histoire de constater les dégâts et commencer à réparer. Je ne sais pas pour vous, mais moi, j'ai bien envie de casser quelques branches ou d'autres conneries, marmonna Lincoln.

— Ton langage, le réprimanda Evelyn.

Linc leva les yeux au ciel.

— Maman, tu viens de dire garce à plusieurs reprises.

— Garce n'est pas un gros mot. Connerie, si.

— Voilà, tu viens de jurer toi-même, fit remarquer Lincoln avec un sourire en coin.

Cette fois, ce fut leur mère qui leva les yeux au ciel avant de se tourner vers Britt.

— Je ne sais pas comment j'ai survécu en élevant ces quatre monstres.

— On était des anges, répliqua Knox.

Evelyn souffla du nez.

La tension dans l'air s'était un peu dissipée, ce qui était un soulagement.

— Allez-y, les garçons, faites ce que vous avez à faire. Britt et moi, on s'occupe de l'intérieur.

— Je devrais aller vérifier si quelque chose a besoin d'être nettoyé de nouveau dans le chalet, proposa Britt.

— Ils peuvent aller jeter un œil et te prévenir après, répondit Evelyn.

— J'ai aussi dit à Walt et Barry que j'irais les voir pour passer en revue l'inventaire. J'ai quelques questions à leur poser.

— Tu feras ça plus tard. Pour l'instant, je veux m'asseoir avec toi et célébrer d'avoir survécu un tour de plus autour du soleil, déclara fermement Evelyn. J'ignore combien d'anniversaires il me reste.

Chad savait par expérience que lorsqu'elle prenait ce ton-là, il valait mieux faire ce qu'elle demandait. De plus, puisqu'elle en faisait manifestement volontairement des caisses, il n'avait aucun doute que ça marcherait sur Britt.

Il eut raison.

— D'accord. Je vais faire la vaisselle et ranger les restes, et vous, allez vous asseoir sur la terrasse. Prenez la couverture derrière le canapé, il fait sûrement encore un peu frais ce matin.

— Tu es une gentille fille, dit doucement Evelyn.

Elle attira ensuite la tête de Britt vers elle pour lui déposer un baiser sur le front avant de se diriger vers le canapé.

Chad attendit que ses frères atteignent la porte d'entrée avant de s'approcher de Britt.

— Ça va ? C'était intense.

— Je ne me rendais même pas compte que vous pouviez

tous l'entendre jusqu'à ce que tu me prennes le téléphone, confessa-t-elle, sans vraiment répondre à sa question.

— Pour info, je suis d'accord avec ma mère. Tu es incroyable. Et gentille. Et intelligente. Et ta mère est une idiote.

Britt lui offrit un petit sourire.

— Oui.

— Je suis vraiment désolé, Britt. Et la prochaine fois, comme maman l'a dit, ne laisse personne, surtout pas moi, te pousser à faire quelque chose dont tu n'as pas envie. D'accord ?

Elle acquiesça.

— Je suis sérieux. Je n'aurais jamais dû parler de ta mère, et toute cette scène est arrivée parce que j'ai ouvert ma grande bouche. Et... ma mère a de bonnes intentions, mais elle a aussi toujours vécu ici, à Rockville. Elle est entourée d'une famille aimante, de bons amis, et elle a un peu vécu dans une bulle.

— Ce n'est pas une mauvaise façon de vivre, fit remarquer Britt, défendant sa mère et son mode de vie.

— Je sais, mais ça ne me plaît pas que vous vous sentiez toutes les deux mal après ce qui s'est passé, surtout alors que c'est de ma faute.

— J'y suis habituée.

— Ça ne veut pas dire que je trouve ça mieux, répliqua Chad.

— Je ne sais pas pourquoi ma mère est comme ça, confessa Britt. Elle a eu une vie difficile, et être une mère célibataire n'a pas arrangé les choses, mais au lieu d'apprécier ce qu'elle a, elle est devenue progressivement plus amère avec les années.

Elle lui adressa un petit sourire.

— Évidemment. Alors pourquoi tu souris ?

— Parce que c'est agréable de savoir qu'il y a des gens qui me soutiennent. Merci d'avoir pris ma défense face à elle. Je n'ai jamais eu personne, ni des amis, ni des copains, qui ait fait ça pour moi.

— Alors ils étaient faibles. Ils ne méritaient pas de t'avoir. Aucun homme ou femme digne de ce nom ne resterait là à regarder quelqu'un qu'il aime, ou même qu'il apprécie, se faire rabaisser ainsi. Surtout quand tout ce que tu as fait, c'est appeler pour lui souhaiter un joyeux anniversaire.

L'expression sur son visage procura chez Chad les mêmes sentiments qu'il avait ressentis ce matin-là. Sauf qu'il n'aimait pas la recevoir pour l'avoir défendue, ou pour avoir raccroché au nez de son horrible mère.

Il se pencha en avant et l'embrassa sur le front, tout comme sa mère l'avait fait... bien qu'il fût à cent pour cent certain que les pensées qui lui traversèrent l'esprit étaient exactement l'inverse de celles de sa mère. Il désirait cette femme. Il voulait la gâter. Lui donner du plaisir. Lui montrer ce que cela signifiait réellement d'avoir quelqu'un qui la soutenait.

Son petit doigt lui disait que si les hommes qu'elle avait fréquentés n'avaient jamais eu le cran de la défendre, ils n'avaient sans doute jamais eu non plus la patience ou les compétences sexuelles nécessaires pour s'assurer qu'elle soit satisfaite au lit. Si elle lui donnait une chance, il lui montrerait comment un véritable partenaire prend soin de sa compagne, au lit comme en dehors.

— C'est quoi ce regard ? demanda Britt en l'observant.

— À quel point es-tu à l'aise avec l'idée de laisser ma famille savoir ce qu'il y a entre nous ? demanda-t-il, plutôt que de répondre à sa question un peu trop perspicace.

— Ce qu'il y a entre nous ?

— Oui. Que l'on sort ensemble. Qu'on est en couple. Petit ami, petite amie.

— On est en couple ?

Chad fronça les sourcils.

— Ce n'est pas le cas ? Je pensais qu'on en avait parlé ce matin. Je t'ai demandé si on était sur la même longueur d'onde, et tu as dit, et je cite, Si cette longueur d'onde, c'est voir où tout ça nous mène, alors oui. Tu as changé d'avis ? Tu ne veux pas sortir avec moi ?

— Je n'ai pas changé d'avis, et j'en ai envie. C'est juste que...

— Juste quoi ? Tu peux me parler de n'importe quoi, l'encouragea Chad, nerveux.

— Je ne veux pas que les autres pensent que je suis une croqueuse de diamants.

Chad rit.

— Ils ne penseront jamais ça.

— Otis l'a pensé. Il le pense.

Chad fronça les sourcils. Il savait qu'elle et Otis n'avaient pas démarré du bon pied, et qu'il pensait qu'elle cherchait à profiter de l'argent de Lobster Cove... mais il avait espéré qu'une fois qu'Otis aurait appris à connaître Britt, il verrait combien sa première impression avait été complètement erronée.

— Il a tort. Et mes frères ne penseront jamais ça. Pas une seconde. Et ma mère non plus. Si tu ne veux pas qu'ils le sachent, je peux essayer de garder mes mains pour moi, mais je dois te prévenir, ma pêche... j'ai le pressentiment qu'ils vont quand même vite comprendre.

— D'accord.

— D'accord, quoi ?

— Ça ne me dérange pas s'ils savent qu'on sort ensemble.

Un grand sourire se dessina sur les lèvres de Chad.

— Alors ça veut dire que je peux te tenir la main, t'embrasser et t'appeler ma pêche devant tout le monde ?

Elle lui adressa un sourire timide et acquiesça.

— Super.

Il se pencha et déposa un baiser léger comme une plume sur les lèvres. Puis il commença un baiser plus long et plus intime. Au moment où ils se séparèrent, ils étaient tous les deux essoufflés... et sa satanée érection était de retour.

— Je dois ranger le repas, l'informa-t-elle.

— Et moi, je dois rejoindre mes frères pour inspecter la propriété.

— Tu seras là pour le déjeuner, quand même ?

— Oui, sûrement. Je t'enverrai un message si je ne peux pas venir.

— D'accord.

— Ça va marcher, lui dit fermement Chad.

— J'espère.

— Je sais que ça va marcher, rétorqua-t-il.

Il l'embrassa une dernière fois, un baiser puissant et rapide, puis recula avant de perdre la tête et de la prendre dans ses bras pour la ramener directement dans sa chambre. Il détestait que la tempête l'ait aussi terrifiée, mais il ne pouvait pas être en colère que cela les ait amenés jusqu'ici.

Il lui fit un signe de tête, puis se tourna et marcha vers la porte. Il affichait un sourire béat, mais il s'en fichait. Complètement. Revenir à Lobster Cove s'était avéré bien mieux que ce qu'il avait espéré. Mieux que ce qu'il avait jamais pu rêver. Il renouait avec ses frères, redécouvrait les joies de vivre sur la côte du Maine, passait du temps avec sa mère, et par il ne savait quel exploit, il avait eu la chance de rencontrer une femme avec laquelle il se voyait sérieusement passer les années à venir.

Rien ne pourrait gâcher sa bonne humeur aujourd'hui.

13

Il avait eu terriblement tort.

Victor Rogers était capable de gâcher sa bonne humeur.

Le voisin de la famille Young avait été une épine dans leur pied aussi longtemps que Chad pouvait se souvenir. Durant leur enfance, il était insupportable dès que Chad et ses frères osaient s'aventurer sur sa propriété. Il appelait et criait auprès de leurs parents dès qu'il les trouvait en train de jouer sur sa plage. Quand ils avaient créé un chemin de terre à travers les arbres pour leurs vélos et avaient accidentellement empiété sur son terrain, il était venu, enragé, vociférant et exigeant qu'ils réparent le sillon qu'ils avaient laissé sur son terrain. Ce qui semblait aussi ridicule aujourd'hui que ça l'était à l'époque. Ce n'était pas comme si Victor n'avait jamais utilisé cette zone boisée entre sa maison et Lobster Cove.

Puis, quand Evelyn et Austin avaient construit le garage à bateaux, il avait protesté contre l'utilisation de la terre à des fins commerciales auprès du comté. Le père de Chad avait résolu ce problème en demandant un changement de désignation de Lobster Cove, passant de résidentiel à commercial, puis avait entrepris de créer non seulement le garage, mais également les maisons d'hôtes.

Victor avait riposté en construisant ses propres chalets de location sur sa propriété, espérant manifestement voler des clients à Lobster Cove. Mais il avait construit ses locations plus près de la route que de la plage, ne procurant pas à ses clients les magnifiques vues qu'il aurait pu leur offrir. De temps en temps, Chad consultait les locations du voisin en ligne, et il n'était pas surpris de constater qu'elles étaient moins chères et n'avaient pas du tout le même nombre d'avis positifs que les locations de Lobster Cove.

Mais Chad n'était pas le genre d'homme à se vanter de ce genre de choses. Il y avait une sorte d'accord tacite selon lequel chacun restait dans son coin, et autant que Chad le sache, cela avait plutôt bien fonctionné ces dix dernières années. Ce n'était pas comme si sa mère et Victor allaient devenir les meilleurs amis du monde, mais au moins, ils restaient courtois.

Cela dit, Victor n'avait jamais cessé d'essayer de convaincre ses parents de vendre une partie de leurs terres. C'est pourquoi ce ne lui fut pas si surprenant de voir la vieille Subaru Outback de Victor descendre l'allée qui menait à Lobster Cove.

Le voisin se gara près de la maison, puis s'avança vers l'endroit où Chad et Lincoln se préparaient à réparer les dégâts causés par l'arbre sur la petite maison d'hôtes. Lui et ses frères avaient déjà découpé l'arbre à la tronçonneuse et empilé le bois près du foyer, afin de pouvoir l'utiliser lors de futurs feux de camp, que ce soit pour leurs clients ou pour la famille, si l'envie leur prenait de se détendre dehors un soir.

Knox et Zach étaient partis en ville pour acheter ce qu'il fallait afin de remplacer la gouttière, et voir s'ils pouvaient trouver aussi des matériaux pour refaire le toit en tôle. Ils en avaient discuté et décidé qu'ils feraient mieux de le refaire maintenant, plutôt que de poser une plaque temporaire sur les dégâts et de devoir revenir dessus plus tard.

Chad, lui, était déjà allé parler à sa mère de la location, lui expliquant qu'elle serait hors service pendant quelques jours. Cela ne devrait perturber qu'une réservation, peut-être deux, mais il détestait déranger les autres. Ce n'était pas juste pour les locataires, mais il n'y avait pas d'alternative.

— Je passais juste voir quels dégâts vous aviez eus avec la tempête, lança Victor d'un ton traînant.

Il n'était apparemment pas là pour proposer son aide, mais uniquement pour assouvir sa curiosité, ce qui suffit à irriter Chad.

— On a eu de la chance, seul ce chalet-là a été touché, l'informa Lincoln, avec un ton bien plus diplomate que n'aurait eu Chad s'il avait répondu.

— Votre mère est là ?

Chad se tendit aussitôt.

— Pourquoi ?

Le faux air offusqué de Victor n'aida en rien Chad à garder son calme.

— Je veux juste prendre de ses nouvelles. C'est ce que font les bons voisins, se défendit Victor.

— Les bons voisins n'appellent pas la mairie pour faire fermer des commerces. Les bons voisins ne se plaignent pas quand des enfants jouent et mettent accidentellement un pied sur leur terrain. Les bons voisins ne viennent pas se réjouir quand quelque chose tourne mal, rétorqua-t-il entre ses dents serrées.

Victor lui lança un regard noir. Il n'avait jamais porté Chad dans son cœur. Surtout parce qu'il n'avait jamais été du genre à baisser les yeux, même enfant. Quand Victor leur hurlait de quitter sa propriété, Chad était toujours celui qui s'asseyait pile sur la ligne imaginaire que Victor avait tracée entre Lobster

Cove et son terrain, puis se mettait à chanter à tue-tête, rien que pour l'énerver.

Sans un mot de plus, Victor tourna les talons et se dirigea vers la maison principale.

Chad avait envie de le suivre, de lui dire qu'il était en train d'enfreindre une propriété privée, et de lui ordonner de rentrer chez lui. Mais il se retint. C'était sa mère qui gérait ce type depuis des années, et elle s'en sortait bien mieux que lui. Elle lui avait dit plus d'une fois qu'on attrapait plus de mouches avec du miel qu'avec du vinaigre. Mais Chad s'était toujours demandé pourquoi quelqu'un voudrait attraper des mouches en premier lieu.

Puis il se souvint de ce que le petit garçon, Kash, avait dit quand lui et Britt l'avaient rencontré. Qu'il trouvait Evelyn méchante... et qu'elle avait accueilli son grand-père avec un fusil. Avec tout ce qui s'était passé depuis, il avait complètement oublié. Et il n'avait même pas encore parlé à ses frères de Kash, pour les informer qu'il utilisait leur ancienne cabane. Il fallait vraiment qu'il arrête de procrastiner.

Il faillit courir jusqu'à la maison pour s'assurer que sa mère allait bien, mais il n'avait aucun doute que si quelque chose se passait, Britt hurlerait à pleins poumons pour les prévenir qu'il y avait un problème.

Plus il y pensait, plus il doutait de l'histoire de Kash. Sa mère n'aimait pas les armes. Elle n'avait jamais reproché à son père d'en avoir, mais il la voyait mal attraper un fusil et menacer quelqu'un avec. Il doutait même qu'il soit chargé.

Non... c'était sûrement une histoire que Victor avait inventée pour faire peur à Kash et l'éloigner de leur propriété. Ça l'énerverait terriblement que son petit-fils se lie d'amitié avec les voisins.

Cela dit, Chad était rassuré que Britt soit dans la maison pour intervenir si besoin. Elle était aussi protectrice envers sa mère que lui. De plus, elle serait également capable de lui rapporter ce que Victor voulait réellement. Chad ne croyait pas une seule seconde qu'il venait juste prendre de leurs nouvelles après la tempête.

— Il y a un truc qui cloche, songea Lincoln après quelques instants.

— Sans déconner, répliqua Chad. Je n'ai pas confiance en lui.

— Moi non plus. On demandera à maman ce qu'il voulait quand on aura fini ici.

Chad acquiesça, ses pensées revenant vers le petit-fils du voisin et la vieille cabane dans les bois. Il repensa aux livres, au télescope, à la couverture que Kash y avait laissés, et il savait que si les bacs en plastique avaient fui ou si le gamin avait oublié de tout ranger, tout devait être trempé après tout ce vent et cette pluie.

C'était le moment parfait pour parler à Lincoln du garçon.

— En attendant que Knox et Zach reviennent, je vais aller jeter un œil dans les bois en vitesse.

— Jeter un œil à quoi ? demanda Linc.

— À notre vieille cabane, dit-il à son grand frère.

— Ce truc ? Ça doit être un amas de débris aujourd'hui.

— Avant, oui, mais Kash se l'est appropriée, expliqua Chad.

— C'est qui, Kash ?

— Le petit-fils de Victor.

— Attends, attends, attends. Harper a eu un fils ?

Chad ne fut pas surpris que Lincoln fasse le lien aussi rapidement. Lui et Harper étaient dans la même classe quand ils étaient petits, et elle était plutôt méchante avec lui. Il était bien obligé de s'en souvenir.

— Apparemment.

— Elle vit là-bas aussi ? Ou juste son fils ?

— Je n'en sais rien. Je n'ai pas abordé le sujet avec Kash. J'ai juste emmené Britt là-bas pour lui montrer où était notre ancienne cabane, et on a découvert que Kash l'avait reconstruite et qu'il s'en servait. Il avait peur que je le vire, vu qu'il était sur notre propriété, mais comme je ne suis pas un connard comme son grand-père, je l'ai rassuré. Et puis, ce n'est pas comme s'il fabriquait des bombes ou jouait avec du feu là-dedans. Il avait une tonne de bouquins. Il aime aussi l'astronomie, et il a un joli télescope pour enfant là-bas. Je lui ai menti en lui disant qu'on avait appelé l'endroit la cabane Bad Assery quand on était gosses, donc si jamais tu le croises et qu'il en parle... joue le jeu.

— Attends. Je croyais que Victor avait installé une clôture entre nos propriétés ?

— C'est le cas. Kash l'a escaladée. Britt lui racontait qu'elle avait dû vivre dans sa voiture un moment... et apparemment, Kash s'est beaucoup identifié à elle.

Lincoln fronça les sourcils.

— Harper et son fils étaient sans-abri ?

Chad acquiesça.

— Ça en avait tout l'air, mais le gamin était mal à l'aise avec le sujet, alors on n'a pas insisté. Mais ce n'est pas tout.

— Pas tout ? Bordel, jura Lincoln.

— Quand Britt lui a proposé de venir à la maison un de ces jours, il était pétrifié. Il a tout de suite refusé, comme quoi maman était méchante. Il a dit qu'elle avait pointé un fusil sur son grand-père, une fois.

— C'est n'importe quoi ! s'exclama Lincoln.

— Je suis d'accord. Mais pourquoi Victor raconterait un truc pareil à son petit-fils ?

— Parce que c'est un enfoiré. Et sûrement parce qu'il ne veut pas qu'il s'approche de nous. Il a quel âge, ce petit ?

Chad haussa les épaules.

— Dix ? Onze ? Douze ? Difficile à dire. C'est un petit gringalet. Mais pas plus vieux que ça, je pense.

— OK. Bon, viens. Allons jeter un œil à la vieille cabane Bad Assery et à ses affaires. Ensuite, on ira à la maison pour demander ce que Victor voulait.

— J'ai promis à Kash que je ne dirais pas à son grand-père qu'il était sur notre terrain, prévint Chad.

— Je n'ai aucun problème avec le fait que le gamin utilise la cabane. Ce qui m'inquiète, c'est ce qui se passe avec sa mère, pourquoi ils étaient à la rue, et ce qu'elle fabrique maintenant qu'elle est revenue à Rockville. Elle avait juré de ne jamais remettre les pieds ici après le lycée, donc sa vie doit vraiment avoir merdé pour qu'elle soit revenue.

— Je croyais que tu la détestais. Qu'elle s'était donné pour mission de te pourrir la vie au lycée. Pourquoi ça t'importe ? demanda Chad.

Il ne connaissait pas tous les détails de la relation entre son frère aîné et leur voisine, mais il savait qu'il y avait toujours eu beaucoup de tension.

— Je ne la déteste pas. Je ne la porte pas dans mon cœur, mais si elle a un fils qui se cache dans notre cabane… c'est qu'il se passe un truc, et je veux m'assurer qu'il va bien.

Chad n'avait rien à redire à cela. Lui et Linc s'enfoncèrent dans les bois en direction de la cabane de Kash. Il fut visiblement surpris de la voir encore debout au loin.

— Waouh, le gamin a fait du bon boulot pour la reconstruire, fit remarquer Lincoln.

Il y avait quelques dégâts à cause du vent, et le mur du fond aurait besoin d'être renforcé, mais elle était encore utilisable. En s'agenouillant pour jeter un œil à l'intérieur, Chad vit que Kash avait mis ses livres, et bien sûr son précieux télescope, dans l'un des grands bacs en plastique, qu'il avait ensuite recouvert de branches pour les protéger. D'après ce qu'il pouvait voir, tout avait l'air intact.

Il recula de l'entrée pour laisser son frère regarder à son tour.

Quand il se releva, Lincoln siffla doucement.

— C'est solide. De bonnes étagères, un plancher correct... ce gamin est plutôt malin. Plus que nous quand on avait construit cette cabane.

— Nous, on préférait utiliser des bâtons comme des épées et se faire la guerre plutôt que d'avoir un coin pour lire tranquillement, fit remarquer Chad en riant.

— C'est vrai. Tu crois que le gosse s'intéresse aux moteurs ? Ce serait sympa d'avoir un petit à qui apprendre des trucs, comme papa nous a appris quand on était enfants.

Chad fut surpris.

— Je n'en sais rien. Mais je suis sûr que ça ne plairait pas du tout à Victor.

Lincoln sourit. C'était plus un rictus arrogant qu'un vrai sourire.

— C'est tout l'intérêt.

Il s'esclaffa.

— J'aime bien l'idée.

— Allez. Rentrons à la maison. Knox et Zach ne devraient pas tarder à revenir. Je veux voir comment va maman avant qu'on s'attaque au chalet.

Ils retraversèrent le bois pour retourner à la maison principale. La Outback de Victor n'était plus là, et Chad fut soulagé de ne pas avoir à revoir cet homme. Au moins ce jour-là. Lui et Linc entrèrent dans la maison, et il appela sa mère.

— On est là ! répondit-elle.

En entrant dans le salon, Chad vit sa mère et Britt assises sur le canapé, en train de boire du café, calmes et posées. Quelle que soit la raison de la visite de Victor, ça ne semblait pas les avoir bouleversées, puisqu'aucune des deux n'avait l'air perturbée.

— Qu'est-ce que Victor voulait ? demanda Lincoln sans tourner autour du pot.

— Il a dit qu'il était inquiet à cause des dégâts qu'on aurait pu avoir à cause de la tempête et qu'il voulait s'assurer qu'on allait bien, répondit leur mère.

— Et combien de fois il s'est assuré qu'on allait bien dans le passé quand on a eu des tempêtes ? ne put s'empêcher de demander Chad.

— Eh bien, jamais. Mais c'était... avant. Quand votre père était encore vivant.

Ces mots avaient toujours le don de faire mal au cœur de Chad. Il ne pouvait qu'imaginer ce que ressentait sa mère chaque fois qu'elle devait les prononcer.

— Il a aussi demandé si on avait des clients prévus dans le chalet endommagé, et quand Evelyn a dit oui, il a proposé de les loger dans sa location à la place, ajouta Britt.

Chad fut sincèrement choqué.

— Il a fait ça ?

— Oui. C'était gentil de sa part.

Ça l'était, en quelque sorte, mais il profitait surtout d'une mauvaise situation pour essayer de leur piquer des clients. Victor Rogers ne faisait assurément jamais rien par pure bonté de cœur.

— Bien sûr que j'ai dit non, car chaque souhait de cet homme vient avec des conditions. De grosses conditions bien poilues, dit sa mère avec un grand sourire sur le visage.

Chad fut soulagé que sa mère ait vu clair dans l'aimable proposition d'aide de leur voisin.

— Et après qu'elle a poliment décliné son offre, il s'est mis en colère et lui a dit qu'elle était idiote. Il a affirmé que si elle refusait des locataires, ils arrêteraient de venir, et ensuite, il a remis en question la capacité de ta mère à faire tourner Lobster Cove. Il a dit que c'était Austin l'homme d'affaires, pas elle, et il a insisté sur le fait qu'au final, il n'aurait même pas besoin qu'elle lui vende. Il pourrait juste acheter la propriété une fois qu'elle serait en faillite.

Chad fut bouche bée.

— C'est quoi ces conneries ?! s'exclama Lincoln.

— Ton langage, Lincoln, le reprit leur mère, avant de calmement boire une gorgée de café.

— Pourquoi tu n'es pas rouge de colère ? demanda Chad.

— Britt m'a posé la même question. Et la réponse, c'est que Victor Rogers est un homme pathétique et furieux. Mais il n'a pas toujours été comme ça. Avant que sa femme ne meure, il était supportable. C'est seulement après sa disparition, quand il a dû apprendre à élever sa fille seul tout en gardant son entreprise à flot, qu'il est devenu amer et grognon.

Grognon. Quelle blague. Ce type était un vrai connard.

— J'ai entendu une histoire comme quoi tu aurais pointé le fusil de papa sur lui, lança Chad. Est-ce que c'est vrai ?

Sa mère sourit dans sa tasse, puis leva les yeux vers lui et Lincoln et haussa les épaules.

— Ça a été exagéré. Il est venu ici quelques jours après la mort de votre père et s'est montré plus insistant que d'habitude. Il refusait d'accepter mon rejet quand je lui ai dit que je ne souhaitais pas vendre Lobster Cove, ni à lui ni à personne. Comme il ne voulait pas partir tant que je n'aurais pas discuté de vente avec lui, j'ai décidé de faire un peu de ménage. J'ai simplement pris le fusil d'Austin, qui était derrière la porte d'entrée, pour le déplacer pendant que je balayais. Je ne pointais rien sur personne. Ce n'est pas de ma faute si Victor a cru que je le menaçais.

Chad n'en avait pas envie, mais il ne put s'empêcher de laisser échapper un éclat de rire.

— Maman. Dis-moi que tu n'as pas fait ça, grogna Lincoln.

— Fait quoi ? Tout ce que je faisais, c'était déplacer le fusil pour pouvoir balayer.

Chad n'était pas du tout surpris d'apprendre que Victor avait essayé d'intimider leur mère pour qu'elle vende Lobster Cove. Cet homme l'avait même abordée à son moment le plus vulnérable, pendant les funérailles de leur père. Il n'avait aucune honte.

La véritable valeur de Lobster Cove, c'était le terrain, pas forcément les entreprises qu'ils y faisaient tourner. Les prix de l'immobilier avaient explosé dans le Maine au cours des dernières décennies, en particulier les propriétés côtières. Ses parents avaient acheté cet endroit il y a cinquante ans pour une bouche de pain. Aujourd'hui, il valait des millions.

Mais Chad ne pouvait pas plus imaginer sa mère vendre Lobster Cove que l'imaginer tomber amoureuse d'un autre homme et se remarier. Elle et Austin Young étaient des âmes sœurs, et rien ni personne ne remplacerait jamais l'amour qu'elle avait eu pour son mari, ni la maison qu'ils avaient construite ensemble.

Reconnaissant une fois de plus d'avoir pris la décision de revenir vivre ici, Chad se fit la promesse intérieure qu'à partir d'aujourd'hui, sa mère n'aurait plus jamais à ne serait-ce que regarder Victor Rogers. Dorénavant, ce type allait devoir passer par lui ou par un de ses frères. Et il le lui dit.

Mais leur mère n'était pas d'accord.

— Je vous aime tous les deux, ainsi que Knox et Zach, plus que vous ne le saurez jamais, mais je n'ai pas besoin que vous me serviez de bouclier contre Victor. Je vis à côté de cet homme depuis des années, et je peux m'occuper de son cas. Vous saviez que sa fille est revenue vivre ici ? Et qu'elle a un jeune fils aussi ?

— On sait, maman, répondit Chad. Mais je ne pense pas que...

— Non, répliqua-t-elle fermement.

— Tu ne sais même pas ce que j'allais dire, protesta-t-il.

— Si, je sais. Tu allais me dire que je suis âgée et fragile et que je ne devrais pas avoir à subir la pression de Victor quant à sa volonté que je vende. Eh bien, oublie ça. Je suis âgée, oui, mais je suis en parfaite santé, et j'ai bien l'intention de rester là encore au moins trente ans, pour voir mes petits-enfants grandir et profiter de Lobster Cove autant que leurs pères quand ils étaient enfants.

Chad échangea un regard avec son frère, et tous deux levèrent les yeux au ciel. Leur mère désirait ardemment des petits-enfants, mais aucun d'eux n'avait encore trouvé la bonne, celle avec qui ils voulaient passer le reste de leur vie, alors elle attendait encore.

Mais maintenant... il regarda Britt. Elle était assise à côté de sa mère, la regardant avec une expression inquiète. Il se souvint combien elle avait été géniale avec Kash, et qu'elle n'avait pas hésité à s'agenouiller dans la terre pour le complimenter sur sa cabane. Elle ferait une merveilleuse maman.

Soudain, tout ce qu'il pouvait imaginer, c'était Britt allongée dans leur lit avec un nourrisson sur la poitrine, lui souriant.

Secouant la tête pour se recentrer sur sa mère, Chad se tourna vers Lincoln à la recherche d'un soutien.

— On va se calmer, mais s'il continue de te mettre la pression, on interviendra, déclara fermement Lincoln.

— D'accord.

— D'accord ? l'interrogea Lincoln.

— Oui, oui. Pour être honnête, j'ai de la peine pour lui. Il possède un superbe terrain juste là-bas, et pourtant tout ce qui l'obsède, c'est de mettre la main sur Lobster Cove. Et pour quoi faire ? S'il mettait ne serait-ce que la moitié de cette énergie dans sa propre terre, il ne ferait pas une fixette sur ce qui se passe ici.

Elle n'avait pas tort.

Le son familier du carillon, annonçant l'arrivée d'une voiture dans l'allée, retentit depuis le couloir principal. Linc se dirigea vers la fenêtre de devant et regarda dehors.

— C'est Knox et Zach. Tu as parlé aux locataires, maman ?

— Britt s'en est occupée.

Chad et Lincoln tournèrent tous deux la tête vers elle.

— Je leur ai expliqué la situation et je leur ai dit qu'ils pouvaient soit recevoir un remboursement, un avoir à utiliser plus tard avec une réduction de vingt pour cent, ou rester dans la maison principale, dans l'une des chambres libres. Je leur ai précisé que la maison abritait deux membres de la famille et une employée, mais que nous étions tous faciles à vivre et sympathiques. Ils ont même été presque soulagés, parce qu'un de leurs fils a décidé de jouer au foot cet été et il a un tournoi ce week-end qu'ils allaient devoir rater. Alors ils ont pris l'avoir et ont prévu de revenir plus tard cette saison, expliqua Britt.

Chad poussa un soupir de soulagement. Cela leur laissait deux jours tranquilles pour effectuer les réparations.

— Super, dit Lincoln. Puisqu'ils ont reporté, ça nous laisse le temps de remplacer le toit, comme ça personne d'autre n'aura à retarder son séjour. Merci, Britt.

— Avec plaisir.

— Je vais aller retrouver les autres et les mettre au courant, annonça Lincoln avant de se diriger vers la porte.

La mère de Chad secoua la tête, exaspérée.

— Cet endroit est pire qu'un de ces soap opéras que j'aimais bien regarder. Les ragots se répandent comme une traînée de poudre.

— On veut juste s'assurer que tu es en sécurité et heureuse, protesta Chad. Et si on te harcèle pour te forcer à vendre, e nc'est pas cool.

— Je peux gérer Victor, répéta fermement Evelyn. Et puis, Britt était à mes côtés, en train de lancer des regards noirs aussi intenses que les vôtres quand vous avez entendu ce qui s'était passé.

Un éclair de désir frappa Chad de plein fouet, le prenant par surprise. Il était décidément vraiment bizarre. Il ne savait pas pourquoi entendre que Britt avait été aussi protectrice envers sa mère était si excitant. Mais il ne pouvait pas le nier, cela ne faisait que la rendre encore plus attirante à ses yeux. Il l'appréciait d'autant plus. Il remercia sa bonne étoile d'être entré sur ce parking au moment exact où il avait surpris cet employé idiot en train de lui crier dessus.

— Britt, je peux te parler une seconde avant d'aller rejoindre mes frères ?

Elle parut inquiète et se leva aussitôt.

— Bien sûr. Evelyn, je reviens tout de suite. Oh, et n'oubliez pas d'écrire votre liste de courses. Je dois encore faire un peu d'inventaire à la boutique, mais si on allait en ville après le déjeuner ?

— Ça me semble parfait, répondit Evelyn en s'enfonçant dans les coussins du canapé. Je vais juste rester là, me détendre, et profiter de la vue pour l'instant. J'adore quand le soleil revient après une tempête. Ça me rappelle que, peu importe combien une journée est sombre, le soleil finit toujours par se lever à nouveau.

Chad avait entendu les dictons de sa mère tellement de fois que celui-ci ne le marqua presque pas. Mais il vit qu'il résonnait chez Britt.

Lorsqu'elle le rejoignit, il lui prit la main et la mena vers le bureau de son père, sur le côté de la maison, hors du champ de vision de sa mère.

— Chad ?

La voix de sa mère le stoppa net. Il se retourna pour la regarder.

— Oui ?

— Traite-la bien... ou tu auras affaire à moi.

Son ton était inhabituellement sévère.

— Bien sûr. Et histoire que ce soit clair, on sort ensemble. J'espère que ça ne pose pas de problème.

— Non. Tant que tu es bon avec elle.

— Je le suis.

— Il l'est.

Lui et Britt parlèrent en même temps. Il lui offrit un grand sourire, qu'elle lui rendit.

Il continua vers le bureau. Dès qu'il referma la porte derrière eux, il prit son visage entre ses mains et l'embrassa. La plaquant contre la porte fermée pour la dévorer comme il se devait, Chad ne manqua pas de remarquer avec quelle force elle répondit à son ardeur.

Leurs têtes s'inclinaient à gauche puis à droite tandis que leurs langues s'affrontaient. Britt glissa ses mains sous son T-shirt, caressant le bas de son dos et utilisant le bout de ses ongles pour l'attirer encore plus près. Ils étaient pressés l'un contre l'autre de la poitrine aux hanches, et Chad n'avait aucun moyen de cacher combien il la désirait.

Ils haletaient tous les deux quand il arracha enfin ses lèvres des siennes une minute plus tard.

— Waouh, ma belle, s'exclama-t-il.

Elle lui sourit timidement en se léchant les lèvres, ce qui donna à Chad encore plus envie de l'embrasser à nouveau.

— Raconte-moi ce qui s'est passé, dit-il après avoir pris une grande inspiration.

Elle était sur la même longueur d'onde, et il n'eut pas besoin d'expliquer de quoi il parlait.

— C'était intéressant. Ils sont tous les deux restés plutôt polis, et n'ont jamais haussé la voix. On aurait dit qu'ils discutaient de la météo... malgré les propos de ton voisin qui devenaient progressivement plus désobligeants à mesure qu'elle refusait. Il disait à Evelyn qu'elle ne pouvait pas sérieusement croire qu'elle était capable de gérer les entreprises toute seule, et qu'elle ferait mieux de lui vendre et d'emménager dans un endroit appelé Summit Place.

Chad grimaça.

— C'est une maison de retraite à Belfast. Elle est plutôt correcte, mais maman détesterait. Tous ses amis sont ici, à Rockville, et elle deviendrait folle à rester assise sans rien faire. Et puis, ici, c'est sa maison. Celle où elle a vécu avec papa pendant des décennies. Elle détesterait vivre dans une petite chambre.

— C'est ce qu'elle a dit à Victor, dans les grandes lignes. Et qu'il pouvait prendre son offre ridicule d'un million et se la carrer bien profond.

Chad resta bouche bée.

— Elle a dit ça ?

— Oui. Très poliment. Elle lui a aussi dit qu'on s'en sortait très bien, merci beaucoup, et qu'il ferait mieux de consacrer toute l'énergie qu'il dépensait à l'ennuyer à sa fille et son petit-fils. C'est ce qui a fini par l'énerver, et il est parti presque sur-le-champ. Pour ce que ça vaut... Evelyn sait se défendre. Elle n'était ni bouleversée ni surprise qu'il lui demande, pour ce que je suppose être la centième fois, de vendre. Elle sait comment le gérer, rester calme et répondre à ses remarques impolies avec quelques piques bien placées. Elle est vraiment géniale.

— Elle l'est, confirma Chad. Et toi aussi. Est-ce que ça va ?

— Moi ? Oui, pourquoi ?

— Parce que ça devait être un peu gênant. De plus, Victor est un peu imposant, et tu ne le connais pas.

— En fait, c'était plutôt divertissant. Au début, je ne comprenais pas ce qui se passait. Je pensais que tout le monde exagérait à propos du voisin. Il avait l'air sincèrement préoccupé par les dégâts du chalet. C'est presque impressionnant, la manière dont il peut être aussi désagréable sans changer une seule fois le ton de sa voix. Comment va la cabane ? Les affaires de Kash sont en bon état ?

Chad n'était pas sûr de vouloir changer de sujet. Il s'inquiétait encore pour sa mère et se demandait comment Britt gérait tout ce drame. Elle avait passé une nuit difficile et semblait encore un peu pâle après la frayeur qu'elle avait eue, sans parler de la conversation avec sa mère. Mais il ne voulait pas lui demander sans arrêt si elle allait bien. C'était une adulte.

— Elle a tenu le coup, répondit-il enfin. Kash a fait un super boulot. Il y a juste quelques petits dégâts qu'on pourra réparer facilement. Et toutes ses affaires sont intactes.

— Tant mieux. J'ai parlé à ta mère de la cabane et de Kash, et elle est déterminée à lui faire des cupcakes.

— Ça, ça va vraiment énerver Victor.

— Oui. Mais je pense qu'elle se soucie du petit. Elle ne cherche pas juste à se lier d'amitié avec lui pour contrarier Victor.

— Bien sûr que non. Ce n'est pas comme ça que ma mère fonctionne. Et vu son désir d'avoir des petits-enfants, elle serait prête à devenir amie avec n'importe quel gamin qui débarque à Lobster Cove.

Il vit un léger rougissement apparaître sur les joues de Britt.

— Tu veux des enfants ? lâcha-t-il brusquement.

Le rose s'intensifia.

— Oui. Trois. Et toi ?

— Trois aussi. Je trouve que c'est un bon nombre. Et je veux qu'ils soient plus rapprochés en âge que moi et mes frères.

J'adorais jouer avec eux, mais Zach et Lincoln ne sont pas aussi proches, vu qu'ils ont dix ans d'écart.

Britt se lécha à nouveau les lèvres, et tout ce à quoi Chad put penser, c'était de faire des enfants à cette femme. La regarder jouer avec eux. Les gâter. La voir devenir une vraie maman ours dès qu'elle percevrait une menace.

— Je suis à la fois triste et soulagée de ne pas avoir de frères et sœurs. Je ne voudrais pas que quelqu'un d'autre ait vécu la même enfance que moi. Je suis déterminée à offrir mieux à mes futurs enfants. Je ne suis peut-être pas la personne la plus riche du monde, mais ils ne passeront jamais une journée sans savoir qu'ils sont aimés et désirés. Ils ne se sentiront jamais abandonnés. Je ne leur donnerai jamais l'impression qu'ils sont un fardeau, comme ma mère l'a fait avec moi.

Le cœur de Chad se brisa pour elle. Il prit son visage entre ses mains et releva doucement sa tête vers la sienne.

— Tu seras une mère formidable. Tes expériences feront de toi une meilleure maman que la plupart.

— J'espère, chuchota-t-elle.

— J'ai un secret, dit-il.

Elle sourit et leva un sourcil, mais ne s'écarta pas de son étreinte.

Chad fit courir ses pouces le long de ses pommettes.

— Le placard dans ta chambre ? Il y a un petit panneau d'accès au fond.

— Je l'ai vu, répondit-elle, maintenant un peu perdue.

— Il donne sur mon placard. C'était la chambre de Knox quand on était gosses, et on a supplié notre père d'installer un passage secret pour qu'on puisse jouer ensemble le matin sans réveiller personne.

Il vit son pouls s'accélérer dans son cou.

— Vraiment ?

— Oui. Ce sera peut-être un peu étroit, mais je pense que tu pourrais passer.

— Pourquoi est-ce que j'aurais envie de faire ça ? demanda-t-elle d'un ton faussement innocent.

— Parce qu'après t'avoir tenue dans mes bras la nuit dernière, après t'avoir eue dans mon lit, dans mes bras, je ne suis pas sûr de pouvoir dormir sans toi à l'avenir.

Britt se lécha encore une fois les lèvres. Elles étaient brillantes et charnues, et ses cheveux châtain clair tombaient en vagues désordonnées sur ses épaules. Elle s'était légèrement arrondie depuis qu'elle était à Lobster Cove, grâce à la cuisine de sa mère, et même si la beauté était totalement subjective, pour lui, elle était magnifique.

— Aucune pression, se hâta-t-il d'ajouter. Je sais que ça peut être un peu gênant de devoir se cacher dans la maison de ma mère, surtout à l'âge adulte.

— Avant que toi et Linc n'arriviez, elle m'a dit, pas très subtilement, que comme sa chambre était à l'autre bout de la maison, au rez-de-chaussée, elle n'entendait rien de ce qui se passait à l'étage. Elle a dit que c'était une bénédiction, quand vous étiez quatre à grandir ici, de ne rien entendre des disputes ou des chamailleries.

Chad rit.

— Je devrais être surpris que ma mère essaie d'intervenir dans ma vie sexuelle, mais je ne le suis pas.

— Elle est unique, approuva Britt.

Mourant d'envie de supplier cette femme de venir dans son lit ce soir-là, Chad garda le silence. Il avait lancé l'invitation. La balle était dans le camp de Britt, maintenant. Il ne voulait pas la forcer à faire quoi que ce soit qu'elle ne désirait pas pleinement. Mais il voulait plus que partager un couloir et une salle de bain avec elle. Il voulait tout.

La bague, la maison, les enfants. C'était irréel, la vitesse à laquelle ses sentiments se développaient, mais tout semblait si juste. Être revenu dans le Maine, vivre à nouveau à Lobster Cove, rencontrer Britt. Tout ça avait l'air d'un signe du destin. Et il était prêt. Il devait juste faire preuve de patience pour laisser Britt rattraper son rythme. Elle avait connu toute une vie de traumatismes, et il préférerait se trancher les veines plutôt que d'ajouter à tout ce stress.

— Je vais sortir aider les autres. Si tu as besoin de quoi que ce soit, tu sais où nous trouver, dit-il.

Britt hocha la tête, puis se hissa sur la pointe des pieds pour l'embrasser à nouveau. Ce ne fut pas un simple petit baiser non plus. Elle prit les choses en main, glissant sa langue dans sa bouche et le laissant complètement abasourdi. Ce n'était pas le genre d'homme qui aimait habituellement céder le contrôle avec une femme, mais avec elle, il l'acceptait volontiers.

— Evelyn prépare des lasagnes pour le déjeuner. On se voit tout à l'heure ? demanda Britt en relevant la tête.

— Oui. Et miam. C'est mon plat préféré.

— C'est ce qu'elle a dit.

Chad retira à contrecœur ses mains de son visage et recula d'un pas. Britt s'éloigna de la porte, glissant ses propres mains le long de ses hanches, comme pour lisser son haut.

— Tu es parfaite, lui dit-il.

Et c'était vrai. Ses lèvres étaient d'un rouge profond, ses joues tout aussi rosées, et elle avait un éclat de satisfaction dans le regard. Chad adorait ça. Il avait hâte de voir son visage après l'avoir fait jouir.

— À plus tard, dit-elle doucement.

— À plus, répondit-il, avant d'ouvrir la porte avec grand effort et de s'engager dans le couloir.

Britt Starkweather avait fait irruption dans sa vie, et il était plus qu'heureux qu'elle y soit. Seul le temps dirait si la chimie entre eux évoluerait vers quelque chose de durable ou non. Il espérait de tout son cœur que oui, parce qu'à ce jour, il n'y avait pas une seule foutue chose chez cette femme qu'il n'aimait pas.

14

Le reste de la matinée parut irréel pour Britt. Elle ne cessait de repenser à ce baiser dans le bureau et à combien il lui avait semblé... différent. De plus, elle ne pouvait s'empêcher de penser à ce passage secret dans son placard qui menait à la chambre de Chad. Il avait été plus que clair sur son désir de l'avoir dans son lit... mais était-ce une bonne idée ?

Non, vraiment pas, mais cela n'empêchait pas Britt d'en avoir envie. Elle ne s'était jamais sentie aussi attirée par un homme que par Chad. Mais était-ce simplement à cause de leur proximité ? Était-ce parce qu'elle s'était sentie en sécurité dans ses bras, la nuit précédente, pendant que la tempête se déchaînait ? Était-ce parce qu'elle avait un tel manque d'amour qu'elle s'était accrochée au premier homme convenable en apparence qu'elle avait croisé après avoir été abandonnée par Cole ?

Elle ne pensait pas que ses sentiments étaient dus à tout cela. Mais et si elle se trompait ? Elle n'avait pas un très bon historique avec les hommes. Mais Chad lui semblait différent de tous les autres. Vivre et travailler à ses côtés lui offrait une perspective qu'elle n'avait jamais eue avec aucun des hommes qu'elle avait fréquentés.

Si elle avait pu vivre dans le même couloir que Cole, prendre chaque repas avec lui et être à ses côtés vingt-quatre heures sur vingt-quatre, elle n'aurait jamais déménagé dans le Maine avec lui. Il disait une chose et en faisait une autre. Il lui promettait le monde et échouait sur tous les plans.

Voir Chad interagir avec sa famille, c'était une chose, mais le voir traiter Walt, Barry et Camden avec respect lui en disait bien plus sur son caractère que tout le reste. Il faisait aussi tout son possible pour aider tous ceux qui venaient récupérer leur bateau. Même si ce n'était pas dans le contrat, ce qu'elle avait appris après avoir posé la question à Evelyn, il aidait chaque client à accrocher leur bateau à leur véhicule ou à le mettre à l'eau.

Il interagissait avec leurs locataires comme s'ils étaient les personnes les plus importantes du monde. Il faisait preuve de patience face à leurs questions et s'assurait qu'ils comprenaient tous bien l'importance de porter un gilet de sauvetage en kayak, même s'ils savaient bien nager.

Et quand il lui avait dit qu'il voulait trois enfants ? Ses ovaires avaient failli exploser, et elle avait été à deux doigts de lui demander de la prendre contre cette porte et de lui faire un bébé sur-le-champ.

C'était fou, et Britt se sentait complètement dépassée. Elle ne pensait pas que ce n'était qu'une question de désir charnel. Chad Young était un homme formidable, et elle avait ce pressentiment que si elle faisait une erreur et le laissait partir, elle le regretterait jusqu'à la fin de ses jours.

Mais est-ce que cela signifiait qu'elle était prête à sauter le pas et à transformer leur amitié intime en quelque chose de plus ? Si elle s'envoyait en l'air avec lui, ce serait un engagement total, et ça lui faisait peur. Elle l'aimait déjà pour sa gentillesse et son intégrité, mais elle savait, sans l'ombre d'un doute, que si elle couchait avec lui, elle tomberait éperdument amoureuse. L'intimité qui découlerait de cet acte scellerait définitivement le lien qu'elle ressentait avec Chad.

De plus, elle n'avait aucune envie de se perdre complètement dans un homme. Elle s'était tellement trompée avec Cole, et pourtant elle n'avait même pas été aussi impliquée émotionnellement. Elle ne voulait pas se faire briser le cœur si les choses tournaient mal une fois de plus. Elle serait assurément obligée de quitter Lobster Cove, ce qui serait presque aussi douloureux que de perdre Chad.

Ce ne serait pas très malin d'y aller à fond aussi vite... mais Britt ne pensait honnêtement pas pouvoir dire non. Pas quand tout ce qu'elle avait toujours voulu chez un partenaire était à portée de main.

Et puis zut.

Elle ne voulait aucun regret. Et refuser l'invitation de Chad à partager son lit serait un immense regret.

Il lui était difficile de dissimuler l'enthousiasme sur son visage. Mais si elle entrait dans le salon maintenant, Evelyn se douterait que quelque chose se tramait. Elle serait surexcitée, réussirait d'une façon ou d'une autre à lui faire tout avouer, et elle n'avait aucune envie de parler de sexe avec Evelyn. D'autant plus que celui-ci serait avec un de ses fils.

Se sentant un peu lâche, elle appela depuis le couloir :

— Je vais passer au garage voir Walt et Barry pour faire le point sur l'inventaire !

— D'accord ! répondit Evelyn.

Soulagée de ne pas avoir à affronter la mère de Chad tout de suite, pas alors que des pensées interdites aux moins de dix-huit ans à propos de son fils lui tournaient dans la tête, Britt se dirigea vers la porte latérale. Le temps était magnifique aujourd'hui, comme si l'effrayante tempête n'avait jamais eu lieu. Mais les branches éparpillées par terre étaient une preuve de son passage.

Penser à la puissance de la tempête la fit frissonner. Elle détestait avoir une phobie aussi profonde. Elle avait tout essayé pour ne plus être terrifiée à ce point, sans succès. Cole trouvait sa peur ridicule. Elle aurait dû rompre avec lui après leur première tempête ensemble, quand il n'avait pas compris pourquoi elle paniquait autant. Les réactions de Cole et celles de Chad avaient été on ne peut plus opposées.

Cole l'avait fait se sentir honteuse de sa peur. Chad, lui, l'avait fait se sentir en sécurité et comprise, sans même connaître la cause de son problème.

Enfin... en sécurité n'était peut-être pas le mot exact, mais au moins, elle n'avait pas eu l'impression d'être à deux secondes de mourir, comme c'était généralement le cas.

Observant les maisons d'hôtes de l'autre côté de la vaste propriété, Britt sourit. Elle ne voyait pas ce que faisaient les frères Young, mais elle entendait des coups de marteau, des jurons occasionnels, et des éclats de rire. Voir les frères interagir correspondait exactement à l'idée qu'elle se faisait d'une grande famille heureuse.

Elle entendit Walt, Barry et Camden parler alors qu'elle approchait du garage. Britt n'avait pas encore réussi à mieux cerner le fils d'Otis depuis leur première rencontre, même s'il continuait à la mettre un peu mal à l'aise. Camden n'avait rien dit ni fait d'offensant, mais elle était certaine qu'il ne la portait pas dans son cœur, bien qu'elle n'ait pas échangé plus de deux douzaines de mots avec lui. Elle supposait qu'il était distant parce que, comme son père, il la considérait comme une inconnue.

Ou peut-être était-il contrarié qu'elle ait proposé d'aider à la gestion de l'inventaire et de quelques tâches administratives au garage. Mais il ignorait sans doute qu'elle n'était pas payée davantage pour ce travail.

Déterminée à rester aimable, même si lui ne l'était pas, Britt afficha un grand sourire et entra dans le premier atelier.

— Bonjour ! lança-t-elle.

— Britt !

— Salut !

Walt et Barry la saluèrent tous les deux avec des sourires et un plaisir sincère dans la voix. Elle ne manqua pas de remarquer que Camden, lui, ne leva même pas les yeux du moteur sur lequel il était penché. Il se trouvait dans un coin, occupé à travailler sur un tracteur-tondeuse qu'un client avait apporté parce qu'il ne démarrait plus.

— Sacrée tempête, hier soir, hein ? demanda Walt.

— Oui, répondit-elle, en se disant que c'était l'euphémisme du siècle.

— Le petit dernier est venu se glisser dans notre lit, à ma femme et moi, expliqua Barry. L'aîné, lui, a voulu monter sur le toit pour avoir une meilleure vue des éclairs et prendre de bonnes photos. Et le cadet a dormi pendant tout le chaos. C'est dingue combien ils sont différents.

Britt frissonna rien qu'à l'idée d'être dehors pendant une tempête pareille. Mais sur un toit ? Encore plus proche des éclairs ? Où on pouvait se faire foudroyer encore plus facilement ? C'était son pire cauchemar devenu réalité.

— J'imagine que tu n'es pas fan des orages, lança Walt en riant, même si elle n'eut pas l'impression qu'il se moquait d'elle.

Britt haussa légèrement les épaules.

— Non. J'ai eu une mauvaise expérience quand j'étais petite.

Elle se surprit elle-même en admettant ça. D'habitude, elle

ne partageait à personne sa peur bleue des orages, mais quelque chose chez le mécanicien lui donnait le sentiment qu'il ne tournerait pas sa phobie en dérision. Et elle avait eu raison.

Il fronça les sourcils, son sourire s'atténuant.

— Tu vas bien ?

Elle acquiesça.

— Oui.

— Si ça peut te rassurer, les tempêtes de cette envergure ne sont pas fréquentes dans le coin. Oui, on a de la pluie et du vent, mais les gros éclats tonnerres et les éclairs ? C'est plus rare.

Un sentiment de soulagement envahit les veines de Britt.

— Tant mieux.

— Est-ce qu'il y a eu beaucoup de dégâts sur les maisons d'hôtes ? demanda Barry. J'ai vu les garçons s'y diriger ce matin, et on les entend bosser là-bas.

— Un peu. La réservation qui devait arriver aujourd'hui a accepté d'annuler, donc maintenant ils pensent pouvoir tout réparer avant que le prochain couple n'arrive, lui expliqua Britt.

— Tant mieux. Je comptais aller voir s'ils avaient besoin d'un coup de main plus tard, mais on est débordés de réparations ici.

Britt acquiesça.

— Est-ce que tu as le temps de revoir un peu l'inventaire avec moi ? Ou on remet ça à plus tard ?

— Non, je suis dispo maintenant, lui répondit Walt. Barry, je veux bien que tu finisses, je vais aider Britt. Si on prend une heure ou deux, je pense qu'on peut bien avancer.

— Pas de souci, répondit aimablement Barry.

— Camden, pendant que Britt m'aide avec l'inventaire, je vais aussi passer une commande. Tu as besoin de quelque chose ?

Il leva les yeux de la tondeuse.

— Tu sais qu'elle va juste foutre le bordel, hein ?

Britt fut un peu déstabilisée par la méchanceté de ses paroles.

— Elle ne connaît rien aux moteurs ni aux voitures. Elle ne sait pas faire la différence entre un carburateur et une valve de régulation. Comment tu veux qu'elle gère l'inventaire ?

Britt serra les lèvres, agacée. Elle ouvrit la bouche pour se défendre. Pour parler de son expérience en administration. Pour expliquer qu'elle n'avait pas besoin de savoir à quoi servaient les pièces, juste de s'assurer qu'elles étaient bien codées dans le système d'inventaire et que celui-ci les comptabilisait correctement à chaque utilisation et facturation.

Mais Walt intervint avant qu'elle n'en ait le temps.

— Tu te fous de moi ? demanda-t-il, sa voix résonnant dans tout le garage. On t'a demandé au moins une centaine de fois de nous filer un coup de main, de faire l'inventaire des pièces que tu utilises avant de partir, et à chaque putain de fois tu avais une excuse. Soit tu n'as pas le temps, soit tu n'es pas payé pour ça. Maintenant on a un logiciel qui va gérer ce problème pour nous, et Britt a proposé son expertise gratuitement. Et je parie qu'elle ne fera pas plus d'erreurs que toi. Combien de fois tu nous as demandé de commander le mauvais trucs ? Ou tu as mal tapé un chiffre et on s'est retrouvés avec dix bidons d'huile au lieu de cent ? Soit tu la lâches un peu, Cam, soit tu la boucles !

Si un regard pouvait tuer, Walt aurait été réduit en un million de petits morceaux. Mais au lieu de répondre, Camden balança la clé qu'il tenait et sortit du bâtiment en trombe.

— Putain qu'il est chiant, marmonna Barry.

— Ne l'écoute pas, dit Walt à Britt. C'est juste un connard. Il l'a toujours été et il le sera toujours. Austin l'aurait viré depuis longtemps s'il n'était pas le fils d'Otis. Et Evelyn est trop gentille pour le virer. Tu t'en sors très bien. Allez, on va dans le bureau, on lance le programme, et tu peux me montrer un peu plus comment ça marche.

Reconnaissante que, au moins, Walt et Barry semblent vouloir de son aide, Britt se dirigea vers le bureau.

Une heure plus tard, elle avait la tête qui tournait. Elle n'avait vraiment pas réalisé qu'il y avait autant de pièces différentes quand elle avait commencé ce projet. Ce qui était idiot, parce que les moteurs étaient des machines complexes. Et un moteur de Honda était différent d'un moteur de motoneige, qui était lui-même différent d'un moteur de tondeuse. Elle n'avait pas vraiment besoin de savoir à quoi servaient exactement les pièces ou comment elles étaient utilisées, mais puisqu'elle entrait chaque pièce dans le programme d'inventaire une par une, ça prenait un peu plus de temps que prévu.

Elle était convaincue qu'elle se familiariserait bientôt avec les pièces qu'ils commandaient le plus souvent. Mais Camden n'avait pas tout à fait tort lorsqu'il avait dit que ne rien connaître aux moteurs rendrait le travail plus difficile.

— Tu t'en sors très bien, la félicita Walt. Tu vas devenir une pro des moteurs en un rien de temps. Et je n'en reviens pas de la vitesse à laquelle tu tapes ! Tu es aussi une super prof. On aura tous pigé le système avant même de s'en rendre compte. Ça va nous faciliter la vie.

Il était vraiment gentil, et Britt lui était reconnaissante pour sa patience.

— Je dois retourner aider Barry. Tout se passe bien pour toi pour l'instant ? demanda-t-il.

Britt acquiesça aussitôt.

— Bien sûr.

Il lui adressa un sourire et un signe de tête, puis se leva et se dirigea vers la porte.

— Je vais juste créer une ou deux fausses factures avant de partir, l'informa-t-elle. Histoire de vérifier que les factures fonctionnent toujours comme prévu, avec les bons tarifs et tout. Et m'assurer que les systèmes de facturation et d'inventaire sont bien synchronisés.

Walt ne se retourna même pas.

— Parfait, se contenta-t-il de répondre en agitant la main en quittant la pièce.

Il ne lui fallut que quelques minutes pour créer une simple facture avec des pièces au hasard, et elle fut ravie de constater que les prix étaient corrects, la taxe de vente appliquée, et les pièces automatiquement déduites de l'inventaire. Comme lors du premier test qu'elle avait effectué quelques jours auparavant. Elle poussa un soupir de soulagement.

Elle cliqua sur une autre icône sur l'ordinateur. Elle avait aussi été heureuse de découvrir qu'elle connaissait déjà le logiciel de comptabilité qu'Otis utilisait pour le garage de Lobster Cove.

Le logiciel était plutôt intuitif, et son expérience l'aidait à naviguer rapidement d'une feuille de calcul à l'autre. Mais contrairement à la dernière fois, plus elle fouillait dans le programme, essayant de voir s'il extrayait les bonnes données pour les pièces qu'elle avait facturées, plus elle devenait confuse.

Elle trouvait des factures récentes pour des pièces qu'elle n'avait pas saisies dans le système.

Elle fronça les sourcils, et s'enfonça dans son siège.

Il y avait aussi beaucoup plus de fournisseurs dans le système que quelques jours auparavant. Des noms qu'elle ne reconnaissait pas. Des entreprises dont elle n'avait jamais entendu parler. Ce n'était pas forcément alarmant ; après tout, elle ne connaissait pas tous les fournisseurs par cœur. Mais les montants facturés à Lobster Cove étaient... conséquents. Et elle n'avait pas entendu Walt, Barry, ni même Chad mentionner de grosses commandes récentes. Rien qui justifierait des factures fournisseurs aussi élevées.

Parcourant une autre feuille de calcul, elle vit que le mois dernier, trente-deux factures avaient été réglées. Ce mois-ci, elle n'en voyait que douze. C'était une sacrée différence.

— Peut-être que la plupart de ces fournisseurs facturent en fin de mois ? marmonna-t-elle.

Donc, en plus de quelques grosses factures déjà payées... il pourrait en rester presque deux douzaines à venir ?

Relevant les yeux, Britt s'assura qu'elle était toujours seule dans le bureau. Évidemment qu'elle l'était. Mais elle commençait à se sentir coupable. Elle regardait des choses qu'elle n'était techniquement pas censée consulter. Mais sa curiosité avait été éveillée, et soudain, elle était inquiète.

Cliquer sur certains noms de fournisseurs ne fit qu'alimenter davantage sa confusion. Les données numériques des factures du mois précédent étaient datées tout au long du mois, pas seulement vers la fin.

Mais le plus déroutant, quand elle comparait les éléments listés sur les factures des fournisseurs, c'est que les pièces n'étaient pas répertoriées dans le nouveau logiciel d'inventaire... et elles ne figuraient pas non plus sur la feuille de calcul que Walt lui avait préparée contenant les pièces les plus fréquemment utilisées.

Par exemple, une facture du mois dernier concernait une unité de suralimentation hydraulique, quoi que ça voulait dire, mais elle ne la voyait nulle part sur la liste d'inventaire de Walt.

Plus elle cliquait, plus elle découvrait de divergences.

Vingt disques de frein, l'un des premiers articles qu'elle et Walt avaient saisis dans le système d'inventaire, avaient été payés, mais elle n'en avait enregistré que dix. En avaient-ils vraiment utilisé dix autres ces dernières semaines, avant qu'elle ne commence à entrer les données ? Elle en doutait.

Il y avait aussi un connecteur SAE J1772 de type 1, un berceau de voiture, une poulie de pompe à eau, un résonateur, un collecteur d'admission, un levier de commande...

Encore plus de pièces que le garage avait payées, mais qui soit n'existaient pas sur la feuille d'inventaire que Walt lui avait donnée, que ce soit en stock ou comme ayant été utilisées ces derniers mois, soit étaient listées en un nombre bien plus important que sur les factures.

Si le délicieux petit déjeuner spécial que Britt avait mangé cinq heures plus tôt était encore dans son ventre, elle l'aurait sûrement vomi ici même. Que se passait-il ? Était-ce simplement un cas de négligence administrative, Walt qui ne savait pas exactement quelles pièces ils possédaient... ou autre chose ?

Ce n'était pas juste une pièce en trop commandée ici ou là. La différence était bien trop grande. Des milliers de dollars avaient été versés à des fournisseurs pour des pièces qui, en réalité, n'étaient jamais arrivées.

S'enfonçant dans sa chaise, Britt jeta un œil au coin de l'écran de l'ordinateur et se rendit compte qu'elle fouillait dans les dossiers depuis plus d'une heure.

Elle avait véritablement la nausée. Quelque chose clochait sérieusement ici. Mais non seulement elle ne savait pas exactement quoi, elle n'était également pas certaine de ce qu'elle devait faire. Elle était nouvelle à Lobster Cove, et elle n'était même pas censée s'occuper de la partie financière. Elle s'était connectée à ce système uniquement pour vérifier la facture test. Elle n'avait aucune envie d'accuser qui que ce soit de malhonnêteté. De vol.

Mais elle ne pouvait pas non plus rester là sans rien dire,

surtout avec la somme d'argent qu'elle soupçonnait maintenant de manquer dans les comptes de Lobster Cove.

— Britt ?

Elle reconnut la voix de Chad lorsqu'il l'appela par son prénom. Pour une raison qu'elle ne s'expliquait pas, elle paniqua. Elle ferma les programmes à l'écran, rassembla les papiers sur lesquels elle avait griffonné ses notes et ses réflexions, et les fourra dans le tiroir du bas du bureau.

Elle se leva et se tourna vers la porte au moment où Chad apparut.

— Hé, ça fait un moment que tu es là. Tout va bien ? demanda-t-il.

Britt acquiesça.

— Oui, ça va. Je vérifiais juste quelques trucs. J'essaie de me familiariser avec les programmes. C'est bon. Tout va bien.

Elle parlait trop vite et se répétait, mais elle n'y pouvait rien. Elle n'avait pas encore décidé de la meilleure façon d'expliquer ce qu'elle avait découvert, ni même à qui en parler. Ce n'était peut-être rien, et elle ne voulait pas lancer des accusations à la légère.

Est-ce que Barry ou Walt truquaient les comptes ? Est-ce qu'Otis exploitait le système pour empocher de l'argent ? Étaient-ce de simples erreurs innocentes ? Peut-être qu'elle ne comprenait pas ce qu'elle voyait. Ou que les montants étaient corrects et que les pièces manquantes étaient simplement des pièces peu utilisées, stockées dans un endroit dont elle ignorait l'existence. Ou bien Walt avait simplement oublié de les inclure dans sa feuille de calcul.

— Qu'est-ce qui ne va pas ? demanda Chad en fronçant les sourcils.

C'était fou comme il parvenait à lire en elle comme dans un livre ouvert, même après si peu de temps.

— Rien, répondit-elle aussitôt, tout en sentant bien qu'elle n'était pas convaincante le moins du monde.

Mais il y avait trop d'éléments qu'elle ignorait. Elle ne pouvait pas l'inquiéter pour rien, si cela s'avérait finalement être le cas.

Il la fixa du regard pendant de longues secondes, puis tendit la main.

— Allez, c'est l'heure de la pause déjeuner.

Reconnaissante qu'il ne cherche pas à insister, car Britt avait le sentiment que s'il l'avait fait, elle se serait effondrée, elle lui prit la main. Mais au lieu de se diriger vers la porte, Chad la tira brusquement à lui, la faisant trébucher et s'écraser contre lui. Il enroula son bras autour de sa taille jusqu'à ce qu'ils soient complètement collés l'un à l'autre.

— Je ne veux pas que tu aies peur de me dire quoi que ce soit. Si quelque chose te tracasse, peu importe combien ça te semble insignifiant, je veux le savoir.

Argh. Cet homme. Il était en train de la tuer.

— D'accord, murmura-t-elle.

Le poids de garder ses soupçons pour elle était lourd, mais elle ne voulait vraiment accuser personne sans être sûre que quelque chose clochait. Elle n'aidait avec l'administratif que depuis deux jours. C'était bien trop tôt pour pointer du doigt qui que ce soit.

Chad la regarda longuement avant de hocher la tête. Puis il se pencha lentement vers elle, lui laissant le temps de repousser ses avances. Mais Britt n'avait aucune intention de faire ça. Elle alla à sa rencontre à mi-chemin, presque désespérée de se perdre à nouveau dans ses baisers.

Ce ne fut que lorsqu'un sifflement suggestif résonna depuis l'entrée qu'ils se séparèrent. Britt avait été à deux secondes de le supplier de la prendre ici même, sur le bureau. Elle se sentit piquer un fard en se tournant vers la porte. Chad ne retira cependant pas ses bras autour de son corps. Il se contenta de sourire à Walt, l'auteur du sifflement.

Le désir de Britt s'évapora lorsqu'elle aperçut Otis, les sourcils froncés, aux côtés de Walt.

— Je venais juste chercher Britt pour déjeuner, expliqua Chad aux deux hommes.

— C'est ça que vous faisiez ? marmonna Otis.

— Super, dit Walt au même moment que la remarque sarcastique d'Otis. Elle bosse ici depuis des heures.

— Qu'est-ce qu'elle faisait ? demanda Otis en se redressant, son regard passant d'elle à l'ordinateur sur le bureau.

— L'inventaire, lâcha Britt, la nausée de tout à l'heure revenant lui nouer le ventre. J'essayais juste d'entrer toutes les données dans le système.

Elle vit les épaules du vieil homme se détendre de façon apparente à ses mots.

Merde, merde, merde. Elle avait un très mauvais pressentiment, que le plus vieux et le plus fidèle ami des Young était peut-être responsable des incohérences dans la comptabilité. Elle n'avait aucune envie de le dénoncer et nuire à sa relation avec la famille. Mais comment pourrait-elle ne rien dire ? D'après ce qu'elle avait vu, des milliers de dollars disparaissaient chaque mois. Et si Otis volait, elle devait en parler.

— Allez, on doit faire le gâteau de maman après le déjeuner, dit Chad. Et vous êtes tous invités. Disons dans quarante minutes ? Venez à la maison et on chantera la chanson.

— Génial ! s'exclama Walt en se frottant le ventre. Dis-moi que c'est un gâteau au chocolat German.

— Est-ce que ça pourrait être autre chose ? C'est son préféré, lui rappela Chad. Et c'est Zach qui l'a fait.

— Top ! lança Walt avec un grand sourire. Ce gamin est un véritable cordon bleu.

— C'est vrai, approuva Chad. Otis, tu viens avec nous, hein ?

— J'ai plein de factures à entrer, esquiva le vieil homme.

— Allez. S'il te plaît ?

— Bon, d'accord.

— Super. Viens, Britt. Je ne sais pas toi, mais moi, j'ai les crocs.

Pas elle. Aux mots d'Otis, elle s'était sentie encore plus malade. Était-ce la raison pour laquelle le nombre de factures de ce mois était inférieur à celui des mois précédents ? Parce qu'il n'avait pas eu le temps de rentrer le reste ? Elle avait le pressentiment que, lorsqu'elle regarderait à nouveau le logiciel de comptabilité, il correspondrait davantage aux mois précédents... mais l'inventaire correspondrait-il aux factures ?

Elle en doutait. Et le compte bancaire des Young serait encore plus pauvre.

Il n'échappa pas à Britt que Walt s'interposa entre elle et Otis lorsque Chad la tira hors de la pièce. Elle détestait que l'aversion du vieil homme à son égard soit aussi évidente... mais elle ne pouvait s'empêcher de penser combien il la détesterait encore plus si elle parvenait à prouver qu'il détournait de l'argent de Lobster Cove.

Et, soudain, elle se rendit compte que cela pourrait aller encore plus loin. Il était responsable de toutes les finances d'Evelyn. Les impôts. Les investissements. L'idée de la somme d'argent qu'il avait pu voler au fil des années sans que personne ne s'en aperçoive était ahurissante, et terrifiante.

Chad les accompagna à mi-chemin de la maison principale, puis s'arrêta et se tourna vers elle.

— Je sais qu'on vient à peine de se mettre ensemble, et que tu as eu des expériences pas très positives avec les hommes par le passé, mais je ne suis pas comme eux.

Britt le fixa du regard, la gorge serrée d'émotion.

— Tu peux avoir confiance en moi pour te soutenir. Si quelqu'un te dérange ou te harcèle, on s'en occupera. Si tu changes d'avis et que tu ne veux plus t'occuper de l'administration, personne, et encore moins moi, ne sera contrarié. Si tout ça t'en demande trop et que tu veux trouver un autre travail, prendre un peu de distance avec ma famille dingue, tu en as également tout à fait le droit. Ça peut être un peu écrasant de vivre et travailler au même endroit. Moi aussi, je ressens un peu la même chose. C'est difficile de passer de la vie en solo à revenir emménager avec ma mère. Bref, tout ce que je dis, c'est peu importe ce qui te tracasse, tu peux m'en parler dès que tu te sens prête. Je ne te jugerai pas, je t'écouterai, et on trouvera un moyen de régler ce problème... ensemble.

Britt avait envie de pleurer. Cet homme... il était... insistant, sûr de lui, il avançait à la vitesse de la lumière... mais elle ne détestait pas ça.

— J'ai besoin de réfléchir un peu. Je n'aime pas tirer des conclusions hâtives, lui dit-elle. Mais je t'en parlerai. Bientôt. Promis.

— Ça me va.

Puis Chad se pencha et posa ses lèvres sur son front.

— Je peux être un peu intense, ajouta-t-il.

Britt ne put s'en empêcher. Elle rit. C'était l'euphémisme du siècle.

Chad rit doucement à son tour.

— Oui, je sais. Ma mère me dit toujours que je suis un train incontrôlable lancé à cent à l'heure. Mais tu n'as qu'à me dire de freiner, et je le ferai. Je veux juste ce qu'il y a de mieux pour toi, pour maman, mes frères, et Lobster Cove. Et crois-le ou non, j'ai énormément de patience... j'ai bien été obligé d'en avoir, comme tireur d'élite dans l'armée. Il m'est arrivé de rester immobile pendant des heures à attendre le moment parfait pour tirer. J'aime juste aller droit au but, quand c'est possible.

Britt n'avait pas beaucoup réfléchi à son ancienne vie avant de le rencontrer. Mais elle ne pouvait nier qu'elle était curieuse. Être tireur d'élite ne devait pas être facile, ni physiquement, ni mentalement. Et cela la fit l'admirer de plus belle.

— Allez, tout le monde nous attend.

Britt fronça les sourcils.

— Ils nous attendent ? Pourquoi tu m'as arrêtée, alors ? Il faut qu'on entre !

Chad rit, mais il la suivit docilement alors qu'elle se dirigeait en hâte vers la maison.

15

Le déjeuner fut agréable. Chad était heureux de retrouver ces instants qu'ils avaient partagés autrefois, avant que les garçons ne commencent à quitter la maison après le lycée. À chaque anniversaire, ils se réunissaient autour de la table de la cuisine avec un énorme gâteau et chantaient pour celui qui fêtait une année de plus. C'était un geste tout simple, mais il semblait désormais porter plus de sens qu'autrefois. Leur père était absent, bien sûr, ce qui rendait chaque seconde passée ensemble en famille encore plus précieuse.

Avoir Britt à ses côtés était un bonus inattendu. C'en était presque effrayant de réaliser à quel point cette femme s'était mise à compter pour lui en si peu de temps... tout comme sa capacité surprenante à lire en elle.

Quelque chose s'était passé pendant qu'elle était au garage, mais il ignorait quoi. Walt et Barry semblaient normaux, comme à leur habitude. Camden était arrivé plus tôt, mais il n'était plus dans le garage quand Chad était allé chercher Britt. Otis venait tout juste d'arriver, donc il ne pouvait pas lui avoir dit quoi que ce soit qui ait mis cette expression inquiète et troublée sur son visage.

Quelle qu'en soit la cause, il espérait qu'elle lui en parlerait tôt ou tard. Il ne voulait pas que son séjour à Lobster Cove soit synonyme de tension ou de stress.

Il restait encore beaucoup de choses qu'ils devaient apprendre l'un de l'autre. Il détestait ne pas avoir su qu'elle avait peur des tempêtes avant la nuit dernière, mais maintenant qu'il le savait, il garderait un œil sur la météo et ferait tout en son pouvoir pour apaiser ses craintes. Il ne voulait plus jamais la voir aussi terrorisée que lorsqu'elle avait débarqué dans sa chambre. Elle avait eu si peur qu'elle avait semblé presque en transe, et s'il n'avait pas été là, il n'osait pas imaginer comment elle aurait pu gérer la chose... ou ne pas la gérer.

Il voulait qu'elle sache qu'elle pouvait compter sur lui pour absolument tout. Pour affronter les tempêtes, parler de ses sentiments à propos de sa mère, pour râler. Il voulait une vraie relation, pas seulement les moments joyeux. Il voulait aussi les imperfections, les passages à vide, les difficultés, les ténèbres quand elles se présenteraient, et il voulait tout affronter à deux.

Il n'avait jamais ressenti cela auparavant. Par le passé, il se contentait de relations simples. Sortir dîner, aller au cinéma, coucher ensemble. Il n'avait jamais éprouvé le besoin de partager ses fardeaux ou ses pensées les plus sombres avec une femme. Mais il l'avait fait avec Britt.

Il avait le pressentiment qu'elle comprendrait les émotions complexes liées à son expérience de tireur d'élite. Combien il était fier de son parcours... et combien cela le dégoûtait en même temps. Tuer des êtres humains, ce n'était pas quelque chose dont on se vantait, pas un sujet qu'on évoquait en société, ni même avec sa propre famille, mais il pouvait s'imaginer se confier à Britt et lui parler de certaines de ses missions les plus dures.

En retour, il voulait qu'elle s'ouvre aussi à lui. Son enfance avait été un enfer. Elle s'était pratiquement élevée seule, et ça n'avait certainement pas été facile. Entendre sa mère la sermonner ce matin-là avait été douloureux... presque autant que de voir Britt faire semblant que cela ne l'atteignait pas.

Mais il était reconnaissant qu'elle n'ait plus besoin de cette mère épouvantable... parce qu'elle avait la sienne, maintenant. Britt était allée au magasin avec sa mère après le déjeuner, et quand elles étaient revenues, elles riaient toutes les deux. Lui et ses frères pouvaient les entendre depuis l'endroit où ils travaillaient sur la cabane.

À ce sujet, ils avaient bien avancé sur le nouveau toit aujourd'hui, et Chad était confiant qu'ils auraient terminé à temps pour accueillir les prochains locataires. Zach, Knox et Lincoln étaient repartis chez eux une heure plus tôt. Evelyn les avait précédés de peu, étant retournée en ville pour son rendez-vous au spa et son dîner d'anniversaire avec ses amies de longue date.

Lui et Britt avaient la maison pour eux seuls, et Chad en était ravi. Il n'aurait rien voulu de plus qu'une soirée tranquille à se détendre et traîner, rien que tous les deux.

Beaucoup de gens trouveraient sa vie sacrément ennuyeuse, et ils ne comprendraient certainement pas pourquoi, à trente-sept ans, il était retourné vivre chez sa mère. Mais ça lui était égal. Il aimait sa mère, et il aimait Lobster Cove. C'était dans son sang, et il se sentait plus chez lui ici que n'importe où ailleurs.

Et la présence de Britt était la cerise sur le gâteau. Il n'avait pas à la convaincre qu'il n'était pas un type bizarre parce qu'il vivait chez sa mère. Pas besoin non plus de lui demander d'emménager avec lui... elle était déjà là. Il sourit à cette pensée.

— Pourquoi tu souris ? demanda-t-elle.

Chad tourna la tête vers elle. Ils avaient mangé les restes du dîner et étaient maintenant assis sur le canapé, regardant la télé. Elle diffusait une émission où des gens étaient largués dans des endroits isolés et devaient affronter d'autres concurrents, sans jamais les voir ni leur parler, jusqu'à ce qu'il ne reste plus qu'un seul participant qui refuse d'abandonner et de rentrer chez lui. C'était intéressant, mais pas autant que la femme assise à côté de lui.

— Je me disais juste combien j'adore tout ça.

— Tout ça ? demanda-t-elle.

Chad fit un geste de la main pour désigner la pièce.

— Oui. Ça. Être à la maison. Attendre que ma mère de soixante et onze ans rentre de son dîner. Regarder la télé. Me détendre après une bonne journée de travail honnête. Être avec toi.

Britt appuya sa tête contre le coussin derrière elle.

— Oui. Ça me plaît de ne pas être toute seule.

Chad hocha la tête. Elle avait mis le doigt dessus.

— Oui. Le plus dur, quand on est célibataire, c'est de rentrer dans un appartement vide après le boulot ou après une mission. De n'avoir personne à qui parler, avec qui partager sa journée, avec qui manger.

— M'installer ici m'a... ouvert les yeux, dit Britt.

Il tourna les yeux vers elle, ressentant l'intimité du moment. La pièce n'était éclairée que par le grand écran de la télévision et une petite lampe dans la cuisine. Elle avait une couverture sur les jambes, et ils étaient assis l'un à côté de l'autre, mais pas assez proches pour se toucher.

— Comment ça ? demanda-t-il.

— Dans mon enfance, j'étais toujours seule, puisque ma mère travaillait beaucoup. Je rentrais de l'école dans un appartement vide, je dînais seule, je me couchais seule. Le matin, en général, elle était endormie quand je me levais. Il y a eu des semaines où nous ne nous parlions presque pas, parce que nos emplois du temps étaient opposés.

— C'est triste, dit Chad à voix basse.

Britt haussa les épaules.

— Je ne connaissais rien d'autre.

— Ça n'en est pas moins triste.

— Mon enfance n'était pas forcément terrible, expliqua-t-elle. Disons que ça aurait pu être bien pire. Mais après avoir vu cet endroit, vu l'amour que toi et ta famille vous portez, je réalise tout ce que j'ai manqué.

Chad lui prit la main. Il ne l'attira pas contre lui, même s'il en avait envie. Il voulait simplement qu'elle sache qu'il était là, qu'elle avait son soutien.

— Ce n'était pas toujours facile non plus, de grandir avec trois frères et d'avoir autant d'entreprises ici, sur la propriété. On ne partait pas souvent en vacances, parce qu'il fallait rester pour les clients. Papa travaillait beaucoup... oui, il était à Lobster Cove, mais il avait toujours quelque chose à faire. Mais je crois que je ne changerais rien à mon enfance. On avait tout ce qu'il nous fallait, ici.

Britt serra sa main. Puis elle soupira et tourna la tête pour regarder dans le vide.

Chad eut envie de lui redire qu'elle pouvait lui parler. Qu'elle pouvait tout lui dire. Mais il ne voulait pas la brusquer.

Quelques minutes passèrent, l'émission de télévision continuant en fond sonore.

Il sentit Britt se crisper un instant, puis prendre une profonde inspiration avant de tourner la tête vers lui.

— Je crois que quelqu'un vous vole. Vole Lobster Cove. Et je crois que c'est Otis.

Chad cligna des yeux. C'était tellement loin de ce qu'il s'était imaginé qu'il en resta sans voix. Son premier réflexe fut de nier.

De lui dire que c'était impossible. Mais il ravala ces mots. Il était évident que Britt était troublée depuis avant le déjeuner. Et ce n'était pas étonnant qu'elle ait eu besoin de temps pour rassembler ses pensées avant de lui avouer ce qui n'allait pas.

— Pourquoi ?

Elle redressa sa tête du coussin et l'inclina, interrogatrice.

— Tu ne vas pas me contredire ? Me dire que j'ai tort ? Qu'il ne ferait jamais un truc pareil ?

— Je n'ai pas assez d'informations pour dire quoi que ce soit, répondit calmement Chad.

Il la sentit se détendre un peu, à travers sa pression sur sa main. Elle était encore tendue, mais c'était comme si avoir prononcé cette première phrase avait libéré une grande partie de la tension qu'elle portait depuis l'après-midi.

— Je n'en suis pas certaine. Mais quand j'aidais à faire l'inventaire au garage, j'ai remarqué des trucs louches.

Chad ne voulait pas y croire. Mais Britt n'avait aucune raison de mentir. Pas pour une telle chose. En plus, elle savait combien Otis était proche de leur famille. Elle savait tout ce qu'il avait fait pour eux, et tout ce qu'il faisait encore. Elle savait donc aussi qu'accuser quelqu'un comme lui d'une chose aussi grave, ce n'était pas rien.

— Au début, je n'y ai pas trop prêté attention. Je me suis dit que c'était sûrement des erreurs de saisie. Il semblait y avoir beaucoup de pièces commandées et payées qui n'étaient en réalité pas en stock... ou du moins, Walt ne les avait pas dans sa feuille de calcul. C'était bizarre. J'ai présumé que je me trompais, vu que j'apprends encore à reconnaître les différentes pièces. Mais quand j'ai jeté un œil au logiciel de comptabilité, ce que j'ai fait seulement parce que je créais de fausses factures pour tester le système, j'ai aussi remarqué qu'il y avait deux fois plus de factures les mois précédents que pour ce mois-ci.

— C'est peut-être simplement parce que, depuis la mort de

papa, le garage reçoit moins de clients qu'avant, donc on commande moins de pièces, suggéra Chad doucement, encore incapable de croire ce qu'il entendait.

Il ne cherchait pas à trouver des excuses à qui que ce soit, juste à chercher une explication plausible à ces incohérences.

— Oui.

Chad attendit qu'elle poursuive, et quand elle ne dit rien de plus, il fut un peu déçu.

— Quoi d'autre ? Si quelqu'un vole ma mère et Lobster Cove, c'est grave, et mes frères et moi devons être au courant pour pouvoir réagir.

Elle soupira.

— Eh bien, malgré toutes ces factures... ce que le garage a payé en pièces ne correspond pas à la liste d'inventaire que Walt m'a donnée. Il y a des choses qui ont apparemment été achetées, mais qui n'ont jamais été livrées. Et ce n'est pas juste deux ou trois bricoles. Je ne parle pas de dix dollars par-ci par-là. C'est des milliers de dollars, tous les mois, Chad. Selon moi, quelqu'un crée des factures pour des pièces qui n'existent pas, puis empoche l'argent.

— Et tu penses que c'est Otis.

Britt acquiesça.

— Je ne vois pas qui d'autre ça pourrait être. Jusqu'à maintenant, il était le seul à avoir utilisé le logiciel de comptabilité. À moins qu'un de tes frères lui ait filé un coup de main ?

Chad secoua la tête. Ce que Britt accusait Otis d'avoir fait était sérieux. Sérieusement criminel. Des milliers de dollars par mois, ça faisait une sacrée somme, peu importe depuis combien de temps ça durait.

Et sa mère avait mentionné que l'argent se faisait rare...

Ces dernières années, il s'était souvent demandé pourquoi ses parents refusaient de prendre leur retraite, au moins pour une partie de leurs entreprises. Il avait suggéré, de façon décontractée, il y a plus d'un an, qu'ils arrêtent la gestion des maisons de location, qu'ils lèvent un peu le pied et profitent de la vie. Mais son père avait écarté l'idée, affirmant qu'ils aimaient rester actifs... mais il n'était aujourd'hui plus si sûr que ce soit la vraie raison.

Puis une autre pensée lui traversa l'esprit. Si Otis détournait l'argent du garage, que faisait-il avec leurs impôts ? Et leurs investissements ?

Son ventre se noua violemment.

— Je suis désolée, s'excusa Britt, visiblement bouleversée.

— Non, répondit Chad, un peu trop fermement. Tu n'as pas à être désolée. Si tu as raison, on te devra tous une immense reconnaissance.

Mais elle avait l'air aussi mal que lui. L'esprit de Chad tournait à toute vitesse. Il devait parler à ses frères, afin de voir s'ils pouvaient faire appel à un auditeur indépendant pour examiner non seulement les comptes du garage, mais aussi leurs impôts et leurs investissements. Et peut-être discuter avec sa mère, sans rien laisser paraître de ce qui se passait peut-être. Pas tout de suite. Pas avant d'en être sûrs.

Si Otis était coupable de ce que Britt soupçonnait, cela anéantirait Evelyn. Perdre son mari avait déjà été dévastateur. Perdre en plus l'un de leurs plus vieux amis serait un autre coup dur.

— Approche ? demanda Chad, relâchant sa main et tendant le bras pour l'inviter à se rapprocher.

Heureusement, elle n'hésita pas, et se glissa contre lui. Elle se pencha contre sa chaleur et replia les bras devant sa poitrine en se blottissant davantage.

Chad glissa un bras autour de ses épaules et ajusta la couverture pour qu'elle les recouvre tous les deux. Le simple fait de l'avoir à proximité l'apaisa.

Aucun des deux ne parla pendant une bonne minute ou deux.

— Ça n'a pas dû être facile à me dire. Merci, lança Chad.

— Je me sens tellement coupable. Quand j'ai compris ce que je voyais, j'en ai eu la nausée, murmura Britt. Je reconnais qu'Otis et moi, on ne s'est jamais vraiment entendus, mais je ne mentirais pas à ce sujet. Et je ne l'accuserais pas d'un truc aussi grave si je n'étais pas certaine qu'il se passait quelque chose de louche.

— Je sais. Et si jamais tu crains qu'il essaie de renverser la situation et de tout te mettre sur le dos... s'il est coupable, il y aura sûrement des données qui remontent à des années. Bien avant ton arrivée.

Elle acquiesça.

— Je sais. C'est justement à ça que j'ai pensé toute la journée, et c'est l'une des raisons pour lesquelles j'ai trouvé le courage de t'en parler. Je voulais attendre d'avoir des preuves, mais je me suis dit que plus j'attendais, plus il aurait de temps pour trouver un moyen de me faire porter le chapeau, en affirmant que j'ai trafiqué le logiciel ou que j'ai tout fait foirer, un truc comme ça.

Elle n'avait pas tort.

À mesure que les minutes passaient, Chad sentit Britt se détendre contre lui, ce qui le soulagea. Il n'était pas encore tout à fait détendu, mais avec elle dans ses bras, il s'en rapprochait peu à peu.

Lorsque l'épisode en cours de la série prit fin, le suivant commença. Mais Chad n'y prêtait aucune attention. Tout ce qu'il allait devoir gérer demain finit par être relégué au second plan, alors qu'il continuait à tenir Britt contre lui. Lentement mais sûrement, ses sens s'accordèrent à elle. La chaleur de son souffle contre son torse. La proximité de ses mains de ses tétons. Le contact de son corps. Chaque fois qu'elle bougeait, il s'imaginait la retourner pour qu'elle soit allongée sur le dos, sous lui.

Il la désirait. L'avoir dans son lit la nuit dernière lui avait paru si juste... même si les circonstances avaient été terribles. De plus, il lui avait de nouveau proposé d'emprunter la porte secrète au fond de son placard pour le rejoindre cette nuit encore... mais il ne voulait pas avoir à se cacher. Ils étaient adultes, et sa mère acceptait parfaitement qu'ils soient en couple. Elle adorait Britt, et la considérait déjà comme un membre de la famille.

Mais jamais il ne forcerait Britt à faire quelque chose pour laquelle elle n'était pas prête. Elle comptait sur sa mère, sur lui, sur ses frères, pour son logis et pour son salaire. Il ne voulait pas qu'elle accepte quoi que ce soit par obligation ou parce qu'elle pensait devoir le faire pour garder son emploi.

Ayant besoin de mettre un peu de distance avant de faire quelque chose qu'il pourrait regretter, Chad leva le bras pour se préparer à se lever. Il ouvrit la bouche afin de prétexter qu'il avait besoin d'aller chercher à boire dans la cuisine, quand Britt bougea.

Elle se tourna vers lui, hissa une jambe par-dessus sa cuisse et s'agrippa à son épaule. Puis elle releva la tête et l'embrassa. Et ce n'était pas un baiser timide. Il était brutal, presque désespéré, traduisant exactement ce que Chad ressentait.

Il réagit sans réfléchir, la repoussant en arrière sans détacher ses lèvres des siennes, jusqu'à ce qu'elle soit exactement comme il l'avait imaginée dans son esprit quelques secondes plus tôt. Sur le dos, sous lui. Il balada ses mains le long de son corps alors qu'il prenait le contrôle du baiser et la dévorait.

Mais Britt n'était pas passive. Ses mains étaient tout aussi occupées, une seconde, elle s'agrippait à lui, la suivante, elle plongeait ses doigts sous son T-shirt pour lui griffer le dos de haut en bas. Elle se cambra contre lui et replia les genoux jusqu'à poser les pieds à plat sur les coussins, l'enfermant entre ses cuisses.

Le sexe de Chad était dur, et il ne put s'empêcher de se frotter contre son ventre doux pendant qu'ils s'embrassaient. Il se sentait comme un ado de seize ans, en train de peloter sa copine en prétendant regarder un film, tout en espérant que ses parents ou ses frères ne descendent pas et ne viennent les interrompre.

Voulant désespérément toucher sa peau, Chad glissa une main sous son haut. Il baissa brusquement un bonnet de son soutien-gorge, et ils grognèrent tous les deux quand il saisit le sein nu dans la paume. Son téton se durcit sous son contact, et il sentit un filet de liquide pré-éjaculatoire couler de son membre.

Elle le poussait déjà à sa limite, alors qu'ils étaient encore presque entièrement habillés. Il leva la tête et plongea son regard dans celui de Britt, fasciné par le pouvoir qu'elle avait sur lui. Par l'ampleur de son désir pour elle.

Sa poitrine se soulevait au rythme rapide de sa respiration, poussant davantage son sein dans sa main à chaque inspiration. L'une de ses mains lui agrippait une fesse, l'attirant contre elle aussi fort qu'elle le pouvait, tandis que l'autre s'enfonçait dans son biceps, ses ongles piquant légèrement à travers le coton de son T-shirt.

Elle se lécha les lèvres, et Chad jura qu'il était à deux secondes de jouir ici même dans son jean, car tout ce qu'il s'imaginait, c'était ces mêmes lèvres enroulées autour de sa verge alors qu'elle l'avalait tout entier.

— L'invitation à rester avec toi ce soir tient toujours, pas vrai ? chuchota-t-elle.

— Ce soir. Demain. Et tous les jours qui suivront, répondit-il sincèrement.

— J'ai peur que tout change une fois que les gens sauront que c'est moi qui ai dénoncé Otis.

Après avoir pincé une dernière fois son téton et adoré la façon dont elle se cambra sous son toucher, Chad retira à contrecœur sa main de sous son haut. Il posa sa paume contre sa joue et se pencha pour l'embrasser tendrement.

— Rien ne va changer. Ma mère t'adore, Walt et Barry te vénèrent, les locataires pensent que tu es incroyable, et mes frères te considèrent déjà comme un membre de la famille.

— Et toi ? chuchota-t-elle.

— Tu ne le sais pas ?

Elle secoua la tête.

— Je ne peux pas imaginer ma vie sans toi. C'est comme si je t'avais toujours connue, sauf que ça m'énerve de ne pas t'avoir rencontrée plus tôt. Qu'on ait perdu tout ce temps. Tu es différente de toutes les femmes que j'ai jamais rencontrées, Britt. Je le sens, au fond de moi. On était destinés à se retrouver dans ce parking en même temps. Tu étais destinée à finir ici, à Lobster Cove. Avec moi.

Chad retint son souffle. Il ignorait si ce qu'il disait l'effrayait ou non, mais il ne pouvait plus garder ses sentiments pour lui.

Il était allé aussi loin... autant être complètement honnête.

— Je t'aime, Britt Starkweather. C'est trop rapide. Je le sais. Mais mes sentiments ne changeront pas. Pour la première fois de ma vie, je comprends l'amour que mes parents avaient l'un pour l'autre. Mais je n'ai aucune intention de te brusquer, ni de te forcer à être avec moi si tu ne ressens pas la même chose.

— Je ressens la même chose, chuchota-t-elle. Et... brusque-moi. S'il te plaît.

Chad abaissa la tête et l'embrassa avec force. Son sexe pulsait et ses bourses étaient remontées si haut contre son corps qu'il en avait mal.

Il était à deux doigts de lui arracher son pantalon et de la prendre sur-le-champ quand un bruit retentit à la porte d'entrée.

Il redressa brusquement la tête et jura.

— Merde, maman est rentrée.

Les secondes qui suivirent furent presque comiques tandis qu'ils se redressaient en hâte, en réajustant leurs vêtements, et essayaient de donner l'illusion qu'ils ne s'apprêtaient pas à faire l'amour au beau milieu du salon.

Ils étaient assis à une soixantaine de centimètres l'un de l'autre, les yeux fixés sur la télévision, quand Evelyn pénétra dans la pièce..

— Je suis rentrée ! lança-t-elle. Qu'est-ce que vous...

Elle s'interrompit net. Chad se tourna vers elle, priant pour qu'elle ne soit plus aussi douée pour lire dans ses pensées.

— Zut. J'arrive au mauvais moment, pas vrai ? demanda-t-elle avec un grand sourire.

Chad eut envie de rire. Apparemment, il ne pouvait toujours rien cacher à sa mère.

— Je vais aller me coucher. C'était un super anniversaire, et je suis crevée. Continuez donc... vous savez... ce que vous étiez en train de faire. Faites comme si je n'étais pas là. Je serai dans ma chambre de l'autre côté de la maison... bien loin de ce qui pourrait se passer ici. Et je dors comme un loir, alors ne vous inquiétez pas pour... le bruit de la télé qui pourrait me déranger, ou quoi que ce soit d'autre.

Sur ces mots, elle tourna les talons et disparut dans le couloir menant à sa chambre.

Chad croisa le regard de Britt, et ils éclatèrent tous les deux de rire. Il se leva et lui tendit la main :

— Et si on continuait à l'étage ?

À son grand soulagement, elle attrapa sa main et le laissa l'aider à se relever.

— Avec plaisir, répondit-elle, un peu timide, mais tout aussi enthousiaste.

Chad se pencha pour l'embrasser sur les lèvres, en gardant sa langue pour lui cette fois-ci. Dans le cas contraire, il finirait par la pencher sur le canapé et la prendre sur-le-champ. Et même si sa mère était apparemment ravie de leur relation, il doutait que ça lui plaise d'apprendre qu'ils avaient couché ensemble dans son salon.

Il éteignit la télé et entraîna Britt vers les escaliers, puis s'arrêta.

— Merde. Je veux m'assurer que la maison est bien verrouillée. Ma mère oublie parfois de fermer à clé. Mon père s'en plaignait tout le temps. Tu veux bien m'attendre ? Ou mieux encore, tu peux monter et aller te doucher en premier, puis me retrouver dans ma chambre ?

C'était autant une question qu'une suggestion.

— D'accord.

Chad fut aussitôt soulagé. Il bandait toujours, et l'idée de la retrouver dans son lit n'aidait en rien à calmer la situation.

Elle recula lentement vers les escaliers, un sourire aux lèvres, et ce ne fut qu'après avoir gravi trois marches qu'elle se retourna enfin pour grimper le reste à toute vitesse.

Chad la suivit du regard, ce dernier rivé sur ses fesses jusqu'à ce qu'elle disparaisse de son champ de vision. Il se dirigea alors sans perdre de temps vers la porte d'entrée pour vérifier qu'elle était bien fermée.

La soirée avait pris un tournant inattendu. Il voulait savoir ce qui tracassait Britt, mais jamais il n'aurait imaginé qu'elle lui annoncerait qu'Otis volait peut-être sa famille.

Il n'avait pas prévu d'avouer si tôt qu'il l'aimait, mais il n'avait pas pu se retenir.

Et maintenant, il allait faire l'amour avec elle, une chose à laquelle il pensait presque en continu ces derniers temps. Ce soir, il n'aurait pas à se contenter de se masturber en pensant à Britt ; il allait goûter au réel.

Le sourire aux lèvres, Chad se força à ne pas se précipiter pendant qu'il s'assurait que toutes les fenêtres et les portes étaient bien brouillées. Il voulait laisser à Britt le temps de se préparer. Car dès l'instant où il mettrait un pied dans sa chambre et la verrait, l'idée d'y aller lentement appartiendrait au passé. Il avait bien trop attendu ce moment... faire l'amour à une femme qu'il aimait.

16

Étrangement, Britt n'était pas du tout nerveuse. Elle était enthousiaste. Survoltée. Excitée.

Chad Young l'aimait. C'était un miracle. Elle n'arrivait toujours pas à croire qu'elle avait bien entendu. Elle avait toujours espéré trouver un homme qui l'aimerait pour ce qu'elle était, et ça lui était donc difficile d'accepter que ses sentiments à l'égard de Chad soient réciproques.

Elle pensait à ce moment depuis un bon bout de temps. Se masturber en imaginant ses mains sur son corps n'était rien comparé à la réalité. Ses doigts calleux sur son sein l'avaient presque fait jouir. Elle était soulagée qu'Evelyn soit arrivée au bon moment, car Britt avait été à deux secondes de baisser le pantalon de Chad et de le sucer ici même, sur le canapé. Quelle honte ça aurait été si Evelyn avait débarqué et vu ça.

Quand bien même elle et Chad avaient essayé de faire comme si de rien n'était à son arrivéé, sa mère avait deviné quand même. Heureusement, elle n'avait pas eu l'air fâchée. La façon dont elle s'était enfuie dans sa chambre avait été évidente et hilarante. Presque aussi drôle que la vitesse avec laquelle elle et Chad étaient montés à l'étage.

Britt se prépara pour aller au lit en un temps record. Elle avait bien envie de jeter un œil au panneau secret dans le placard, mais c'était plus rapide d'utiliser la porte normale. Elle aurait le temps plus tard de l'examiner, de faire semblant d'être une ado se faufilant dans la chambre de Chad. Pour l'instant, elle voulait se préparer et l'attendre quand il arriverait.

Elle l'entendit gravir les marches, puis entrer dans la salle de bain du couloir. Une vague d'attente impatiente envahit les veines de Britt, et elle se remit à douter de sa décision de l'attendre dans son lit complètement nue. Elle aurait peut-être dû faire un effort pour paraître un peu plus sage. Enfiler le T-shirt ample qu'elle portait d'habitude pour dormir, par exemple. Peut-être qu'il aurait voulu la déshabiller lui-même.

Merde, elle n'avait aucune envie d'avoir l'air d'une traînée.

Mais il était trop tard pour retourner dans sa chambre et attraper quelque chose à se mettre sur le dos, ou même prendre un T-shirt de la commode de Chad. Elle l'entendit dans le couloir quelques secondes avant que la porte ne s'ouvre. Britt avait laissé allumée la lampe de chevet, car elle donnait à la pièce une ambiance intime, bien plus que la lumière crue du plafond.

Elle était assise au milieu du lit quand il entra, le dos appuyé contre la tête de lit, la couverture jusqu'à la taille, le haut du corps dénudé.

Chad écarquilla les yeux, puis se retourna aussitôt pour fermer la porte et la verrouiller.

Britt déglutit avec grand effort, et pria pour ne pas avoir fait une erreur dans son choix vestimentaire... ou plutôt dans son absence de choix.

Puis, il s'avança vers elle. Il ne fallut que quelques pas, car la pièce n'était pas très grande, mais quand il atteignit le bord du lit, il avait déjà retiré son T-shirt, qu'il jeta par terre. Son regard restait rivé sur ses seins pendant que ses mains s'affairaient sur la fermeture éclair de son pantalon.

Il baissa en même temps son jean et ses sous-vêtements, puis resta là, debout, la laissant le contempler à sa guise tandis qu'il faisait de même.

Britt prit une grande inspiration et sentit sa féminité palpiter. Cet homme était sublime. Son sexe était dur et se balançait devant lui alors qu'il écartait légèrement les jambes. Il était musclé, mais Britt ne put s'empêcher de sourire en voyant la petite rondeur de son ventre, identique à la sienne. Ça lui plut qu'il ne soit pas ferme de partout, comme l'aurait été un bodybuilder. Il avait un peu de poils sur le torse, mais pas trop. Ceux de son entrejambe étaient coupés court, ce qui mettait davantage en valeur la taille de son membre.

Elle en eut l'eau à la bouche. Elle avait envie de le goûter.

Britt adorait les fellations. Elle adorait ce qu'elle ressentait quand l'homme gémissait, grognait et la suppliait de sucer plus fort, la manière dont ses mains empoignaient ses cheveux de plus belle, et le goût qu'il avait quand il approchait de sa limite. Et elle adorait avaler. Beaucoup de femmes n'aimaient pas ça, mais elle ne se sentait jamais aussi puissante que quand elle faisait jouir un homme avec sa bouche.

— Regarde-moi, ordonna Chad, la voix grave et rauque.

Elle détacha les yeux de son membre pour les lever vers lui.

— Quand je monterai dans ce lit, tu feras tout ce que je te dirai, comme je te le dirai, et quand. Est-ce que ça te pose un problème ?

Le cœur de Britt se mit à battre à tout rompre. Elle ne s'était jamais pensée particulièrement soumise. Elle savait ce qu'elle aimait au lit et n'hésitait jamais à exprimer ses désirs. Mais l'idée de laisser Chad prendre le contrôle la fit fondre.

— Britt ? Je n'en peux plus, et j'ai besoin de toi. Fort et rapidement. Je te rendrai la pareille après notre première fois. D'accord ?

Pour toute réponse, elle écarta les draps, révélant son corps aux yeux de Chad. Pour souligner son consentement, elle écarta légèrement les jambes, lui montrant combien elle était mouillée pour lui.

— Bordel, jura-t-il, avant de venir s'allonger à ses côtés.

Il l'attrapa et l'entraîna avec lui, mais au lieu de la plaquer sur le matelas, Chad la surprit en la faisant basculer jusqu'à ce qu'elle se retrouve au-dessus de lui. Elle sentit une trace d'humidité quand son membre vint effleurer son ventre.

Ses mains vinrent ensuite envelopper ses seins, les serrant et les plaquant l'un contre l'autre. Britt avait toujours été un peu complexée par sa poitrine, mais avec Chad, elle se sentait parfaite. Ses mains avaient la taille idéale sur son corps. Quand il pinça doucement ses deux tétons à la fois, elle grogna et lui chevaucha la taille, ondulant contre lui.

— Chad, gémit-elle.

— C'est ça. Montre-moi combien tu as besoin de moi, dit-il en déplaçant ses mains sur ses hanches, l'encourageant à se frotter contre lui.

Britt sentait son sexe contre ses fesses alors qu'elle bougeait lentement sur lui, étalant son humidité sur sa peau. C'était cru, indécent, et elle ne s'était jamais sentie aussi puissante. Avec lui, elle n'avait pas l'impression de devoir se retenir. Elle pouvait être elle-même. Et elle était une femme qui adorait le sexe et avait trop souvent été déçue.

Mais Britt n'avait aucun doute que Chad ne la décevrait pas. Il la mènerait au bord de l'extase, la pousserait même à le franchir, et ce, sans relâche.

— Tu es trempée, putain, jura Chad. Je peux te sentir. Tu

sens tellement bon. Jouis pour moi, ma pêche. Je veux te voir jouir sur mon ventre avant de te laisser me prendre.

Avant de la laisser le prendre ? Oh oui, elle en avait envie. Si fort.

Cependant, elle savait parfaitement qui menait la danse. C'était lui. Oui, elle était au-dessus, mais il contrôlait chaque étape de leur union. Et ça lui plaisait beaucoup.

Il glissa une main entre ses cuisses et se mit à stimuler agressivement son clitoris. Britt laissa échapper un couinement et accéléra le rythme de ses frottements.

— C'est ça, ma pêche. Donne-moi tout.

Il ne fallut pas longtemps avant qu'elle jouisse. Évidemment, tant elle avait rêvé de ce moment depuis si longtemps, et avec le regard intense de Chad rivé entre ses jambes, comme s'il venait de trouver le Nirvana.

Elle se figea une brève seconde avant que tous les muscles de son corps ne se mettent à trembler. Puis elle ne put plus se soutenir et explosa.

— Tu es si belle, murmura Chad, prolongeant son orgasme en continuant de caresser son clitoris.

Même lorsqu'elle devint trop sensible et tenta de se dégager, il resserra sa prise sur sa hanche et poursuivit le mouvement de son pouce sur son bouton de nerfs. Elle poussa un petit cri quand elle jouit à nouveau, répandant encore plus de sa mouille sur son ventre.

— C'est ça. C'est exactement ce que je voulais.

Il retira complètement ses mains son corps, et Britt dut s'appuyer sur son torse pour ne pas tomber. Elle avait l'impression de flotter, et elle peinait à reprendre son souffle pendant qu'il se penchait sur le côté pour attraper un préservatif dans la table de nuit.

Elle ne pensait pas pouvoir l'aimer davantage, mais ce simple geste lui fit prendre conscience du contraire. Il la protégeait, il les protégeait, sans qu'elle ait à le demander. À vrai dire, à cet instant, elle aurait été prête à le prendre sans rien, même si elle n'avait jamais couché avec un homme sans préservatif auparavant.

Il fit glisser ses mains le long de ses flancs pendant qu'il déroulait la capote sans même avoir besoin de regarder. Puis il les remit aussitôt là où elles étaient, l'une sur sa hanche et l'autre entre ses jambes.

Britt tressaillit légèrement lorsqu'il enfonça sans prévenir son index au plus profond de son intimité. Elle se redressa légèrement sur ses genoux, lui offrant plus d'espace.

— Tu es si chaude et mouillée. Serre mon doigt, ordonna-t-il.

Britt contracta ses muscles intérieurs autour de lui.

— Putain. Oui, tu vas être bien serrée. Ne bouge pas, juste une seconde.

Britt était penchée au-dessus de lui lorsqu'il glissa un autre doigt en elle. Il ne les enfonça pas brutalement, ni ne les fit entrer et sortir d'elle comme s'il appuyait sur un bouton d'ascenseur. Non, il était doux mais régulier. Et c'était incroyable.

— Encore un, la prévint-il avant d'en ajouter un troisième.

Ce n'était pas très confortable, mais Britt savait que, vu la largeur de son sexe, elle devait être étirée un peu avant de pouvoir l'accueillir. Elle se mit à onduler lentement de haut en bas, prenant l'initiative de se donner du plaisir avec ses doigts.

— Je n'ai jamais bandé aussi fort de toute ma vie, lui confessa Chad en levant les yeux vers les siens, intensifiant l'intimité du moment. Je te veux, Britt. Si fort. Pas juste ici et maintenant. Je te veux dans mon lit, dans ma vie, chaque jour. Je t'aime.

Merde, il allait la faire pleurer. Combien de fois Britt avait-elle désiré entendre ces mots ? Pas seulement les entendre, mais sentir qu'ils sont dits en toute sincérité ? Elle ne se souvenait pas de la dernière fois que sa mère lui avait dit qu'elle l'aimait. Quelques-uns des hommes avec qui elle était sortie avaient prononcé ces mots, mais elle ne les avait jamais vraiment crus. Elle avait toujours eu l'impression qu'ils les disaient pour obtenir quelque chose de sa part, ou parce qu'ils pensaient qu'elle attendait d'eux qu'ils le fassent.

— Je t'aime aussi, chuchota-t-elle en tentant de ne pas laisser sa voix se briser.

Chad retira ses doigts de son intimité et les porta à ses lèvres. Il plongea les trois dans sa bouche, puis grogna.

— Bordel, j'ai hâte de poser ma bouche sur toi. Je ne te laisserai pas te lever avant au moins une heure, le temps que je me régale. Mais d'abord... j'ai besoin de toi. Prends-moi, Brit.

Il retira sa main de sa hanche, ne l'aidant pas du tout. Elle avait compris. C'était à elle de décider. Si elle le voulait, elle allait devoir faire exactement ce qu'il disait : le prendre.

Il laissait la balle dans son camp. D'un point de vue viscéral, elle comprenait qu'une fois qu'elle l'aurait accepté en elle, c'était fini. Elle était à lui. Tout comme il était à elle.

Se reculant sur les genoux, Britt glissa une main entre ses jambes et attrapa son membre. Il était très épais. Plus que tous ceux qu'elle avait connus, et elle mourait d'envie de découvrir la sensation qu'il lui procurerait une fois en elle. Il tressaillit sous sa paume, et elle en profita pour effleurer brièvement ses testicules du bout de l'auriculaire.

— Arrête de jouer, grogna Chad.

Plus heureuse qu'elle ne se souvenait l'avoir jamais été, Britt gloussa. Mais elle obéit, se redressant légèrement. Elle frotta le bout de son sexe contre son clitoris encore terriblement sensible, et sursauta en réaction à l'intensité qui la submergea.

— Fais-moi entrer, ma pêche. Maintenant.

Son ventre se contracta à l'idée d'utiliser son sexe comme son propre sex toy, de se donner du plaisir uniquement en se frottant à lui. Mais elle repoussa cette idée pour une autre fois et plaça le gland à son ouverture. Puis elle commença à s'enfoncer lentement sur lui. Même aussi mouillée, elle était serrée. Et ça fit un peu mal. Les lèvres pressées l'une contre l'autre, Britt prit une grande inspiration.

Chad restait aussi immobile qu'une statue sous son poids, la laissant prendre l'initiative, ce qu'elle apprécia plus qu'il ne pouvait l'imaginer. Mais...

Elle ne se sentait pas capable de faire cela seule.

— Tu veux bien m'aider ? chuchota-t-elle.

— Comment ? demanda-t-il, toujours sans bouger.

— Touche-moi. J'ai besoin que tu me touches.

— Que je te touche comment ? Dis-moi, insista-t-il.

— Je ne sais pas ! J'ai besoin de toi. Je t'aime. Tu es juste... énorme ! Tu es plus gros que tous ceux que j'ai jamais eus.

Il n'hésita pas une seconde, glissant la main entre eux pour caresser son clitoris.

À la seconde où il la toucha, elle sursauta, et cela enfonça un peu plus son sexe en elle. Les paupières fermées, elle recommença à bouger comme elle l'avait fait plus tôt, quand elle s'était fait jouir en se frottant contre lui.

— Ouvre les yeux. S'il te plaît. Regarde-moi, dit Chad d'une voix rauque. Je veux que tu voies qui t'aime. Qui est en toi.

Britt ouvrit brusquement les paupières, et elle le fixa du regard tout en continuant de faire entrer lentement son sexe gigantesque en elle, centimètre par centimètre, pendant qu'il stimulait son clitoris.

— La nuit dernière, avant la tempête, après que tu m'as laissée devant ma porte, je me suis masturbée, admit-elle doucement. Je t'ai imaginé à genoux au-dessus de moi, me prenant de toutes tes forces. J'ai joui tellement vite.

— Montre-moi ce que tu as imaginé. Bouge tes hanches, montre-moi comment je t'ai baisée.

Ce n'était pas une consigne difficile à suivre. Britt se mit à bouger ses hanches d'avant en arrière. De haut en bas. Elle était tellement perdue dans le désir et l'amour qu'elle lisait dans ses prunelles, dans ce qu'elle ressentait, dans le souvenir de son fantasme de la veille, qu'elle ne se rendit même pas compte qu'elle l'avait entièrement pris avant de sentir ses poils pubiens frotter contre les siens. Il avait écarté sa main, et elle ne l'avait même pas remarqué.

— Baisse les yeux, Britt. Regarde comme tu m'as bien pris tout entier.

Elle obéit, et le voir enfoui si profondément en elle la fit se contracter autour de sa virilité.

— Ça va ? Je ne te fais pas mal ? demanda Chad.

Britt secoua la tête.

Puis il la toucha de nouveau, et elle expira le souffle qu'elle ne savait même pas retenir.

— Maintenant, je vais te baiser. Ça te va ?

En toute honnêteté, son insistance à s'assurer sans cesse qu'elle était d'accord et qu'elle avait envie de lui était à la fois touchante et agaçante.

— Oui, Chad. Ça me va. Prends le relais, s'il te plaît.

— Avec plaisir, souffla-t-il avant d'agripper fermement ses hanches pour la faire glisser le long de sa verge, et l'y empaler brutalement.

Britt laissa échapper un cri étouffé. Il atteignait des zones en elle qui n'avaient jamais été stimulées auparavant. La force avec laquelle il manipulait son corps était tout aussi impressionnante. Tout ce que Britt pouvait faire, c'était s'accrocher et ressentir.

— Accroche-toi, ordonna-t-il après quelques minutes à la soulever et la faire redescendre sur sa virilité.

Britt ignorait si elle en était capable, mais elle contracta ses cuisses, bien décidée à essayer.

Puis, tandis qu'elle restait immobile au-dessus de lui, il la pénétra par en dessous. Voir son membre apparaître et disparaître sans cesse en elle était aussi érotique que n'importe quelle vidéo sexy qu'elle avait pu regarder en ligne.

Soudain, il lui saisit les hanches et souffla :

— Assise.

Elle eut envie de protester qu'on ne lui donne pas des ordres comme à un chien, mais tout au fond, elle adorait qu'on lui dise quoi faire. Ça retirait la pression. Elle n'avait plus à réfléchir à ce qu'elle devait faire, ni à se demander si cela lui plairait.

Sans hésiter, soulagée de ne plus avoir à se maintenir en l'air, Britt s'abaissa lentement sur lui.

— Baise-moi de l'intérieur, ma pêche.

Le sourire aux lèvres, Britt obéit. Elle serra et relâcha ses muscles internes autour de sa verge sans s'arrêter. Il grimaça, et si elle ne l'avait pas senti enfler en elle, elle aurait pu croire qu'elle lui faisait mal. Puis, il la saisit presque douloureusement, grogna bruyamment, et jouit.

Une sensation de puissance la submergea. C'était elle qui avait fait ça. Elle l'avait fait jouir rien qu'avec ses muscles vaginaux. Elle affichait un grand sourire, sans même s'en soucier. Cependant, avant qu'elle ne puisse savourer sa victoire, elle ouvrit brusquement les yeux tandis qu'il lui pinçait fermement un mamelon, tout en dessinant des cercles sur son clitoris avec le pouce de son autre main.

Elle jouit presque immédiatement, son corps ne sachant plus s'il ressentait de la douleur ou du plaisir.

Son deuxième grognement alors qu'elle se contractait autour de sa verge fut presque aussi satisfaisant que l'orgasme qu'il venait de lui offrir. Elle avait envie de s'effondrer en sueur et comblée sur son torse, mais il la maintint en place d'une main sur le haut de son bras.

— Je dois enlever le préservatif, l'informa-t-il doucement.

Merde, elle avait presque oublié. Avec un petit gémissement, elle commença à se soulever, mais avant qu'elle ne termine le mouvement, il se retourna pour se retrouver au-dessus d'elle. Puis il se retira, la faisant gémir de déception... et un peu de soulagement. Il était vraiment imposant.

Il se redressa sur ses genoux, enlevant habilement le préservatif avant de le nouer. Puis il le posa nonchalamment sur la table de chevet et se pencha à nouveau sur elle.

Mais Britt ne put s'empêcher de regarder le préservatif usagé sur la table. C'était... dégoûtant.

— Euh...

Il ricana, un son qu'elle sentit vibrer contre sa poitrine.

— Tu veux que je me lève pour le jeter ? demanda-t-il.

— Est-ce que j'ai envie que tu te lèves ? Non. Est-ce que j'ai envie d'avoir ce truc à côté de moi toute la nuit ? Non plus.

— Je devrais installer une poubelle à côté du lit, murmura Chad. Reste là. Ne bouge pas. Je suis sérieux. Pas un muscle.

Elle hocha la tête.

Chad se leva, attrapa le préservatif, et l'enroula dans un mouchoir. Puis il marcha, complètement nu, jusqu'à la porte et sortit dans le couloir.

Britt fut choquée. Elle fixa la porte du regard, bouche bée. Quand il revint, il avait une serviette humide à la main. Sa verge n'était plus dure, mais elle restait impressionnante. Elle pendait entre ses jambes, balançant d'un côté à l'autre alors qu'il s'avançait vers le lit.

— Je n'arrive pas à croire que tu sois sorti comme ça ! s'exclama-t-elle.

Chad rit.

— Ma mère sait qu'il vaut mieux ne pas monter ici la nuit. Surtout après ce qu'elle a surpris ce soir.

— On ne faisait rien, protesta Britt.

— On l'aurait fait s'il nous avait resté cinq minutes de plus. Tu le sais, je le sais, et ma mère le sait. Elle est ravie. Crois-moi. Sinon, elle t'aurait piégée pour prendre le thé avec elle, en te faisant bien comprendre qu'elle n'aime pas l'idée qu'on soit ensemble.

Britt sentait qu'il avait raison, mais quand même.

— Écarte les jambes, ordonna Chad en tenant la serviette humide devant son sexe.

Elle aurait pu se nettoyer toute seule, mais elle obéit, soupirant de plaisir sous la sensation chaude du tissu contre ses plis. Elle aurait des courbatures le lendemain, c'était certain, mais coucher avec Chad valait chaque seconde d'inconfort.

Il jeta la serviette humide par terre, à côté du lit, ce qui fit lever les yeux au ciel à Britt. Il la fit tourner sur le côté, puis se blottit contre elle, en la serrant contre lui comme si c'était une habitude de toujours. Ça leur semblait juste. Naturel.

Britt arqua le dos, enfonçant un peu plus ses fesses contre son entrejambe.

— Attends, tu ne t'es pas lavée, remarqua-t-elle.

C'était plus facile d'en parler sans le regarder.

— Je sais. J'aime avoir ton odeur sur moi. Je ne voulais pas l'effacer.

Elle ne savait pas si elle devait trouver ça repoussant ou pas. Elle décida que non.

Ils restèrent silencieux de longues secondes avant qu'il n'enfouisse son visage dans sa chevelure.

— Merci, dit-il doucement.

Britt sourit.

— De rien.

Elle trouvait que c'était plutôt à elle de le remercier, mais elle était trop fatiguée. Elle ne se souvenait plus combien d'orgasmes elle avait eus, mais elle avait l'impression d'avoir été retournée de l'intérieur. La journée avait été longue après une nuit exécrable à cause de la tempête. Elle était à moitié endormie quand elle sentit Chad déposer un baiser sur son épaule. C'était un geste intime et doux, une fin parfaite à cette journée.

17

L'esprit de Chad était en tumulte. D'un côté, il était ravi de s'être réveillé avec Britt dans ses bras. Il avait dormi comme un loir, et elle lui dit avoir fait de même. Il adora l'entendre rire doucement quand elle retourna dans sa chambre par le placard. Ils avaient essayé de garder les choses aussi normales que possible au petit-déjeuner, mais Chad savait pertinemment que sa mère faisait semblant d'ignorer le grand changement dans leur relation. Elle savait déjà qu'ils avaient décidé de sortir ensemble, mais être intime avec Britt avait déjà tout bouleversé.

D'abord, il ne pouvait pas s'empêcher de la toucher, malgré tous ses efforts. Il la frôlait à chaque fois qu'il passait à côté d'elle, gardait une main sur sa cuisse pendant qu'ils mangeaient, ou sur le bas de son dos quand il se tenait à ses côtés. Sa mère n'était pas idiote, et d'après le sourire niais sur ses lèvres, elle était aussi heureuse que lui.

C'est pourquoi il détestait l'idée d'éclater cette bulle de bonheur en lui parlant des soupçons de Britt à propos d'Otis. Fidèle à la décision qu'il avait prise la veille, et choisissant de ne pas lui en parler avant d'avoir discuté avec le principal concerné, Chad se sentait stressé par la confrontation qui l'attendait. Il avait déjà envoyé un message à Otis pour lui demander s'il pouvait lui parler ce matin-là.

Ce n'était pas une demande inhabituelle. Il voulait organiser une réunion de famille avec lui depuis que ses frères s'étaient installés. Mais avec tout le travail à faire sur la propriété et combien ils avaient tous été occupés, il n'avait pas trouvé le temps. Et c'était entièrement de sa faute. Il aurait dû en faire une priorité.

Chad lui-même avait failli transférer ses propres investissements chez Otis, et il avait prévu de lui confier sa déclaration d'impôts l'année suivante. Maintenant, l'idée même que cet homme ait accès à ses comptes lui donnait la chair de poule. Et il détestait ressentir cela.

Il devait également parler à ses frères et les mettre au courant des soupçons de Britt, mais une fois de plus, il voulait d'abord voir ce qu'il pourrait découvrir par lui-même.

Sa rencontre avec Otis n'avait pas très bien commencé, car il essaya de se défiler complètement, affirmant qu'il n'était pas sûr de pouvoir se rendre à Lobster Cove ce jour-là. Mais Chad n'était pas disposé à accepter un quelconque refus. Il avait dit à Otis qu'il serait ravi de le retrouver dans son bureau à Rockville, ce sur quoi ils s'étaient finalement mis d'accord.

Ses frères étaient arrivés dans l'espoir de finir les travaux sur le chalet à louer, et Chad se sentit coupable de les abandonner. Mais son entrevue avec Otis ne pouvait pas être reportée. Pas s'il volait sa mère et Lobster Cove.

Britt savait où il allait ce matin-là, et pourquoi, et elle était inquiète. Pas tellement pour sa sécurité, mais plutôt à cause des excuses qu'Otis pourrait avancer pour expliquer les incohérences comptables.

Elle l'accompagna jusqu'au pick-up de son père, où ils restèrent debout près de la portière côté conducteur.

Chad prit son visage entre ses mains et posa son front contre le sien, tandis qu'elle s'agrippa à ses poignets.

— Ça va bien se passer.

— Je sais. C'est juste que... Et si je me trompais ? Je me sentirais horriblement mal de l'avoir accusé de quelque chose d'aussi grave si jamais tu découvrais qu'il est innocent.

— J'ai le pressentiment que tu ne te trompes pas, lui dit Chad, en tentant de se montrer rassurant.

— Mais je ne connais pas encore tous les tenants et aboutissants, ici. Et c'est possible que je ne sache tout simplement pas assez de choses sur les pièces automobiles pour comprendre ce que je regardais.

Chad posa ses mains sur ses épaules.

— D'après tout ce que tu m'as dit, tu n'as pas besoin de savoir à quoi servent les pièces. Les chiffres sont les chiffres, et s'ils ne correspondent pas, c'est qu'il y a un problème.

Elle se mordilla la lèvre.

— Je ne vais l'accuser de rien, même si je découvre avec certitude que tu as raison. Je veux m'assurer que tout est en ordre et que nous soyons couverts. Tout ce que je vais faire aujourd'hui, c'est prendre la température, et lui demander d'expliquer certaines incohérences. Je veux entendre ce qu'il va répondre. D'accord ?

Britt acquiesça.

— Sois prudent.

Chad fronça légèrement les sourcils.

— C'est Otis. Il n'est pas dangereux.

Mais l'inquiétude dans ses yeux ne faiblit pas.

— N'importe qui peut devenir dangereux s'il est acculé, répliqua-t-elle.

Elle n'avait pas tort. Chad acquiesça gravement.

— Oui. Je ferai attention.

— Tant mieux. Parce que ce serait vraiment dommage que je ne puisse jamais te montrer mes talents en termes de fellation.

En un instant, Chad se mit à bander.

— Bordel, ma belle, lâcha-t-il dans un souffle.

Elle lui adressa un sourire malicieux. Pour une femme à l'allure si innocente, elle savait vraiment le pousser à bout comme personne. Quel était le dicton, déjà ? Sage en public, diablesse au lit ? Il était sacrément chanceux, et il le savait.

Chad l'attira contre son corps, la laissant sentir l'effet de ses mots sur ce dernier.

— Qu'as-tu de prévu aujourd'hui ?

— Ta mère voulait aller en ville, à cette boutique de patchwork.

Chad rit.

— Ma mère ne sait pas coudre.

— Eh bien, apparemment, elle aimerait bien apprendre.

L'idée était hilarante, parce que sa mère avait essayé à peu près tous les loisirs créatifs au monde... et avait échoué de manière spectaculaire à chacun d'eux. Mais si elle voulait tenter le patchwork, ce n'était pas lui qui allait l'en dissuader.

— Je me disais aussi que je passerai à la cabane de Kash pour voir s'il y est avant qu'Evelyn et moi allions en ville. Histoire de prendre de ses nouvelles. S'il n'y est pas, je pourrai au moins jeter un œil à ses affaires. J'ai aussi un autre rendez-vous avec Walt et Barry plus tard dans la journée, et ensuite je devrai nettoyer le chalet une fois que tes frères auront terminé, afin qu'il soit prêt pour les prochains locataires.

— Tu as une journée chargée, dit-il, essayant désespérément de penser à autre chose qu'à l'image d'elle s'agenouillant devant lui et prenant sa verge dans sa bouche.

Comme si elle savait exactement à quoi il pensait, elle lui sourit en faisant glisser ses mains sur son torse, de haut en bas.

— Oui.

Bordel. Il devait y aller s'il voulait arriver à l'heure à son rendez-vous avec Otis. Une vision de son avenir traversa son esprit. Eux deux se faufilant en douce pour se retrouver sans se faire surprendre par leurs enfants, se racontant leurs journées chaque matin, comme ils le faisaient en cet instant, et lui la serrant dans ses bras quand ils seraient vieux et grisonnants, à se rappeler leur vie.

Une bouffée de désir si intense que ses jambes faillirent céder le frappa brusquement, et Chad resserra ses bras autour de Britt.

— Ça va ? demanda-t-elle.

— Oui. J'ai juste un peu la tête qui tourne, parce que tout mon sang se trouve actuellement dans ma queue.

Elle gloussa.

— Sois prudente sur la route, lui dit Chad.

— Promis.

— Tu prends ta voiture ou la CR-V de maman ?

— Je pense que je vais prendre celle de ta mère.

— D'accord. Je t'enverrai un message quand j'aurai fini avec Otis et que je serai sur le chemin du retour.

Aussitôt, l'inquiétude revint dans les prunelles de Britt, et Chad eut envie de se frapper pour en avoir été la cause.

— Ça ira, la rassura-t-il une fois de plus.

Elle acquiesça et se hissa sur la pointe des pieds pour l'embrasser. Leur étreinte resta légère et simple, et avant qu'il ne s'en sente prêt, Chad montait dans son pick-up, faisant un signe de la main à Britt qui se tenait dans l'allée, le regardant s'éloigner en voiture.

Prenant une grande inspiration, il recentra son attention sur la réunion à venir. Il allait se montrer aussi peu agressif que possible, et simplement écouter ce qu'Otis avait à dire. Il verrait s'il pouvait expliquer certaines des anomalies que Britt avait découvertes, sans pour autant l'accuser directement. Il avait encore du mal à croire que le meilleur ami de son père puisse voler la famille.

Mais l'argent pouvait pousser presque n'importe qui à faire des choses qu'il n'aurait jamais envisagées, par simple cupidité. Chad ne savait rien de la situation financière d'Otis. Il avait toujours supposé qu'il s'en sortait bien, mais ce n'était peut-être pas le cas. Il pouvait avoir toutes sortes de vices... jeux, alcool, drogues.

Ou bien il pouvait simplement être jaloux de ce que les Young avaient bâti à Lobster Cove. Ce ne serait pas inédit. D'après ce que Chad savait, Otis et son fils vivaient dans une petite maison près de Rockville. Il n'y avait pas mis les pieds depuis des années, mais il était peut-être temps d'y faire un tour.

Détestant se sentir obligé d'espionner un ami de la famille, Chad redressa les épaules. Il ferait tout en son pouvoir pour protéger Lobster Cove. Le perdre détruirait sa mère, et il n'en était pas question. Pas tant qu'il pouvait l'en empêcher.

Décidant qu'il s'emballait un peu, qu'il ne savait toujours pas si Otis faisait réellement quelque chose de suspect ou non, Chad tenta de se détendre. Mais au fond de lui, il avait le mauvais pressentiment que Britt avait raison. Elle n'aurait rien dit si elle n'avait pas été elle-même convaincue que quelque chose clochait. Elle avait eu du mal à en parler. Mais elle l'avait fait, parce qu'elle aimait Lobster Cove et sa mère autant que lui et ses frères.

Chad se gara sur le petit parking devant l'ancienne maison, qui abritait plusieurs bureaux. Otis en louait un depuis des années pour son activité de fiscalité et d'investissement. Il sortit de son pick-up et s'avança vers la porte. Dans cette partie du Maine, il n'y avait pas beaucoup de centres commerciaux ou de grands immeubles de bureaux. La plupart des entreprises étaient installées dans de vieilles maisons comme celle-ci, modernisées pour l'occasion.

Le bureau d'Otis se trouvait au rez-de-chaussée, à l'arrière. C'était essentiellement une pièce avec une petite salle d'eau et un espace d'accueil pour les clients, avec un minuscule bureau derrière. Une clochette tinta au-dessus de la porte lorsque Chad l'ouvrit, et Otis apparut dans l'encadrement du bureau.

— Chad, le salua-t-il poliment avec un petit signe de tête. Entre donc.

Il suivit le vieil homme jusqu'à son poste de travail et s'assit sur une petite chaise en face d'un bureau qui occupait presque tout l'espace. Il se percha sur le bord de la chaise, n'ayant aucune envie de faire ça, mais conscient qu'il y était obligé. Il posa le dossier qu'il avait apporté et appuya ses coudes sur la surface dure.

— Je n'ai pas beaucoup eu l'occasion de te parler dernièrement, dit-il en se penchant en avant. Comment tu vas depuis la mort de papa ?

— Ça a été difficile, mais pouvoir veiller sur ta mère m'a aidé à tenir.

Chad se força à ne pas réagir. Otis posait manifestement le décor dès le départ. Il essayait de montrer combien il était indispensable, autant pour sa mère que pour Lobster Cove.

— Ça nous a touché, mes frères et moi, que tu aies été présent avant que nous n'arrivions.

— Vous avez bien fait de faire ça. Vous tous. De revenir pour aider à Lobster Cove.

— Oui, approuva Chad.

Les politesses terminées, il ouvrit le dossier qu'il avait

apporté et s'éclaircit la gorge. Il y avait réfléchi avant le rendez-vous ; il ne dirait pas à Otis que c'était Britt qui avait découvert les preuves compromettantes à son égard. Chad n'avait aucune envie de la mettre sciemment en danger.

— Je sais que tu es occupé, et je dois retourner aider mes frères avec la maison d'hôtes, mais je voulais te parler de quelques incohérences qu'on a trouvées au garage...

Trente minutes plus tard, Chad remontait dans son pick-up, et il n'avait plus aucun doute : les inquiétudes de Britt étaient fondées.

Otis avait fait de son mieux pour justifier ce qu'elle avait découvert, mais il avait été visiblement tendu pendant toute la réunion et avait plus tourné autour du pot qu'il n'avait réellement répondu aux questions de Chad.

Quand il lui avait parlé des stocks manquants, il avait rejeté la faute sur Walt, en affirmant qu'il n'avait pas correctement noté ce qu'ils avaient en réserve pour que Britt puisse l'entrer dans le nouveau système d'inventaire. Quand Chad l'avait interrogé sur le nombre de factures dans le système, il avait fait semblant de ne pas comprendre de quoi il parlait, et pourtant, il avait produit une preuve de vingt-sept factures dans le système, soit quinze de plus que celles que Britt avait comptées la veille.

En surface, tout ce qu'il disait avait paru correct, même si un peu louche, surtout le fait de rejeter la faute sur Walt, mais c'était son langage corporel qui avait le plus marqué Chad. Dès qu'il avait commencé à poser des questions, Otis s'était mis à transpirer et à éviter son regard. Il s'était également mis à bafouiller sans arrêt, alors que Chad l'avait toujours connu clair et éloquent.

Tout dans cette rencontre maladroite hurlait que quelque chose clochait. Et Chad n'avait pas les compétences nécessaires pour suivre les traces de l'argent et découvrir ce qui n'allait pas.

Il devait parler à ses frères et demander si l'un d'eux avait un contact capable d'examiner les finances de Lobster Cove de fond en comble. Il leur fallait un audit indépendant pour tout vérifier. Et cela risquerait de prendre du temps... parce qu'il faudrait peut-être remonter jusqu'à vingt ans en arrière.

C'était la galère, et Chad détestait ça. Mais il n'allait pas lâcher l'affaire. Personne ne s'en prenait à sa famille. Même pas l'homme qui était autrefois le meilleur ami de son père.

* * *

Otis Calvert regarda par la petite fenêtre de son bureau et observa Chad quitter le parking. Il tira le rideau et s'essuya le front avec un mouchoir avant de s'asseoir et de sortir son téléphone portable.

Ça ne sentait pas bon. Pas bon du tout.

Et c'était à cause de cette garce ! Elle n'était là que depuis un mois à peine, et tout partait en vrille. Il avait su dès leur première rencontre qu'elle allait causer des problèmes. Il l'avait tout simplement su.

Elle n'avait rien à faire à fouiller dans ses dossiers. Et il ne doutait pas une seconde que c'était elle... aucun doute que c'était elle qui était allée courir voir Chad avec ce qu'elle avait découvert.

Le problème, c'était qu'elle n'avait pas tort.

Il détournait de l'argent de Lobster Cove depuis des années, profitant de son amitié avec Austin Young.

Il s'avérait qu'il était un comptable compétent, mais un très mauvais investisseur... et malheureusement, la plupart de ses clients l'avaient quitté depuis longtemps, mécontents de la manière dont il avait géré leur argent. Mais comme Austin et Evelyn Young étaient des amis proches, ils lui faisaient toujours confiance. Ils n'avaient jamais rien remis en question.

Être en charge des finances de toutes les entreprises installées sur leur propriété lui avait permis de créer facilement de fausses factures et de se verser des paiements, compensant ainsi sa perte de revenus. Chaque année, au moment des impôts, il leur disait simplement qu'ils devaient plus que ce n'était vraiment le cas, et empochait la différence.

Lobster Cove était une cible facile, et il ne s'attendait pas à ce que quoi que ce soit vienne perturber cela avant longtemps. Pas même les fils d'Evelyn, trop occupés et trop confiants pour remettre Otis en question.

Jusqu'à ce que cette garce d'inconnue commence à fourrer son nez là où elle ne devait pas.

Il n'y avait qu'une seule solution : il lui fallait une diversion. Quelque chose pour détourner l'attention pendant qu'il ferait ce qu'il pouvait pour effacer ses traces. Il s'était laissé aller au fil des années, trop sûr de lui, et maintenant que Chad devenait suspicieux, il devait remettre les comptes en ordre.

Pendant un instant, Otis se sentit mal à l'aise à l'idée de ce qu'il s'apprêtait à faire, mais aux grands maux les grands remèdes.

— Allez, allez, marmonna-t-il. Réponds.

Comme si son fils pouvait l'entendre, il décrocha.

— Qu'est-ce que tu veux, papa ? Je suis occupé.

Otis grimaça. Son fils était un bon à rien de première. Il ne travaillait au garage que parce qu'Otis avait besoin de l'avoir officiellement sur les registres pour pouvoir le payer... bien plus que ce qu'il méritait vraiment, évidemment. Camden touchait un salaire à temps plein pour quelques heures de boulot chaque mois, grâce à Otis et à sa comptabilité créative.

Chad n'avait pas encore repéré cette fraude, mais s'il fouillait dans les fiches de paie, ce ne serait qu'une question de temps.

— J'ai besoin que tu fasses quelque chose pour moi. Si tu refuses, le robinet à fric se ferme.

— De quoi tu parles ? demanda Camden.

— Ils se méfient. Et si je perds mon job, tu perds le tien.

— Putain, jura Camden.

Otis acquiesça.

— Exactement.

— Qu'est-ce que tu veux que je fasse ?

Après qu'Otis lui eut exposé son idée, comme il s'y attendait, son fils ne protesta pas. Il obéirait, parce que sinon, ils perdraient la maison dans laquelle ils vivaient, et Camden serait obligé de se trouver un vrai emploi, ce qu'Otis savait pertinemment que son fils ne voulait surtout pas faire. Il aimait bien trop traîner avec ses amis bons à rien et fumer de l'herbe. Tout son mode de vie reposait sur le fric au black que lui reversait son père pour un travail qu'il ne faisait pas.

— On doit le faire aujourd'hui, prévint Otis.

— Aujourd'hui ? geignit Camden.

— Oui. Le plus tôt sera le mieux.

Il soupira.

— Bon, d'accord. Je vais aller voir Evelyn et lui balancer que j'ai vu de l'huile sous sa voiture ou un truc dans le genre. Je lui dirai que je dois jeter un œil.

— Parfait. Ne merde pas, Camden.

— Je vais gérer ! Bordel, papa, détends-toi un peu.

Mais Otis n'y arrivait pas. Si ce plan échouait, il n'avait aucun doute que tout allait très mal tourner pour lui. Jamais il ne pourrait rembourser l'argent qu'il avait détourné au fil des années. Il finirait en prison, et ce serait sa fin.

— Appelle-moi plus tard dans la journée, pour me confirmer que ça a marché.

— Ça roule. À plus.

Otis raccrocha, puis regarda longtemps dans le vide. Il avait envie de s'empresser de manipuler le système informatique, de supprimer et de modifier les fichiers, mais s'il faisait ça, ses manigances seraient encore plus évidentes.

Non, la seule chose à faire était de maintenir le cap et prier pour que Camden ne fasse pas tout capoter, et que l'attention se détourne de lui pour se porter sur... des affaires plus importantes.

18

La journée de Britt avait basculé après qu'elle eut dit au revoir à Chad. Elle et Evelyn étaient censées aller à Rockville ce matin-là, mais sa voiture avait eu un problème, alors elles avaient dû modifier leurs plans.

Britt avait bel et bien vérifié la cabane de Kash et avait été une fois de plus impressionnée par la façon dont il avait tenu face à la tempête. Il ne semblait avoir besoin de rien, alors elle s'était accordé un moment pour s'asseoir juste derrière la petite porte, à respirer le calme du matin et l'air frais. Un porc-épic était même passé en trottinant, l'ignorant totalement.

Chad avait envoyé un message alors qu'elle était en route pour le garage, où elle devait retrouver Walt et Barry pour continuer à travailler sur l'inventaire. Son message était court et doux, il disait qu'il reviendrait bientôt, qu'elle ne devait pas s'inquiéter, et qu'il lui raconterait tout sur son entrevue à son retour.

Elle comprenait qu'il ne pouvait sans doute pas entrer dans les détails par texto, mais elle était tout de même impatiente d'entendre ce qui avait été dit et ce que Chad en pensait. Pensait-il qu'elle devenait paranoïaque ? Otis avait-il expliqué les choses d'une manière qui avait apaisé les craintes de Chad ? Elle n'en savait rien, et elle n'avait pas l'énergie de s'en préoccuper pour l'instant. Elle devait se concentrer sur l'enregistrement des pièces de voiture.

Pendant qu'elle travaillait sur l'ordinateur avec Walt, lui expliquant plus en détail comment le logiciel fonctionnait tandis qu'il lui expliquait à quoi servaient certaines pièces, Camden avait fait entrer la voiture d'Evelyn dans le garage et s'était glissé dessous. Elle ignorait ce qui clochait, car elle semblait fonctionner à merveille hier, mais elle se sentit rassurée quand Barry s'approcha pour discuter avec Camden, sans doute à propos du véhicule.

Elle termina avec Walt au même moment où Camden terminait avec la CR-V. Il recula le véhicule hors de l'atelier et le gara près de la maison.

— Amusez-vous bien en ville, lui dit Walt alors qu'elle s'apprêtait à quitter le bureau pour aller voir si Evelyn était prête à partir.

Britt lui lança un regard en arquant un sourcil.

Il ricana.

— Elle adore faire du shopping. Peu importe si c'est pour des courses ou pour du tissu qu'elle n'utilisera jamais.

Britt sourit.

— C'est là l'apanage des femmes, lui répondit-elle avec un clin d'œil.

Il acquiesça.

— Je dois dire que... ça fait du bien d'avoir une autre femme dans les parages avec qui madame Evelyn peut parler. Elle a été entourée de testostérone pendant la majeure partie de sa vie.

— C'est un amour, répliqua Britt.

— Ça, c'est sûr. À plus tard, Britt.

— À plus.

Alors qu'elle marchait vers la maison, le bruit familier du camion de Chad parvint à ses oreilles. Se retournant aussitôt, elle sourit en le voyant longer l'allée. Elle attendit qu'il se gare et descende du véhicule, puis se jeta dans ses bras.

Il la rattrapa et la serra fermement contre lui.

— Tout va bien ? demanda-t-elle, détestant l'air préoccupé sur son visage.

— Oui. Et non. Il faut que je parle à mes frères.

Britt fronça les sourcils. Ça ne sentait pas très bon. Elle mourait d'envie de lui demander s'il la croyait. S'il pensait, comme elle, qu'il y avait vraiment quelque chose d'anormal, mais elle se retint.

Comme s'il pouvait lire dans ses pensées, Chad lui murmura à l'oreille :

— Je pense que tes soupçons sont plus que fondés.

Le cœur de Britt remonta dans sa gorge. Elle se sentit à la fois soulagée et nauséeuse.

— Je suis désolée.

— Ne le sois pas. Sans toi, qui sait combien d'argent aurait encore été volé. Vous êtes déjà allées en ville et revenues ?

Le changement de sujet était brusque, mais cela ne dérangea pas Britt. Elle était impressionnée qu'il se souvienne de son emploi du temps, vu tout ce qu'il avait à gérer.

— Non. Il y a eu un souci avec la voiture de ta mère. Les gars ont regardé, réparé ce que c'était, et j'allais justement à la maison chercher Evelyn pour qu'on y aille.

Chad fronça les sourcils et tourna les yeux vers la Honda CR-V.

— Qu'est-ce qu'elle avait ?

Britt rit.

— Tu poses la question à la mauvaise personne. Désolée.

Il jeta un regard vers le garage, se demandant sans doute s'il devait y aller pour savoir ce qu'ils avaient fait à la voiture de sa mère, mais Lincoln cria depuis l'autre côté, près de la voiture de location :

— C'est pas trop tôt. Ramène-toi !

— Ils sont énervés parce que tu n'étais pas là pour les aider ? demanda Britt.

Chad secoua la tête.

— Non. Mais ils aiment faire semblant. Ils vont en profiter, me traiter de glandeur et se moquer de moi pendant des semaines, tout en insistant que j'ai volontairement esquivé le travail. C'est comme ça entre frères.

Britt ne trouvait pas ça très amusant, mais elle n'avait ni frère ni sœur, alors qu'en savait-elle ?

— Amuse-toi bien avec maman. Soyez prudentes.

— Promis, lui répondit Britt.

Plus elle passait de temps avec cet homme, plus elle avait envie d'en passer avec lui. Il l'embrassa. Longuement et profondément, là, en plein milieu de l'allée, sous les yeux de tout le monde. Mais Britt n'eut pas honte. Lorsqu'il recula, ils étaient tous les deux légèrement à bout de souffle.

Un sifflement lourd de sous-entendus retentit depuis là où ses frères travaillaient. Chad lui sourit.

— Ça, pour le coup, c'est bien le genre de truc pour lequel je suis prêt à me faire vanner.

Britt était contente qu'il ait de quoi sourire, car elle avait le pressentiment qu'une fois qu'il aurait raconté à Lincoln, Knox et Zach ce qui se passait avec Otis et les finances de Lobster Cove, plus personne n'aurait envie de plaisanter ou de sourire pendant un moment.

— Je t'aime, dit Chad presque nonchalamment en s'éloignant d'elle.

La manière désinvolte dont il l'avait lancé surprit Britt un instant, puis elle sourit.

— Je t'aime aussi.

Si elle avait pu figer un moment dans le temps, ç'aurait été celui-là. L'expression sur son visage représentait tout ce dont elle avait toujours rêvé. Il la regardait comme si elle était la personne la plus importante au monde. Comme si le soleil se levait et se couchait pour elle. Jamais on ne l'avait regardée ainsi de toute sa vie. Elle se sentait précieuse... et aimée.

Elle observa ses fesses une seconde quand il finit par se retourner et partir, puis elle entra dans la maison.

— Evelyn, l'appela-t-elle en ouvrant la porte. Vous êtes prête ?

— Enfin ! répondit la vieille dame en se levant de son fauteuil dans le salon. J'attends depuis une éternité.

Britt rit. Elle en faisait des caisses, mais c'était bon enfant.

— Bon, prenez vos affaires et allons jeter un œil à cette boutique de patchwork.

Il fallut dix minutes à Evelyn pour rassembler tout ce dont elle avait besoin pour la sortie, puis elles prirent la route.

Le trajet jusqu'à Rockville fut magnifique. Lobster Cove se trouvait au sud de la ville, et il fallait emprunter une route étroite, sinueuse, longue de plusieurs kilomètres pour rejoindre la route principale menant à Rockville. Une des choses que Britt adora sur ce parcours, ce fut toute cette eau. Où qu'elle regardait pendant le trajet, il y avait toujours un étang ou un aperçu de l'océan, une crique ou une baie. Parfois même une rivière.

Il y avait quelque chose de profondément apaisant à pouvoir contempler, presque à tout moment, les reflets du soleil sur l'eau.

Une fois engagées sur la route principale, elles continuèrent tout droit jusqu'en ville. Il leur fallut un peu de temps pour trouver une place de parking ; maintenant que l'été était arrivé, il y avait beaucoup plus de monde en ville. Les deux femmes marchèrent bras dessus, bras dessous vers la boutique de patchwork, s'arrêtant en chemin pour discuter avec plusieurs personnes qu'Evelyn connaissait.

Leur passage dans le magasin fut un vrai moment de rigolade, car aucune des deux ne savait vraiment ce qu'elle cherchait. La propriétaire du magasin fut très patiente et adorable, et aida Evelyn à choisir un projet sur lequel elle pourrait commencer sans trop de difficulté. Le choix des tissus prit plus de temps, car elle se laissait constamment distraire par les jolis motifs et changeait sans cesse d'avis.

Une heure après leur arrivée, elles ressortirent avec plusieurs sacs de fournitures et le sourire aux lèvres. Evelyn déclara qu'elle avait faim et avait besoin d'un petit encas, alors elles s'arrêtèrent dans un pub local. Heureusement, le rush du déjeuner était passé, si bien qu'elles trouvèrent rapidement une table. Britt commanda des frites au fromage fondu, tandis qu'Evelyn se régala d'une chaudrée de fruits de mer.

Il était plus tard que ce qu'elle avait prévu quand elles retournèrent à la voiture. Le temps avait également changé. Le soleil avait disparu, remplacé par une fine bruine. Au moment où elles arrivèrent à la place où elles s'étaient garées, elles étaient toutes les deux un peu trempées.

Evelyn demanda à Britt de conduire, et elle s'installa au volant sans hésiter. Elle mit le chauffage dès qu'elle démarra la voiture, pour qu'Evelyn n'attrape pas froid. Même s'il faisait plus chaud que lors de son arrivée dans le Maine, ici sur la côte, la température ne dépassait toujours pas les vingt-deux degrés, alors que juillet n'était qu'à quelques jours de là... ce que Britt adorait. Elle n'avait jamais particulièrement aimé la chaleur, alors le climat du Maine était parfait pour elle.

Elles commencèrent le trajet de retour tandis qu'Evelyn babillait joyeusement à propos de son projet de tenture murale et de l'emplacement où elle voulait l'accrocher une fois terminé.

Elles venaient tout juste de quitter l'autoroute principale pour s'engager sur la petite route qui menait à Lobster Cove, quand Britt sentit le véhicule réagir bizarrement. Ce n'était rien de très précis, mais la direction semblait... molle.

Ne voulant pas inquiéter Evelyn, et décidant simplement d'en parler à Chad une fois qu'elles seraient rentrées, elle fit de son mieux pour garder le contrôle de la voiture dans les virages sinueux.

Elle roulait déjà plus lentement que d'habitude à cause de cette impression étrange, quand, tout à coup, elle perdit complètement le contrôle de la direction.

— Merde ! jura-t-elle en s'efforçant de tirer le volant vers la droite alors qu'un nouveau virage approchait.

Mais cela ne servait à rien. La voiture ne répondait plus. Britt écrasa la pédale de frein.

Et, à son horreur, rien ne se produisit.

Comment la direction et les freins avaient-ils pu lâcher en même temps ? Surtout juste après que la voiture fut passée au garage ce matin ?

— Accrochez-vous ! cria-t-elle, abandonnant toute tentative de la contrôler et se jetant sur Evelyn alors qu'elles fonçaient droit dans le virage.

Ce n'était pas pratique avec sa ceinture de sécurité, mais entre les deux, la vieille dame était bien plus vulnérable.

Comme au ralenti, Britt vit la CR-V quitter la route, rebondir sur quelques-uns des énormes rochers qui bordaient l'accotement, puis pencher brutalement vers l'avant, dévalant le talus escarpé droit vers l'eau de la baie en contrebas.

Heureusement que la voiture avait lâché à cet endroit précis et pas un kilomètre plus tôt, là où la chute vers l'eau était encore plus raide. Malgré tout, la descente fut terrifiante. Mais la crique était à marée haute. Si elle avait été marée basse, elles se seraient écrasées de plein fouet dans la vase dure.

L'impact avec la surface fut tout de même douloureux, et Britt sentit sa ceinture de sécurité se tendre juste au moment où les airbags explosèrent devant leurs visages. Puis elle sentit l'eau s'infiltrer jusqu'à ses pieds et baissa aussitôt les yeux. L'eau avait peut-être amorti un peu le choc, mais elles avaient maintenant un tout autre problème... car elle remplissait l'habitacle à toute vitesse.

Tout en ayant l'impression de regarder la scène d'en haut, Britt réagit vite, tendant la main vers le brise-vitre que l'un des fils d'Evelyn avait fixé sur la portière conducteur. Il était maintenu là par un morceau de scratch ultra résistant, collé sur le côté de la porte. Elle tira de toutes ses forces, et il se détacha dans sa main. Utilisant le coupe-ceinture intégré à une extrémité, elle se libéra, puis se pencha pour détacher celle d'Evelyn.

— Il faut qu'on sorte de là, dit-elle à la femme qui avait fini par tant compter pour elle.

— Oh, là là... dit Evelyn, en état de choc.

Elle avait un peu de sang sur le côté de la tête, là où Britt supposait qu'elle s'était cognée contre la vitre lors de l'impact avec l'eau.

Elles semblaient toutes les deux aller bien pour l'instant, mais la CR-V dérivait en réalité vers le large, et si elles ne sortaient pas immédiatement, elles allaient avoir de gros ennuis. Soit à cause de la voiture qui allait couler, soit à cause de l'hypothermie. L'eau du Maine n'avait rien à voir avec celle des plages du Sud.

Chad lui avait dit l'autre jour que la température de l'eau

tournait généralement autour de six degrés à la fin avril, donc elle était sans doute un peu plus chaude maintenant, mais encore bien trop froide.

Britt essaya d'ouvrir sa portière, mais comme elle s'y attendait, elle ne bougea pas. La pression de l'eau était trop forte. Elle allait devoir utiliser le brise-vitre et faire sortir Evelyn par là.

Elle n'avait pas hâte. Pas du tout.

Pourtant, sans hésiter, Britt abattit l'extrémité pointue de l'outil contre la vitre côté conducteur, qui éclata aussitôt, l'aspergeant de morceaux de verre. Avec son coude, elle fit de son mieux pour dégager le cadre afin qu'aucune d'elles ne se coupe en sortant.

— Bon, j'y vais. Glissez-vous sur mon siège et suivez-moi. Je vais vous aider à sortir, dit Britt d'un ton ferme, priant pour qu'Evelyn suive ses instructions.

Après avoir pris une grande inspiration, Britt se redressa sur ses genoux sur le siège conducteur et passa le haut de son corps par la fenêtre. C'était un peu maladroit et demanda quelques contorsions, mais elle réussit à se hisser dehors.

Elle tomba la tête la première dans l'eau, qui lui coupa immédiatement le souffle par son froid mordant.

Sans perdre de temps, elle se releva et se retourna vers la vitre. L'eau lui montait aux cuisses et continuait de grimper alors que la voiture dérivait toujours plus loin dans la baie.

— Maintenant, Evelyn ! Donnez-moi vos mains et je vais vous aider à sortir.

Heureusement, la vieille dame obéit. Lorsqu'elle fut presque entièrement dehors, Britt eut une révélation.

— Attendez ! Laissez-moi me retourner. Montez sur mon dos, lui dit-elle.

Chancelant sous le poids d'Evelyn, Britt pria pour ne pas tomber alors qu'elle avançait lentement vers la rive.

À sa grande surprise, elle entendit quelqu'un crier le prénom d'Evelyn.

En levant les yeux, elle vit deux hommes qui avançaient prudemment à travers les ornières dans la boue, laissées par la CR-V lorsqu'elle avait plongé dans l'eau.

Quelques secondes plus tard, deux autres personnes dévalaient la colline dans leur direction.

Le soulagement que Britt éprouva en réalisant qu'elles n'étaient pas seules fut si intense que ses genoux faillirent céder. Mais elle ne pouvait pas craquer tant qu'Evelyn n'était pas en sécurité.

Il fallut encore quelques pas avant que l'un des hommes les plus proches ne l'atteigne et saisisse son coude pour l'aider à garder l'équilibre.

— Waouh, vous êtes sorties juste à temps, dit l'un d'eux.

Jetant un coup d'œil par-dessus son épaule, Britt vit l'arrière de la CR-V flotter une dernière fois à la surface avant de disparaître complètement. Elle fut choquée de la vitesse avec laquelle la voiture avait coulé, mais son attention fut aussitôt ramenée à l'instant présent lorsqu'une autre personne se plaça de l'autre côté d'elle pour la soutenir, et tous ensemble, ils sortirent de l'eau et de la boue pour rejoindre un sol plus ferme.

— Je vous ai vues passer par-dessus, dit l'homme à sa droite. Bravo pour être sorties aussi vite. Vous étiez déjà en train de vous échapper par la fenêtre quand je suis arrivé au bord de la route. Venez, laissez-moi vous aider.

Les derniers mots étaient adressés à Evelyn. Il l'aida à descendre du dos de Britt et à rejoindre la berge boueuse.

En se tournant vers elle, Britt vit qu'elle tremblait. À cause du froid de l'eau qui lui avait trempé les pieds et les jambes, ou à cause du choc, elle l'ignorait. Puis elle perçut au loin le son des sirènes, et elle espéra qu'elles venaient pour elles. Britt se sentait bien, mais elle était inquiète pour Evelyn.

— Je vais bien, dit la vieille dame. Je peux tenir debout toute seule.

Soulagée qu'elle semblât avoir gardé sa vivacité, Britt soupira. Personnellement, elle se sentait un peu chancelante.

— Britt ! Maman !

Au son de la voix de Chad, Britt releva la tête d'un coup, et elle resta bouche bée en le voyant, lui et ses frères, dévaler la pente vers elles, manquant de tomber dans leur précipitation.

Elle ignorait comment ils étaient arrivés si vite, mais elle supposa qu'un des témoins les avait appelés. Tout le monde connaissait tout le monde à Rockville, surtout aussi près de Lobster Cove, et Britt n'avait jamais été aussi heureuse de voir quelqu'un de toute sa vie.

Il lui fallut exactement sept secondes pour l'atteindre. Britt les compta. La seconde où Chad la prit dans ses bras, elle se sentit redevenir elle-même. Plus forte.

— Tu es glacée, murmura-t-il en la serrant de plus belle contre lui.

— Je vais bien. Va voir ta mère, dit-elle, même si elle l'étreignit plus fort en retour.

— Mes frères s'occupent d'elle. Lâche-moi une seconde, il faut que je t'examine, déclara-t-il.

Britt ne voulait pas le lâcher, mais elle le fit quand même. La berge de la baie semblait désormais bondée, avec des curieux et les quatre frères Young présents, mais Britt était plus que reconnaissante qu'ils soient tous là.

— Tu as des coupures, constata Chad en regardant son avant-bras. Et un bleu sur la joue.

— Sûrement à cause de l'airbag, marmonna Britt.

Pile à ce moment-là, un camion de pompiers s'arrêta en

haut du talus, suivi de près par une ambulance et une voiture de police.

— Tenez bon ! cria un des pompiers. On va mettre en place un système de cordes pour vous remonter jusqu'à la route.

— Pas besoin ! répondit Lincoln, en soulevant sa mère et la serrant dans ses bras. Je l'ai.

Puis, avec l'aide de Zach et Knox, il commença à grimper la colline, tenant fermement sa mère contre lui.

Chad s'apprêta à soulever Britt, mais elle l'arrêta.

— Je peux marcher, lui dit-elle.

— Tu es sûre ?

Elle ne l'était pas, mais elle acquiesça quand même.

Avec Chad à ses côtés, son bras autour de sa taille, et les deux hommes qui s'étaient arrêtés au départ pour elle et Evelyn les aidant aussi, ils gravirent la pente glissante. Les pompiers les attendaient en haut pour leur donner un coup de main final.

Chad accompagna Britt jusqu'à l'ambulance, où sa mère était déjà assise sur la civière à l'arrière.

— Elle va bien ? Tu vas bien, maman ? demanda-t-il, une tension dans la voix.

— Je vais bien. Je suis à peine mouillée, grâce à Britt. Et toi, ma chérie, ça va ? demanda Evelyn.

— J'ai froid, j'ai quelques bleus, mais ça va, la rassura Britt.

— Je déteste cette fichue route, je l'ai toujours détestée, marmonna Knox à côté d'elle. J'ai toujours eu peur que quel-qu'un dérape et tombe dans le ravin, surtout en hiver. J'imagine que comme tu es nouvelle et pas encore habituée, tu as mal évalué le virage.

Britt se tourna vers Knox et déclara fermement :

— Je n'ai pas mal évalué le virage. La direction a cessé de fonctionner. Et les freins aussi.

Un silence pesant s'abattit sur eux.

— Tu es sûre ? demanda Zach en fronçant les sourcils.

Britt acquiesça.

— Merde, jura Lincoln.

— Ton langage, mon fils, le réprimanda Evelyn.

— Maman, je pense que s'il y a bien un moment pour jurer, c'est maintenant ! protesta-t-il.

— Si vous pouviez tous reculer, nous devons emmener madame Young à l'hôpital pour un examen.

— Je n'ai pas besoin d'aller à l'hôpital.

— Si, tu en as besoin, et on n'acceptera aucun refus de ta part, répliqua Lincoln d'un ton ferme avant d'adresser un signe de tête à Britt. Toi aussi.

— Moi ? Non, je vais bien.

— Non. Tu es trempée, l'airbag s'est déclenché, et tu vas y aller, déclara Zach en secouant la tête.

— Une autre ambulance est en route, annonça le secouriste.

— Je vais l'emmener, l'informa Chad. Ce sera plus rapide.

— Vous devrez remplir un formulaire de sortie, dans ce cas, afin de déclarer que vous refusez d'être transportée malgré l'avis médical, insista le secouriste.

— D'accord. Donnez-nous juste le formulaire pour qu'elle le signe et que je puisse l'emmener à l'hôpital, grogna Chad.

Il avait l'air sur le point soit d'arracher la tête de quelqu'un, soit d'en frapper un autre. Britt détestait le voir aussi tendu à cause d'elle. Elle posa sa main sur son bras et se pencha contre lui.

— Je vais bien, Chad. J'ai froid, j'ai mal, mais rien de grave.

— Je te jure, le choc que j'ai eu quand Lincoln a reçu cet appel a failli me tuer.

Il ne fallut pas longtemps pour que les papiers nécessaires soient signés et que Chad la fasse monter à l'arrière du SUV de

Knox. Ils étaient partis après l'ambulance, mais ils arrivèrent aux urgences presque en même temps.

Des heures après leur arrivée à l'hôpital, après avoir été réchauffées, les examens passés, deux points de suture cousus sur le bras de Britt, et après avoir répondu aux questions de l'inspecteur de police pendant que Chad et ses frères discutaient avec le médecin au sujet de leur mère, et après qu'Evelyn fut suffisamment examinée et déclarée apte à rentrer chez elle, ils étaient en route pour retourner à Lobster Cove. Le soleil s'était déjà couché, mais Britt pouvait encore voir la CR-V coulée au fond de la petite crique alors qu'ils passaient devant le virage où elle était sortie de la route, pas complètement immergée, maintenant que c'était la marée basse.

Frissonnant au souvenir de cette fraction de seconde où elle avait compris qu'elles allaient s'écraser, Britt ferma les paupières et sentit le bras de Chad se resserrer autour d'elle. Il ne l'avait jamais quittée. Pas même une seconde. Sa mère se trouvait dans la pièce voisine, et pourtant il ne l'avait pas abandonnée pour aller la voir. Il s'était fié à ses frères pour avoir des nouvelles.

Les dernières heures avaient été stressantes et effrayantes, et Britt avait terriblement envie de rentrer à la maison. Elle n'avait plus reparlé de ce qui s'était passé à aucun des frères Young, et personne ne lui avait posé de questions. Mais le moment approchait où elle devrait expliquer davantage ce qu'elle avait affirmé à propos de la CR-V, qu'il avait perdu à la fois la direction et les freins.

Knox se gara aussi près des marches du perron de la maison principale que possible, avec Lincoln juste derrière lui, leur mère assise à l'avant de son pick-up. Ils entrèrent tous dans la maison, et Lincoln alluma les lumières pendant que Zach se dirigeait vers la cuisine, Britt espérant qu'il allait préparer quelque chose à manger. Elle mourait de faim, les frites qu'elle avait mangées plus tôt ayant été digérées depuis longtemps.

Tout le monde était silencieux et discret lorsqu'ils s'assirent à table pour manger. Les sandwichs au fromage que Zach avait préparés furent le plat le plus délicieux que Britt ait jamais goûtés. Elle ignorait ce qu'il avait fait au pain ou au fromage, mais ils auraient pu être servis dans un restaurant gastronomique, sans rien à voir avec ceux qu'elle s'était faits elle-même par le passé.

— Alors... les freins et la direction ? dit finalement Knox après que tout le monde eut mangé.

Britt soupira et hocha la tête. Il était temps, et honnêtement, elle en était soulagée. Elle ne voulait pas que quelqu'un pense qu'elle était juste une mauvaise conductrice et que c'était pour ça qu'elle avait fait une embardée.

— La voiture me semblait... bizarre sur le chemin du retour, mais rien de concret. La direction était juste un peu molle. Ce n'est que lorsqu'on est arrivées sur cette route secondaire que j'ai soudainement perdu toute capacité à tourner. On arrivait vers le virage, alors j'ai appuyé sur les freins, mais la pédale est allée jusqu'au plancher, et rien ne s'est passé. Je ne pouvais pas freiner, je ne pouvais pas tourner pour éviter le virage, donc j'ai seulement eu le temps de me pencher pour attraper Evelyn avant qu'on ne dévale la pente en direction de l'eau.

— Je t'en remercie, ma chérie, dit Evelyn en tendant la main pour prendre celle de Britt.

— Je vous en prie.

— Heureusement que tu t'es souvenue du brise-vitre, dit Zach.

— C'est la première chose à laquelle j'ai pensé quand on a touché l'eau, répondit Britt.

— C'est tellement étrange, parce que les garçons ont vérifié la voiture juste avant notre départ, songea Evelyn.

Chad se redressa à côté d'elle.

— Comment ça s'est passé ? demanda-t-il à sa mère.

— Camden est venu à la maison et a dit qu'il se faisait du souci parce qu'il avait vu un liquide sous ma voiture, et il a demandé s'il pouvait y jeter un œil, expliqua Evelyn.

Tous les muscles du corps de Britt se contractèrent en entendant cela. Chad avait rapproché sa chaise de la sienne au point que leurs cuisses se touchaient... alors elle le sentit quand son corps se tendit aussi.

— Qui a bossé sur la voiture ? demanda Chad d'une voix sombre.

— Je ne sais pas. Pourquoi ? demanda Evelyn.

— Oui, pourquoi ? Qu'est-ce que tu ne nous dis pas ? lança Lincoln en dévisageant son frère.

Chad soupira.

— Ce n'est pas comme ça que je voulais vous en parler. Ça va vous faire un choc.

— Aussi choquant que notre mère et Britt aient failli mourir parce que quelqu'un a peut-être trafiqué leur putain de voiture ? J'en doute, répliqua sèchement Knox.

— Knox. Ton langage, le réprimanda Evelyn sur son ton habituel, mais elle ne semblait pas vraiment fâchée.

— Crache le morceau. C'était Camden ? C'est lui qui a fait ça ?

— Apparemment.

Puis Chad raconta tout, les soupçons de Britt après ce qu'elle avait découvert, son entrevue avec Otis, sa conviction que l'ami de leur famille les volait.

La pièce était lourde de tension lorsqu'il eut terminé. Personne ne dit le moindre mot, chacun essayant manifestement d'assimiler ce qu'il venait d'apprendre.

À la grande surprise de Britt, ce fut Evelyn qui brisa le silence pesant.

— Cet enfoiré ! Je me suis toujours demandé comment Austin pouvait bosser aussi dur chaque année et qu'on arrivait pourtant à peine à rentrer dans nos frais.

— Maman... commença à intervenir Lincoln, mais elle leva la main.

— Je suis fatiguée. J'ai mal. Et je suis furieuse. J'ai besoin de temps pour réfléchir à tout ça. Qui s'occupe de faire remorquer ma voiture, et qui va l'examiner pour vérifier si elle a été trafiquée ?

Cette femme assertive surprit Britt. Evelyn était d'ordinaire si douce. Et, il fallait l'avouer, elle était plus qu'un peu soulagée de ne pas avoir été désignée comme la méchante dans cette affaire, puisque c'était elle qui avait d'abord fait part de ses soupçons à Chad.

— Je m'occupe de la voiture, déclara Knox.

— Linc et moi, on l'examinera quand elle arrivera, dit Zach. Et si un truc nous semble louche, on appellera la police pour qu'ils fassent un rapport.

— Est-ce qu'on pense vraiment qu'Otis a fait ça ? Ou plus exactement, qu'il a convaincu son fils de trafiquer la voiture de maman ? demanda Lincoln.

— Il n'a pas aimé mes questions aujourd'hui, répondit Chad. S'il pensait qu'il allait être découvert, ou que sa source d'argent allait se tarir, il aurait pu être assez désespéré pour essayer de détourner notre attention.

Tout le monde resta silencieux en réfléchissant à cela. Même Britt avait du mal à concevoir qu'un ami de la famille ait pu faire quelque chose d'aussi horrible que de tenter de blesser, ou même de tuer, la matriarche des Young, simplement pour détourner l'attention de lui et de ses activités illégales.

Evelyn repoussa sa chaise, et Zach, Knox, et Lincoln se levèrent immédiatement, tendant la main pour l'aider.

— Je peux marcher, lança-t-elle sèchement, avant de

soupirer. Désolée, je suis juste stressée. Je vous remercie tous d'être là et d'être restés à l'hôpital avec moi. Britt, merci de m'avoir sauvé la vie aujourd'hui. Je suis sérieuse. Si tu n'avais pas été là, je ne suis pas sûre que j'aurais pu sortir de cette voiture aussi vite que nous l'avons fait. Rentrez tous chez vous. Allez dormir. Les choses vont très bientôt être bouleversées par ici, mais on ne peut rien faire ce soir. Demain, on se réunira et on discutera des prochaines étapes. Et personne ne fera quoi que ce soit sans que je sois impliquée. C'est ma maison, et si quelqu'un me vole, ça s'arrêtera. Immédiatement. Compris ?

— Oui, madame.

— Bien sûr.

— On ne fera rien sans ton accord.

Tout le monde parla en même temps, et Britt était encore plus impressionnée par Evelyn qu'elle ne l'était déjà... et ce n'était pas rien, car elle l'était déjà énormément.

Knox tendit son coude à sa mère, et elle le laissa l'accompagner vers l'arrière de la maison, jusqu'à sa chambre.

— Evelyn, vous voulez de l'aide pour vous préparer à aller vous coucher ? appela Britt.

— Merci, ma chérie, mais non. Je te ferai signe si j'ai besoin de quoi que ce soit.

— Ça va aller ? demanda Lincoln à Chad.

— Oui.

— Tu comptais vraiment nous parler aujourd'hui de ta rencontre avec Otis, pas vrai ? demanda son frère aîné.

— Bien sûr. Une fois qu'on aurait terminé avec la location, j'allais m'entretenir avec vous tous pour qu'on puisse élaborer un plan.

Lincoln acquiesça, puis fit un signe de tête vers la porte.

— Allez, Zach. Tu veux venir dormir chez moi ce soir ?

— Oui.

Ce mot unique fut prononcé avec fermeté, et presque... avec empressement.

Britt avait le pressentiment que les frères allaient rester éveillés tard dans la nuit, à mettre au point un plan qu'ils soumettraient ensuite à leur mère pour approbation avant de passer à l'action. Leur passage dans l'armée avait assuré qu'ils n'entreraient jamais dans une situation sans avoir un plan A, un plan B, et sans doute un plan C aussi.

Elle tourna les yeux vers Chad, se demandant s'il se sentait exclu et s'il aurait préféré partir avec ses frères pour discuter de leurs options. Mais elle le surprit à la regarder en retour, et tout ce qu'elle vit dans ses prunelles, ce fut de l'inquiétude... pour elle.

— Tu es prête à aller te coucher ? demanda-t-il à voix basse.

Britt acquiesça.

Chad l'aida à se lever, puis la guida vers les escaliers.

— Je nettoie ici, puis je fermerai à clé, dit Knox en revenant de la direction de la chambre de leur mère.

— Merci, répondit Chad avec un petit hochement de menton.

Avant même d'avoir eu le temps de réagir, Britt se retrouva dans la salle de bain du couloir.

— Prends ton temps. Je serai dans notre chambre.

Elle ignorait à quel moment la chambre de Chad était devenue leur chambre, mais elle n'allait pas s'en plaindre.

— D'accord.

Au moment où elle franchit la porte, elle était épuisée et parvenait à peine à garder les yeux ouverts. Le stress de la journée, et surtout des dernières heures, l'avait rattrapée. Britt doutait même être capable d'aligner deux mots cohérents.

Sans surprise, Chad le remarqua.

— Grimpe, dit-il en se tenant près du lit, soulevant les couvertures pour elle.

Britt s'installa dans le lit et poussa un soupir de contentement alors que son corps pouvait enfin se détendre.

— Je reviens dans un instant. Dors, mapêche.

— Merci d'avoir été là aujourd'hui, murmura-t-elle.

— Je n'aurais pu être nulle part ailleurs, répondit Chad en se penchant pour déposer un baiser sur sa tempe.

Ce fut la dernière chose dont Britt se souvint avant de sombrer dans un profond sommeil réparateur, apaisée par la certitude qu'elle était en sécurité. Que Chad la protègerait d'Otis et Camden s'ils tentaient de s'introduire pour lui faire du mal, à elle ou à Evelyn.

19

Chad se réveilla en sursaut. Il venait de rêver d'une lune de miel avec Britt, tous deux allongés sur un balcon privé sous le soleil tandis qu'elle le suçait.

En baissant les yeux, il comprit qu'il ne rêvait pas. Du moins, pas concernant la présence de Britt entre ses jambes.

Elle était à genoux, penchée vers son entrejambe et son membre dans sa bouche.

Quand il bougea, elle leva les yeux vers lui, et il eut bien du mal à ne pas jouir sur-le-champ. Ses cheveux tombaient en cascade autour de ses épaules, effleurant sa virilité, et l'étirement de ses lèvres autour de son sexe rendait la scène follement érotique.

Puis ça lui revint. L'accident.

— Britt, non, murmura-t-il en tendant la main vers elle.

Mais elle leva le bras, le bloqua, et suça de plus belle.

Chad grogna. Bordel, sa bouche lui faisait un effet de dingue.

Elle redoubla d'efforts, maintenant qu'il était réveillé, serrant la base avec sa main tout en bougeant sa bouche de haut en bas le long de son membre. Grâce à sa salive et son liquide pré-éjaculatoire, elle ne manquait pas de lubrifiant, et Chad ne put s'empêcher de s'affaler contre son oreiller pendant qu'elle le dévorait avec avidité. Dès qu'il ferma les paupières, il les rouvrit et leva la tête. Il ne voulait pas en rater une miette. Il n'en était pas question.

Il était évident que Britt aimait ce qu'elle faisait. Elle ne le suçait pas par obligation. L'effort et l'énergie qu'elle mettait à la tâche étaient authentiques. Et ça, c'était très excitant.

— Approche, lui dit-il, voulant déposer sa bouche sur sa féminité pendant qu'elle le suçait.

Mais elle secoua la tête, tout en continuant à la bouger de haut en bas.

Il n'allait pas tarder à jouir, et il le lui dit.

En réponse, elle suça plus vite, l'amenant au fond de sa gorge et l'avalant.

— Putain, haleta Chad en enfouissant ses doigts dans les cheveux de Britt pour les écarter de son visage afin de voir son membre disparaître dans sa bouche. Je suis proche. Retire-toi maintenant si tu ne veux pas avoir la bouche remplie de mon sperme.

Elle ne lâcha pas prise, elle leva simplement le regard vers le sien et suça plus fort.

Il ne lui en fallut pas plus. Chad explosa. Sa vision s'assombrit et il vit des étoiles tandis que Britt avalait chaque goutte de son sperme.

Il dut attendre trente secondes avant d'être capable de penser à nouveau, et lorsqu'il baissa les yeux, Britt avait la tête posée sur sa cuisse et caressait doucement son sexe désormais flasque.

— Waouh, ma belle, murmura Chad.

— Bonjour, répondit-elle avec un sourire coquin.

Chad se pencha sur elle et l'attira vers le haut jusqu'à ce qu'elle soit calée contre son torse.

— Est-ce que tu as mal ? Pourquoi tu as fait un truc pareil ? Tu dois avoir des courbatures de partout.

Il n'arrivait pas à décider s'il était actuellement en colère ou content.

— Je vais bien. Je suis un peu courbaturée. Trop pour faire l'amour, mais je voulais te montrer combien je t'aime. Combien je suis reconnaissante que tu sois dans ma vie.

— J'ai adoré ça, et toi aussi, mais jamais je ne placerai mon plaisir au-dessus de ta sécurité et de ton confort.

— Je vais bien, Chad. Je te le promets. J'adore sucer, et le sentiment de contrôle que ça me procure. Et j'en avais besoin après hier, quand je n'en avais aucun. À ce moment-là, quand j'ai compris qu'on allait s'écraser, qu'on allait plonger dans l'eau, je me suis sentie tellement impuissante.

Toute l'inquiétude que Chad avait ressentie à l'idée qu'elle puisse se blesser s'évapora comme une volute de fumée.

— Je suis tellement désolé, ma pêche.

Elle secoua cependant la tête.

— Pourquoi ? Tu n'as pas coupé les freins, ni empêché la direction de fonctionner. Tu étais là quand j'avais besoin de toi. Quand ta mère avait besoin de toi.

Penser à ce qui s'était passé menaçait de détruire le calme apaisé de Chad après la meilleure fellation qu'il ait jamais reçue. Il roula jusqu'à ce que Britt soit allongée sous son corps, s'appuya sur les coudes et la regarda longuement.

— Quoi ? demanda-t-elle avec un petit sourire.

— J'essaie de savoir si tu es honnête avec moi sur ce que tu ressens. Sur l'ampleur de ta douleur.

— Je ne pense pas qu'on puisse avoir un accident, être retenue par une ceinture, se prendre un airbag en pleine figure, et ne pas avoir mal, répondit-elle.

— C'est douloureux pour toi d'être allongée sur le dos ?

— Non. Ça l'est surtout quand je me tourne trop d'un côté ou de l'autre. Et mon épaule me fait mal. Je crois que c'est elle qui a pris le plus gros de l'impact de l'airbag.

— Tu veux un des antidouleurs que le médecin t'a prescrits ? demanda Chad.

— Non.

— Tu es sûre ?

— Je suis sûre.

— D'accord. Alors reste allongée là. Je m'occupe de faire tout le travail, annonça Chad.

— Tout le tra... Oh !

Lorsqu'il commença à descendre le long de son corps, elle comprit aussitôt ce qu'il avait en tête. Chad fut ravi de la voir écarter les jambes avec empressement, lui faisant de la place et l'invitant à s'approcher.

Pendant les vingt minutes qui suivirent, il la taquina et lui donna du plaisir. Elle avait vécu une journée infernale la veille, et il voulait que celle-ci commence aussi merveilleusement pour elle qu'elle l'avait commencé pour lui. La dévorer était un festin pour ses sens. Son sexe se durcit deux secondes après qu'il eut commencé à la lécher, mais il l'ignora. Il était entièrement focalisé sur Britt.

Après son troisième orgasme, elle le supplia d'arrêter.

Souriant, Chad reposa sa joue contre sa cuisse, tout comme elle l'avait fait après qu'il eut joui, et inspira profondément. Son odeur était gravée dans son esprit, et il n'aurait jamais voulu qu'il en soit autrement.

— Je suis épuisée, dit-elle, les yeux fermés, allongée sous son corps, molle et comblée.

Chad rit.

— J'espère que non. Parce que si je ne me trompe pas, je

sens du bacon. Et j'ai entendu mes frères arriver il n'y a pas très longtemps.

Britt se redressa brusquement, puis laissa échapper un petit gémissement de douleur.

— Ils sont là ? Pourquoi tu n'as rien dit ? Quelle heure est-il ?

— Oui. Parce que j'étais occupé, et toi aussi. Et je ne sais pas, et je m'en fiche.

— Chad ! se plaignit-elle. On doit descendre voir ce qui se passe.

— On va le faire.

Il remonta jusqu'à elle et poussa doucement Britt pour qu'elle se rallonge. Il la regarda dans les yeux pendant de longues secondes, tentant de lire en elle.

Elle lui adressa un petit sourire.

— Je vais bien. C'était une merveilleuse façon de se réveiller.

— Je suis bien d'accord. Tu veux prendre une douche ?

— Avec plaisir.

— Désolé, j'aurais dû être plus précis. Tu veux prendre une douche avec moi ?

Elle fronça les sourcils.

— Ce ne serait pas un peu... bizarre ? Après tout, ta famille pourrait l'apprendre ?

— Ça te dérange ? Ils savent déjà qu'on sort ensemble. Et pour info... je sais que c'est trop tôt, mais si les choses continuent à bien se passer entre nous... mon intention, c'est de rendre tout ça, nous deux, permanent.

Elle écarquilla les yeux.

— Quoi ?

— Je veux tout avec toi, ma pêche. Une bague, un mariage à Lobster Cove, des enfants, peut-être un chien ou un chat, le grand jeu. Je doute qu'on reste vivre éternellement chez ma mère, mais pour l'instant, je pense qu'elle a besoin de nous deux ici. Je n'ai pas envie de faire semblant, de prétendre que notre lien n'est pas sérieux. Je veux ça. Me réveiller avec toi. Prendre des douches en couple. Tout.

Chad retint son souffle. Il venait de poser toutes ses cartes sur la table, en espérant de tout cœur que Britt partageait ses sentiments.

— Moi aussi, je veux ça, murmura-t-elle après un instant. Et oui, j'adorerais prendre une douche avec toi. Je n'ai jamais fait certaines choses sous l'eau, mais je suis sûre que ce serait amusant. Et puis, pas besoin de faire la lessive après.

À ces mots, Chad banda de nouveau comme un taureau. Son petit doigt lui disait que ce genre de sensation allait sûrement devenir une habitude avec Britt dans sa vie. Son cerveau invoqua une image de lui jouissant sur ses seins, elle agenouillée dans la douche et lui souriant.

— Putain, oui, souffla-t-il avant de se détacher avec grand effort de son corps et de se lever.

Elle avait mal, et s'il restait une seconde de plus dans ce lit à l'écouter dire des choses aussi indécentes, il finirait par faire quelque chose qu'il regretterait. Et jamais, jamais il ne ferait quoi que ce soit qui pourrait blesser cette femme.

— Pas de gâteries aujourd'hui. On doit prendre une douche et un petit-déjeuner avant d'écouter le plan que mes frères ont élaboré cette nuit, puis le mettre à exécution.

— Tu n'es vraiment pas contrarié de ne pas avoir été inclus ? demanda Britt avec un léger froncement de sourcils.

— Pas du tout. J'ai confiance en eux. Peu importe ce qu'ils ont prévu, ce sera parfait.

Britt se leva, et Chad lui prit la main. Elle portait un de ses T-shirts, enfilé la veille, sans rien en dessous. Elle était terriblement sexy... et entièrement à lui. Il était un sacré veinard, et il passerait le reste de sa vie à choyer sans vergogne cette femme.

Il avait passé son adolescence à observer son père faire la même chose pour sa mère. Il avait eu le meilleur modèle, et il s'était juré de le rendre fier, même s'il ne pouvait plus le voir. Pendant un instant, Chad fut attristé que son père n'ait jamais eu l'occasion de rencontrer Britt. Mais s'il avait été encore en vie, Chad ne l'aurait sans doute jamais croisée. Il n'aurait pas eu de raison de revenir vivre ici, il n'aurait pas été sur ce parking à l'instant précis où Britt avait eu besoin de lui.

Austin Young devait forcément avoir eu un rôle à jouer dans leur rencontre. Tout arrive pour une raison, et même si Chad détestait que son père ait dû mourir pour qu'il rencontre Britt, il commençait à l'accepter. D'ailleurs, il ne doutait pas une seconde que son père veillait sur eux, où qu'il soit.

Leur première douche ensemble fut étroite et digne d'une comédie. La cabine de douche n'était clairement pas faite pour accueillir deux personnes en même temps. Ils s'en sortirent malgré tout, mais Chad se promit qu'un jour, il leur offrirait une grande douche confortable, bien plus adaptée au partage.

Ils descendirent main dans la main et trouvèrent ses trois frères ainsi qu'Evelyn assis autour de la table de la cuisine. Tout le monde fronçait les sourcils, ce qui n'était pas bon signe.

— Ouf, vous voilà enfin. Tes frères sont têtus et insupportables ! déclara sa mère.

En la regardant, puis en observant les autres, il comprit sans qu'un mot ne soit échangé qu'ils trouvaient tous leur mère tout aussi têtue et insupportable.

— Ça sent divinement bon. Zach, dis-moi que ce sont tes bons petits plats.

— Tartelettes aux œufs, bacon aux jalapeños, salade de fruits, l'informa Zach.

— Miam, dit Britt. Bonjour, Evelyn. Lincoln, Knox.

Elle salua ses frères d'un signe de tête avant de s'approcher de sa mère pour lui déposer un baiser sur le sommet du crâne.

— Comment vous vous sentez ce matin ? demanda-t-elle d'un ton doux et léger.

— Courbaturée. Furieuse. Prête à botter des fesses, répondit Evelyn.

Britt rit.

— Est-ce que je peux avaler un bout avant qu'on ne sorte les fourches et qu'on parte à la chasse ?

Ses mots semblèrent tirer sa mère de la mauvaise humeur dans laquelle elle était plongée.

— Bien sûr. Laisse-moi me lever et...

— Non. Restez là, l'arrêta Britt. Je peux me servir.

— Non, je peux te servir, répliqua Chad en tirant une chaise vide à côté de sa mère. Assieds-toi.

— Ouaf, le taquina-t-elle en levant les yeux vers lui, s'asseyant là où il le lui avait indiqué.

Chad entendit l'un de ses frères étouffer un rire. Il se pencha et embrassa Britt sur la bouche avant de se diriger vers la cuisine.

— Quelqu'un veut un truc pendant que j'y suis ?

— Apporte l'assiette de bacon. On vous en a gardé, mais maintenant que vous êtes là, on peut finir ce que toi et Britt ne voulez pas, lui dit Lincoln.

La quantité de bacon posée sur l'assiette recouverte d'essuie-tout était stupéfiante. Fourrant un morceau dans sa bouche, Chad retint de justesse le gémissement qui menaçait de lui échapper. Son frère était un satané cordon bleu. Le bacon avait juste ce qu'il fallait de piquant grâce aux jalapeños. Ils n'étaient pas trop fort, mais laissaient une agréable sensation de picotement sur sa langue.

Il chargea deux assiettes pour lui et Britt, puis les apporta à la table. Ensuite, il retourna dans la cuisine pour prendre le bacon. Dès qu'il le posa sur la table, ses frères se resservirent généreusement de la viande délicieuse.

Chad était reconnaissant que ses frères leur aient laissé, à lui et à Britt, le temps de manger avant d'aborder le sujet qui préoccupait tout le monde. Dès que Britt eut fini sa tartelette aux œufs, Lincoln prit la parole.

— Bon, donc avant que vous ne descendiez, on disait à maman qu'on voulait parler à Otis ce matin, annonça Lincoln sans détour.

— Et je leur ai répondu que ça n'arrivera pas. Comme je l'ai dit hier soir, personne ne fera quoi que ce soit sans que je sois impliquée. Et je veux que ce soit moi qui m'entretienne avec Otis. Et si je ne suis pas satisfaite de ses réponses, je le vire, répondit Evelyn avec fermeté.

— Maman, je ne pense pas que... commença Knox, avant d'être interrompue par Evelyn.

— Ça me touche que vous soyez tous ici. Vraiment. Mais je dois le faire. Otis et votre père étaient meilleurs amis. Il fut un temps, nous étions tous les trois extrêmement proches.

Chad fronça les sourcils à ces mots.

— Il fut un temps ? demanda-t-il.

Sa mère soupira.

— Oui. Il fut un temps. On faisait tout ensemble. Mais même avant la mort de votre père, Otis... a commencé à m'agacer. Il avait changé. Chaque fois qu'il venait nous voir pour parler des affaires, il devenait condescendant. Quand on lui posait des questions sur nos impôts ou sur la façon dont notre argent était investi, Otis agissait comme si on remettait en cause son intégrité. Il prenait tout personnellement. Et maintenant, je pense qu'il faisait ça pour nous dissuader d'aller fouiller plus loin dans ce qu'il faisait avec notre argent. Je me sens si bête.

— Maman...

Evelyn coupa cependant la parole à Chad.

— On était tous les deux idiots. On ne voulait pas créer des problèmes. On tenait plus à notre amitié avec Otis qu'à notre propre sécurité financière. Ce qui était stupide. Il a été malin, c'est clair, en nous laissant juste assez pour faire tourner nos affaires, mais pas assez pour vraiment avancer. On aurait dû poser beaucoup plus de questions. On aurait dû demander à quelqu'un d'autre d'y jeter un œil, il y a des années. Mais on ne l'a pas fait. Et voilà où on en est.

— Maman, on n'a pas encore la certitude qu'il a détourné de l'argent, lui rappela doucement Zach.

Evelyn se tourna vers Britt.

— Tu es ici depuis quoi, deux secondes et demie, et dès que tu as jeté un bon coup d'œil aux comptes du garage, tu as eu des soupçons. Qu'est-ce que tu en penses ? Vole-t-il Lobster Cove ?

Britt gigota sur sa chaise, manifestement mal à l'aise d'avoir toute l'attention focalisée sur elle.

— Maman, je ne pense pas que...

Elle leva la main pour l'interrompre, coupant une nouvelle fois Chad, son regard toujours rivé sur Britt.

— Je suis désolée... mais oui, confirma-t-elle après de longues secondes.

— Quand il arrivera aujourd'hui, je veux le voir dans le bureau d'Austin, ici, à la maison. Si l'un de vous, et je dis bien un, pas vous quatre, peut l'escorter jusqu'à la maison, vous me donneriez un sacré coup de main, déclara Evelyn avec fermeté.

Chad n'était pas ravi que sa mère veuille confronter Otis, mais il avait énormément de respect pour elle.

Sa mère ne s'était jamais défilée face à l'injustice. Il se souvenait que, lorsqu'il était au collège, elle avait découvert que certains enfants ne déjeunaient pas parce que leurs comptes n'avaient pas été réglés par leurs parents, qui n'en avaient pas les moyens. L'école avait déclaré qu'ils ne pouvaient plus recevoir de repas tant que les factures n'étaient pas payées. Elle avait été indignée, et elle s'était chargée elle-même de réprimander le conseil scolaire pour avoir privé des enfants de nourriture.

Puis elle avait mobilisé les citoyens de Rockville et, avec leur aide, avait récolté assez d'argent pour régler les dettes des élèves non seulement du collège, mais aussi de l'école primaire et du lycée… avec de l'argent en surplus.

— Et Camden ? demanda Chad.

— J'ai vérifié l'emploi du temps, et il est censé travailler ce matin, répondit Knox. Zach et moi irons le voir à son arrivée et nous lui annoncerons que ses services ne sont plus requis à Lobster Cove.

— Vous allez lui poser des questions sur la voiture de maman ? demanda Chad.

— Oh que oui, répondit Knox, une lueur de colère dans les yeux. J'ai appelé un ami au commissariat, et il voudrait lui parler aussi. Il ne veut pas non plus qu'on touche à la CR-V. Il est déjà en train d'organiser son remorquage jusqu'au poste de police ce matin, et ils vont l'examiner à la recherche d'empreintes et vérifier si les freins ou la direction ont été trafiqués. Si c'est le cas, Camden sera invité à venir répondre à quelques questions au poste.

— J'ai déjà parlé à Walt et Barry ce matin, annonça Zach. Tous les deux ont dit que Camden avait l'air particulièrement motivé hier, et il a refusé que Barry l'aide avec la voiture de maman… ce qui ne lui ressemble pas du tout. Si nécessaire, ils sont tous les deux prêts à témoigner que Camden a travaillé sur la voiture avant que maman et Britt ne partent faire du shopping.

Chad serra les poings en pensant à ce qui aurait pu arriver à sa mère et à Britt. C'était difficile à croire que quelqu'un travaillant ici, à Lobster Cove, ait réellement pu essayer de blesser ou de tuer les deux femmes.

Il sentit une main sur son poing, posé sur ses genoux. En

baissant les yeux, il vit que Britt y avait posé la sienne, et le regardait avec inquiétude.

— Très bien, c'est réglé. Je vais faire la vaisselle, annonça Evelyn en posant sa serviette sur la table, à côté de son assiette.

Les quatre frères Young se levèrent en même temps.

— Je m'en occupe.

— Pas question.

— Assieds-toi, maman.

— Même pas en rêve.

Evelyn sourit et se rassit sur sa chaise. Elle se tourna vers Britt.

— J'ai de si bons garçons.

— Vous les avez bien élevés, répondit-elle.

Britt tint compagnie à sa mère pendant que Chad et ses frères s'occupaient rapidement de la vaisselle du petit déjeuner. Il gardait un œil sur la table et fut soulagé de voir qu'aucune des deux femmes ne semblait souffrir d'effets secondaires de l'accident d'hier. Elles semblaient chacune un peu raides, mais pas en proie à la douleur, ce qui était rassurant. Une fois encore, il fut reconnaissant pour la réactivité de Britt et sa capacité à faire s'écraser la voiture à l'endroit qui causerait le moins de dégâts... dans l'eau plutôt que contre un arbre.

Quand Chad revint aux côtés de Britt, elle leva les yeux vers lui et dit doucement :

— Tous les mots de passe des comptes auxquels Otis a accès doivent être changés. Comme le logiciel de comptabilité, les comptes bancaires, même celui des impôts.

Chad acquiesça. Elle avait raison. Bon sang, ils auraient dû le faire dès la nuit dernière. À ce stade, il ne serait pas surpris que cet homme essaie de vider tous leurs comptes. S'il avait pu voler son meilleur ami pendant des années, pourquoi ne prendrait-il pas tout ce qu'il pouvait avant d'être renvoyé ? Et il devait forcément savoir que son temps à Lobster Cove était compté. Que Chad, ses frères et sa mère finiraient par faire le lien.

Bien sûr, sans Britt... ils ne l'auraient peut-être jamais fait.

Un sentiment de culpabilité l'envahit à cette pensée. Pourquoi lui et ses frères n'avaient-ils jamais pensé à remettre en question Otis bien avant, même du vivant de leur père ? Par respect pour la relation qu'il avait avec ce dernier ? Parce qu'ils ne voulaient pas risquer de contrarier leurs parents ? Parce qu'aucun d'eux ne s'intéressait aux impôts, à la comptabilité ou aux investissements ?

C'était une erreur énorme qu'un seul homme ait été en charge de tout cela pendant si longtemps, et une erreur qui pourrait bien avoir ruiné l'avenir financier de leur mère.

Ils étaient tous revenus vivre ici pour aider leur mère à assurer l'avenir de Lobster Cove... et jusqu'à présent, ils avaient échoué de manière spectaculaire. Penser à tout l'argent qu'Otis avait pu voler à leurs parents au fil des ans donnait la nausée à Chad.

— Je vais passer au garage. Je veux être là quand Otis arrivera. Camden aussi, annonça Lincoln.

Evelyn hocha la tête et se leva.

— Je serai dans le bureau de votre père. Amenez Otis dès qu'il arrive, ordonna-t-elle avant de se tourner et de partir dans le couloir.

Britt fronçait les sourcils, et Chad pouvait presque voir l'angoisse irradier d'elle.

— Ma mère est coriace, la rassura-t-il.

Levant les yeux vers lui, Britt acquiesça.

— Je le sais, confirma-t-elle. Elle vous a élevé tous les quatre. Elle devait forcément l'être. Mais le moment le plus dangereux pour une femme, c'est quand elle annonce à son partenaire qu'elle le quitte. Je sais que ce n'est pas tout à fait la même chose, mais je m'inquiète de la savoir seule avec Otis.

— Elle ne sera pas seule, dit Lincoln. Pendant que Knox et Zach s'occupent de Camden, je serai dans le bureau avec maman et Otis.

— Je croyais qu'elle avait dit qu'elle souhaitait lui parler en tête à tête, fit remarquer Britt.

— Non. Elle a dit qu'elle voulait être celle qui lui parlerait, pas qu'elle voulait le faire seule. Même si c'était le cas, aucun de nous n'accepterait, et elle le sait.

Britt laissa échapper un soupir de soulagement.

— Oh, tant mieux.

— Chad, tu veux venir avec moi ? demanda Lincoln.

— Et comment, répondit-il.

Otis avait essayé de blesser non seulement sa mère, mais aussi la femme dont il était éperdument tombé amoureux. Il voulait absolument être présent quand il serait confronté.

— J'ai oublié mon café. Cet homme me fait perdre la tête, dit Evelyn en revenant dans la pièce à grandes enjambées, en direction de la cuisine.

— Qu'est-ce que je peux faire ? demanda Britt.

La réaction instinctive de Chad aurait été de l'éloigner autant que possible d'Otis et de Camden. Avant qu'il ne puisse dire quoi que ce soit, sa mère parla depuis la cuisine, où elle versait un café brûlant dans sa tasse.

— Les garçons ont terminé de travailler sur la location hier, et avec tout ce qui s'est passé, on n'a pas eu le temps de vérifier si tout est prêt pour les prochains clients. Tu penses que tu pourrais y aller et t'assurer que c'est propre ?

Britt plissa les yeux.

— Vous essayez juste de me faire sortir de la maison, l'accusa-t-elle.

Chad était reconnaissant que ce soit sa mère qui ait fait la suggestion et non lui, car les éclairs qui jaillissaient des yeux de Britt étaient clairement assassins.

— Bien sûr que oui, confirma Evelyn avec douceur. J'apprécie plus que tu ne le penses que tu aies immédiatement partagé tes soupçons sur Otis avec Chad. Mais ça, c'est une affaire de Young... sans vouloir t'offenser. Je ne veux pas qu'il te voie et pense qu'il peut t'accuser de mentir ou d'avoir fabriqué des preuves contre lui juste parce que tu n'es pas d'ici. Enfin, il pourrait toujours le faire même si tu es au chalet, mais je veux t'éviter d'avoir à le voir ou entendre les accusations qu'il pourrait balancer.

Les épaules de Britt se détendirent.

— Je comprends. En plus, les locataires doivent arriver aujourd'hui. Très bien, je vais aller préparer le chalet.

— Merci, ma puce.

— Je vais t'accompagner, proposa Chad.

Plus vite Britt sortirait de la maison, mieux il se sentirait. Non pas qu'il pensait sincèrement qu'Otis représentait une menace, mais comme sa mère, il ne voulait pas qu'il dise quoi que ce soit qui puisse blesser Britt ou suggérer que ce qui s'était passé était de sa faute.

Il était prêt à en finir. Dégager Otis de Lobster Cove, parler à la police, porter plainte, passer à autre chose.

Nerveux, ne sachant pas quand Otis ou Camden allaient arriver, Chad se tourna vers Britt, pressé de la mettre en sécurité dans la location sur-le-champ.

— Prête ? demanda-t-il.

Elle le regarda avec un air confus.

— Oui, je suppose.

Il lui tendit la main.

Britt eut l'air de vouloir protester, gagner du temps, n'importe quoi, mais heureusement, elle se contenta de lui prendre la main et de se lever.

— D'accord. Merci.

Une fois debout, elle s'approcha d'Evelyn et l'embrassa sur la joue.

— Soyez prudente, d'accord ?

— Bien sûr. Otis ne va pas me faire de mal.

Chad eut envie de souffler du nez à cette remarque. Il lui avait déjà fait du mal. D'abord en lui volant pendant des années, puis en faisant saboter sa voiture par son fils.

Il n'était pas surpris que Britt pense la même chose.

— Vous ignorez ce dont un homme désespéré est capable. S'il vous a volée et qu'il se retrouve soudainement à la porte, impossible de prévoir comment il réagira.

Evelyn acquiesça.

— Je sais. C'est pour ça que je ne serai pas seule. Par précaution.

À contrecœur, Britt recula, et Chad reprit sa main. Ils sortirent de la maison, et il la vit regarder autour d'elle avec une certaine prudence.

— Il n'est pas encore là, dit Chad, comprenant ce qu'elle cherchait, ou qui elle cherchait.

Elle plissa le nez.

— J'étais si évidente que ça ?

— Un peu, répondit-il en haussant les épaules.

— C'est juste que... tout ça me semble tellement irréel. Tu penses vraiment qu'Otis est impliqué dans l'incident d'hier ?

— Je n'en suis pas certain, mais mon instinct me dit que oui. Camden aurait pu agir de son propre chef. Mais pour moi, c'est un peu trop gros comme coïncidence que juste après mon entrevue avec son père, Camden ait trouvé une excuse pour bidouiller la voiture de maman. Au minimum, Otis n'a pas découragé ce qu'il a fait.

— Tu penses que Camden est impliqué dans le détournement de fonds ?

— Il l'est sans doute. Il en a sûrement profité en recevant

des faveurs de son père. Et si Otis se fait virer, ça s'arrêtera aussi. Camden est loin d'être un bosseur. Si Otis a parlé de ma discussion avec son fils hier, Camden a peut-être décidé d'agir par lui-même. Ou alors, Otis lui a dit quoi faire. On ne saura peut-être jamais, parce que je doute que l'un ou l'autre avoue quoi que ce soit. Otis a eu des années pour perfectionner ses mensonges.

— Je suis désolée.

— Désolée de quoi ? demanda Chad. Tu n'es en rien responsable.

— Je sais, mais j'ai quand même l'impression d'avoir tout fait s'écrouler sur tout le monde.

Chad s'arrêta net et se tourna vers Britt. Il prit son visage entre ses mains et releva doucement sa tête pour qu'elle n'ait pas d'autre choix que de croiser son regard.

— Ne te sens pas coupable. Tu as été capable de voir quelque chose qui était juste sous notre nez depuis des années. On te doit beaucoup, Britt. Vraiment. Quoi qu'il arrive à ces deux-là, ça sera de leur faute, pas la tienne. Compris ?

Elle acquiesça.

— Bien, dit-il en baissant les mains et en les dirigeant vers la maison d'hôtes.

Il avait envie de continuer à la rassurer, mais il voulait aussi retourner à la maison pour se préparer à l'affrontement imminent avec Otis.

— Je suis désolée aussi, ajouta Britt alors qu'ils continuaient vers le chalet, que toi et ta famille deviez affronter une trahison pareille. Je l'ai vécue avec ma mère et avec Cole, et ça craint.

Chad réalisa alors qu'elle comprenait sans doute vraiment. La seule personne censée la soutenir et l'aimer sans condition, sa mère, l'avait laissé tomber à multiples reprises. De plus, être abandonnée dans le Maine sans argent et apparemment sans un regard en arrière par son ex avait été un autre coup dur.

Ils arrivèrent au chalet, et Chad ouvrit la porte, entraînant Britt à l'intérieur derrière lui. Il fit rapidement le tour de la maison pour s'assurer que tout était en ordre, puis serra Britt dans une longue étreinte.

— Ne force pas trop. Tu as eu un accident hier, dit-il.

— Oui, je m'en souviens, répondit-elle avec un sourire.

— Reste dans la maison. Quoi qu'il arrive, ordonna-t-il.

Son sourire s'évanouit.

— Désolée, mais si j'entends des cris ou pire... je ne vais pas rester cachée dans cette maison comme une lâche.

— Britt, j'étais dans l'armée, Zach était dans la marine, Linc était pilote dans l'Air Force, et Knox était dans la Garde-côtière. Je pense qu'on a la situation sous contrôle.

— Je sais, mais... je ne serai jamais le genre de femme à se cacher sous un lit quand tout part en vrille. Enfin... plus depuis que j'ai huit ans. Tu devrais le savoir maintenant.

— Et c'est justement ce que j'adore chez toi. Mais je ne veux pas que tu sois en danger.

— Chad, je pourrais être en danger en marchant dans la rue. Ou dans les bois, parce que les tiques d'ici sont horribles et transmettent la maladie de Lyme. Ou je pourrais trébucher en montant les escaliers. Ou...

— Est-ce qu'on peut arrêter de parler de la possibilité que tu te blesses ? demanda Chad, se sentant un peu nauséeux.

— Je dis juste que si tu penses qu'un jour je vais me planquer dans un placard pendant que toi ou quelqu'un de ta famille est en danger, tu te mets le doigt dans l'œil, mais alors vraiment.

— Si quelque chose t'arrivait, ça me détruirait, murmura-t-il.

— Si quelque chose t'arrivait pendant que je restais là à ne rien faire, ça me détruirait, répliqua-t-elle.

Chad fronça les sourcils. Il comprenait son point de vue,

mais cela allait toujours à l'encontre de tout son être de la laisser se jeter dans une situation instable ou dangereuse.

— Et si on faisait comme ça ? dit-elle. Et si je te promettais de ne pas foncer tête baissée ? Je vais analyser, observer, comprendre ce qui se passe et choisir la meilleure option avant d'agir.

Ça ne lui plaisait toujours pas, mais il préférait cela à la seconde option.

— D'accord.

— D'accord, répéta-t-elle. Et pour être claire... je n'aime pas la violence. Je n'aime pas la confrontation. Ni les cris. Donc je suis tout à fait heureuse de rester en arrière-plan et de ne pas m'impliquer, si c'est possible.

— Je te promets que c'est une exception. À Lobster Cove, tout est généralement paisible et sans souci.

— Je sais. Je l'ai vu par moi-même. Vas-y. Retourne auprès de ta mère. Je sais que tu meurs d'envie de retourner à la maison. Tu me diras quand ce sera sûr pour moi de revenir ?

— Je viendrai te chercher moi-même.

— Merci. Fais attention, Chad. Les hommes désespérés font des choses désespérées. Même les hommes de soixante-huit ans qui sont des amis de la famille depuis des décennies.

— Je sais.

Et c'était vrai. Il avait appris durant son temps dans l'armée et comme tireur d'élite que lorsqu'ils sont acculés, les gens sont capables de n'importe quoi. Il n'allait pas baisser sa garde avec Otis. Il se fichait qu'il ait soixante-huit, cent huit ou dix-huit ans.

Se penchant, il embrassa Britt longuement et lentement. Il avait besoin de ce souvenir pour affronter Otis. Sa mère dirige-rait la réunion, mais il lui faudrait user de tout son sang-froid pour ne pas exiger lui-même des réponses.

— Je t'aime, chuchota Britt.

Ces deux mots semblèrent parcourir tout le corps de Chad, lui donnant la force dont il aurait besoin pour affronter ce qui l'attendait. Ce serait désagréable, mais après aujourd'hui, ils pourraient tous repartir sur de nouvelles bases.

Ils trouveraient un nouveau comptable, quelqu'un d'autre pour vérifier les investissements de sa mère, et peut-être une personne capable de superviser toutes les entreprises de Lobster Cove. Lui et ses frères convaincraient leur mère que confier toutes les affaires financières à une seule personne n'était plus une bonne idée... mais après tout ce qui s'était passé avec Otis, elle n'aurait peut-être même pas besoin d'être convaincue.

— Je t'aime aussi, répondit Chad avant de reculer.

Elle lui fit un petit sourire et un geste de la main un peu maladroit mais adorable.

Le sourire aux lèvres, Chad se dirigea vers la porte. Il la ferma d'un geste décidé derrière lui, prit une grande inspiration, puis se dirigea vers la maison et la confrontation à venir.

Au fond de lui, il n'avait aucun doute qu'Otis était responsable de l'accident de la veille. Il avait paniqué après que Chad l'eut confronté. Ce serait intéressant de voir ce que cet homme aurait à dire. Comment il se défendrait. Mais peu importe, le résultat serait le même. Otis Calvert et son fils ne travailleraient plus pour Lobster Cove, ni n'auraient plus le moindre lien avec cet endroit, après ce jour-là.

20

Le respect de Chad pour sa mère se décupla alors qu'il observait son entrevue avec Otis. Elle était un véritable roc. Droite, inébranlable, sans jamais céder.

Otis était arrivé à la maison accompagné de Lincoln, tous deux affichant une mine renfrognée. Evelyn les avait accueillis à la porte et les avait conduits jusqu'au bureau. C'était là que son mari menait toutes ses affaires officielles, et en s'installant dans le fauteuil en cuir d'Austin derrière son grand bureau en bois, puis en invitant Otis à s'asseoir, elle avait donné le ton en prenant immédiatement le contrôle.

Lincoln et Chad s'étaient postés contre le mur près de la porte. Les bras croisés, ils ne manquèrent pas les regards nerveux qu'Otis leur lançait à plusieurs reprises, gigotant sur sa chaise face à Evelyn.

Elle ne tourna pas autour du pot. Elle aborda directement le sujet.

— Est-ce que vous détournez de l'argent de Lobster Cove ?

Otis bafouilla et bégaya dans son déni immédiat.

Mais Evelyn ne lâcha pas prise. Elle lui posa question sur

question, mentionnant des éléments bien précis qu'Otis eut du mal à justifier.

Il était évident qu'elle avait fait ses recherches la veille au soir. Au lieu d'aller se coucher, comme tout le monde le croyait, elle avait manifestement consulté les finances et l'inventaire du garage. Elle avait elle-même vérifié les éléments que Britt avait mis en lumière.

Elle avait aussi consulté les déclarations fiscales de Lobster Cove des dernières années. Sa mère n'était peut-être pas comptable, mais elle faisait un sacré bon boulot en posant les bonnes questions, des questions qui semblaient surprendre Otis et auxquelles il n'avait clairement pas de réponses satisfaisantes.

Il transpirait et répondait de façon vague, sans s'incriminer, mais sans fournir non plus de détails vérifiables. Il mentait par omission, s'efforçant de ne rien dire qui pourrait se retourner contre lui plus tard.

Finalement, Evelyn sembla en avoir assez. Elle repoussa une pile d'anciennes déclarations fiscales sur le côté et se pencha en avant, posant les coudes sur le bois rugueux du bureau. Elle soutint le regard d'Otis sans ciller.

— Tu as été mon ami pendant des décennies, Otis. On a ri ensemble, pleuré, partagé des bons et des mauvais moments. Je ne sais pas comment j'aurais affronté la mort d'Austin sans toi. Et pourtant, j'ai l'impression que tout ça ne signifiait rien pour toi.

— Quoi ? Ce n'est pas vrai.

— Hier, j'aurais pu mourir. Sans les réflexes de Britt, on se serait noyées toutes les deux. Ou alors tuées dans une collision frontale avec une autre voiture ou un arbre. Dis-moi en face que tu n'as rien à voir avec le sabotage de la voiture. Dis-moi que tu n'as pas parlé à ton fils pour lui dire que la mascarade était terminée. Dis-moi que l'argent que tu volais à Austin, à mes fils, à moi, commençait à se tarir.

— Je n'ai rien fait.

Otis répondit sans aucune hésitation, mais même à l'oreille de Chad, ils sonnaient faux.

Sa mère soupira et s'enfonça dans son siège.

— Tu es viré, Otis. C'est fini. Toi et ton fils, vous n'avez plus le droit de mettre les pieds à Lobster Cove. Pour aucune raison. Notre amitié est terminée. Tu as laissé la cupidité l'emporter. Je suis écœurée et déçue. Oh, et je vais déposer des ordonnances restrictives contre toi et Camden. Si vous vous approchez à moins de cent mètres de moi ou de Lobster Cove, vous serez arrêtés. Tous les mots de passe des comptes auxquels tu avais accès ont déjà été changés.

Le visage d'Otis pâlit brusquement. Il avait l'air en état de choc. Comme s'il n'arrivait pas à croire qu'il venait vraiment d'être viré.

Evelyn se leva alors, posant fermement les paumes sur le bureau tout en gardant le contact visuel avec l'un de ses plus vieux amis.

— Austin doit se retourner dans sa tombe. Je suis soulagée qu'il ne soit plus là pour apprendre ce que l'un de ses meilleurs amis a fait. Comment tu as trahi sa famille. Austin s'est tué à la tâche pour Lobster Cove. J'ai toujours su qu'on aurait dû avoir beaucoup plus de bénéfices pour tout ce travail. Et maintenant, on sait que c'est parce que tu volais l'argent qu'il avait gagné à la sueur de son front, espèce d'ordure ! Dégage. On se reverra au tribunal. Je ferai tout ce qu'il faut pour récupérer chaque foutu centime que tu as volé. Pas pour moi. Pour mes garçons. Pour l'héritage de Lobster Cove.

— Evelyn… commença Otis sur un ton suppliant.

Mais elle n'en avait rien à faire.

— Dehors ! ordonna-t-elle en pointant la porte du doigt, les yeux plissés.

Si Chad n'avait pas regardé Otis à l'exact instant où celui-ci se retournait pour partir, il aurait manqué l'éclair de haine pure qui traversa son regard. Et même ainsi, Chad n'était pas sûr d'avoir vraiment vu ce qu'il pensait. Car aussi vite que l'émotion avait jailli, elle s'était évanouie.

Otis s'arrêta devant la porte.

— Je sais que tu ne me crois pas, mais je n'ai rien à voir avec ton accident. Et j'ai toujours été honnête, avec toi et avec Austin. Je ne vous aurais jamais volés.

— Dehors, répéta Evelyn, cette fois avec une immense lassitude.

Sans ajouter un mot, il partit. Lincoln le suivit, tandis que Chad restait derrière, aux côtés de sa mère.

— Maman ?

Elle secoua cependant la tête.

— Pas maintenant, Chad. J'ai besoin d'un instant. Seule.

Il détestait la laisser alors qu'elle avait l'air si... brisée. Mais si c'était ce dont elle avait besoin, alors il le lui donnerait. Elle allait se relever. Elle le faisait toujours. Sa mère était la femme la plus forte qu'il connaisse.

Chad s'approcha de là où elle s'était assise dans le grand fauteuil en cuir et déposa un baiser sur le sommet de sa tête.

— Je suis fier de toi, dit-il doucement, voulant qu'elle sache ce qu'il ressentait. Ce n'était pas facile, et tu as été incroyable.

Elle acquiesça, mais ne dit rien.

Chad la quitta et alla jusqu'à la fenêtre à l'avant de la maison, observant Lincoln, Knox et Zach, bras croisés, fusillant Otis du regard alors que celui-ci montait dans sa voiture, Camden déjà installé côté passager, et démarrait.

C'était fini.

Avec un peu de chance, c'était la dernière fois qu'ils verraient les Calvert à Lobster Cove.

Mais à peine cette pensée lui traversa-t-elle l'esprit que le ventre de Chad se noua. Il avait un mauvais pressentiment, comme si ce n'était pas la fin de l'histoire. Il espérait simplement que, quoi qu'il arrive, ça se passerait dans une salle d'audience, et pas autrement.

* * *

— On est foutus, dit Otis à son fils.

— C'est n'importe quoi ! Ils n'ont aucune preuve, pesta Camden.

— Ils en auront. Ils ont changé les mots de passe de tous leurs comptes, donc je ne peux plus effacer mes traces.

— Putain. En plus, Zach et Knox m'ont bien fait comprendre que la police a mis la CR-V en fourrière. Ils vont trouver les câbles de frein coupés et voir que le volant a été trafiqué. Qu'est-ce qu'on va faire ? Comment on va trouver assez d'argent pour vivre ?

— Tu pourrais essayer de trouver un vrai boulot à plein temps, marmonna Otis dans sa barbe.

Il était furieux. Plus à cause d'avoir été pris la main dans le sac que de la fin d'une amitié qui avait duré des décennies.

Pour être honnête, il n'avait pas toujours volé les Young. Ça avait commencé assez récemment... il y a une dizaine d'années environ. C'était trop facile parce qu'Austin était tellement confiant. Quand Camden était venu vivre chez lui après sa dernière peine de prison, cette fois pour homicide involontaire, Otis avait eu besoin d'un peu d'argent supplémentaire. Il avait une bouche de plus à nourrir, et toutes les autres dépenses liées à Cam. Au début, il se sentait coupable, mais Austin et Evelyn avaient largement les moyens. Il y avait peu de chances qu'ils remarquent quelques milliers de dollars en moins par an.

Avec les années, il lui était devenu progressivement difficile de se contrôler. Camden, qui réclamait toujours plus d'argent à son vieux père, n'aidait pas non plus. Otis avait cédé à la tentation et avait commencé à se servir autant qu'il le voulait. Plus que de raison.

Mais Otis ne blâmait pas son fils. Il aurait pu dire non. Il aurait pu poser ses limites, le mettre à la porte et le forcer à se débrouiller seul. Mais il ne l'avait pas fait. De plus, à cause de son divorce houleux, Otis s'en voulait un peu pour ce qu'était devenu son fils, colérique, prompt à en venir aux poings quand il était provoqué, et d'une avidité sans fin.

Et maintenant... ils en étaient là.

— C'est la faute de cette conne. Si elle n'avait pas fait sa fouineuse, rien de tout ça ne serait arrivé, grogna Camden.

Otis acquiesça. Tout ça, c'était la faute de Britt Starkweather. Elle avait une telle emprise sur Chad qu'il avait choisi de la croire, elle, plutôt qu'un homme qu'il connaissait depuis toujours. C'était une insulte énorme, même si Britt avait eu raison.

— Je ne retournerai pas en prison, se promit Camden.

Une sensation de panique grandit dans la poitrine d'Otis. Lui non plus ne voulait pas finir en prison. Mais il avait encouragé son fils à trafiquer la voiture d'Evelyn, et il avait détourné de l'argent des comptes de Lobster Cove pendant des années. Il serait reconnu coupable tout autant que son fils. Et l'idée de passer le reste de sa vie derrière les barreaux lui faisait peur. À son âge, il serait une proie facile.

— Personne n'ira en prison, jura-t-il.

— Alors qu'est-ce qu'on va faire ?

— Je ne sais pas. Si Evelyn avait été seule quand ses freins ont lâché, ça se serait passé autrement. Si Britt n'avait pas été avec elle, ces gamins auraient sûrement été plongés dans les préparatifs des funérailles et le deuil. J'aurais eu le temps de couvrir mes traces. Et ils aiment peut-être Lobster Cove, mais si leur mère mourait subitement, je doute que l'un d'eux veuille vraiment rester au milieu de nulle part, dans ce trou paumé du Maine. Ils sont venus ici spécialement pour aider Evelyn avec la propriété, et s'ils n'ont plus de raison de rester...

Sa voix s'éteignit sur une insinuation.

— Je ne sais pas trop. Chad a l'air plutôt content de vivre là-bas, dit Camden avec scepticisme.

— Merde ! pesta Otis, l'esprit en ébullition. Si je peux juste éloigner Evelyn de ses foutus fils pour lui parler, je sais que je pourrai la convaincre que tout va bien.

— Comment tu vas faire ça ? Elle t'a viré, papa. Et elle va demander une ordonnance restrictive.

Otis haussa les épaules.

— C'est juste un bout de papier. Ça ne m'empêche pas vraiment de faire quoi que ce soit. Je vais lui laisser un peu de temps pour se calmer, puis je l'aborderai.

— Et si elle ne veut pas parler ? Si elle appelle la police ? Ou s'ils viennent te chercher avant que tu puisses t'entretenir avec elle ? Et après ?

— Je ne sais pas ! cria Otis, excédé par les questions de Camden. Mais je dois bien essayer quelque chose ! Je vais tout arranger.

— Oui, c'est ça. Je pense que tu devrais me laisser gérer, papa.

Otis souffla du nez.

— Et toi, tu ferais quoi, monsieur-je-sais-tout ?

— Je crois qu'on en est au point où parler ne sert plus à rien. Et si plus personne n'est là pour porter plainte, on sera tirés d'affaire.

Otis cligna des paupières.

— Tu comptes faire quoi ? Tous les tuer ? Evelyn, Knox, Lincoln, Chad et Zach ?

— Si j'y suis obligé, répondit calmement son fils.

Arrivé au bout de la longue allée de Lobster Cove, Otis fixa longuement son fils du regard, ayant du mal à croire qu'ils étaient en train de tenir cette conversation.

— Tu crois que ça me sortirait d'affaire ? demanda-t-il enfin, à voix basse.

— Peut-être. Peut-être pas. Je suis sûr que certains flics continueront de penser que tu es coupable. Mais si tu peux supprimer des fichiers ou les truquer, sans les Young pour témoigner, il pourrait y avoir assez de doute pour compliquer les poursuites, expliqua Camden.

Otis n'en était pas si sûr... mais l'idée d'éliminer ceux qui avaient complètement bouleversé sa vie était étrangement tentante.

— En plus, continua-t-il, je déteste cette garce. La nouvelle. Elle se croit tellement maligne ? Elle ne l'est pas. Tout fonctionnait très bien avant qu'elle ne fourre son nez là où il ne fallait pas. Si ce n'était pas elle qui avait pris le volant, on se serait occupés d'Evelyn, et les choses seraient très différentes maintenant.

Son fils n'avait pas tort. Pourtant...

— Je ne sais pas trop, Cam...

— Moi je sais. C'est toi qui nous as mis dans ce merdier. C'est moi qui vais nous en sortir, le coupa-t-il. On a l'argent que tu as transféré la semaine dernière. On s'en servira pour quitter l'État. On repartira à zéro quelque part. Peut-être en Alaska.

Otis ne s'opposait pas à l'idée de tout recommencer de l'autre côté du pays. Si cela pouvait lui faire éviter la prison, il était prêt à partir loin, très loin.

Il soupira, puis croisa le regard de son fils.

— Comment je peux t'aider ?

Camden esquissa un sourire en coin.

— T'es chiant, pépé, mais je t'aime bien.

— Je t'aime aussi, répondit Otis. C'est quoi le plan ?

Ils passèrent le reste du trajet à élaborer une stratégie. À temps désespérés, mesures désespérées, et Otis Calvert n'irait pas en prison. Une pointe de remords le traversa à l'idée de ce que lui et Camden préparaient contre les Young, mais c'était inévitable.

La cible la plus facile était Evelyn. Elle serait l'appât pour le reste de la famille.

Avec un peu de chance, à cette même heure la semaine suivante, lui et Camden seraient en route pour l'Alaska et le début d'une nouvelle vie, prêts à faire table rase du passé.

Ça allait marcher.

Il le fallait.

Il n'y avait pas d'autre solution.

21

Le reste de la semaine fut... tendu. Britt ne pouvait pas le décrire autrement. Tout le monde était sur les nerfs. Les inspecteurs de police étaient venus à Lobster Cove pour interroger Britt et Evelyn à propos de l'accident. Une fois que Britt eut fini de leur raconter tout ce dont elle se souvenait, ils confirmèrent ses soupçons, que les freins et la direction avaient tous deux été sabotés.

Walt et Barry avaient réaffirmé qu'ils témoigneraient au tribunal que c'était Camden qui avait suggéré qu'il y avait un problème avec la voiture d'Evelyn, et que c'était lui qui avait travaillé sur le véhicule en refusant leur aide. L'absence d'empreintes digitales sur la voiture, à l'exception de celles de Camden, confirma leurs déclarations.

Le consultant financier indépendant engagé par Lincoln passait en revue des années de déclarations fiscales et autres documents financiers, et avait affirmé, de manière préliminaire, que tous les soupçons des Young étaient fondés. De grosses sommes d'argent avaient été détournées chaque mois, très probablement par Otis. Il faudrait du temps pour déterminer précisément combien, sur quels comptes et depuis combien d'années.

Le procureur n'était pas encore prêt à engager des poursuites, mais ces dernières allaient arriver. C'était inévitable.

Si tout le monde à Lobster Cove était soulagé qu'Otis et Camden soient enfin tenus responsables de leurs actes, une atmosphère de deuil planait également sur la propriété, pour la deuxième fois en quelques mois seulement. Otis était autant une institution dans cet endroit qu'Austin Young l'avait été. Evelyn lui avait fait confiance. Tout le monde lui avait fait confiance. Et il les avait trahis de la pire manière possible.

Britt faisait de son mieux pour que tout ce qu'elle pouvait gérer tourne sans accroc, afin de soulager Evelyn et les autres du stress. Elle avait complètement pris en charge tout ce qui concernait les maisons d'hôte, accueillant les locataires et s'assurant qu'ils ne manquaient de rien. Elle répondait aux demandes par e-mail et gérait le site Internet qu'ils utilisaient pour réserver les séjours. Elle nettoyait les chalets, préparait des pâtisseries pour les clients, et était devenue, en quelque sorte, le visage des Locations Lobster Cove.

Elle continuait aussi à aider avec l'inventaire au garage. Walt et Barry étaient discrets, mais plus occupés que jamais depuis le départ de Camden. Certes, il ne travaillait qu'à temps partiel, mais même les quelques heures qu'il avait effectuées avaient permis de décharger un peu la pression pesant sur les deux hommes.

Lincoln avait pris l'initiative d'aider à Lobster Cove dès qu'il le pouvait. Zach s'efforçait de rendre son échoppe de homards rentable, et Knox travaillait chaque jour avec les garde-côtes.

Tout le monde était occupé, mais le poids de la trahison d'Otis planait sur Lobster Cove comme un linceul. Malgré son renvoi, les dégâts qu'il avait causés étaient toujours au premier plan dans l'esprit de chacun.

Britt préparait des muffins dans la cuisine pour les déposer dans le chalet à deux chambres, en guise de cadeau de bienvenue, quand Chad entra dans la maison. Il était sale et trempé de sueur, avec une lueur déterminée dans le regard.

— On a besoin d'une pause, déclara-t-il.

— Quoi ?

— Une pause, répéta-t-il. Tu n'as pas encore nagé dans la crique.

— Chad, l'eau est glacée, lui répondit Britt.

— Elle est fraîche, pas glacée. On a eu quelques jours chauds récemment, et il est temps que tu aies droit à un vrai accueil à Lobster Cove.

Britt fronça les sourcils.

— Et quel est cet accueil ?

— La balançoire du homard.

— La quoi ?

— La balançoire du homard. C'est une balançoire suspendue à un arbre près du rivage. C'est la tradition, tous ceux qui vivent et travaillent à Lobster Cove doivent l'essayer au moins une fois. Tout le monde l'a déjà fait, sauf toi. Même certains clients des chalets l'ont déjà utilisée.

— Ça ira, répondit Britt, peu enthousiaste à l'idée de plonger dans l'eau.

Oui, il faisait chaud, mais ça ne voulait pas dire que l'eau l'était aussi. Pour une fille habituée aux plages du Sud, ce n'était même pas tiède.

— Allez, ça va être marrant, insista Chad d'un ton enjôleur.

La porte d'entrée s'ouvrit, et Knox et Zach entrèrent.

— On m'a dit que c'était le jour de la balançoire du homard ! s'exclama Zach. J'ai laissé l'échoppe à mes employés pour quelques heures, hors de question que je rate le jour d'ouverture de la balançoire !

— Pareil, approuva Knox. Ça fait une éternité qu'on n'est pas montés dessus.

— Et comment vous savez qu'elle ne va pas casser ? La corde est peut-être pourrie, fit remarquer Britt.

— Aucune chance. D'ailleurs, Lincoln y est déjà, en train de la vérifier.

— Maman ! cria Knox dans le couloir. C'est l'heure de la balançoire du homard !

Deux secondes plus tard, Evelyn passa la tête par la porte du bureau.

— Wouhou ! s'exclama-t-elle. Britt, tu vas adorer. Laissez-moi juste le temps de me changer. Ne partez pas sans moi !

Britt se tourna vers les frères, bouche bée.

— Votre mère va le faire ?

— Oui, donc tu n'as aucune excuse pour te défiler, dit Chad en riant. Allez. Monte te changer. Je ne sais pas si tu as un maillot de bain, mais sinon, tu peux mettre un short et un débardeur.

Tandis que Britt montait les escaliers, elle se demanda comment elle s'était laissé embarquer là-dedans. Elle savait nager, mais elle se souvenait parfaitement combien l'eau était glacée il y a moins d'une semaine, quand elle avait eu l'accident avec la voiture d'Evelyn et s'était retrouvée immergée en s'échappant de l'épave.

Mais si Evelyn pouvait le faire, et semblait même impatiente de s'y mettre, alors elle aussi en était capable.

Britt se changea puis redescendit les marches, secouant la tête en entendant les frères parler de leur jeunesse, quand ils passaient des heures à jouer sur la balançoire et à se baigner dans les eaux de la crique.

Au moment où ils sortirent tous ensemble de la maison en direction de la fameuse balançoire du homard, Britt se rendit compte que, pour la première fois depuis le départ d'Otis, l'ambiance chez les Young avait changé. Tout le monde était de bonne humeur, riait, racontait des souvenirs joyeux autour de la balançoire. C'était un changement bienvenu.

Ils marchèrent le long du rivage, passèrent devant le banc, puis empruntèrent un sentier qui montait à travers les arbres, les menant à environ trois mètres au-dessus de l'eau. Ils redescendirent ensuite par un deuxième sentier à peine visible, si on pouvait appeler ça un sentier, qui serpentait en direction du rivage.

Le sentier s'achevait brusquement au pied d'un grand arbre, d'où pendaient deux longues et épaisses cordes solides, attachées à une planche de bois formant l'assise. Les cordes étaient enroulées autour de gros crochets vissés dans le tronc, manifestement pour sécuriser la balançoire quand elle n'était pas utilisée, afin d'éviter qu'elle ne s'emmêle dans les branches de l'arbre pendant l'hiver ou en cas de tempête.

Il y avait une pente d'environ trois mètres qui descendait vers l'eau, et Britt remarqua que quelqu'un avait bricolé un escalier grossier en bois sur la pente rocailleuse, afin que ceux qui étaient dans l'eau puissent remonter facilement jusqu'à la terre ferme.

Enfin, juste à côté de l'arbre, se trouvait une caisse en bois. Britt n'arrivait pas à comprendre exactement à quoi elle servait. Peut-être à ce que quelqu'un se tienne dessus pour surveiller que celui qui se balançait le faisait en toute sécurité ?

Elle n'eut pas à attendre longtemps pour le découvrir. Knox, tout excité, était déjà en train d'enlever son T-shirt en criant :

— Moi d'abord !

Les autres frères Young grognèrent gentiment, mais aucun ne semblait vraiment contrarié que Knox veuille passer le premier. Britt se tenait près d'Evelyn, qui souriait, pendant qu'ils regardaient Knox grimper sur la caisse. Zach délia les cordes de leur crochet de sécurité contre l'arbre et tendit la balançoire à son frère.

Knox tira dessus plusieurs fois avec force. Apparemment satisfait de sa solidité, il s'assit sur l'épaisse planche de bois fixée en bas des cordes. Elle ressemblait à n'importe quelle balançoire d'aire de jeux ou de cour d'école. À ceci près que les cordes étaient extrêmement longues, et que l'océan s'étendait juste en dessous en venant lécher le rivage.

Knox se mit sur la pointe des pieds, puis bondit en arrière. Il poussa un grand cri en se balançant au-dessus de l'eau. Lincoln s'avança, et quand la gravité ramena Knox vers la terre ferme, il lui donna une grande et puissante poussée dans le dos, ce qui permit à son frère d'aller bien plus haut lorsqu'il s'éleva de nouveau au-dessus de la surface.

Ils le firent plusieurs fois, et à la quatrième environ, Knox se propulsa dans les airs depuis la planche, au moment où la balançoire atteignait son point culminant. Il battit un peu les bras et les jambes dans le vide tandis qu'il poussait un nouveau cri de joie avant de plonger vers l'eau. Il toucha la surface dans un énorme splash et refit surface en riant, secouant la tête, des gerbes d'eau volant dans toutes les directions.

— Waouh ! La température n'a rien à voir avec celle de la Floride !

Tout le monde éclata de rire.

— Gros bébé !

— Tu es resté trop longtemps loin du Maine ! Tu es devenu une chochotte !

— Fais pas ta mauviette !

Les frères de Knox ne perdirent pas une seconde pour se moquer de lui après qu'il eut insinué que l'eau était froide.

Évidemment, Britt fut aussitôt nerveuse. Si Knox la trouvait froide, alors elle devait être carrément glaciale. Combien de degrés avait-elle pris depuis l'accident ? Pas beaucoup, présuma-t-elle.

Cela dit, Knox ne passa pas beaucoup de temps à nager. Il se dirigea immédiatement vers le rivage et emprunta l'escalier de fortune pour remonter à moitié en marchant, à moitié à quatre pattes, jusqu'à rejoindre les autres.

Une seconde, Britt riait des plaisanteries bon enfant, et celle d'après, elle poussait un cri aigu alors que Knox fonçait droit sur elle pour la serrer dans un énorme câlin, trempant ses vêtements au passage.

— Knox ! protesta-t-elle en essayant de se dégager.

— J'essaie juste de te préparer pour ton tour, répliqua-t-il en riant.

Chad finit par repousser son frère.

— À moi, grogna-t-il avec une fausse moue mécontente.

Tout le monde se remit à rire, et toute trace de tension liée aux derniers jours semblait avoir complètement disparu.

Britt n'avait même pas remarqué que Knox tenait une autre corde en remontant la berge, mais apparemment elle était attachée au bas de la balançoire, et que c'était ainsi qu'on la préparait pour la personne suivante. Lincoln ramena la balançoire vers l'arbre et la tint en place pendant que Zach montait sur la caisse.

— Pourquoi la caisse ? demanda Britt à Chad en se penchant vers lui.

Il avait glissé un bras autour d'elle, et c'était agréable. Il était chaud, et même si la température de l'air frisait le brûlant sous le soleil, ses vêtements étaient désormais humides à cause de Knox, ce qui la faisait frissonner.

— Ça donne plus d'élan. La balançoire va plus vite et plus haut que si on montait depuis le sol.

— Je ne suis même pas sûre que j'arriverais à monter dessus sans elle, observa Britt.

Chad rit.

— C'est l'autre raison. Quand papa l'a installée, il s'est planté dans les mesures et a fait les cordes un peu trop courtes pour que maman puisse grimper dessus. Il a essayé de faire croire que c'était voulu, que le plan avait toujours été d'utiliser la caisse, mais on savait tous que c'était faux.

Ce n'était pas la première fois que Britt regrettait de ne pas avoir connu Austin Young. Il avait élevé de sacrés bons garçons, et il était évident qu'il adorait son petit coin de paradis ici, à Lobster Cove.

Zach poussa un cri de Tarzan alors qu'il s'élançait dans les airs pour plonger dans l'eau. Britt devait bien admettre que tout ce qui concernait cette balançoire avait l'air amusant.

— Pourquoi on l'appelle la balançoire du homard ? demanda-t-elle à Chad pendant que Zach attrapait la corde qui servait à ramener la balançoire et se dirigeait vers la rive.

— Tout ici s'appelle un truc avec homard, lui expliqua-t-il. C'est un genre de blague locale. Les gens du Maine savent que tout ce qui contient le mot homard se vend mieux auprès des touristes, alors ils en profitent. Et comme on est à Lobster Cove, on a trouvé que balançoire du homard sonnait bien.

— Raconte-lui la vraie histoire, le réprimanda Evelyn.

À la surprise de Britt, les joues de Chad rosirent.

— Oh, ça, je dois l'entendre, le taquina-t-elle.

Mais Evelyn prit la parole avant que Chad ne puisse répondre. Elle raconta l'histoire de sa propre bouche.

— Quand Chad avait environ huit ans, avant qu'Austin n'installe la balançoire, et environ un an après la naissance de Zach, lui et Lincoln jouaient dans l'eau ici. Comme tu peux le voir, il y a une petite zone protégée où ce n'est pas très profond. Lincoln, qui avait autour de onze ans, devait veiller sur son petit frère. Ils devaient toujours être en binôme quand ils allaient jouer là. Bref, il est rentré en courant dans la maison, en criant que Chad se faisait attaquer. Bien sûr, j'ai paniqué, et Austin et moi avons foncé dehors pour voir ce qu'il se passait. Et là, on trouve Chad debout dans l'eau, en pleurs, avec un homard accroché à son pénis. Ils s'étaient baignés nus, comme nos garçons avaient l'habitude de le faire, et apparemment, ce homard avait pris son... tu sais... pour de la nourriture. Austin et moi avons essayé de ne pas rire, parce qu'on savait que le pauvre Chad devait avoir très mal, mais une fois le homard détaché et après s'être assurés qu'il n'avait rien de grave, on n'a plus pu se retenir. Peu après, Austin a installé la balançoire. On a commencé à l'appeler la balançoire du homard à cause de l'emplacement et de ce qui était arrivé à Chad. Le nom est resté.

Britt fit de son mieux pour ne pas rire, mais c'était impossible, surtout en voyant les frères de Chad presque pliés en deux. Zach et Knox étaient trop jeunes pour se souvenir de l'incident, mais l'histoire avait manifestement été maintes fois répétée.

— Désolée, dit Britt en essayant de se contenir, mais je t'imagine parfaitement debout là-bas, en essayant de ne pas bouger, terrifié à l'idée que le moindre geste fasse pincer encore plus fort ce homard.

— J'avais sincèrement extrêmement peur qu'il me coupe le zizi, répondit Chad avec un petit sourire en haussant les épaules.

— J'ai une question... demandant Britt, usant de toute sa volonté pour retenir ses gloussements.

— Quoi donc ? demanda Chad.

— Qu'est-il arrivé au homard ?

— Austin l'a ramené à la maison et on l'a mangé pour le dîner, bien sûr, répondit Evelyn.

C'en était trop. Britt éclata de rire. Tout le monde se joignit à elle, y compris Chad. Elle était contente qu'il ne semblait pas vexé qu'ils se moquent, en fin de compte, d'un souvenir qui avait dû être traumatisant pour lui.

— À moi ! s'écria Evelyn en s'avançant vers la caisse.

Lincoln aida sa mère à monter dessus pendant que Knox la stabilisait par derrière.

Britt était impressionnée par cette femme. Elle n'hésita pas une seconde, et la joie sur son visage lorsqu'elle sauta de la caisse et se lança dans les airs était contagieuse. C'était une femme qui aimait les plaisirs simples. Une femme qui ne se contenterait jamais de rester enfermée chez elle à passer à côté de la vie et de tout ce qu'elle avait à offrir. Peut-être qu'elle n'avait jamais beaucoup voyagé, ayant passé la majeure partie de ses jours ici, à Lobster Cove, mais elle était en paix avec elle-même. Avec ce qu'elle avait. Et du point de vue de Britt, elle semblait posséder tout ce dont n'importe qui pourrait vouloir.

Lincoln poussa sa mère lorsqu'elle revint vers la rive, mais pas aussi fort qu'il avait poussé son frère. Après quelques balancements, quand elle sentit qu'elle était assez haut, la matriarche de la famille Young sauta de la balançoire. Elle éclata de rire en traversant les airs avant de retomber dans l'eau.

Chad quitta les côtés de Britt et descendit le talus, tendant la main à sa mère alors qu'elle revenait vers la rive. L'amour que lui et ses frères lui portaient tira des larmes aux yeux de Britt. Une fois de plus, elle pensa à la relation qu'elle avait avec sa propre mère, et à tout ce qu'elles avaient manqué au fil des années.

Un léger bruit derrière elle la fit se retourner, et à sa grande surprise, elle vit un petit garçon qui dépassait timidement la tête derrière un arbre, près du sentier qui s'enfonçait dans les bois. Elle s'approcha de Lincoln, lui donna un léger coup de coude et désigna discrètement du menton l'endroit où le garçon observait Evelyn et Chad en train de gravir les marches rudimentaires.

C'était Kash. Ses cheveux roux partaient dans tous les sens, et l'expression de mélancolie sur son visage serra le cœur de Britt. Elle ne connaissait que trop bien ce sentiment, celui d'être à l'écart, observant les autres s'amuser. Les fêtes d'anniversaire auxquelles elle n'était pas invitée, les barbecues du quartier où sa mère n'avait pas été conviée, ou ne pouvait pas aller, parce qu'elle travaillait. Regarder un parc d'attractions bondé depuis la voiture pendant qu'elle et sa mère passaient devant.

Ce n'était un secret pour personne que les Young ne s'entendaient pas avec leur voisin. Ils trouvaient Victor Rogers grincheux et exécrable. Britt se demanda un bref instant si cette aversion s'étendrait à son petit-fils, mais à son grand soulagement, Lincoln ne sembla pas dérangé que le garçon les espionne.

— Hé, tu dois être Kash. J'ai entendu dire que tu avais emménagé à côté de chez nous. Et aussi que tu avais pris possession de notre cabane dans les bois. C'est cool, dit Lincoln d'une voix basse et amicale en s'adressant au petit garçon.

— La cabane Bad Assery, dit Chad en remontant sur la terre ferme autour de l'arbre. Salut, Kash. Content de te revoir. Je suis impressionné par le soin avec lequel tu as sécurisé la cabane et tes affaires pour qu'elles ne soient pas trop abîmées par la tempête. C'est génial.

La décontraction des hommes et leurs paroles accueillantes firent sortir Kash de derrière l'arbre où il s'était caché.

— Oui. Certains livres étaient un peu humides, mais rien de grave, dit-il.

— Tant mieux. Super. Tu connais mes frères ? demanda Chad.

Il secoua la tête.

— Voici Lincoln, c'est l'aîné. Moi je suis le suivant. Ensuite il y a Knox, et Zach, c'est notre petit frère. Et voici ma mère.

— Bonjour, mon chou, le salua Evelyn.

— Vous avez fait de la balançoire, dit-il en fixant Evelyn du regard.

— C'est bien vrai. Et c'était amusant ! confirma-t-elle avec un sourire.

— Mon grand-père dit que vous êtes méchante. Que vous êtes une rabat-joie.

Britt se raidit, mais personne ne sembla offensé par les mots du garçon.

Evelyn rit.

— C'est parce que ton grand-père est un grincheux. Il n'aime pas grand-chose, ni grand monde, s'ils ne rentrent pas dans l'idée qu'il se fait de comment ils devraient être. Par exemple, il pense que je devrais porter un tablier en permanence et rester dans la cuisine. Ce qui est absurde. D'abord, il y a plein d'autres choses à faire à Lobster Cove que de rester enfermée à cuisiner toute la journée. Et ensuite... je ne crois pas avoir jamais possédé un tablier de toute ma vie.

Kash baissa brièvement les yeux au sol.

— Il pense que je devrais faire du foot. Ou du base-ball. Mais moi, je préfère lire et regarder les étoiles.

Evelyn sourit.

— C'est génial de bouquiner et observer les étoiles. Moi aussi, j'adore ça.

Kash hocha la tête avec enthousiasme, et Britt se demanda si c'était la première fois de sa vie qu'on lui disait qu'il avait le droit d'être lui-même. Cela la fit penser à sa mère. Où était-elle ? Était-elle aussi grincheuse que son père ? Souhaitait-elle aussi que son fils soit plus sportif ?

— Tu veux essayer ? demanda Lincoln à Kash.

Le garçon tourna vivement la tête pour lever les yeux vers Lincoln.

— Vraiment ?

— Bien sûr. C'est une tradition, toute personne qui vit ou travaille à Lobster Cove doit essayer la balançoire. Britt ne l'a pas encore fait, mais elle va le faire, puisqu'elle vit désormais ici et qu'elle sort avec mon frère.

— Je ne vis pas ici, et je n'y travaille pas, fit remarquer Kash.

— Tu squattes notre cabane. Ça compte, répliqua Lincoln en haussant les épaules.

Kash détourna le regard vers la balançoire dans sa main, puis jeta un œil en arrière vers le chemin d'où il était venu.

— Je ne sais pas, dit-il en se mordant la lèvre. Je ne suis pas censé être là. Si papi l'apprenait...

— Et si tu te contentais de regarder, alors ? proposa Lincoln, ne lui mettant aucune pression.

— Peut-être un petit moment, alors.

Britt détourna la tête pour que Kash ne voie pas son sourire. Elle avait le pressentiment qu'il ne faudrait pas longtemps avant qu'il cède à son désir évident d'essayer la balançoire. Quel petit garçon pourrait y résister ?

— D'accord, Britt. À toi, déclara Lincoln d'un ton ferme en se tournant dans sa direction.

Son sourire s'effaça.

— Oh, euh... je ne sais pas trop.

— Allez. C'est génial ! insista Evelyn.

Britt n'était pas convaincue. Elle aimait bien les balançoires, bien sûr, mais elle n'avait jamais été très douée pour sauter de l'une d'elles en plein vol. Toutes ses amies le faisaient quand elles étaient petites, mais pour Britt, ça avait toujours semblé un peu dangereux. Et quand Becky Coleman avait tenté le coup en CM1, qu'elle s'était mal réceptionnée, était tombée sur le visage et avait eu besoin de trois points de suture au menton, cela avait renforcé sa volonté d'utiliser les balançoires telles qu'elles ont été conçues... et de garder ses fesses bien plantées dessus du début à la fin.

Mais elle se retrouva en train d'avancer vers la caisse, alors que tout en elle hurlait de reculer. De courir jusqu'à la maison et de s'y cacher. Si Evelyn peut le faire, alors moi aussi. C'est ce qu'elle se répéta en inspirant profondément et en levant la jambe pour poser le pied sur la première marche de la caisse.

Avant même qu'elle soit prête, elle se tenait déjà debout au sommet de la plateforme et hissait ses fesses sur la balançoire. Son cœur battait à tout rompre, ses mains étaient moites, et elle avait l'impression d'hyper-ventiler.

— Tu vas y arriver. Pousse en arrière, puis lève les jambes. Tu vas te balancer au-dessus de l'eau, et quand tu reviendras, Lincoln te donnera une impulsion pour que tu montes un peu plus haut. Vers le quatrième ou cinquième élan, au sommet de l'arc, saute. Tu auras l'impression de voler, expliqua Chad.

Britt acquiesça, agrippant les cordes de chaque côté d'elle de toutes ses forces. Il y avait tellement de choses qui n'allaient pas dans cette situation qu'elle ne savait même pas par où commencer. Elle n'avait aucune idée de la profondeur de l'eau, mais puisque personne d'autre ne semblait s'en inquiéter, elle ne devrait pas non plus. Pourtant, et si l'élan la projetait en avant et qu'elle faisait un plat sur l'eau ou tombait la tête la première ? Et si l'eau était si froide qu'elle n'arrivait plus à respirer après avoir plongé ?

Elle ne pouvait pas s'empêcher de repenser à l'histoire du homard accroché à Chad... Et s'il y avait un homard géant sous l'eau, furieux qu'on ait dérangé son repaire à cause de tous ceux qui avaient sauté avant elle, et qu'il s'accrochait à elle ?

Britt savait pertinemment qu'elle était ridicule, mais elle n'y pouvait rien. C'était tellement hors de sa zone de confort que ce n'était même plus drôle.

Avant qu'elle ne puisse s'enfoncer davantage dans ses pensées, Lincoln lança le compte à rebours.

— Trois, deux, un... vas-y !

Son corps obéit automatiquement, et Britt se retrouva propulsée dans les airs. Lors du premier élan, elle retint sa respiration et ferma les paupières, mais lorsqu'elle sentit les mains de Lincoln la pousser dans son dos, elle inspira profondément et ouvrit les yeux.

La sensation d'apesanteur était grisante. Elle pourrait faire cette partie indéfiniment. Se balancer simplement d'avant en arrière au-dessus de l'eau, puis revenir vers la terre ferme.

— Tu es assez haut maintenant, Britt ! Au prochain élan, saute ! ordonna Lincoln.

— Tu peux le faire ! cria Evelyn.

— Ouaiiiis ! hurla Kash, clairement emporté par l'excitation du moment.

— Vas-y, Britt !

Ce furent les paroles d'encouragement de Chad, ou plutôt son ordre, qui poussèrent Britt à inspirer profondément et à lâcher les cordes en projetant son corps en avant lorsqu'elle fut à nouveau au-dessus de l'eau.

Pendant une fraction de seconde, elle eut réellement l'impression de voler, puis la réalité la rattrapa alors qu'elle chutait vers l'eau. Il était trop tard pour changer d'avis ! Elle agita les bras et les jambes alors qu'elle tentait de rester droite pendant la descente.

Il ne fallut que quelques secondes pour atteindre l'eau, et alors qu'elle coulait et sentait son corps comme immédiatement enfermé dans de la glace... Britt réalisa qu'elle souriait.

Sa tête émergea à la surface, et ses membres lui semblèrent peser plus de trois cents kilos, mais elle ne put s'empêcher de s'exclamer en voyant Chad debout sur la dernière marche, l'attendant :

— C'était génial !

Il lui rendit son sourire et lui tendit la main. Britt s'approcha de lui et soupira de satisfaction quand ses doigts se refermèrent autour des siens.

Quelque chose la traversa alors. Elle ignorait ce que c'était. Peut-être sa main chaude alors qu'elle avait si froid. Peut-être son ton autoritaire quand il avait crié Vas-y alors qu'elle était sur la balançoire. Peut-être ce sourire en coin, façon Je te l'avais bien dit, sur son visage.

Quelle qu'en soit la raison, elle tira brusquement sur sa main, le déséquilibrant et le faisant tomber dans l'eau avec elle.

Des rires éclatèrent depuis le rivage au-dessus d'eux tandis qu'un Chad trempé sortait de l'eau. Pendant un instant, elle eut peur de l'avoir mis en colère, mais il éclata de rire et secoua la tête, un peu comme un chien mouillé. Des gouttes s'envolèrent dans toutes les directions, et Britt eut le souffle coupé en revoyant mentalement la dernière douche qu'ils avaient partagée, quand ses cheveux étaient tout aussi mouillés, et qu'il lui avait souri alors qu'elle était agenouillée devant lui. Il venait d'éjaculer sur sa poitrine, et le bonheur sur son visage avait été aussi évident qu'en cet instant.

— Garde cette pensée en tête, murmura-t-il, comme s'il lisait dans son esprit. À mon tour !

Il grimpa sur la première marche, tendant à nouveau la main pour aider Britt.

Certains hommes n'auraient jamais accepté de se remettre dans une position aussi vulnérable que celle dans laquelle il se plaçait à nouveau. Mais Britt n'avait aucune envie de le refaire tomber dans l'eau. Elle accepta son aide avec gratitude, car il n'était pas facile de remonter cette première marche, et ensemble, ils grimpèrent jusqu'à l'arbre.

Chad prit son tour sur la balançoire, allant plus haut et plus loin que quiconque jusque-là. Ce qui lança, bien entendu, une compétition bon enfant entre les frères. Britt se surprit même à vouloir y retourner, et maintenant qu'elle savait à quoi s'attendre, elle n'était plus aussi terrifiée que la première fois.

Evelyn ne sauta pas de nouveau, se contentant de s'asseoir par terre, le dos appuyé contre un arbre, pendant qu'elle observait ses garçons s'amuser.

Finalement, Kash accepta d'essayer. La joie sur son visage et dans son cri alors qu'il volait dans les airs était évidente, à voir comme à entendre. Après ça, il devint insatiable. Il se balança deux fois plus que n'importe qui d'autre.

Deux heures passèrent avant que le groupe ne décide qu'il était temps de rentrer.

Lincoln s'agenouilla devant Kash et posa une main sur son épaule.

— Tu t'es bien amusé aujourd'hui ?

Le garçon hocha la tête avec enthousiasme, un grand sourire aux lèvres.

— Super. Tu as officiellement inauguré la balançoire du homard. Mais maintenant, j'ai besoin que tu m'écoutes attentivement. Tu m'écoutes ?

— Oui.

— Tu ne dois en aucun cas venir ici et utiliser la balançoire tout seul. Compris ? Je sais que tu en as envie, parce que c'est rigolo. Mais ça peut aussi être dangereux. Il n'y avait quasi pas de courant aujourd'hui. Et on s'est balancés à marée haute. La règle avec la balançoire du homard, comme à peu près tout ce qu'on fait à Lobster Cove, c'est que ça doit toujours se faire avec un copain. On est tous ravis d'être ton copain, mais tu ne dois absolument pas nager, te balancer, ni rien faire d'autre à Lobster Cove sans que quelqu'un soit avec toi. Compris ?

Une partie de la joie sur le visage de Kash s'effaça, mais il hocha la tête.

— Je sais, c'est nul, p'tit gars, mais si jamais il t'arrivait quelque chose et que personne n'était là pour t'aider, ça pourrait mal tourner.

— D'accord.

— Que dirais-tu de ça... Et si on prévoyait de revenir se balancer dans une semaine ? Tu pourrais revenir et nous rejoindre.

— Ouais ! s'exclama Kash, son visage s'illuminant de nouveau.

— Parfait. C'est noté. Tu penses que ça ira de rentrer chez toi avec tes vêtements mouillés ?

Il portait un short et un T-shirt. Il avait enlevé son haut pour se balancer, mais il était humide sur le bas, là où il avait touché son short mouillé, et autour du col à cause de ses cheveux dégoulinants.

— Je crois que je vais rester un peu dans la cabane, décida Kash.

— Ça marche. La prochaine fois, on pensera à prendre des serviettes. On était tellement excités qu'on a complètement oublié cette fois, lui dit Lincoln. Et, Kash ?

— Oui ?

— Si jamais tu as besoin de quoi que ce soit, n'importe quoi, viens à Lobster Cove. À la maison. Je n'y habite pas, mais ma mère, Chad et Britt si. Sans oublier Walt et Barry, qui bossent au garage. N'importe lequel d'entre eux t'aidera pour tout ce que tu veux, sans poser de questions. Si jamais tu as besoin de t'éloigner, si tu as faim, si tu t'ennuies, peu importe... viens. Maintenant que tu as utilisé la balançoire du homard, tu fais partie de Lobster Cove.

— Cool, répondit Kash, un peu incertain.

— Ouais, c'est cool, approuva Lincoln en se redressant et en ébouriffant les cheveux roux du garçon. Allez, file. Va dans la cabane avec tes bouquins. C'est une super façon de redescendre après toute cette excitation.

— Tu aimes lire ? demanda Kash, les yeux écarquillés.

— J'adore. Je crois que je dois avoir actuellement une dizaine de livres sur ma table de nuit.

— Trop bien ! souffla Kash.

Le garçon se retourna pour descendre le sentier, et Lincoln lui lança :

— Et pense à bien vérifier si tu as des tiques avant d'aller te coucher ! C'est l'enfer à cette période de l'année, et vu qu'on a passé du temps dans les bois, tu en as sûrement au moins une qui essaie de te vider de ton sang.

Le front de Kash se plissa de dégoût, et Britt était totalement d'accord avec lui. Les tiques, c'était le diable. Elles ne servaient strictement à rien. Elle avait justement lu un article hier à propos de bébés orignaux (orignals ? origneaux ? origni ?) qui mouraient carrément parce qu'ils avaient tellement de tiques accrochées à leurs corps qu'ils n'arrivaient plus à compenser la perte de sang.

Maintenant qu'elle pensait aux tiques, elle avait la sensation qu'elles rampaient partout sur sa peau. Elle était prête à rentrer, prendre une douche, et faire une inspection complète de son propre corps.

— J'ai mis des colliers pour chiens à l'intérieur de la cabane Bad Assery, et d'habitude, je les attache autour de mes chevilles quand je marche dans les bois, dit Kash à Lincoln.

— Je ne les vois pas sur toi aujourd'hui, p'tit gars. Alors fais bien attention en rentrant, d'ac ?

— D'ac ! Au revoir Lincoln ! Au revoir Knox, Zach, Chad, Britt, et madame Evelyn. Vous n'êtes pas méchante comme mon grand-père le dit toujours !

Sur ces mots, Kash disparut dans les bois.

— Ravie de ne pas être aussi méchante que Victor le prétend, marmonna Evelyn en levant les yeux au ciel.

Knox termina d'attacher la corde de la balançoire à l'arbre géant, et tout le monde se mit en route vers la maison.

Chad retint Britt pour qu'ils ferment la marche, puis se pencha à son oreille et lui murmura :

— Je vais devoir t'inspecter trèèèèès attentivement à la recherche de tiques quand on sera rentrés chez nous.

Britt gloussa.

— Je sais que tu essaies d'être sexy, mais, dit-elle en frissonnant, flash info. Parler de tiques est tout le contraire du mot sexy.

Chad pouffa de rire.

— C'est noté.

Il lui prit la main tandis qu'ils retournaient à la maison.

— Tu t'es bien amusée aujourd'hui.

Britt acquiesça.

— J'avais des doutes, et j'ai eu la trouille la première fois, mais finalement, c'était amusant. Et ta mère...

Elle soupira.

— Elle m'impressionne.

— Elle est géniale, admit Chad.

— Toute ta famille l'est. Tu as vu comme Lincoln a assuré avec Kash ? Je sais qu'il a connu la mère du petit, et que personne n'aime vraiment son grand-père, mais il n'a rien laissé transparaître face à Kash. Et je trouve ça formidable.

— On ne choisit pas sa famille. Et c'est un gosse. Un gosse solitaire, en plus. Lincoln ne serait jamais méchant avec un gamin. Ce n'est pas dans sa nature. Ni dans la nôtre.

— Je sais. Je trouve juste que c'est admirable, c'est tout. Tu crois que Kash racontera sa journée à sa mère ? Qu'il lui dira ce qu'il a fait ?

— Aucune idée. J'espère. Parce qu'on ne voudrait pas qu'un autre de là-bas nous déteste.

— Je n'arrive pas à imaginer quiconque vous détester, toi ou les Young. Vous êtes tous tellement... gentils.

— On n'est pas toujours gentils, la corrigea Chad. Quand on est poussés dans nos retranchements, on défend ce qui compte pour nous. Notre famille. Nos amis. Notre héritage.

Britt hocha la tête.

— Je le vois bien. Vous avez tous un énorme sens de l'honneur et de la loyauté.

— C'est d'ailleurs en partie pour ça qu'on a tous été d'aussi bons militaires.

Britt y réfléchit pendant qu'ils retournaient vers la maison. Chad avait raison. Lui et ses frères auraient fait d'excellents militaires de carrière dans leurs branches respectives, si les circonstances avaient été différentes. Mais ce que le pays avait perdu, Rockville l'avait gagné. Ce petit coin du monde se portait bien mieux depuis que les frères Young étaient rentrés. Britt le ressentait jusqu'au bout des orteils.

Ils dirent au revoir à Zach, Knox et Lincoln, et tandis qu'Evelyn se dirigeait vers sa chambre pour prendre une douche et se changer, Britt lança à Chad un regard malicieux.

— Tu viens ? demanda-t-elle.

— Pas tout de suite. Mais on le fera tous les deux très bientôt.

Britt leva les yeux au ciel après sa réplique niaise, mais son cœur s'affola malgré elle rien qu'en pensant à ce que la prochaine heure leur réservait. Les tiques pouvaient aller au diable, elle était plus que prête pour une inspection en bonne et due forme.

22

Deux jours plus tard, Chad était allongé dans son lit, les yeux rivés au plafond, tandis qu'il écoutait Britt prendre sa douche dans la salle de bain du couloir. Les tuyaux passaient dans le mur juste à côté de sa tête, et quand il était enfant, ce bruit le rendait dingue. Partager la salle de bain avec ses trois frères était un cauchemar, et il y en avait toujours un pour se doucher aux aurores… le réveillant avec le foutu bruit de l'eau qui dévalait les tuyaux à quelques centimètres de son oreille.

Mais ce matin, ce son familier le fit simplement sourire. En sachant que c'était Britt qui était nue sous le jet, le bruit ne le dérangeait pas du tout.

Il n'avait jamais imaginé qu'être en couple pouvait le faire se sentir ainsi. Apaisé. Heureux. Pressé de commencer chaque nouvelle journée.

Ça ne le dérangeait même pas de vivre avec sa mère. Elle avait son côté de la maison, et lui et Britt avaient le leur. La salle de bain était minuscule, et il aurait préféré en avoir une attenante, mais ils s'en sortaient très bien. C'était d'ailleurs une des choses que Chad adorait chez Britt. Elle ne se plaignait jamais.

De presque rien. Il supposait que ça venait de son enfance difficile, où elle avait été ignorée et avait dû se débrouiller toute seule, ce qui était terrible. Mais il ne pouvait nier qu'il appréciait le fait que très peu de choses la mettaient hors d'elle.

Ce qu'il n'aimait pas, c'était de voir Britt travailler aussi dur. Il n'arrivait même pas à comprendre comment sa mère avait pu gérer autant de choses à Lobster Cove toute seule. S'occuper de toutes les locations était un boulot à plein temps à lui seul... comme il s'en était rendu compte en voyant Britt s'y atteler chaque jour. En plus de cela, elle aidait autant qu'elle le pouvait au garage, et trouvait encore le temps de veiller sur sa mère.

Il avait décroché le gros lot, et Chad en était conscient. Il jura sur-le-champ de faire tout en son pouvoir pour ne pas gâcher cette relation. Si Britt se sentait obligée de quitter Lobster Cove parce qu'ils ne sortaient plus ensemble, ce serait un coup dur pour sa mère. Et la propriété avait aussi fait son effet sur Britt. Partir lui ferait autant de mal qu'à tout le monde.

Chad avait une longue journée devant lui. Il devait aller chez Lincoln pour aider son frère aîné avec des travaux de rénovation. Il voulait reconstruire sa terrasse arrière. Le bois était pourri par endroits, et il comptait le remplacer par du composite. Il souhaitait également construire un foyer, mais ça pourrait attendre un autre jour.

Barry venait aussi donner un coup de main, ravi d'avoir une journée de congé très rare au garage, et après que Zach eut ouvert son échoppe de homards pour la journée, il avait dit qu'il passerait aussi. Knox travaillait, mais il avait promis de venir ensuite pour jeter un œil à l'avancement et prêter main-forte si besoin.

Britt voulait venir aussi, mais les deux maisons d'hôtes étaient à préparer aujourd'hui. Les locataires partaient, et elle devait nettoyer les deux chalets, laver tous les draps et serviettes, et faire des muffins en guise de bienvenue pour les prochains locataires qui devaient arriver demain.

Alors qu'il pensait à la femme qui faisait battre son cœur, Britt revint dans la pièce, une serviette enroulée autour de son corps. Toutes ses pensées sur la journée à venir s'envolèrent de l'esprit de Chad. Il se leva et bougea avant même de réfléchir à ce qu'il faisait.

Il s'arrêta devant elle et posa ses mains sur ses hanches.

— Tu sens délicieusement bon, dit-il en se penchant pour enfouir son nez dans son cou.

Britt pencha la tête sur le côté, lui laissant plus d'espace, et posa ses mains sur son torse. Ses doigts étaient encore chauds de la douche, et soudain Chad eut besoin d'elle plus qu'il ne se souvenait jamais avoir eu besoin de quelconque femme dans sa vie. Il porta ses mains à sa serviette et la desserra.

— Chad ! s'exclama-t-elle avec un petit rire.

— Tu es tellement belle, lui dit-il avec révérence, son regard parcourant chaque détail, du sommet de sa tête jusqu'à ses adorables ongles de pieds vernis en rose.

— Merci, murmura-t-elle un peu timidement.

Ils travaillaient à ce qu'elle apprenne à accepter les compliments. Elle avait l'habitude de détourner l'attention dès qu'on lui disait un mot gentil, ce que Chad détestait. Il voulait qu'elle se voie comme les autres la voyaient. Forte, belle, une partie indispensable de Lobster Cove.

Il les déplaça jusqu'à ce que son dos touche la porte fermée qu'elle venait de franchir, et glissa sa main entre ses cuisses, caressant, taquinant, explorant.

— Chad, gémit-elle, sa tête basculant en arrière pour heurter la porte en bois.

Elle s'agrippa à ses biceps alors qu'elle écartait davantage les jambes.

Bon sang, il aimait tellement cette femme. Elle avait mille

choses à faire, et pourtant elle n'était pas opposée à retarder le début de sa journée pour lui.

Son sexe était dur et humide sous son boxer. D'un geste un peu maladroit, il usa de sa main libre pour le baisser, sans vouloir bouger celle déjà enfouie dans la chaleur soyeuse de Britt. Il se libéra du tissu, s'accordant encore quelques minutes pour jouer avant de retirer à contrecœur ses doigts de la féminité de Britt.

Fléchissant légèrement les genoux, reconnaissant qu'ils étaient presque à la même hauteur, il ajusta son membre et le pressa lentement contre son fourreau trempé.

Elle inspira et leva une jambe, appuyant l'intérieur de sa cuisse contre sa hanche.

Quand son membre fut assez loin en elle, Chad déplaça ses mains sur ses fesses et haleta :

— Grimpe.

Heureusement, elle comprit ce qu'il voulait et fit aussitôt un petit bond. Grâce à cet appui, il put la soulever sans effort. Elle enroula ses jambes autour de ses hanches tandis que son sexe se contractait autour du sien, le maintenant enfoui aussi profondément que possible en elle.

Ils gémirent tous les deux.

Chad la plaqua contre la porte et la maintint immobile alors qu'il commençait à aller et venir dans sa chaleur. Sa peau était humide après sa douche brûlante, et l'odeur de leur désir combiné était un véritable aphrodisiaque.

Il n'avait jamais eu de rapport debout auparavant. Il n'en avait jamais vraiment eu envie. Il n'avait jamais été aussi désespéré pour une femme qu'il ne puisse attendre de l'allonger. Britt changeait toutes les règles, et il aimait terriblement cela. Il l'aimait.

Ses seins se balançaient à chaque fois qu'il poussait jusqu'au fond. Ses pupilles étaient dilatées, et il n'avait aucun doute que ses ongles laissaient de petites marques en demi-lune sur sa peau.

— Chad, gémit-elle en acceptant tout ce qu'il avait à lui offrir.

Il ne fallut pas longtemps avant qu'il atteigne le bord du précipice. Tout chez Britt l'excitait. Il ignorait combien de temps il faudrait avant qu'il puisse la voir nue sans immédiatement avoir envie d'être en elle. Peut-être jamais.

Il était prêt à jouir, mais il voulait que Britt trouve aussi son plaisir. Même si ça lui faisait mal, il arrêta ses va-et-vient. Il enfouit son sexe aussi loin que possible, puis se pencha très légèrement en arrière, juste assez pour glisser ses doigts entre eux afin d'atteindre son clitoris.

Dès qu'il la toucha, elle sursauta dans ses bras. Chad n'avait pas beaucoup de marge de manœuvre, alors il se contenta de frotter son petit bouton de nerfs avec force et rapidité. Il sentit ses hanches onduler autant qu'elle le pouvait, ce qui n'était pas grand-chose, vu qu'elle était coincée entre lui et la porte.

— Oui, là. Oh, c'est...

Elle ne termina pas sa phrase, interrompue par son orgasme. Sa bouche s'ouvrit dans un gémissement muet tandis qu'elle le regardait droit dans les yeux.

Chad n'hésita pas une seconde à ramener sa main sur ses fesses et à recommencer à la pénétrer, fort, alors même qu'elle tremblait encore de plaisir. Rien ne l'avait jamais fait se sentir aussi puissant et vivant que de la prendre pendant qu'elle jouissait. Les contractions de ses muscles intérieurs autour de son sexe étaient indescriptibles. Il ne lui fallut pas longtemps pour exploser à son tour.

Ils étaient tous les deux à bout de souffle lorsque Chad retrouva son équilibre. Heureusement, il ne l'avait pas laissé tomber. Il sourit et fléchit légèrement les genoux pour qu'elle puisse décroiser ses jambes autour de lui. Dès que son membre glissa hors d'elle, elle gémit.

Ce petit bruit, à la fois adorable et triste, lui donna aussitôt envie de la reprendre sur-le-champ.

— Ça va ? demanda-t-il en faisant courir ses mains le long de ses bras.

— Plus que ça. Il me faudrait une autre douche maintenant, mais je n'ai pas le temps.

— Non, tu n'en as pas besoin. Tu es parfaite.

Elle leva les yeux au ciel.

— Je dois sûrement ressembler à une fille qu'on vient de prendre contre un mur.

Chad sourit encore. C'était exactement ça, mais il savait qu'il ne valait mieux pas lui donner raison. Il était tout bonnement incapable de s'empêcher de la dévorer des yeux. Sa poitrine était rouge et tachetée, une goutte de sueur perlait sur sa tempe, et ses cheveux étaient en bataille derrière sa tête, là où ils s'étaient écrasés contre la porte.

Mais c'est la fine ligne de liquide qui s'écoulait à l'intérieur de sa cuisse qui figea l'attention de Chad. Il n'arriva pas à détacher le regard.

— Putain. Je suis vraiment désolé. Je n'ai même pas réfléchi, s'excusa-t-il avant de remonter avec grand effort ses yeux vers son visage. J'ai oublié de mettre un préservatif. Je n'oublie jamais. Jamais. Pas étonnant que c'était si bon, ni que j'aie pu sentir chaque ondulation de ton orgasme autour de ma queue.

Elle rougit et se lécha les lèvres, mais ne fit aucun commentaire.

Son regard se porta à nouveau sur ses jambes. Son sperme avait coulé jusqu'à son genou, mais elle ne fit aucun geste pour s'éloigner de lui. Chad s'agenouilla et attrapa à l'aveuglette son caleçon. Avec révérence, il utilisa le tissu pour nettoyer lentement son genou en remontant l'intérieur de sa cuisse, puis entre ses jambes. Lorsqu'il eut terminé, il se pencha en avant et embrassa tendrement son ventre, juste en dessous de son nombril.

L'odeur de leur excitation combinée était plus forte ici, et Chad dut user de toute sa volonté pour ne pas lécher sa fente de bas en haut. Sa verge tressaillit. Même s'il venait de jouir, il était prêt à recommencer.

Il ne voulait pas penser à une grossesse accidentelle à cause de sa négligence... mais comment ne pas y penser en cet instant. Il s'imaginait à genoux devant elle, comme il l'était maintenant, embrassant son ventre gonflé, parlant à leur enfant à naître, chuchotant combien ils étaient excités de le ou la rencontrer. Il était trop tôt pour penser à tout cela... n'est-ce pas ?

— Relève-toi, lui ordonna Britt en lui tirant la main.

Il se redressa et la prit dans ses bras. Il lui était troublant de réaliser combien elle comptait pour lui. Combien il l'aimait.

— Merci, dit-elle en désignant d'un petit signe de tête la main qui tenait encore son boxer désormais souillé.

Puis elle l'embrassa. C'était un baiser long, doux, intime. Pas un prélude à quoi que ce soit de sexuel, mais un baiser qui portait en lui tant de promesses.

Chad fut soulagé qu'elle ne soit pas contrariée à propos de l'histoire du préservatif. Il savait que s'il devait y avoir des conséquences imprévues à ce matin-là, il prendrait soin de Britt et de leur enfant. Il l'épouserait même sur-le-champ s'il le pouvait, mais il ne voudrait jamais qu'elle pense que ce serait seulement à cause d'une grossesse non planifiée.

Non, quand il épouserait cette femme, elle saurait au plus profond d'elle-même que c'était parce qu'elle était la seule qu'il ait jamais voulue, parce qu'il voulait l'aimer et la chérir jusqu'à la fin de leurs jours. Il rêvait d'une relation comme celle de ses parents, et il croyait de tout son être que Britt était la femme qui réaliserait ce rêve.

— Il faut que je m'habille. Je vais descendre et préparer les muffins. Je dois aussi voir de quoi ta mère a besoin aujourd'hui avant que j'aille aux chalets.

— Tu travailles trop, dit Chad en fronçant les sourcils.

Elle éclata de rire.

— C'est l'hôpital qui se fout de la charité.

Il ricana. Elle n'avait pas tort.

— D'accord. Tu m'enverras un message pour me dire comment se passe ta journée ? demanda-t-il.

— Si tu veux.

— Je le veux, la rassura Chad.

Conscient qu'il pourrait rester là, à la tenir dans ses bras toute la journée, Chad fit un pas en arrière et se pencha pour ramasser la serviette qu'il avait retirée plus tôt. Il la lui enroula à nouveau autour du corps et rentra le pan, en profitant pour la caresser au passage.

Comme il s'y était attendu, elle leva les yeux au ciel.

— T'es vraiment un mec.

— C'est vrai, approuva-t-il avant de se pencher pour l'embrasser brièvement sur les lèvres. Je file sous la douche pendant que tu t'habilles. Ça va ?

— Ça va parfaitement, répondit Britt avec un sourire heureux.

Une douce chaleur traversa Chad à ses mots. Il la croyait. Tout en elle rayonnait. Elle paraissait et agissait de manière si différente par rapport à quand il l'avait rencontrée, il n'y a encore pas si longtemps. Il était fier d'elle, et de sa ténacité.

Il était à deux secondes de se dire tant pis et de lui arracher la serviette et la ramener au lit pour le reste de la matinée, mais ils avaient tous les deux des choses à faire et des gens qui comptaient sur eux. Il se contenta donc de lui replacer une mèche de cheveux derrière l'oreille, puis la déplaça doucement sur le côté pour pouvoir ouvrir la porte.

Il se dirigea vers la salle de bain, nu comme un ver, sans se soucier que sa mère puisse surgir à l'improviste. Comme il l'avait déjà dit à Britt, elle savait qu'il valait mieux ne pas monter à l'étage sans prévenir. Elle était bien consciente que ses fils aimaient se balader dans leur plus simple appareil.

Quand Chad descendit enfin, Britt était dans la cuisine et glissait un plat de muffins dans le four. Sa mère, quant à elle, était assise à la table, occupée à faire ses mots croisés du matin en sirotant un café.

— Bonjour, lança-t-il joyeusement en entrant.

Il ne lui restait plus beaucoup de temps avant de devoir partir chez Lincoln, à cause de sa petite séance d'amour improvisée avec Britt. Ils voulaient commencer de bonne heure, avant que l'astre solaire ne devienne trop chaud. Beaucoup de gens pensaient que le Maine était frais toute l'année, mais l'été, sous le soleil direct, la chaleur pouvait être brutale.

Il eut suffisamment de temps pour attendre que les muffins finissent de cuire afin d'en chiper un avant de partir. Alors qu'il s'engageait sur la route en direction de la maison de son frère, Chad se sentait serein. Pour la première fois depuis la mort de son père, il avait l'impression que les choses se calmaient. Malgré le contretemps avec Otis, il savait qu'il avait de la chance. La vie était belle, et il se sentait optimiste quant à son avenir, et pour l'avenir de Lobster Cove.

* * *

Britt n'arrivait pas à arrêter de sourire. Elle n'avait pas prévu de commencer sa journée avec un orgasme gigantesque, ni avec l'homme qu'elle aimait tellement avide de faire l'amour à elle qu'il l'avait prise contre la porte de la chambre. Mais waouh, qu'est-ce que c'était torride.

Puis quand il s'était agenouillé à ses pieds pour nettoyer les conséquences de l'avoir prise sans préservatif ? Ses ovaires avaient presque explosé. Elle n'avait pas pensé à mettre un préservatif non plus, emportée par le moment, et elle ne blâmait pas du tout Chad. Elle l'avait voulu, là, tout de suite, et elle aurait sûrement été agacée s'il avait pris le temps de traverser la pièce pour en attraper un.

Cette étreinte avait été parfaite à tous les niveaux. Elle ne s'était jamais sentie aussi... féminine que lorsqu'il l'avait soulevée. Elle n'avait jamais été une femme petite ou délicate, mais dans les bras de Chad, elle s'était sentie comme telle. Elle ne pensait pas que ce soit la bonne période du mois pour tomber enceinte, mais après tout, tout était possible.

Était-elle contrariée à l'idée de tomber enceinte ? Elle devrait l'être. Elle et Chad venaient tout juste de se mettre en couple. Mais l'idée d'avoir un enfant de lui faisait tourbillonner gaiement quelque chose en elle. Il serait un père extraordinaire. Et le bébé aurait trois oncles géniaux pour le couvrir de cadeaux. De plus, Evelyn disait tout le temps combien elle voulait un petit-enfant.

Secouant la tête, Britt essaya de se concentrer sur ce qu'elle faisait. Elle avait nettoyé le petit chalet il y a des heures, mais les locataires de la maison d'hôtes à deux chambres étaient partis en retard, et ils avaient été de véritables porcs pendant leur séjour. Ils avaient deux jeunes enfants, et on aurait dit qu'ils avaient fait une bataille de nourriture ou quelque chose dans le genre. Britt trouvait des céréales et des miettes partout, sous les lits, dans les canapés. Elle avait même trouvé une traînée de ce qu'elle supposait être du beurre de cacahuète sur le mur, près de la porte.

Avec un soupir, elle attrapa une autre lingette pour essayer d'enlever la nourriture collante du mur.

Trente minutes plus tard, elle venait tout juste d'éteindre l'aspirateur quand un bruit provenant de dehors attira son attention. D'ordinaire, elle aurait eu ses écouteurs, en train d'écouter un livre audio pendant qu'elle nettoyait, mais elle avait oublié de les recharger la veille... alors les voix animées étaient faciles à entendre.

Ne sachant pas ce qui se passait, Britt se dirigea vers la fenêtre et jeta un coup d'œil dehors. Ce qu'elle vit la déconcerta un instant, puis la panique s'installa, et elle lâcha la poignée de l'aspirateur avant de courir vers la porte.

Le véhicule de Camden était garé devant la maison principale, et depuis la fenêtre, elle l'avait vu en train de tirer Evelyn vers son pick-up. La vieille dame criait et essayait de dégager son bras de son emprise, sans succès.

Le temps que Britt ouvre la porte du chalet, Camden montait déjà côté conducteur après avoir poussé Evelyn dans le véhicule par la même portière et l'avoir forcée à glisser sur le siège.

Elle réagit sans réfléchir, courant vers l'allée de gravier qui reliait la route principale à la maison. Si elle arrivait à se mettre devant la voiture de Camden, à lui bloquer le passage, elle pourrait peut-être le forcer à s'arrêter et comprendre ce qui se passait. Ses chaussures n'étaient pas vraiment faites pour courir, mais elle ne ralentit pas une seule seconde. Quelque chose en elle hurlait que si Camden quittait la propriété avec Evelyn, ça ne finirait pas bien.

Alors qu'elle courait, Britt gardait ses yeux rivés sur le pick-up. Elle n'allait pas y arriver. Camden allait lui passer devant avant qu'elle ne puisse se placer devant lui. Bien sûr, rien ne garantissait qu'il s'arrêterait même si elle réussissait à se mettre devant son véhicule, mais elle devait essayer.

Et apparemment, la chance était du côté de Britt.

Depuis son arrivée à Lobster Cove, elle n'avait jamais vu aucun animal plus grand qu'un porc-épic ou une dinde sauvage. Elle voulait voir un orignal depuis qu'elle avait emménagé dans le Maine, mais Chad lui avait dit qu'il était extrêmement rare d'en voir aussi loin au sud, surtout dans une zone peuplée comme Rockville et aussi près de la côte.

Ce ne fut pas un orignal qui poussa Camden à freiner brusquement et à jurer si fort qu'elle put l'entendre à travers les vitres fermées de sa voiture, mais un ours noir.

Il traversait tranquillement l'allée de gravier, parfaitement nonchalant. Il tourna à peine la tête quand les roues de Camden dérapèrent sur le chemin alors qu'il essayait désespérément de ne pas percuter le gigantesque animal.

La présence de l'ours, pile au bon moment et au bon endroit, donna juste assez de temps à Britt pour atteindre le pick-up avant que Camden ne remette le pied sur l'accélérateur. Elle réussit à attraper le hayon arrière et sauta sur le pare-chocs arrière alors qu'il repartait en trombe.

Pendant un instant, Britt crut qu'elle allait perdre prise et tomber, mais elle balança maladroitement une jambe par-dessus le hayon et se jeta dans la benne.

Bien évidemment, Camden n'avait pas un pick-up propre et rangé comme celui de Chad. Il y avait des pièces de voiture, des déchets, des sacs de sel, et elle ne savait quoi d'autre dans la benne. Quelque chose lui piqua les côtes alors qu'elle peinait à se relever sur les genoux et à retrouver l'équilibre, mais Camden avait évidemment vu qu'elle avait grimpé à l'arrière de son véhicule. Il zigzagua sur l'allée, apparemment pour essayer de la faire tomber.

La détermination de Britt prit le dessus. Elle était têtue comme une mule, et il était hors de question qu'elle laisse Evelyn à la merci de ce fou. Il était évident qu'elle n'était pas partie avec Camden de son plein gré. Pas avec l'ardeur avec laquelle elle se débattait pour échapper à son emprise et criait à pleins poumons.

Elle entendait encore Camden jurer à travers les vitres fermées, et quand Britt croisa son regard dans le rétroviseur, elle ne vit que de la haine.

Elle et Evelyn étaient en grand danger.

C'est alors que Britt se rendit compte qu'elle n'avait pas son téléphone. Il était dans sa poche arrière quand elle avait quitté la maison d'hôtes, mais il avait dû tomber, soit en courant, soit en essayant de monter dans la benne du pick-up.

Elle ne pouvait pas appeler à l'aide, ni prévenir Chad ou ses frères que leur mère était en train d'être enlevée.

La peur lui glaça le sang, mais elle déglutit péniblement et se promit de faire tout ce qu'il faudrait pour aider Evelyn. La famille Young avait déjà assez souffert. Elle ramènerait Evelyn saine et sauve, coûte que coûte.

Même si elle espérait vraiment, vraiment que ce ne soit pas la dernière chose qu'elle ferait... parce qu'elle souhaitait désespérément une longue vie aux côtés de Chad.

Camden arriva au bout de l'allée menant à Lobster Cove sans même ralentir pour vérifier la circulation en sens inverse en prenant le virage sur la route secondaire. Celle qui serpentait à travers une zone rurale du Maine, le long de la côte. Elle craignait qu'en conduisant aussi imprudemment, il finisse dans l'eau... mais peut-être que ce ne serait pas si terrible. Britt mourrait sûrement en étant projetée hors de la benne, mais elle avait vu Evelyn mettre sa ceinture de sécurité, donc il y avait de bonnes chances qu'elle survive.

La voiture accéléra, dépassant largement la limite des trente kilomètres à l'heure sur cette route. Britt priait pour qu'un policier soit dans le coin et arrête Camden, mais c'était peu probable, puisqu'elle n'avait jamais vu de patrouilles ici.

Elle mettait toute sa force à tenir bon, à ne pas être éjectée du véhicule tandis que Camden continuait de zigzaguer pour tenter de la faire tomber de la benne tandis qu'elle trébuchait sur des tas de détritus. Les arbres défilaient à toute vitesse, et avec l'air lui fouettant le visage, elle peinait à garder les yeux ouverts. Britt voulait faire attention à la direction qu'ils prenaient, mais pour l'instant, elle baissa la tête et tenta de se recroqueviller derrière l'habitacle pour se protéger un peu du vent.

Elle ignorait ce qui allait se passer une fois qu'ils seraient arrivés à destination, mais Camden allait découvrir que lorsqu'une personne qu'elle aimait et respectait était en danger, elle devenait plus une menace qu'une maman orignal protégeant son petit.

Elle devait juste tenir bon jusque-là.

* * *

Attendant de s'engager sur la route, Victor Rogers fronça les sourcils en voyant le pick-up foncer vers lui.

— Foutus gosses, marmonna-t-il.

Les gens roulaient constamment à toute vitesse sur cette route, et ça l'énervait. La plupart des choses l'agaçaient ces jours-ci, mais ce pick-up allait beaucoup trop vite dans les virages. Le conducteur devait sûrement être ivre. C'était peut-être la même personne qui avait balancé toutes les canettes de bière qu'il avait vues récemment au bord de la route.

C'était pathétique.

Stupide.

Agaçant.

Alors que le pick-up s'approchait, Victor plissa les yeux. Il reconnut le véhicule. Il appartenait à l'un des employés de

Lobster Cove. Il avait déjà vu cet homme traîner par ici de temps à autre.

Ça ne l'étonnait pas. Les Young lui pourrissaient la vie, et ce n'était pas surprenant que l'un de leurs employés se comporte comme un abruti irresponsable.

Quand le véhicule dépassa la route qui menait à sa propriété, Victor aperçut quelque chose qui le fit écarquiller les yeux de surprise. Il ne pouvait pas avoir vu ce qu'il pensait avoir vu. Mais si.

À l'arrière du pick-up se trouvait une fille. Il la reconnut, elle aussi. C'était la nouvelle... celle qui sortait avec l'un des jeunes Young. Il ne savait pas lequel. Pour lui, ils étaient tous pareils. Une épine dans son pied.

Mais l'expression sur le visage de la fille n'avait rien de celle d'une passagère en balade. Elle était terrifiée. Alors même qu'il observait, le véhicule zigzagua brusquement sur la route, comme si le conducteur essayait délibérément de la faire tomber.

Et ce n'était pas tout. Evelyn Young se trouvait à l'avant, et elle le regarda droit dans les yeux en passant devant lui. En agitant la main comme pour attirer son attention.

La scène ne dura que quelques secondes, mais Victor n'avait aucun doute sur ce qu'il avait vu.

Quelque chose clochait. Il le sentait au plus profond de son être. De la même façon qu'il l'avait senti quand sa fille avait appelé pour lui demander si elle pouvait revenir vivre chez lui.

Il avait peut-être la réputation d'être un con acariâtre, mais il n'était pas complètement insensible. Même si tout le monde semblait le croire.

Il envisagea de suivre le véhicule, mais à la vitesse à laquelle il roulait, il avait déjà disparu de son champ de vision, et Victor ne tenait pas à risquer un accident en essayant de le rattraper.

À la place, il attrapa son téléphone portable.

Il composa un numéro, un qu'il n'avait jamais appelé auparavant, parce qu'il n'avait jamais eu de raison de le faire ; ce
n'était pas comme s'il allait inviter ce type à dîner pour discuter.
Mais il l'avait tout de même enregistré dans son téléphone
quand Evelyn le lui avait envoyé par texto. Parce qu'il se pouvait
qu'un jour, il ait besoin d'aide, avait-elle dit. Et les voisins s'en-
traident... même s'ils ne s'aiment pas.

— Allô ?

— Chad Young ? C'est Victor Rogers. Il se passe quelque
chose de pas normal. Je viens de voir un de tes employés
descendre la route de derrière à au moins quatre-vingts kilomètres à l'heure.

— Tu te fous de moi ? Tu m'appelles pour te plaindre que
quelqu'un roule trop vite ? Lâche l'affaire, Rogers. On sait tous
que t'es un enfoiré, mais là, tu dépasses les bornes...

— Ferme-la et écoute-moi ! hurla Victor, frustré.

Il savait qu'il n'avait pas été très sympa avec les garçons
depuis leur retour. En réalité, il approuvait qu'ils soient revenus
dans le Maine pour aider leur mère. Même s'il voulait Lobster
Cove pour lui, il savait ce que c'était, d'être à la place d'Evelyn.
Se sentir perdu après la mort de son conjoint.

— La nouvelle était dans la benne du pick-up, en s'y accro-
chant de toutes ses forces pendant que le conducteur faisait des
embardées pour la faire tomber. Et ta mère était sur le siège
passager.

— Quoi ?

— Je ne connais pas le nom du conducteur. Ça ne m'a
jamais intéressé. Mais comme ta mère et cette jeune femme
sont avec lui, j'ai présumé que tu aurais envie de savoir.

— Dans quelle direction ils allaient ?

— Vers la ville.

— De quelle couleur était le pick-up ?

— Marron.

— Est-ce qu'il avait une bande blanche ?

— Oui.

— Merde ! Camden. Ma mère était dans l'habitacle ? Est-ce qu'elle avait l'air d'aller bien ?

— Je ne sais pas ce que tu entends par aller bien, mais elle me faisait signe comme si elle essayait d'attirer mon attention. Mais ils allaient tellement vite que je n'ai pas pu voir grand-chose d'autre.

— Est-ce que tu peux aller à Lobster Cove vérifier si Walt va bien ? Je vais appeler la police pour qu'ils y aillent aussi, mais s'il est blessé, je veux qu'il ait de l'aide le plus vite possible.

— Je ne m'y connais pas en premiers secours, protesta Victor, pas vraiment sûr de vouloir s'impliquer davantage dans ce qui se passait.

— S'il te plaît, Victor. Je sais que tu nous détestes, mais si Camden a réussi à emmener maman, c'est qu'il a dû faire quelque chose à Walt. Parce que jamais il ne l'aurait laissé s'approcher d'elle s'il avait pu l'en empêcher.

Étonnamment, Victor ne pensa pas une seule seconde à comment il pourrait tirer parti de la situation. Parce que soudain, à cet instant précis, tout ce à quoi il pouvait penser, c'était ce qu'il ressentirait si quelque chose arrivait à sa fille ou à son petit-fils... et qu'il demandait de l'aide aux Young, et qu'ils lui disaient non.

— D'accord. J'y vais.

— Merci. Envoie-moi un message pour me dire ce que tu trouves.

— Ça marche. Et Chad ?

— Quoi ?

Le jeune avait l'air agacé et pressé de raccrocher, et Victor ne pouvait pas vraiment le lui reprocher.

— J'espère que ta mère et cette fille vont bien.

Il ne savait même pas d'où lui venaient ces mots. Il n'avait jamais officiellement rencontré la fille, seulement aperçue une fois quand il était passé à Lobster Cove après la tempête. Il avait même supposé qu'elle était une croqueuse de diamants, venue chercher un endroit où vivre gratuitement. Mais ça ne voulait pas dire qu'il souhaitait que quelqu'un soit blessé.

— Moi aussi. Tiens-moi au courant pour Walt.

La ligne se coupa.

Victor passa la vitesse et s'engagea sur la route après avoir regardé des deux côtés. Il n'avait aucune envie de se faire percuter par l'idiot qui roulait comme un dératé, s'il revenait par là.

Alors qu'il s'engageait dans l'allée privée de Lobster Cove, les mains de Victor se crispèrent sur le volant. Il se mit à transpirer. Pourquoi avait-il accepté ça ?

Ah oui, parce qu'avoir une dette des Young avait ses avantages.

Ignorant la petite voix au fond de lui qui lui murmurait qu'il n'allait pas voir Walt pour que la famille Young lui soit redevable, mais simplement parce que c'était la chose correcte à faire, Victor roula lentement sur le chemin de terre jusqu'à atteindre le grand espace dégagé autour de la maison et des diverses entreprises. Il tourna à droite, vers le garage... mais pas avant d'avoir remarqué que la porte de la maison principale était grande ouverte.

Son ventre se noua. Quelque chose de grave s'était passé ici, et il eut terriblement envie de faire demi-tour et partir. Il pourrait appeler la police. D'ailleurs, Chad l'avait sans doute déjà fait. Ils sauraient comprendre ce qui s'était passé. Mais il avait promis...

Victor se gara devant le garage et sortit de son véhicule. L'endroit avait une atmosphère étrange. Aucun oiseau ne chantait. Aucun insecte ne bourdonnait. Même le vent ne soufflait pas, ce qui était inhabituel sur la côte. Il s'approcha de l'unique atelier ouvert et demanda :

— Il y a quelqu'un ?

Il n'obtint aucune réponse.

En entrant dans l'ombre de l'atelier, Victor ne put s'empêcher d'être impressionné. Le garage de Lobster Cove tournait visiblement bien. L'espace était propre, pas du tout encombré. Il se dit que ça pourrait être bien pire. Il pourrait y avoir des dizaines de carcasses de voitures rouillées éparpillées sur le terrain, faisant baisser la valeur de toutes les propriétés aux alentours.

— Il y a quelqu'un ? appela-t-il de nouveau, un peu plus fort.

Un bruit derrière une voiture, dans le dernier atelier, fit se dresser les poils sur la nuque de Victor. À contrecœur et prudemment, il s'avança vers le son.

Quand il contourna le pare-chocs avant du véhicule, il vit un homme en salopette bleue allongé au sol... une petite flaque de sang autour de sa tête.

Victor sortit aussitôt son téléphone de sa poche et composa le numéro des urgences. L'homme, Walt, d'après le nom brodé sur son T-shirt, avait clairement besoin de plus d'aide que Victor n'était en mesure de lui apporter.

— Police secours, quelle est votre urgence ?

— J'ai besoin d'aide. Il y a un homme à terre. On dirait qu'il a été frappé à la tête avec...

Victor regarda autour de lui et aperçut un cric posé au sol, non loin de Walt.

— Un cric. Il y a du sang partout.

— Quelle est votre adresse ?

Victor la donna à la standardiste.

— Est-ce qu'il respire ?

— Oui. Il gémit et souffre énormément. Je ne sais pas quoi faire !

Victor détestait se sentir impuissant. Il s'était senti comme ça quand sa femme était morte. Quand sa fille avait commencé à avoir des ennuis au lycée et qu'il n'avait pas pu empêcher son comportement autodestructeur. Quand elle l'avait appelé pour lui annoncer qu'elle était enceinte... et puis, quelques années plus tard, quand elle l'avait supplié de la laisser revenir vivre chez lui avec son fils.

C'était peut-être pour ça qu'il se comportait comme un connard. Parce qu'il n'avait pas su aider les gens qu'il aimait le plus. Parce qu'il les avait déçus si profondément. Mais c'était dans sa nature ; il n'allait pas changer maintenant.

La standardiste lui expliqua les gestes de premiers secours, et plus la jeune femme parlait, plus Victor se calmait. Walt ouvrit les paupières et le regarda pendant qu'il pressait une serviette propre du garage contre la plaie sur sa tête.

— Evelyn, chuchota-t-il.

— J'ai appelé Chad. Il s'en occupe, le rassura Victor.

— Bien...

Puis il ferma les yeux, et pendant une seconde, Victor crut qu'il était mort. Mais sa poitrine se soulevait encore, et le soulagement que Victor ressentit en le voyant fut presque accablant.

Les sirènes au loin furent l'un des plus beaux sons que Victor ait jamais entendus. Il voulait que tout ça soit fini. Il voulait s'en aller, aller au magasin comme il l'avait prévu, les garçons de douze ans mangeant bien plus qu'il ne l'aurait jamais imaginé, et rentrer chez lui. Il n'aimait pas quand son monde était bouleversé, et il aimait encore moins penser aux Young autrement que comme une source d'agacement.

Il n'était pas prêt à être ami avec ses voisins... mais il ne pouvait s'empêcher de prier pour qu'Evelyn aille bien. Et que la fille aussi.

23

Britt était terrifiée. Camden n'avait pas roulé jusqu'à Rockville, comme elle l'avait espéré. Elle avait prévu de hurler de toutes ses forces, d'attirer suffisamment l'attention pour que quelqu'un appelle la police et que Camden se fasse arrêter. Mais cela ne s'était pas produit. Il avait pris des routes secondaires que Britt ne connaissait pas, et elle était complètement perdue. Même si elle arrivait à mettre la main sur un téléphone, elle serait incapable de dire à quiconque où elle et Evelyn se trouvaient.

Le trajet à l'arrière du pick-up avait été cauchemardesque. Camden avait conduit de manière imprudente et n'avait jamais cessé d'essayer de la faire perdre l'équilibre. Les doigts de Britt lui faisaient mal à force de s'agripper au métal. Elle avait envie de sauter, de saisir Evelyn et de s'enfuir dès qu'ils s'arrêteraient, mais ses jambes ne répondaient plus correctement. Si elle essayait de courir, elle tomberait la tête la première.

Et puis, où iraient-elles ? D'après ce qu'elle avait vu, elles étaient au beau milieu de nulle part. Elle n'avait aperçu aucune maison voisine pendant qu'ils descendaient la route de terre, et elle n'avait certainement pas envie de se perdre dans les bois avec un Camden furieux à leurs trousses.

— Sale garce ! hurla-t-il après s'être finalement arrêté et avoir ouvert violemment la portière côté conducteur, lançant un regard noir à Britt en se tournant vers elle.

Alors qu'elle rampait hors de la benne du pick-up du côté passager, Camden tendit le bras par la portière et tira Evelyn vers lui. Elle glissa maladroitement par-dessus la console, et sans la poigne de Camden sur son bras, elle serait tombée du véhicule.

— Fils... commença-t-elle, mais il ne la laissa pas prononcer un mot de plus.

— Je ne suis pas ton fils ! cria-t-il cette fois, le son se réverbérant autour des arbres de la clairière.

Au son strident de sa voix, Britt fronça les sourcils. Il ne semblait pas... normal. Elle veilla à garder la voiture entre elle et Camden.

— Je n'irai pas en prison, fulmina-t-il, plus pour lui-même que pour les deux femmes.

Il se tourna ensuite et se dirigea vers la cabane délabrée devant le pick-up, traînant Evelyn avec lui.

Britt était confuse. Il ne lui avait rien ordonné, et l'avait pratiquement ignorée après l'avoir traitée de garce. Effrayée mais refusant de perdre Evelyn de vue, Britt les suivit à une distance qu'elle jugeait sûre, peinant à élaborer un plan. Elle ignorait comment arracher Evelyn à Camden, et même si elle y parvenait, il était plus fort qu'elles deux réunies.

Des larmes lui montèrent aux yeux, mais elle les chassa d'un battement de cils furieux. Ce n'était pas le moment de pleurer. Elle et Evelyn étaient seules. Elles devaient trouver une solution.

— Camden, on peut en parler ? demanda timidement Britt.

— Bien sûr, on peut parler.

Il semblait tellement raisonnable maintenant. Tellement calme. Cela rendit Britt encore plus perplexe.

— À l'intérieur, ajouta-t-il en ouvrant la porte de la cabane et en poussant presque Evelyn à l'intérieur.

Elle trébucha mais ne tomba pas, heureusement. Camden maintint la porte ouverte et se tourna vers Britt, qui s'était arrêtée à trois mètres environ.

— Tu viens ? demanda-t-il avec le sourire le plus étrange qu'elle ait jamais vu.

Ce sourire rappela à Britt un film d'horreur qu'elle avait vu un jour. Un de ceux où un tueur psychopathe attirait des gens dans sa maison comme des mouches dans une toile d'araignée.

Jetant un regard autour d'elle, sentant qu'elle devrait s'enfuir d'ici aussi vite que possible, Britt hésita. Elle ne pouvait pas abandonner Evelyn. Elle sentait la colère de Camden. Elle était palpable. Impossible de prévoir ce qu'il ferait à la vieille femme si Britt partait.

Consciente qu'elle prenait sans doute la mauvaise décision, d'autant plus que chaque molécule de son instinct de survie lui hurlait de fuir, Britt fit un pas en avant.

Prenant soin de ne pas toucher Camden en passant, elle entra dans la cabane.

À peine eut-elle franchi le seuil qu'il ferma violemment la porte.

Se retournant d'un coup, Britt saisit instinctivement la poignée.

Elle ne bougea pas.

En baissant les yeux, elle se rendit compte que la poignée avait été installée à l'envers, avec le verrou à l'extérieur. Elle et Evelyn étaient enfermées dans la cabane.

— Camden ! Laisse-nous sortir ! cria-t-elle.

Son rire résonna à travers la porte. Il était étouffé, mais la jubilation dans son ton restait parfaitement audible.

— Merci de m'avoir facilité la tâche. Je comptais juste utiliser la vieille comme appât, mais maintenant, je pense que vous avoir toutes les deux, c'est encore mieux. Enfin, je n'aurais pas été triste si tu étais tombée de ma voiture et que tu avais été écrasée sur la route, mais ça marchera aussi. Asseyez-vous, faites comme chez vous. Je suis sûr que les gamins Young finiront bien par comprendre où vous êtes et accourir à votre secours... et moi, je serai là, prêt à les cueillir un par un.

Son rire dément glaça le sang de Britt.

Elle se retourna et trouva Evelyn debout juste derrière elle. Si elle pensait que la femme qu'elle aimait comme sa propre mère serait recroquevillée de peur, elle se trompait lourdement.

La colère sur le visage de la vieille dame était palpable.

— Quel connard ! cracha-t-elle.

— Votre langage, lâcha Britt, sincèrement choquée.

Elle gloussa alors. Puis le gloussement se transforma en petits rires, qui se changèrent en grands éclats de rire. Entendre Evelyn, d'ordinaire si distinguée, traiter Camden de connard était surprenant et tellement inhabituel de sa part que c'en était hilarant.

Evelyn se joignit à elle, et pendant une trentaine de secondes, les deux femmes rirent à gorge déployée. Puis, peu à peu, elles retrouvèrent leur sérieux, à mesure que la gravité de leur situation s'imposait.

Britt tendit les bras et serra Evelyn très fort contre elle. Elle l'étreignit tout aussi fermement en retour.

— Tu vas bien ? demanda Evelyn. J'étais tellement inquiète pour toi.

Elle desserra son étreinte et recula juste assez pour lancer un regard noir à Britt.

— C'était stupide. Pourquoi es-tu montée dans le véhicule ?

— Je l'ai vu vous forcer à monter sur le siège avant. J'ai essayé de vous couper la route. J'allais me mettre devant la voiture pour l'obliger à s'arrêter, ce qui, avec le recul, n'était vraiment pas une bonne idée, il m'aurait sans doute simplement écrasée, mais je n'ai pas été assez rapide. Je n'ai pas réfléchi, et quand cet ours est passé et que j'ai pu attraper le hayon, l'instinct a pris le dessus et... j'ai grimpé dedans. Je n'allais pas le laisser vous emmener, Evelyn. C'était hors de question.

Evelyn serra de nouveau Britt dans ses bras. L'espace d'un instant, elle fut submergée par l'émotion. Elle adorait cette femme. Comme si elles partageaient le même sang. Elle savait combien elle avait été plus une mère pour elle que la sienne ne l'avait jamais été.

Un instant, une sensation de culpabilité envahit Britt. Sa mère s'était tuée au travail pour leur garder un toit sur la tête... mais honnêtement, elle aurait préféré être sans-abri avec une mère qui se souciait un tant soit peu de sa fille.

De l'extérieur, elles entendirent le bruit du pick-up de Camden démarrant, puis s'éloignant, mais Britt avait le pressentiment qu'il ne partait pas bien loin. Juste assez pour cacher le véhicule quelque part. Si elle et Evelyn étaient réellement utilisées comme appât pour attirer Chad et les autres jusqu'à cet endroit reculé, afin qu'il puisse leur faire du mal, il ne voudrait sûrement pas que son véhicule soit visible à leur arrivée.

Britt sentit Evelyn inspirer profondément, puis elle recula de nouveau.

— Et maintenant ? Quel est le plan ?

En regardant autour d'elle, Britt fronça les sourcils. Elle avait espéré trouver quelque chose pour forcer la serrure de la porte. Ou même la défoncer entièrement. Mais la cabane était presque vide. Un poêle à bois sans bûches, un vieux canapé usé qui devait bien avoir au moins quarante ans, une table avec quelques chaises branlantes... et c'était à peu près tout.

Britt s'approcha de la cuisine et ouvrit quelques tiroirs. Il y avait des couverts. Aucun couteau assez tranchant pour faire du mal à qui que ce soit, mais peut-être pouvaient-elles tout de même en utiliser un pour tenter de casser la serrure de la porte. Il y avait des tasses, des bols, des assiettes, une ou deux casseroles.

On aurait dit que la cabane n'avait pas été utilisée depuis très longtemps... à part par quelques bestioles qui avaient réussi à s'y faufiler. Il n'y avait ni chambre, ni salle de bain. C'était simplement un grand espace ouvert, et bonne et due forme. Elle supposa que si quelqu'un devait aller se soulager, il le faisait dehors. Elle n'avait pas vu de toilettes extérieures, mais elle n'avait pas vraiment cherché non plus.

Il y avait deux fenêtres, et Britt se précipita vers l'une d'elles pour essayer de l'ouvrir... en vain. Elle avait été clouée, et des planches la bloquaient de l'extérieur contre les vitres. La cabane avait visiblement été modifiée pour empêcher quiconque d'en sortir, plutôt que pour protéger les occupants contre des intrus.

Mais Britt ne comptait pas abandonner. Elle refusait de rester là, à subir passivement le plan tordu que Camden avait préparé. Elle ignorait comment Chad ou ses frères allaient les retrouver, mais Camden avait été clair, ils finiraient par le faire. Elle ne pouvait pas les laisser foncer droit dans une embuscade.

Britt se demanda quel rôle Otis jouait dans le plan d'enlèvement de son fils. Camden avait dit qu'elle n'était pas censée être là, seulement Evelyn. Mais pourquoi ? Et même si elle devait être soulagée qu'il ne leur ait pas simplement tiré dessus, sur elle ou Evelyn, elle était certaine que son plan consistait bel et bien à se débarrasser d'elles toutes les deux, tôt ou tard. Ce n'était pas comme s'il pouvait forcer Evelyn à lui rendre, à lui ou à Otis, leurs postes comme si rien ne s'était passé, ou simplement la laisser partir après avoir tué ses fils.

En fin de compte, elle et Evelyn devaient sortir de cette

prison. Maintenant. Si elles parvenaient à retrouver la civilisation, quelqu'un les aiderait, elle n'en doutait pas une seconde.

Prenant une profonde inspiration, elle se tourna vers Evelyn et ouvrit la bouche pour parler, mais la vieille dame la devança.

— Il faut qu'on sorte d'ici. Je vais commencer de ce côté de la cabane, toi, tu prends l'autre. On va essayer de trouver quelques planches branlantes ou autre chose pour forcer la serrure. Manifestement, c'est la seule chose neuve dans tout cet endroit.

Impressionnée une fois de plus par la détermination d'Evelyn et par son refus de rester assise à se lamenter ou attendre qu'on vienne les sauver, Britt se fit la promesse intérieure de lui ressembler quand elle aurait soixante-dix ans.

— Ça me va, lui dit-elle en retournant vers la cuisine.

Il devait bien y avoir quelque chose qu'elles pouvaient utiliser pour s'échapper de la cabane. Il suffisait juste de le trouver.

* * *

Chad faisait les cent pas, furieux. D'avant en arrière. Encore et encore. Chaque molécule de son corps hurlait de faire quelque chose. Pas de rester là, dans la maison, à écouter Lincoln parler avec les policiers arrivés après avoir reçu ses appels aux urgences, à lui et à Victor.

Walt était en route pour l'hôpital. Il avait été frappé violemment à la tête et souffrait d'une commotion cérébrale, mais les ambulanciers sur place ne semblaient pas particulièrement... pressés pendant qu'ils le chargeaient dans l'ambulance. Ce que Chad prenait comme un bon signe.

Mais le fait que personne n'ait la moindre idée d'où se trouvaient Britt et leur mère lui retournait le ventre. Il avait déjà connu des situations périlleuses. Tous ses frères aussi. Mais là, c'était différent. C'était personnel. Il était question de leur mère. Et de la femme qu'il aimait. Il venait à peine de trouver Britt ; il ne pouvait pas déjà la perdre.

N'en pouvant plus d'attendre, Chad se dirigea vers la porte. Knox et Zach le rejoignirent aussitôt.

— Attendez, où est-ce que vous allez ? lança un des policiers.

Chad l'ignora. Il n'y avait qu'une seule personne capable d'éclaircir ce bordel. Otis Calvert. Son fils avait enlevé leur mère, et Chad n'avait aucun doute qu'Otis était en réalité derrière tout ça. Même s'il n'était pas directement impliqué, il détenait des informations.

Son plan était d'aller à la petite maison d'Otis et de faire tout le nécessaire pour obtenir les infos nécessaires, à lui et à ses frères, pour retrouver leur mère et Britt.

À sa grande surprise, une voiture descendit l'allée alors qu'il marchait vers son pick-up.

La voiture d'Otis.

— C'est quoi ce bordel ? marmonna Zach derrière lui.

Chad n'hésita pas une seconde. Il s'élança vers Otis. Leur ancien ami n'avait même pas encore coupé le moteur que Chad ouvrait déjà sa portière pour le tirer dehors.

— Où sont-elles ? grogna-t-il.

— Doucement, Chad, dit Knox en lui agrippant l'épaule.

Chad le repoussa.

— Où est qui ? demanda Otis, les yeux écarquillés. J'ai vu sur les réseaux locaux qu'il y avait plein de véhicules d'urgence ici, alors j'ai eu peur et je suis venu. Je sais qu'on a eu des moments difficiles ces derniers temps, mais vous serez toujours ma famille. Où est Evelyn ? Elle va bien ?

Il mentait comme un arracheur de dents.

Chad vit rouge.

Conscient que si les policiers intervenaient, il n'obtiendrait jamais les informations qu'il lui fallait, il traîna Otis vers l'énorme hangar en aluminium qu'ils utilisaient pour le stockage des bateaux sur la propriété. Il était assez vaste pour contenir trois bateaux de pêche aux homards côte à côte, et la location coûtait une fortune l'hiver, mais ceux qui voulaient garder leurs bateaux à l'abri étaient prêts à payer le prix.

Le hangar était actuellement vide, les propriétaires ayant depuis longtemps récupéré leurs bateaux pour l'été. C'était l'endroit idéal pour interroger Otis, loin des regards curieux des policiers.

— Attends, Chad... Où est-ce qu'on va ? Ta mère va bien ? Arrête !

Mais Chad ignora les balbutiements d'Otis. Une vague de soulagement le traversa quand il atteignit le grand bâtiment sans que les officiers présents dans la maison ne l'arrêtent. Il fut reconnaissant que Lincoln les occupait, les tenant à distance.

Knox et Zach étaient juste derrière lui lorsqu'il entra dans le bâtiment, et ses frères refermèrent la porte pendant que Chad jetait pratiquement leur ancien employé sur une chaise à proximité.

Celle-ci vacilla, mais ne tomba pas. Otis leva les yeux vers lui, terrifié.

Parfait. Il devrait avoir peur.

— Où est-il ? Camden. Où a-t-il emmené ma mère ? aboya Chad.

— Quoi ? Camden ? Tu crois qu'il est avec ta mère ? Je ne sais pas ce qui se passe.

Chad n'était pas d'humeur. Tout ce qu'il avait en tête, c'était la peur que devaient ressentir Britt et sa mère. Il espérait de tout cœur qu'elles n'étaient pas blessées, mais c'était peu probable. Et quiconque était impliqué dans cette affaire paierait pour chaque bleu, chaque éraflure, chaque foutue marque qu'il trouverait sur les femmes de sa famille.

— Arrête tes conneries, grogna-t-il. Je veux savoir quel est le plan. Pourquoi ton fils est venu sur la propriété de Lobster Cove pour enlever notre mère !

— J'en sais rien !

Chad en eut assez.

Il leva la main et saisit Otis à la gorge, faisant basculer la chaise en arrière. Par réflexe, le vieil homme agrippa les poignets de Chad à deux mains pour ne pas tomber, le regardant avec les yeux exorbités. Ses pupilles dilatées trahissaient sa peur, et une odeur d'urine montait de ses genoux.

Chad ne lui faisait pas mal. Il ne serrait pas sa gorge, ne lui bloquait pas la respiration. Il faisait simplement passer un message. Il s'assurait qu'Otis comprenne bien qu'il n'avait aucun pouvoir ici. Peut-être était-il fort et athlétique pour son âge, mais en cet instant... il était à la merci des frères Young.

Chad n'avait aucun doute que Knox ou Zach interviendraient si nécessaire. Mais il savait aussi qu'aucun d'eux ne reculerait tant qu'ils n'auraient pas les informations dont ils avaient besoin pour récupérer les membres de leur famille.

— Écoute-moi bien, et écoute attentivement. On t'a fait confiance. Tu étais le meilleur ami de mon père, et tu l'as volé pendant des années. Volé son argent durement gagné, le poussant à douter de ses compétences en tant qu'homme d'affaires. Tout ça en mangeant à sa table, en passant les fêtes de fin d'année avec lui, en faisant semblant d'avoir ses intérêts à cœur. Et si on n'était pas rentrés aider maman ? Tu aurais vidé son compte en banque, et l'aurait forcée à vendre Lobster Cove. Tu as jeté des décennies d'amitié, et pour quoi ? Du fric ! Tu es le pire des salauds, et je me fous complètement de tes problèmes ou des raisons qui t'ont poussé à faire ce que tu as fait. Mais ton foutu fils est venu chez nous aujourd'hui et a kidnappé ma mère. Je veux savoir pourquoi, et où il l'a emmenée, maintenant.

Il soutint le regard d'Otis, lui laissant voir les ténèbres qui habitaient son esprit.

Chad avait vu beaucoup d'horreurs. Il avait tué pour son pays. Il aimait sa famille plus que son pays, et il tuerait sans hésiter pour les protéger.

Apparemment, ce qu'Otis vit dans les yeux de Chad le convainquit d'arrêter de jouer le rôle de l'ami inquiet qu'il avait essayé de maintenir depuis qu'il avait ouvert la bouche à son arrivée.

— Je voulais juste une chance de parler à Evelyn ! Pour m'expliquer ! J'ai besoin de ce boulot ! balbutia Otis. Je ne sais pas comment ça a commencé... c'était cinquante dollars par-ci, cent dollars par-là. Mais ça a dégénéré. Camden est venu habiter avec moi, et l'argent a commencé à se faire rare. Elle et Austin avaient tellement plus que ce dont ils auraient jamais eu besoin ou pu utiliser. L'argent ne leur aurait pas manqué !

— Où est maman ? demanda Knox d'un ton bas et menaçant. Oublie que tu es un satané salaud et un ami de merde. Où. Est. Notre. Mère ?

— On ne peut pas aller en prison ! Je ne m'en sortirais pas en prison, pleura Otis.

Quelque chose explosa en Chad. Il resserra sa prise sur l'homme qu'il considérait autrefois comme un oncle. Un deuxième père.

La pression sur son cou sembla finalement faire effet. Otis craqua.

— On a un camp ! Il était censé l'emmener là-bas ! Je comptais y aller pour lui parler, et la convaincre de retirer ses plaintes.

— Ce sont des conneries ! explosa Zach dans une brusque expiration. Jamais notre mère n'accepterait de retirer les plaintes contre toi et encore moins de revenir comme si de rien n'était, comme si elle n'avait pas été kidnappée ! Où est ce foutu camp ?

Chad lâcha brusquement Otis et recula. La chaise heurta le sol sur ses quatre pieds, surprenant le vieil homme, qui tomba en avant sur ses mains et ses genoux contre le béton.

Les doigts de Chad se crispèrent tandis qu'il foudroyait Otis du regard. Il avait dû lâcher prise. Il était trop près du point de rupture. Il aurait été trop facile de le tuer à mains nues. Et il n'était pas ce genre de personne. Oui, il avait tué du temps où il était tireur d'élite, mais chaque vie qu'il avait prise était une tache sur son âme. Il ne comptait pas en ajouter une autre.

De plus, tuer Otis ne leur apporterait pas à lui et ses frères les informations dont ils avaient besoin. Cela ne ferait qu'empirer leurs problèmes. Passer des décennies derrière les barreaux l'éloignerait de Britt. Mettrait fin à toute chance de lui demander sa main. De fonder une famille avec elle.

— Je n'étais pas d'accord avec lui ! s'empressa d'ajouter Otis. Je voulais juste lui parler, je te jure ! Mais Camden, il... il pensait pouvoir l'utiliser comme appât. Afin de vous attirer, toi et tes frères. Pour ensuite tous vous éliminer. Il voulait qu'on reparte à zéro en Alaska. Sans personne pour porter plainte contre moi, j'aurais eu le temps de détruire les dossiers. Toutes les accusations de détournement auraient été abandonnées !

Chad grimaça de dégoût.

— Comment il comptait nous attirer là où il cache maman ?

Otis baissa les yeux au sol, les épaules affaissées, paraissant soudain chaque seconde de ses soixante-huit ans.

— Il a dit qu'il attendrait un moment, pour être sûr que vous paniquiez bien à cause de la disparition d'Evelyn, au point d'être prêts à tout pour la récupérer. Ensuite, il comptait vous appeler un par un. Il vous aurait dit qu'il avait vu quelqu'un qu'il connaissait emmener votre mère, et vous aurait donné une adresse. Puis à votre arrivée, il comptait vous descendre un par un.

Chad cligna des yeux.

— Ça n'a aucun fichu sens ! s'exclama-t-il. On ne serait jamais allés quelque part chacun de notre côté. La première chose qu'on aurait faite, c'est s'appeler entre nous. C'est quoi ce délire ? Tu savais forcément que ce stratagème débile n'avait aucune logique.

— Et tu as accepté de suivre ce plan idiot ? demanda Knox.

— Non ! Non, non, non ! Je voulais juste parler, vous devez me croire ! jura Otis.

Oui. Il racontait des salades. Et ils le savaient tous.

— Alors pourquoi venir ici maintenant ? Juste pour faire ton petit numéro ? Pour jouer le rôle de l'ami inquiet ? demanda Zach.

Otis baissa la tête et ne répondit pas.

Chad en avait fini.

— Vous comptiez tous nous tuer. Moi, mes frères, maman, Britt... Et pour quoi ? Les flics auraient su que c'était vous, Otis. Ils ont trouvé les empreintes de Camden partout dans la voiture de maman. Un expert est déjà en train de fouiller nos comptes, et de trouver des preuves de ton détournement. Vous ne vous en seriez jamais tirés. Tu es venu ici pour gagner notre sympathie ? Ou pour que les policiers te voient ici et te donnent un alibi ? Ils ne sont pas aussi bêtes. Et nous non plus.

— Tu es pathétique, ajouta Knox en secouant la tête. Où se trouve ton foutu camp ?

Pendant une seconde, Chad pensa qu'Otis n'allait pas lâcher l'adresse. Mais il soupira, un long souffle de défaite, puis finit par leur donner l'emplacement.

Enfin, il releva la tête et croisa le regard de Chad.

— Ne le tuez pas. C'est mon fils. La seule chose qu'il me reste.

Knox souffla du nez. Un son dégoûté que Chad ressentit jusqu'au fond de ses tripes. Ce type avait prévu de faire tuer toute sa famille sans la moindre hésitation... et maintenant, il suppliait qu'ils épargnent son fils ? Quelle blague.

Chad tourna les talons et quitta le garage sans un mot de plus. Il ne promettait rien. Surtout pas à Otis. Il ferait ce qu'il fallait. Si sa mère ou Britt avait été blessée, il n'y aurait eu aucun endroit où Camden Calvert pourrait se cacher. Chad le retrouverait, et rendrait sa propre justice.

Il s'arrêta à la porte de l'entrepôt et inspira profondément. Il entendit ses frères relever Otis. Quand il se retourna, il vit le vieil homme tituber entre Knox et Zach, qui le tenaient fermement par les bras en le traînant vers la sortie.

— On va aller à la maison, et tu vas répéter à la police exactement ce que tu viens de nous dire. Mot pour mot. Compris ? ordonna Knox.

— Je ne peux pas aller en prison ! gémit de nouveau Otis.

— Tu aurais dû y penser avant de voler Lobster Cove. Avant de comploter avec ton fils pour kidnapper deux femmes innocentes. Avant de trahir ton meilleur ami en t'en prenant à sa famille, répliqua Chad d'un ton glacial.

Maintenant qu'il avait une adresse, le calme qu'il avait appris à maîtriser en tant que tireur d'élite reprenait doucement le dessus. Il était concentré sur ce qu'il avait à faire. Camden les attendait, lui et ses frères, avec l'intention de les tuer, mais ça n'allait pas se passer ainsi. Jamais de la vie. Camden était un incapable fini. Jamais il ne prendrait les Young par surprise. Ils avaient passé trop de temps dans les tranchées, chacun dans leurs différentes branches de l'armée.

Ce n'était pas la menace qu'aurait pu poser Camden qui inquiétait Chad, mais davantage l'état dans lequel il allait retrouver Britt et sa mère.

Malgré tout, lui et ses frères allaient devoir jouer intelligemment. Si l'un d'eux était forcé de prendre la vie de Camden, ils devraient s'assurer que ça ne les enverrait pas derrière les barreaux. Amener tout un groupe d'agents de police jusqu'au camp des Calvert était loin d'être idéal, mais Chad était prêt à faire tout ce qu'il faudrait pour avoir un avenir long et heureux avec la femme qu'il aimait.

Il sortit de l'entrepôt et traversa la propriété d'un pas rapide vers la maison principale. Il devait informer la police et Lincoln de la situation, faire en sorte qu'Otis soit mis en détention, et sauver Britt et leur mère.

Avec un peu de chance, avant la fin de la journée, leur famille serait de retour à Lobster Cove, saine et sauve.

24

— Britt ! Par ici !

Britt tourna la tête et regarda de l'autre côté de la pièce vers Evelyn, agenouillée sur le sol de la vieille cabane. Elle tirait sur quelque chose dans le coin opposé à la cuisine. Britt se précipita et s'accroupit, une bouffée d'excitation gonflant alors dans sa poitrine.

Evelyn était en train de tirer sur une planche branlante près du sol, sur le mur, grognant au gré de l'effort qu'elle déployait pour essayer de la déloger.

Britt s'accroupit et ajouta sa force à celle d'Evelyn.

Juste au moment où elle pensait qu'elles n'y arriveraient pas, la planche céda, projetant les deux femmes en arrière. Britt se redressa aussitôt et fixa du regard le trou dans le mur latéral de la cabane.

Le trou au sens littéral.

— Oh merde, dit-elle en se tournant vers Evelyn.

— Bordel, celui qui a construit cette cabane devrait avoir honte. Quelle bouse.

Entendre Evelyn jurer à nouveau provoqua un autre sourire chez Britt. Mais elle avait raison. Il n'y avait rien entre la planche et l'extérieur. Britt reporta son attention sur le trou et testa les planches autour de celui-ci.

— Elles sont toutes pourries, constata-t-elle, réalisant pour la toute première fois qu'elles allaient peut-être vraiment pouvoir sortir de cette satanée cabane.

Elle ignorait complètement où aller ni comment trouver de l'aide, mais réussir à rouler l'horrible Camden serait incroyable.

Elles s'affairèrent sur l'angle pendant ce qui sembla durer une éternité. À chaque minute qui passait, la peur que Camden revienne grandissait. Cet homme était clairement instable, et nul ne pouvait prédire ce qu'il ferait si ses plans ne se déroulaient pas comme prévu.

Britt doutait sérieusement que Chad ou ses frères puissent deviner seuls où elles se trouvaient. Certes, les suspects les plus évidents dans l'enlèvement d'Evelyn étaient Otis et Camden, mais cela ne signifiait pas que quelqu'un dans la famille Young connaissait l'existence de cette cabane.

Peut-être que Camden contacterait l'un des frères pour lui dire où trouver leur mère. Ce qui était terrifiant, car il les attendrait sûrement pour leur tendre une embuscade. C'était le pire des scénarios.

Bien sûr, Chad et ses frères étaient tous d'anciens militaires intelligents et compétents, il y avait donc peu de chances qu'un connard comme Camden puisse les prendre par surprise. Peut-être que tout ce qu'elle et Evelyn avaient à faire, c'était de rester tranquilles et attendre d'être secourues.

Mais tout en Britt rejeta immédiatement cette idée. Elle n'avait jamais été du genre à jouer les demoiselles en détresse. Elle aurait pourtant bien voulu, parfois dans sa vie. Que quelqu'un d'autre décide de son sort. Qu'on vienne la sauver. Mais sans relâche, dès son plus jeune âge, elle avait dû se sauver elle-même et tracer seule son propre chemin.

Aujourd'hui ne ferait pas exception.

Ses mains étaient écorchées et pleines d'échardes, mais à force, elle et Evelyn parvinrent à élargir le trou juste assez pour pouvoir passer à travers... enfin, elle l'espérait.

— Je passe la première, dit-elle à Evelyn, surtout parce que si Camden était dehors et qu'il les voyait, elle préférait qu'il s'en prenne à elle plutôt qu'à la vieille dame. Si Camden me voit, j'essaierai de l'éloigner. Vous, vous sortez et partez dans la direction opposée, d'accord ?

Evelyn fronça les sourcils.

— Non.

— Non ?

— Non. Si tu crois que je vais te laisser toute seule avec lui, c'est que tu n'as pas assez prêté attention.

— Prêter attention à quoi ? demanda Britt, sincèrement confuse.

— Au fait que tu es des nôtres, désormais. Tu es arrivée dans ma maison, une femme qui avait besoin d'un coup de main, et tu es devenue la fille que je n'ai jamais eue. Et ne crois pas que je n'ai pas remarqué la façon dont toi et mon fils vous regardez avec des yeux de biche. Je ne doute pas une seconde que tu deviendras bientôt ma fille pour de vrai, par le mariage. Mais tu seras toujours la fille de mon cœur, même si mon fils est assez idiot pour laisser filer la meilleure chose qui lui soit jamais arrivée.

Les yeux de Britt se remplirent de larmes. Jamais des mots ne l'avaient touchée aussi profondément que ceux d'Evelyn à cet instant.

— Interdiction de pleurer ! déclara Evelyn avec un petit

reniflement. Les femmes coriaces qui peuvent se sauver toutes seules ne pleurent pas, bordel !

Britt laissa échapper un rire. Un peu humide, certes, mais elle réussit à retenir la plupart de ses larmes.

— D'accord. Et n'imaginez pas que je ne vais pas répéter à vos fils que vous jurez comme un charretier.

Evelyn lui fit un clin d'œil.

— Mon mari adorait que je sois une dame en public, et son démon du sexe à la langue bien pendue au lit.

— La la la la, chantonna Britt en se bouchant les oreilles avec les mains.

Evelyn gloussa de rire et attrapa l'une de ses mains.

— Allez. Tirons-nous de ce taudis. J'ai envie de faire pipi, et pas question que je le fasse dans les bois. Je suis trop vieille pour ça. Il me faut mon siège de toilettes chauffant et mon papier tout doux.

Britt ne pensait pas pouvoir aimer cette femme plus qu'à cet instant précis. Cette situation aurait dû être horrible, mais, d'une façon ou d'une autre, elle se retrouvait à rire plus qu'à s'inquiéter de ce que leur ravisseur pouvait bien manigancer.

— Très bien. On y va. Je passe quand même en premier. Je vais jeter un coup d'œil. Ensuite, je vous aiderai à sortir et on décidera dans quelle direction aller.

— Vers le nord, déclara fermement Evelyn. Je ne sais pas exactement où on est, mais Camden a roulé vers le sud en quittant Lobster Cove, et je sens l'odeur de l'eau. Donc, on va vers le nord et on espère tomber sur quelqu'un. N'importe qui. Une cabane, une voiture, même un foutu touriste parti chasser l'orignal.

— Je croyais qu'il n'y avait pas d'orignaux aussi au sud ? demanda Britt en fronçant les sourcils. C'est ce que Chad m'a dit, en tout cas.

— Il n'y en a pas. Mais ça n'empêche pas certains commerçants sans scrupules de vendre des permis de chasse à l'orignal à des touristes naïfs. S'ils sont assez stupides pour ne pas savoir que le Maine a un système de loterie pour les permis et que la saison de chasse est en septembre et octobre, alors ils méritent de se faire plumer.

Ne sachant pas si Evelyn plaisantait ou non à propos de touristes qui traînaient dans les bois à la recherche d'un orignal, Britt décida que ça n'avait pas d'importance. Cela pourrait les aider de tomber sur quelqu'un d'autre que Camden.

— Bon, j'y vais. Souhaitez-moi bonne chance, marmonna-t-elle en s'allongeant sur le ventre devant le trou dans le mur.

— Pas besoin de chance. On a la bonté de notre côté.

Britt espérait qu'Evelyn avait raison.

Elle se tortilla vers l'avant, passa la tête par le trou pour jeter un rapide coup d'œil autour d'elle, puis se glissa lentement dehors. La position était inconfortable, mais dès qu'elle fut assez avancée pour pouvoir s'appuyer au sol avec les bras, les choses devinrent plus faciles.

Avant même de s'en rendre compte, Britt était accroupie par terre, à l'extérieur de la cabane. Ce n'était pas plus engageant de dehors que de dedans.

Il ne faisait pas encore noir. En été, Britt avait remarqué que le jour se levait vers 4 h et demie du matin et que la nuit ne tombait pas avant 9 h et demie. Elle n'avait pas de montre, mais elle estimait qu'il devait être autour de 19 h. Elle avait vu Evelyn se faire embarquer par Camden en milieu d'après-midi, et le trajet en voiture avait été long avant d'atteindre cette cabane. Ensuite, elles avaient pris du temps pour fouiller les lieux et trouver leur sortie.

Balayant les environs du regard, Britt ne vit toujours rien. Pas de Camden. Pas d'animaux. Même les oiseaux étaient silencieux. Le calme et la lumière déclinante donnaient à la zone une atmosphère étrange. Sans compter que, même si elle ne le voyait pas, Camden était forcément là, quelque part...

Poussée par l'urgence, Britt se retourna et chuchota :

— Sortez.

Les mains et les bras d'Evelyn apparurent dans le trou, et Britt l'aida à se faufiler hors de la cabane. En quelques instants, elle se tenait debout à côté de Britt, leurs dos appuyés contre le mur.

— C'est par où, le nord ? chuchota-t-elle.

Evelyn la regarda, un sourcil levé.

— Je pensais que tu le saurais.

Britt ne put s'empêcher de pouffer doucement.

— Moi ? Je suis comme un poisson hors de l'eau dans le Maine. C'est vous qui avez toujours vécu ici. C'est à vous de me le dire.

— Je plaisantais, répliqua Evelyn avec un grand sourire.

Une fois de plus, Britt était stupéfaite par cette femme. Evelyn aurait eu toutes les raisons d'être paniquée. Et pourtant, on aurait presque dit qu'elle s'amusait.

— C'est par là, dit Evelyn avec assurance, en hochant la tête vers la gauche.

— Vous êtes sûre ?

— Absolument. Austin m'a tout appris sur la navigation. Ça le rendait fou, au début de notre mariage, quand je lui donnais des indications du genre, Tourne à gauche au panneau stop avec le trou de balle, puis, une fois arrivé chez les Allen, prends à droite, se remémora-t-elle avec un gloussement. Après ça, il a insisté pour que j'apprenne les points cardinaux afin que je puisse lui donner des indications correctes, comme il disait. J'ai passé des jours et des nuits dans les bois et sur l'eau, à former mes fils à leur tour.

— Très bien. Alors, on va à gauche. Lentement et silencieusement, prévint Britt.

— Bien sûr, répondit Evelyn, presque vexée.

Britt se sentit idiote. Bien sûr qu'elles allaient être silencieuses. Même si elle était bien moins effrayée que lorsqu'elles étaient arrivées, une impression de danger flottait encore dans l'air autour d'elles.

Alors qu'elles se mettaient en route, veillant à ne marcher sur aucune branche morte et restant à l'affût de Camden, Britt ne put s'empêcher de s'inquiéter pour Chad. Lui et ses frères devaient être fous d'angoisse. Elle espérait que, s'ils parvenaient à deviner où elle et Evelyn avaient été emmenées, ils ne se feraient pas blesser.

Camden était clairement déséquilibré, et son plan de se servir d'elles comme appât pouvait très bien fonctionner comme il l'espérait. Elle avait confiance en son petit ami et en ses frères, en leur expérience militaire, qui devrait les empêcher de tomber dans un piège, mais Camden était tellement imprévisible qu'il restait une possibilité qu'il parvienne à tuer quelqu'un avant qu'on ne l'arrête.

— Ils iront bien, chuchota Evelyn, comme si elle savait exactement à quoi pensait Britt.

Elle l'espérait. Elle l'espérait si, si fort.

***

Les quatre frères s'étaient tous entassés dans le SUV de Knox. Le trajet jusqu'à l'adresse donnée par Otis leur sembla interminable, mais pendant qu'ils roulaient, les frères élaborèrent un plan. Ils partaient du principe que Camden les attendrait, mais comme aucun d'eux n'avait reçu d'appel de sa part, ce qui était apparemment son plan absurde, ils ignoraient complètement ce qui les attendait.

La vraie question était... Camden avait-il la patience de rester assis à attendre, tout ce temps, depuis qu'il avait enlevé Britt et Evelyn ?

Chad en doutait fortement. Camden était colérique. Impulsif. Fainéant. De plus, il fumait constamment. Il avait sans doute trouvé ce qu'il pensait être l'endroit parfait, et s'y était posé un moment. Puis s'était ennuyé. Avait douté de lui-même. Était parti. Puis était encore parti.

Chad ne doutait pas une seconde que lui et ses frères pourraient le retrouver et neutraliser la menace.

Mais pourraient-ils le faire avant l'arrivée de la police ?

Ils avaient réussi à quitter Lobster Cove avant eux, car ceux-ci avaient dû faire appel à des agents d'autres villes ayant de l'expérience en intervention SWAT. Chad et ses frères allaient sans doute avoir des ennuis pour avoir menti aux autorités en prétendant qu'ils ne se rendraient pas à la cabane, mais ils avaient tous accepté les conséquences à l'unanimité.

Ils devaient avoir autour d'une dizaine de minutes pour localiser et neutraliser Camden avant que les policiers ne débarquent. Si cela arrivait, leur cible fuirait sans doute comme le lâche qu'il était. Il se remettrait sur pieds. Et déciderait peut-être de frapper à nouveau un autre jour.

Ce qui était hors de question. Il fallait mettre fin à la menace que représentaient les Calvert aujourd'hui. Ici et maintenant. Et ils avaient peu de temps pour le faire.

Cela allait être un jeu d'enfant.

Chad et ses frères avaient passé des heures à jouer aux soldats dans les bois autour de Lobster Cove. Enfants, ils avaient appris à être rapides et discrets. Ces compétences s'étaient affinées durant leur passage dans l'armée. C'était comme si Camden avait déjà perdu.

Zach s'était porté volontaire pour servir d'appât. Knox, Lincoln et Chad sortiraient tous du SUV à une certaine distance de la cabane, et Zach s'y rendrait seul en voiture. Avec un peu de chance, il attirerait Camden à l'extérieur, permettant aux autres frères de s'approcher en douce et de le maîtriser.

L'adrénaline de Chad était à son comble. Il avait terriblement envie de se ruer vers la cabane, en défoncer la porte et, espérait-il, retrouver Britt et sa mère saines et sauves... peut-être un peu effrayées, mais en vie. De plus, même si aucun d'eux ne pensait que Camden avait une quelconque expérience du combat, ou l'intelligence nécessaire pour les prendre de court, aucun ne voulait risquer la vie des deux femmes disparues. Ils savaient qu'il ne fallait jamais sous-estimer un homme désespéré.

Quand Chad, Lincoln et Knox sortirent du SUV et que Zach glissa sur le siège conducteur, ils étaient tous plus que prêts à en découdre. Les trois frères progressèrent silencieusement à travers les bois en direction de la cabane, se séparant pour couvrir le terrain plus efficacement.

Il ne fallut pas longtemps avant que des voix ne résonnent à travers les arbres, poussant Chad à accélérer le pas.

Jetant un coup d'œil derrière un grand arbre, il aperçut Zach debout dans une petite clairière devant la cabane, avec Camden en face de lui, qui le tenait en joue avec un fusil de chasse.

Le sang de Chad se glaça. Ils savaient tous que le fils d'Otis devait être déséquilibré s'il pensait que kidnapper deux femmes pour piéger toute la famille Young était la meilleure façon d'éviter la prison... mais le voir là, en train de braquer son plus jeune frère, fit basculer quelque chose en lui.

Personne ne faisait de mal à sa famille. Ni à sa mère. Ni à ses frères. Ni à Britt.

— Calme-toi, dit Zach en levant les mains pour montrer à Camden qu'il n'était pas armé.

— Où sont les autres ? Je sais que t'es pas venu tout seul ! hurla Camden.

— Ils arrivent. J'étais le premier à partir, mentit Zach.

— Tu mens ! Pourquoi t'es dans la voiture de Knox ?

Le problème avec le fait que Camden ait travaillé à Lobster Cove, c'est qu'il en savait long sur la famille... y compris qui conduisait quoi.

— Camden, où est maman ? Est-ce qu'elle va bien ?

— La ferme ! La ferme ! Va là-bas, ordonna-t-il, pointant du canon de son fusil à pompe l'endroit où il voulait que Zach aille... un coin boisé sur le côté du chemin de terre, à une vingtaine de mètres de la cabane... où semblait avoir été préparé un gigantesque bûcher prêt à être allumé.

Chad eut envie de lever les yeux au ciel. Le dernier endroit où allumer un feu, c'était bien au beau milieu d'une fichue forêt, mais personne n'avait jamais prétendu que Camden brillait par son intelligence.

Cependant, la raison pour laquelle il voulait que Zach s'approche du bûcher rendit Chad extrêmement méfiant.

Est-ce que ce type croyait sérieusement qu'il pourrait brûler toutes les preuves après avoir assassiné six personnes ?

Il était complètement fou, et il était temps d'en finir, afin qu'ils puissent entrer dans la cabane et retrouver leur mère et Britt.

Chad vit Lincoln jeter un coup d'œil de l'autre côté de la cabane et Knox traverser les bois directement en face du feu. Ils se rapprochaient de Camden, l'encerclant.

Les quatre hommes se déplacèrent comme s'ils avaient répété cette scène.

Face au chemin de terre qui faisait office d'allée, Camden suivait lentement Zach, qui reculait centimètre par centimètre vers le bûcher, sans quitter des yeux ni l'arme ni l'homme qui la tenait.

Camden était tellement concentré sur Zach qu'il ne vit pas le danger arriver derrière lui.

Chad et Lincoln se rapprochèrent alors que Camden armait le fusil à pompe, prêt à tirer sur Zach.

Son frère eut la bonne idée de se jeter au sol exactement au moment où Knox poussa un grand cri en jaillissant de derrière les arbres, sur la gauche de Camden.

Comme espéré, Camden se retourna vers le bruit, braquant aussitôt le fusil dans cette direction.

Lincoln atteignit Camden le premier et se jeta sur l'arme. Il la saisit et la tira violemment vers le haut, hors de ses mains, et Chad prit la relève. Il frappa Camden au visage de toutes ses forces, avec le besoin et l'envie de le mettre hors d'état de nuire immédiatement. Personne ne voulait courir le risque qu'il ait une seconde arme dissimulée sur lui.

Le bruit de ses phalanges percutant le visage de Camden résonna extrêmement fort dans le silence de la forêt. À la déception de Chad, Camden s'effondra comme une masse. Il resta inerte sur le tapis de feuilles mortes et d'aiguilles de pin qui recouvrait la clairière.

Chad attendit qu'il bouge, qu'il se relève, qu'il tente de continuer le combat... mais il se contenta de gémir faiblement.

— Joli coup, frérot, lança Lincoln.

Chad était déjà en train de courir vers la cabane. Dès qu'il comprit que Camden ne serait plus un problème, toute son attention se tourna vers sa priorité, retrouver sa mère et Britt. Knox le suivait de près. L'élan de Chad le fit percuter la porte d'entrée de plein fouet.

— Britt ! Maman ! cria-t-il en essayant, comme un idiot, de tourner la poignée.

Évidemment qu'elle était verrouillée.

— Reculez ! cria-t-il. Je vais défoncer la porte !

N'entendre aucune des deux femmes lui répondre fit

monter une vague de panique en Chad. C'était une sensation étrange. D'ordinaire, il était le plus calme d'entre eux. Son passé de tireur d'élite lui avait appris à contrôler ses émotions dans des situations extrêmement stressantes. Mais toute la formation du monde ne lui servait à rien en cet instant. Tout ce qu'il voyait dans son esprit, c'était l'image de l'une ou des deux femmes qu'il aimait, blessées ou pire, à l'intérieur de cette cabane délabrée.

Il recula d'un pas et donna un coup de pied dans la porte.

Elle ne bougea pas. Tout ce qu'il réussit à faire, c'est se faire mal à la jambe et au genou.

— Putain ! marmonna-t-il. Elle est en acier, cette porte, ou quoi ?

— Laisse-moi essayer, insista Knox, en le poussant sur le côté.

Mais il n'eut pas plus de succès que Chad.

— Et si on essayait la clé ? lança Lincoln d'un ton sec derrière eux.

En se retournant, Chad vit son frère aîné brandir une clé. Il avait dû fouiller les poches de Camden.

Se sentant un peu idiot de ne pas y avoir pensé lui-même, Chad tendit la main pour prendre la clé. Lincoln la lui donna aussitôt.

Heureusement, la clé fonctionna. Alors que Chad tournait la poignée, il sentit son cœur se bloquer dans sa gorge.

La porte s'ouvrit d'un coup et il pénétra à l'intérieur, suivi de Lincoln et Knox. Zach devait sûrement surveiller Camden, pour s'assurer qu'il ne reprenne pas connaissance et qu'il ne s'enfuie ou ne revienne les attaquer.

Autant il avait redouté de trouver l'une ou l'autre des femmes blessée, autant ce fut pire encore pour Chad lorsqu'il entra et ne trouva… rien.

Il n'y avait personne. La cabane, composée d'une seule

pièce, était peu meublée, et il était évident qu'elle n'avait sans doute pas été utilisée depuis des années. Une odeur de moisi flottait dans l'air, mais sous cela, Chad aurait juré sentir la lotion parfumée à la noix de coco que Britt portait toujours.

Elle avait été là, mais elle ne l'était plus.

Des pensées concernant l'incendie que Camden avait prévu envahirent l'esprit de Chad. Étaient-ils arrivés trop tard ? Avait-il déjà emmené sa mère et Britt pour les abattre quelque part ? Ses émotions chavirèrent de la tristesse à la frustration, au chagrin, puis à la colère, en l'espace de quelques secondes.

Ses muscles se tendirent alors qu'il se préparait à ressortir pour abattre Camden Calvert avant l'arrivée de la police, quand son frère prit la parole.

— Regarde ! dit Lincoln en se dirigeant vers un des coins de la petite cabane.

Chad se précipita et vit ce qu'il aurait dû remarquer dès le premier coup d'œil. Un foutu trou dans le mur ! Des planches brisées, qui avaient autrefois fait partie de la paroi, jonchaient le sol.

— Elles sont sorties, souffla Chad, le soulagement le rendant étourdi.

À l'unisson, les trois hommes pivotèrent et se ruèrent vers la porte. Camden avait peut-être enfermé les femmes à l'intérieur de la cabane, mais elles n'étaient pas restées là, terrées dans la peur en attendant d'être secourues. Non, elles avaient tout fait pour se sortir elles-mêmes de cette situation.

Une vague de fierté l'envahit. Sa mère était une dure à cuire. Il le savait déjà, mais elle venait encore de le prouver.

Et Britt ? L'amour qu'il ressentit en pensant à elle était si fort qu'il en trembla. Elle était exactement le genre de femme qu'il avait toujours rêvé de trouver. De passer sa vie avec. Forte. Résistante. Débrouillarde.

Lincoln, Knox et Chad sortirent en trombe de la cabane.

— Maman ?

— Britt ?

— Vous êtes où ?

Ils appelèrent tous en même temps, puis s'arrêtèrent pour écouter une éventuelle réponse.

Mais les bois autour d'eux étaient silencieux. Trop silencieux. Comme si chaque créature vivant là retenait son souffle.

— Dans quelle direction auraient-elles pu aller, à votre avis ? demanda Knox.

— Pas vers le sud, répondit Chad sans hésiter. Maman saurait qu'il les a emmenées au sud de Lobster Cove, et elle se dirait qu'il y aurait plus de monde au nord qu'au sud, vers la côte.

— Je suis d'accord... mais si elle est blessée ? Et qu'elle ne peut pas penser clairement ? dit Knox, jouant l'avocat du diable. Est-ce que Britt saurait dans quelle direction est le nord ?

— Je ne sais pas. J'imagine que non, songea Chad.

— Très bien, alors on va se séparer, ordonna Lincoln. Au cas où elles auraient pris une direction à laquelle on ne pense pas. Je ne laisserai rien au hasard. Chad, tu vas au nord. Moi, j'irai à l'ouest. Knox, tu prends l'est.

— Je vais attacher ce connard et partir vers le sud, déclara Zach depuis l'endroit où Camden gisait encore, inerte, dans la terre.

— Non. Je ne lui fais pas confiance. La police ne devrait plus tarder. Si tu peux leur expliquer ce qui se passe et leur dire quelles directions on est en déjà train de fouiller, ils pourront aller vers le sud, dit Lincoln.

Chad n'avait aucun problème à laisser son frère prendre les rênes. C'était un rôle qu'il avait toujours eu, en tant qu'aîné, et en tant que pilote de chasse, il avait dû prendre des décisions de vie ou de mort en une fraction de seconde chaque fois qu'il prenait les commandes de ces avions à plusieurs millions de dollars qu'il pilotait autrefois.

De plus, franchement, Chad était trop préoccupé par la disparition de sa mère et de sa petite amie pour penser correctement.

Il fit demi-tour et se dirigea vers le nord, espérant y trouver les femmes les plus importantes de sa vie saines et sauves.

25

Britt en avait assez.

Elle avait chaud. Elle était en sueur. Effrayée. Et elle avait déjà trouvé trois tiques grimpant sur ses bras et ses jambes. Il était impossible de savoir combien d'autres s'étaient glissées sous ses vêtements et étaient en train de planter leurs crocs infectés dans sa chair pour lui sucer le sang. Les tiques avaient-elles des crocs ? Elle n'en savait rien, mais elles devaient bien être capables de percer la peau humaine et animale, d'une manière ou d'une autre.

Il ne faisait aucun doute que l'endroit où elles marchaient était magnifique, mais à cet instant précis, Britt en avait assez des pins, du bruit du vent dans les feuilles bien au-dessus de leurs têtes qui lui faisait croire, à tort, qu'elle entendait des voitures, et de la nature en général.

Elle ignorait depuis combien de temps elles marchaient, mais ses pieds la faisaient souffrir, ce n'était pas comme si elle avait eu le temps d'enfiler une paire de baskets ou des chaussures de randonnée, et l'adrénaline qui parcourait son corps depuis qu'elle avait sauté à l'arrière du pick-up de Camden s'était depuis longtemps dissipée.

Elle voyait bien qu'Evelyn était dans le même état. Ses pas étaient plus lents, et elle avait failli trébucher et tomber la tête la première au moins trois fois. Il devait bien y avoir quelqu'un, quelque part, dans les parages. Le Maine était rural, certes, mais pas à ce point. Elles étaient proches de la côte, là où les gens adoraient construire des cabanes comme celle où on les avait enfermées, et des maisons à plusieurs millions de dollars. C'était absurde qu'elles n'aient entendu ou vu le moindre signe de vie depuis qu'elles s'étaient échappées de la cabane.

Britt ne put s'empêcher de se demander si Camden avait déjà remarqué leur disparition. S'il était même en train de les suivre à la trace. Il pourrait facilement les abattre et laisser leurs corps ici, au beau milieu de nulle part, et personne ne les retrouverait jamais. Jusqu'à, peut-être, dans quelques années, quand ces mêmes touristes idiots dont Evelyn avait parlé viendraient chasser dans la région, et tomberaient sur des os étranges.

Réalisant combien ses pensées devenaient moroses, Britt prit une grande inspiration. Elles étaient dans une bien meilleure situation maintenant qu'il y a encore peu de temps. Elles avaient réussi à duper Camden, et tout ce qu'elles avaient à faire, c'était de rester positives et de continuer à marcher. Elles finiraient bien par tomber sur une cabane, une personne, une route.

Après qu'Evelyn eut trébuché une quatrième fois, Britt décida qu'il était temps de faire une pause. Elles étaient toutes les deux fatiguées et vacillaient sur leurs jambes. Cela ne changerait pas grand-chose si elles prenaient cinq minutes pour se reposer... du moins, elle l'espérait.

— Evelyn, regardez. Il y a un rocher sur lequel on peut s'asseoir un instant, lança Britt, en prenant le bras de la vieille dame pour la guider vers celui-ci.

— Peut-être qu'on devrait continuer, dit-elle avec inquiétude.

— On va continuer. Mais j'ai besoin de m'asseoir une seconde, admit Britt. Je crois que je me suis éraflé la jambe sur un truc, je veux y jeter un œil.

— Oh, tu es blessée ? Allez, assieds-toi, assieds-toi, fit Evelyn.

Britt n'aimait pas lui mentir, mais elle ne regrettait pas si cela permettait à Evelyn de se reposer. Elle était peut-être incroyablement forte pour son âge, mais elle n'était pas une machine.

Époussetant les feuilles sur le rocher, Britt attendit qu'Evelyn s'assoie, puis s'installa à son tour à côté d'elle. Le rocher n'était pas très confortable, mais cela faisait du bien de ne plus être debout, au moins un instant. Britt fit semblant d'examiner sa jambe à la recherche d'une éraflure imaginaire et feignit d'être soulagée de ne rien trouver.

— Qu'est-ce que tu crois qu'il fait ? demanda doucement Evelyn.

Britt savait de qui elle parlait.

— Il doit être en train de paniquer, en se demandant comment il a pu se faire avoir.

Evelyn rit doucement.

— Je parie qu'il ne pensait pas qu'on réussirait à passer à travers le mur.

— Non. Vous croyez que Chad et les autres savent déjà qu'on s'est échappées ? demanda Britt.

— Oh oui. J'en suis sûre.

— Comment ?

— Mes fils... ils sont protecteurs. Et sacrément fouineurs. Austin avait peur que je les élève pour en faire des fils à maman... et c'est exactement ce que j'ai fait. Quand ils avaient peur, ils voulaient leur mère. Quand ils faisaient quelque chose dont ils étaient fiers, j'étais la première personne à qui ils voulaient le raconter. Ils ont passé beaucoup de temps avec Austin. Il leur a tout appris sur les moteurs et les voitures. Personne ne peut dire que mes fils ne sont pas des hommes forts, loyaux, de vrais bonshommes. Mais au fond, une fois au pied du mur, ce sont toujours des fils à maman. Quand Camden m'a kidnappée, je crois qu'ils ont tous ressenti au fond d'eux que quelque chose clochait. Une fois, je suis tombée dans les escaliers et me suis cassé le bras, après que tous mes garçons avaient quitté la maison, une fois le lycée terminé. On n'a même pas eu le temps de les appeler pour leur dire ce qui s'était passé, parce qu'on était à l'hôpital à gérer tout ça. Mais un par un, ils ont tous appelé Austin, poussés par une envie soudaine de prendre de mes nouvelles. D'une manière ou d'une autre, ils savaient que j'étais blessée. Alors je crois vraiment qu'ils ont su que quelque chose n'allait pas à Lobster Cove quand j'ai été enlevée.

Britt sentit les larmes lui monter aux yeux. Elle cligna rapidement des paupières et déglutit péniblement, essayant de les retenir.

— Ceux qui pensent que les hommes doivent grandir en étant durs et sans émotions se trompent. Les hommes devraient être protecteurs et empathiques. Ils devraient pouvoir pleurer quand la situation le justifie. Ils devraient être aussi émotifs qu'ils sont stoïques. C'est ça, être humain. Et quiconque élève un garçon pour qu'il soit uniquement un macho insensible ne lui rend pas service... ni à l'humanité.

— Vous avez élevé des garçons incroyables, la complimenta Britt.

— C'est vrai, approuva Evelyn avec une pointe de fierté. Et ils savent ce qui s'est passé. Peut-être que quelqu'un t'a vue à l'arrière de ce pick-up, pendant que tu t'y accrochais de toutes tes forces, monter dedans n'était d'ailleurs pas très malin, ma chérie, mais je t'en suis reconnaissante quand même, et a réussi à contacter un de mes garçons. Ou peut-être que c'est comme je l'ai dit, ils ont simplement senti dans leurs tripes que quelque chose clochait. Mais je sais, sans le moindre doute, qu'ils viennent à notre secours. Même si on s'est secouru nous-mêmes en premier.

— On a vraiment fait ça, hein ? dit Britt avec un petit sourire.

— Carrément, bordel.

— Votre langage, la taquina à nouveau Britt.

Evelyn poussa un petit rire. Puis elle se tourna vers Britt et dit, presque nonchalamment :

— Alors... tu penses que toi et Chad allez me faire devenir grand-mère dans combien de temps ?

Britt cligna des yeux de surprise.

— Euh... on vient à peine de se rencontrer.

— Et vous vous aimez. J'ai des yeux, mon enfant. Je le vois. Et je ne suis ni stupide ni naïve au point de croire que vous vous contentez de regarder des films, puis de vous faire la bise sur la joue avant de vous dire bonne nuit.

Britt savait qu'elle devait rougir comme une tomate.

Evelyn se contenta de glousser.

— Tout ce que je dis, c'est que mon fils t'aime. N'en doute jamais. Je ne l'ai jamais vu aussi heureux de toute sa vie. Il te suit du regard dès que vous êtes dans la même pièce, et je vois dans ses yeux le même amour que je voyais dans ceux de mon Austin. Chad est peut-être un fils à maman, mais quand il s'agit de tomber amoureux, il tient de son père.

Ses mots firent battre le cœur de Britt.

— Je l'aime aussi, lâcha-t-elle.

— Parfait. Et... les petits-enfants ?

Britt ne put s'empêcher de rire.

— Est-ce qu'on vous a déjà dit que vous étiez têtue ?

— Austin. Tout le temps. Alors ?

Britt sourit à la femme qui avait désormais une place permanente dans son cœur.

— J'en veux. Mais je ne souhaite pas précipiter les choses.

— Bah, répliqua Evelyn en agitant la main. Précipite-les. Lobster Cove a besoin de bébés et d'enfants qui courent dans tous les sens à nouveau. Et je veux vivre assez longtemps pour en profiter.

Britt ouvrit la bouche pour répondre, sans vraiment savoir ce qu'elle allait dire, mais les deux femmes se figèrent soudain en entendant un bruit sur leur gauche, et se tournèrent en même temps dans cette direction.

S'attendant à voir Camden à leurs trousses, Britt fut sincèrement choquée de voir un grand orignal traverser calmement les broussailles. Elle avait un bébé derrière elle. Aucun des deux ne prêta attention aux deux humaines assises sur un rocher, à peine à six mètres d'eux.

— Je croyais que vous aviez dit que les orignaux ne descendaient pas aussi au sud, chuchota Britt, son ton à peine audible.

— C'est la vérité, répondit Evelyn.

Les orignaux marchaient tranquillement, on ne peut plus indifférents. Ils s'arrêtèrent brièvement pour grignoter les feuilles d'un tremble, puis continuèrent leur route.

Les deux femmes se tournèrent l'une vers l'autre, les yeux écarquillés, une fois les créatures hors de vue.

— Waouh ! C'était... incroyable, dit Britt.

— Magnifique, approuva Evelyn. Et un signe. On parlait de petits-enfants, et voilà qu'une créature qui n'a clairement rien à faire ici débarque avec son petit.

Britt ne put s'empêcher de secouer la tête et de lever les yeux au ciel.

— J'aime Chad. Je veux avoir des enfants avec lui. Je veux l'épouser et vivre pour toujours ici, dans le Maine, avec lui. Mais on ne va pas précipiter les choses simplement parce que vous voulez des petits-enfants, Evelyn.

Elle soupira.

— Je sais. Mais j'ai le droit d'espérer, non ?

Britt ne pouvait pas lui en vouloir.

— Oui, dit-elle en glissant un bras autour des épaules d'Evelyn pour lui faire un câlin de côté.

— Tu es prête à repartir ? Moi, je suis prête à foutre le camp de cette forêt. Je te jure, j'ai l'impression que des tiques me rampent partout sur le corps.

— Oui, moi aussi. Beurk. Saletés de tiques.

Britt n'arrivait pas à croire qu'elle riait. Elle avait été kidnappée, même si c'était elle qui avait sauté dans la benne du pick-up de Camden, et maintenant elle était perdue en pleine forêt, au milieu de nulle part, avec la possibilité que leur ravisseur soit à leurs trousses pour leur faire du mal, ou pire. Et elle riait. C'était fou. Elle commençait à se dire qu'avec la famille Young, il fallait sans doute s'habituer au chaos et à l'incertitude. Mais avec ça viendraient aussi l'amour, le bonheur, et la famille dont elle avait toujours rêvé.

Elles venaient à peine de se remettre en marche qu'elles entendirent un nouveau bruit provenant des bois. Cette fois, il venait de derrière elles. Craignant de voir apparaître un orignal furieux prêt à défendre son petit et sa compagne, Britt se retourna d'un bond. Elle ignorait complètement ce qu'elle ferait s'il y avait vraiment un orignal prêt à charger. Mais une chose était sûre, elle n'allait pas rester plantée là sans rien faire.

Ou pire, ça pouvait être Camden. Furieux qu'elles se soient échappées et prêt à mettre à exécution ses plans diaboliques.

Mais à la place, une voix retentit à travers les arbres.

— Briiiiiiiitt ? Mamaaaaaan ?

Britt et Evelyn échangèrent un regard.

Bon sang, c'était Chad !

— Par ici !

— Chad !

Elles crièrent en même temps, et Britt se sentit soudain vaciller de soulagement.

Les bruits se rapprochèrent, et en quelques secondes, un Chad affolé surgit d'entre les arbres, courant droit vers elles.

Pendant une fraction de seconde, Britt craignit qu'il soit poursuivi. Mais elle ne vit personne derrière lui. Elle comprit que c'était le soulagement qui le rendait aussi hors de lui.

Il courut jusqu'à elles et se jeta sur sa mère. Britt ne s'en offusqua pas le moins du monde. Elle repensa à ce qu'Evelyn avait dit sur ses enfants, qu'ils étaient des fils à maman, et prit conscience combien elle avait raison. Le soulagement qui irradiait du langage corporel de Chad était palpable.

Il recula et regarda sa mère droit dans les yeux.

— Tu vas bien ? demanda-t-il.

— Je vais bien. On va bien, répondit Evelyn avec un grand sourire.

Puis Chad se tourna vers Britt. La seconde d'après, elle était dans ses bras, et il la serrait si fort que c'en était presque douloureux. Mais c'était une bonne douleur. Elle l'étreignit tout aussi fort.

Depuis leur fuite de la cabane, elle ne s'était pas permis de penser à son stress et sa peur. À comment elle pourrait protéger Evelyn si Camden les retrouvait. Mais maintenant que Chad était là, elle pouvait relâcher une partie de la responsabilité de veiller sur Evelyn et sur la situation. Il allait prendre les choses en main.

Elle se mit à trembler, incapable de s'arrêter.

Être dans les bras de Chad lui faisait se sentir en sécurité. Enfin. Elle s'était toujours sentie en sécurité avec lui, même ce premier jour, alors qu'il était un inconnu qui l'avait invitée chez lui. La plupart des gens normaux auraient immédiatement dit non et continué leur chemin. Mais à la place, elle avait ressenti une confiance instinctive envers Chad. Et il ne l'avait jamais déçue. Pas une seule fois.

— Britt, murmura-t-il dans le creux de son cou, là où il avait enfoui son visage.

Elle se rendit compte que, étonnamment, Chad tremblait aussi. Il avait beau être un protecteur fort et infatigable, il était plus qu'évident combien il était ému qu'elles soient saines et sauves.

— Je vais bien, le rassura-t-elle.

Il fallut de longues secondes avant qu'ils ne soient chacun capables de se lâcher. Le soulagement qu'ils ressentaient, les émotions débordantes qui coulaient dans leurs veines, les empêchaient de parler, de faire quoi que ce soit d'autre que de s'étreindre l'un l'autre.

Quand Chad releva enfin la tête, Britt vit que ses yeux étaient remplis de larmes. Les paroles d'Evelyn lui revinrent en mémoire. Elle avait fait un travail remarquable en enseignant à ses enfants que montrer ses émotions n'était pas une faiblesse.

— Je t'aime, lui dit-elle.

— Pas autant que je t'aime, répliqua-t-il.

Il prit ensuite une profonde inspiration, posa ses mains de chaque côté de son visage comme il aimait le faire, et l'embrassa. C'était un baiser long et doux. Il n'était pas passionné, c'était un échange sensuel de soulagement, d'amour et de respect entre un homme et une femme.

— Je vous donne deux mois, lança Evelyn derrière eux, d'un ton extrêmement satisfait.

— Deux mois pour quoi ? demanda Chad, en se tournant vers sa mère, tout en gardant un bras autour de la taille de Britt.

— Rien. C'est juste un petit truc entre Britt et moi.

Britt leva les yeux au ciel. Elle savait exactement à quoi Evelyn faisait allusion. L'idée de tomber enceinte dans les deux mois à venir était complètement folle et irréaliste... mais elle se rappela alors que Chad avait oublié de mettre un préservatif ce matin-là.

Peut-être que sa prédiction n'était pas si absurde, après tout.

— Vous pouvez marcher, toutes les deux ? Ça vous va de retourner à la cabane ? Je peux courir chercher de l'aide si besoin. La police devrait être arrivée.

Britt cligna des yeux. Elle n'avait même pas pensé à lui demander ce qui se passait à la cabane. Elle avait été tellement soulagée de le voir qu'elle n'avait même pas songé à Camden.

— La police ? Où est Camden ? C'est lui qui nous a enlevées, lâcha-t-elle enfin.

— On sait. Victor m'a appelé et m'a dit qu'il t'avait vue t'accrocher de toutes tes forces à son pick-up dans la benne.

— Victor t'a appelé ? demanda Evelyn.

— Oui. Moi aussi, j'ai été surpris. C'est peut-être un connard, mais il avait l'air sincèrement inquiet. Quand la police est arrivée à Lobster Cove, ils ont trouvé Walt blessé mais vivant. Ensuite Otis est arrivé, pendant qu'on essayait tous de deviner où Camden avait pu vous emmener. Il nous a parlé de la cabane. On est venus au plus vite.

— Otis vous a parlé de la cabane ? demanda Britt, stupéfaite.

— Avec un petit coup de pouce, oui. Bon, est-ce que vous pouvez marcher ? Ou je dois aller chercher de l'aide ?

— On peut marcher, répondit Evelyn d'un ton ferme.

— C'est normal d'avoir besoin d'aide de temps en temps, dit doucement Chad à sa mère.

— Je le sais. Et quand j'aurai besoin d'aide, je la demanderai. Maintenant, montre le chemin, mon fils. J'ai envie de faire pipi, et je ne compte pas le refaire dans ces bois.

— Bien, madame, répondit Chad avec un petit rire.

Il prit la main de Britt et la serra avant de la relâcher et de se tourner vers sa mère. Il glissa un bras autour de sa taille et les guida à travers les bois, en direction de la cabane qu'ils avaient fuie il y a ce qui leur semblait être des jours.

Britt sourit en marchant derrière la mère et le fils. Cela lui réchauffait le cœur de voir Chad si préoccupé par sa mère. Elle était heureuse qu'il l'aide, sans la surprotéger.

Elle eut une vision fugace de leur avenir. De Chad apprenant à ses propres fils à aimer et respecter leur mère... elle. Elle n'était pas certaine de vouloir des enfants aussi tôt, mais maintenant ? Avec Chad ? Elle en avait clairement envie. Parce qu'elle savait, sans l'ombre d'un doute, qu'il ne l'abandonnerait pas. Qu'elle n'aurait pas à élever un enfant seule, comme l'avait fait sa propre mère.

La vie était faite de hauts et de bas, mais c'étaient toutes les bonnes choses qui rendaient les mauvais moments un peu moins terribles. Il restait encore beaucoup d'incertitudes sur l'avenir, sur ce qui allait se passer avec Otis et Camden, sur l'état de santé de Walt, sur la stabilité financière de Lobster Cove après tout l'argent volé. Mais Britt n'avait aucun doute que les frères Young feraient front ensemble et persévèreraient.

Ils étaient plus forts ensemble que séparément. Et elle se sentait chanceuse de pouvoir faire partie de cette famille.

* * *

Il était presque 2 h du matin, mais personne ne semblait prêt à quitter Lobster Cove. Ils avaient reçu la nouvelle que Walt allait bien. Il restait à l'hôpital cette nuit-là, mais avait déjà hâte de rentrer chez lui... et de retourner au garage.

Camden et Otis avaient tous deux été transférés à la prison du comté de Knox. Otis coopérait pleinement avec les autorités, tandis que son fils clamait son innocence, rejetant toute la faute sur son père.

Chad détestait que sa mère et Britt aient à gérer les conséquences de cet incident pendant encore des mois, avec les comparutions inévitables au tribunal et les réunions avec le procureur. Mais à son grand soulagement, les deux femmes semblaient affronter tout cela avec une résilience incroyable.

Le salon de la maison principale était actuellement bondé, malgré l'heure tardive. Tous ses frères étaient là, tout comme Barry. Chad était assis sur le canapé, Britt blottie contre lui. Elle était épuisée, mais elle insistait pour ne pas monter se coucher tout de suite. Plus le temps passait depuis qu'il l'avait retrouvée, plus des bleus et des éraflures apparaissaient sur sa peau pâle. Il en était de même pour sa mère.

Cela rendait Chad fou de rage. Il aurait voulu pouvoir retrouver Camden et lui refaire de nouveau le portrait.

Il avait entendu toute l'histoire de ce qui s'était passé, racontée par sa mère aux policiers à la cabane des Calvert. Elle et Britt allaient devoir aller au commissariat le lendemain pour une déposition officielle, mais d'après ce qu'il avait compris, Camden était venu à Lobster Cove, et s'était arrêté d'abord au garage pour neutraliser Walt afin qu'il ne puisse pas venir en aide à leur mère.

Puis il était monté à la maison, plus arrogant que jamais, et était entré comme si de rien n'était. Il avait attrapé Evelyn par le bras et l'avait traînée dehors, sans même faire semblant d'être venu pour parler, ou la supplier de reconsidérer sa décision de porter plainte contre son père.

Les Young peinaient à accepter qu'aucun d'eux n'avait eu connaissance du passé criminel de Camden. Apprendre qu'il ait purgé une peine pour homicide involontaire fut un choc énorme. Apparemment, cet homme avait une tendance à la violence qui bouillonnait juste sous la surface, et quand l'occasion de se venger de la famille Young s'était présentée, il était passé à l'acte.

Britt avait vu Camden pousser Evelyn dans son véhicule, et elle avait essayé de l'en empêcher. C'était stupide... et sacrément courageux. Et Chad n'aurait pas pu être plus fier d'elle.

Entendre le récit du trajet éprouvant de Britt à l'arrière du pick-up de Camden donna la nausée à Chad. Elle aurait très bien pu être éjectée et se blesser gravement, ou même mourir. Et lorsque sa mère et Britt apprirent que Victor avait non seulement appelé Chad, mais aussi fait un détour par Lobster Cove pour voir comment allait Walt, et avait appelé à l'aide après l'avoir trouvé blessé, elles furent toutes les deux abasourdies.

Britt plus que sa mère ; Evelyn avait toujours dit que cet homme n'avait pas toujours été le grincheux qu'il était devenu aujourd'hui.

— Je vais y aller, annonça finalement Barry en bâillant. Madame Evelyn, je suis vraiment content que vous alliez bien. Toi aussi, Britt. Je serai là demain matin de bonne heure pour voir ce qu'il en est au garage.

— Je peux donner un coup de main, proposa Zach.

Mais Barry secoua la tête.

— Non, tu es occupé avec ton échoppe de homards.

— Je m'en chargerai, dit Chad.

Barry sourit.

— Je connais Walt, il passera sûrement demain après-midi après sa sortie.

— Ce vieux bouc idiot, marmonna Lincoln. Il prendra une semaine de repos, même si on doit le ligoter à son lit pour ça.

Des rires fusèrent dans la pièce.

Sur ces mots, Barry fit un signe de tête à tout le monde et se dirigea vers la porte.

Une fois qu'il fut parti, Evelyn s'éclaircit la gorge.

— J'ai quelque chose à dire.

Chad se tourna vers sa mère. Elle était assise dans ce qu'il considérait être son fauteuil. Un vieux fauteuil inclinable brun clair qui avait clairement connu des jours meilleurs, mais dont elle insistait qu'il était parfaitement bien et qu'elle avait enfin réussi à l'assouplir exactement comme elle l'aimait. Elle avait une couverture sur les genoux, sa robe de chambre bleue et duveteuse, qu'elle possédait depuis aussi longtemps que Chad s'en souvenait, enveloppée autour de ses épaules, et une tasse de thé posée sur la petite table à sa gauche.

Elle avait l'air détendue et heureuse... mais il ne pouvait s'empêcher de revoir l'image d'elle rampant hors de cette cabane crasseuse par un trou qu'elle et Britt avaient creusé à mains nues.

La colère menaçait de le submerger à nouveau, mais apparemment Britt pouvait lire ses émotions, car elle se blottit un peu plus contre lui, resserrant le bras qu'elle avait glissé autour de son ventre. Sa simple présence à ses côtés l'apaisa un peu.

— Quoi donc, maman ? demanda Zach.

Il était assis par terre, adossé à l'autre bout du canapé. Lincoln était debout, appuyé contre le mur, et Knox occupait ce qui était autrefois le fauteuil de leur père.

— Je vais fermer les maisons d'hôte après cet été.

Personne ne prononça le moindre mot pendant de longues secondes. Chad était réellement choqué. D'aussi loin qu'il s'en souvenait, les deux petites maisons d'hôtes de Lobster Cove avaient toujours été le projet de cœur de sa mère.

— Pourquoi ? demanda Knox, brisant le silence.

— J'y pense depuis que j'ai découvert qu'Otis nous volait de l'argent. J'ai toujours été frustrée parce que votre père et moi avons travaillé comme des forcenés avec les trois entreprises, et je n'ai jamais compris pourquoi on n'avait pas plus d'économies. Eh bien, maintenant on sait pourquoi. Parce qu'Otis nous volait juste sous notre nez. Maintenant, je suis vieille. Et fatiguée, déclara-t-elle.

Chad et les quatre autres personnes dans la pièce protestèrent immédiatement contre ses propos, mais Evelyn leva la main pour les arrêter.

— Sans les revenus des locations, nos impôts vont baisser. L'assurance aussi. Je ne sais pas exactement ce que rapporteront le garage et le stockage des bateaux, mais maintenant qu'Otis ne ponctionne plus la caisse, Lobster Cove devrait rester largement rentable.

— Mais qu'est-ce que tu vas faire des chalets ? demanda Zach.

Sa mère jeta un coup d'œil à Chad.

— Eh bien, je me disais que, peut-être, Britt et Chad pourraient emménager dans la maison à deux chambres.

La pièce tomba dans un tel silence que le bourdonnement du lave-vaisselle dans la cuisine paraissait vrombir à tout casser.

— Enfin, si aucun de vous n'y voit d'objection. Lincoln vient d'acheter une maison, et Zach, tu sembles satisfait de vivre près de ton échoppe à homards. Knox, si tu le voulais, tu pourrais emménager dans la petite maison.

Knox secoua la tête.

— Je suis très bien où je suis. Merci, maman.

— Ça ne me dérange pas que Chad et Britt emménagent dans le grand chalet, dit Lincoln.

— Moi non plus.

Tous les regards se tournèrent vers Chad et Britt. Il ne savait honnêtement pas quoi dire. Il adorait Lobster Cove. Il l'avait toujours adoré. Il ne voyait sincèrement pas d'inconvénient à vivre dans la maison principale avec sa mère. Beaucoup auraient levé les yeux au ciel devant un homme vivant avec sa mère de soixante et onze ans, mais lui, il l'aimait et la respectait. Et... elle n'était pas du tout difficile à vivre.

Mais il ne pouvait nier que d'avoir son propre logis avec Britt lui semblait le paradis. Même s'il ne la pousserait jamais à faire quoi que ce soit qui pourrait la mettre mal à l'aise. Leur relation avait évolué à la vitesse de l'éclair.

— D'ailleurs, vous aurez bientôt besoin de la chambre supplémentaire pour mon petit-enfant, lança sa mère avec un sourire en coin.

— Oh là là, maman, arrête avec tes histoires de petits-enfants, se plaignit Zach.

Leur mère tourna son regard vers le plus jeune.

— Tu ne rajeunis pas, Zachary. Il est grand temps que tu prennes au sérieux la recherche d'une femme pour t'installer et fonder ta propre famille.

— Waouh ! J'ai à peine trente ans ! protesta Zach en levant les mains comme s'il pouvait physiquement bloquer les paroles de leur mère.

Tout le monde s'esclaffa devant son effroi évident à l'idée d'avoir des enfants.

— Ne riez pas trop fort, prévint Evelyn en s'adressant à Lincoln et Knox. Lincoln, ta semence n'est sûrement plus aussi fertile qu'avant. L'horloge tourne.

Son frère s'étrangla avec la gorgée de café qu'il venait d'avaler. Quand il parvint enfin à respirer correctement, il dit :

— Tu peux arrêter de parler de ma semence, s'il te plaît ? Pour toujours ?

Une fois de plus, des rires fusèrent dans la pièce.

Chad prit une grande inspiration et ferma les paupières un instant. Cette nuit aurait pu se terminer tout autrement. Ils auraient pu être à l'hôpital, assis au chevet de Britt ou de leur mère, espérant qu'elles allaient bien après avoir été blessées par Camden. Ou l'un d'eux aurait pu être abattu par leur ancien employé.

À la place, ils étaient tous ensemble, à rire et à plaisanter comme ils l'avaient fait tant de fois dans leur enfance. Il aurait aimé que leur père soit là, mais il ne l'était pas. La vie continuait, que cela lui plaise ou non.

— Alors ? Qu'en pensez-vous ? demanda Evelyn. À propos d'emménager dans le chalet. Si vous avez besoin de l'agrandir un jour... vous savez, pour y loger plus de bébés... ce serait plus que parfait.

Chad ouvrit les yeux et se tourna vers Britt. Elle n'avait pas pipé mot, et il craignait qu'elle ne se sente mal à l'aise. Sa vie avait été bouleversée ces derniers mois, et il ne voulait rien décider qui risquerait d'ajouter au stress qu'elle pouvait ressentir.

Mais quand il croisa son regard, il n'y vit que de l'enthousiasme pour l'avenir... et de l'amour.

— On en parlera, déclara Chad en se tournant vers sa mère. On n'a pas besoin de prendre une décision ce soir. Je veux m'assurer que si on décide de déménager, tout le monde soit d'accord.

— Moi, ça me va, dit Lincoln.

— Moi aussi, ajouta Knox.

— Et moi pareil, approuva Zach.

Un grand sourire se dessina sur les lèvres de leur mère.

— Comme je l'ai dit, Britt et moi devons en discuter. C'est une décision importante.

— Pas tant que ça, répliqua sa mère d'un ton détendu. Vous partagez déjà une chambre, et aucun de vous deux ne quitte vraiment Lobster Cove. Ce n'est pas comme si vous aviez besoin d'une nouvelle activité, mais rénover la maison à votre goût vous occuperait cet automne et cet hiver.

Plus sa mère parlait de l'idée qu'il emménage avec Britt

dans le chalet, plus Chad s'enthousiasmait à cette possibilité. Parmi tous ses frères, il était celui qui avait toujours le plus aimé Lobster Cove. C'était lui qui avait proposé en premier que toute la fratrie revienne dans le Maine pour aider avec les entreprises et leur mère. C'était aussi lui qui passait réellement le plus de temps ici. Ses frères avaient tous leurs propres emplois et leurs vies, séparés de Lobster Cove.

— Et avoir une baby-sitter sur place juste en face serait idéal, insista sa mère.

Britt gloussa à côté de lui, mais Chad garda une expression sévère en répétant :

— Britt et moi te répondrons plus tard, maman.

— D'accord, d'accord, céda-t-elle avec un immense sourire.

— Je suis crevé, déclara soudain Zach. Je crois que je vais rentrer.

— Ton langage, le réprimanda Evelyn.

Sans raison apparente, Britt éclata de rire. Chad se tourna vers elle et haussa un sourcil. Mais elle se contenta de lui sourire. Puis elle échangea un long regard avec sa mère, qui gloussa à son tour, bien qu'il ne voyait pas ce qu'elles trouvaient si drôle.

— Je vais y aller aussi, les informa Lincoln.

— Tu vas avoir besoin d'aide pour ta maison ? lui demanda Chad. On a été interrompus avant de finir aujourd'hui.

— Je pense que ça ira. On a bien avancé, je peux terminer tout seul.

— Ça marche, mais si tu as besoin que je repasse, préviens-moi.

— C'est noté, merci.

— Je passerai demain après-midi, après être descendu au port pour jeter un œil à la pêche aux fruits de mer du jour, annonça Zach à leur mère.

— Et moi je viendrai le soir, après mon service, ajouta

Knox. Je voudrais savoir comment s'est déroulée la réunion avec les inspecteurs, et quelle est la prochaine étape pour Otis et Camden.

Tout le monde se leva, et chacun de ses frères donna à Chad une grande accolade, accompagnée de tapes dans le dos. Les étreintes de Britt étaient tout aussi sincères, bien que moins turbulentes. Chad remarqua que tous prenaient sa mère dans leurs bras un peu plus longtemps que d'habitude. Un peu plus fort. Tous visiblement reconnaissants qu'elle soit encore là.

Chaque jour était un cadeau, et Chad, au moins, était déterminé à vivre chacun d'eux à son maximum.

Finalement, il ne resta plus que Chad, Britt et sa mère dans la maison.

— Comment tu vas, vraiment ? demanda-t-il à sa mère.

— Je vais bien, mon fils. Vraiment. J'étais plus inquiète pour Britt à l'arrière de ce véhicule, vu comment Camden conduisait. Et puis, on s'est concentrées sur une façon de sortir de cette cabane immonde, alors je n'ai pas pensé aux possibilités.

Chad observa longuement sa mère, essayant de déterminer si elle disait la vérité ou non. Ses paroles suivantes lui firent penser qu'elle allait réellement bien.

— Je vais faire tout ce qui est en mon pouvoir pour que tous les deux paient pour ce qu'ils ont fait. Je suis contente que ton père ne soit pas là pour voir jusqu'où son meilleur ami est tombé. S'il avait su ce qu'Otis faisait, il aurait été aussi furieux que moi. Et Camden, faire ce qu'il a fait ? J'ignore comment il a pu devenir aussi mauvais.

Elle avait l'air énervée, ce qui, supposa Chad, valait mieux qu'être déprimée ou effrayée.

— À propos de la cabane...

— Non, maman, l'interrompit doucement Chad. J'apprécie ton offre plus que tu ne peux l'imaginer, mais Britt et moi avons besoin de temps pour en discuter.

— Bon, d'accord, grogna-t-elle.

— Tu es vraiment sûre d'arrêter les locations ? Ça rapporte pas mal tous les étés.

— Et elles nous lient tous à Lobster Cove d'une manière que le garage et l'entrepôt de bateaux ne peuvent pas. Elles demandent trop de temps. On doit gérer trop de locataires irrespectueux et répondre à chacun de leurs caprices. Moi, je veux répondre à mes besoins. À ceux de ma famille. Maintenant que vous êtes tous là, je veux passer du temps avec toi et tes frères, surtout en été. Je veux pouvoir aller en ville et manger à l'échoppe de homards mondialement célèbre de Zach. Pas rester coincée à la maison parce que je dois faire des muffins, accueillir les nouveaux locataires ou retenir mon souffle en attendant de voir dans quel état ils ont laissé les chalets en partant.

Elle marquait un point. Chad hocha la tête.

— Et puis, comme je l'ai dit, maintenant qu'Otis ne me, ou plutôt, ne nous vole plus d'argent, je pense qu'on s'en sortira très bien sans ces revenus. Bon... Il est tard, ou tôt. Britt peine à garder les yeux ouverts. Monte-la à l'étage, et assure-toi que vous fassiez tous les deux la grasse matinée demain.

— Oui, madame, répondit Chad.

Puis il se pencha pour déposer un baiser sur son front et la serra dans ses bras. Il aurait pu la perdre aujourd'hui.

Elle répondit à son étreinte avec autant de force. Puis elle se tourna vers Britt, et elles échangèrent un regard intime que seules partageaient celles ayant traversé un traumatisme commun. Les deux femmes s'enlacèrent, et aucune ne sembla vouloir lâcher l'autre.

— Dormez un peu plus aussi, lui dit Britt.

— Oh, j'en ai bien l'intention. Chad gère parfaitement les choses ici.

Elle n'avait pas tort, et sa confiance en lui fit du bien à Chad. Vraiment du bien.

— Bonne nuit, maman, lui dit-il.

— Bonne nuit, répondit-elle.

Puis elle s'éloigna dans le couloir en direction de sa chambre. Elle se retourna au dernier moment et ajouta :

— C'est des jours comme celui-ci qui me rappellent combien la famille est importante. Merci d'avoir été là pour moi aujourd'hui, Britt. Et Chad, merci d'être venu à notre secours. Élever des enfants, c'est une loterie. Tu peux faire tout comme il faut et ils peuvent quand même devenir des hommes ou des femmes égoïstes et méchants. Mais toi et tes frères, vous êtes des hommes formidables. Je vous aime, et je suis extrêmement fière de vous.

Sur ces mots, elle entra dans sa chambre et ferma la porte.

Chad déglutit péniblement. Il savait que sa mère l'aimait, lui et ses frères. Il savait qu'elle était fière d'eux. Mais entendre ces mots lui faisait un bien fou.

Britt glissa son bras sous le sien et l'attira doucement vers les escaliers.

Une fois qu'ils furent installés ensemble dans le lit, elle posa son menton sur sa main, elle-même appuyée contre son torse, et le fixa du regard.

— Parle-moi, dit-elle à voix basse.

— De quoi ?

— De ce qui te trotte dans la tête. Ça a été une journée difficile pour toi. Comment tu te sens ?

— Je suis en colère. Et fier. Et soulagé.

Elle acquiesça.

— Moi aussi.

— Qu'est-ce que tu penses de la proposition de maman ? À propos du chalet, je veux dire.

Britt baissa le regard. Mais cette conversation était trop

importante pour qu'il ne voie pas ses yeux pendant qu'ils parlaient. Il posa un doigt sous son menton et lui releva doucement la tête pour qu'elle le regarde à nouveau.

— Pour info ? J'ai envie d'accepter. Il n'y a rien que je voudrais plus que d'emménager dans ce chalet avec toi. Pouvoir te faire l'amour quand je veux, où je veux, sans me soucier que ma mère débarque. Je veux qu'on ait notre logis à nous. Notre propre cuisine. J'adore ma mère, mais je ne dirais pas non à quelques soirées en tête-à-tête. Mais je suis prêt à attendre aussi longtemps qu'il le faudra pour que tu sois prête. Je peux m'installer là-bas, et toi tu peux rester ici. On pourra se faire des rencards, continuer à apprendre à se connaître. Mes sentiments pour toi ne vont pas changer, et je n'ai aucune envie que tu fasses une chose pour laquelle tu n'es pas prête.

— Ta mère veut vraiment des petits-enfants.

Chad cligna des paupières. Ce n'était pas ce à quoi il s'attendait.

— Oui. Elle est un peu insupportable avec cette obsession.

— J'adore Lobster Cove. J'adore ta mère. Et tes frères. Et le Maine. C'est tellement beau ici. Même avec les tiques.

Chad grimaça. Quand ils étaient rentrés, il était monté avec Britt pour qu'elle prenne une douche, et il avait retiré d'elle au moins une douzaine de ces buveurs de sang qu'elle avait récoltés en rampant hors de la cabane et en courant dans les bois.

— Tu sais à quoi je pensais quand j'étais à l'arrière de ce pick-up, à m'y accrocher de toutes mes forces pour ne pas être éjectée et écrasée comme un insecte sur la route ?

D'accord, ça, ce n'était pas une image très agréable. Chad la chassa.

— À quoi ?

— À l'avenir. Avec toi. Ici. À nous, regardant nos enfants courir dans tout Lobster Cove comme des petits sauvageons. Se balancer sur la balançoire du homard. Jouer dans la cabane Bad Assery. Toi, leur apprenant tout ce que tu sais sur les voitures. J'ai gardé ces images dans ma tête, et ça m'a aidée à tenir un peu plus longtemps. Je veux un futur avec toi, Chad. Je t'aime. Il n'y a rien que je puisse imaginer de plus parfait que de vivre dans le chalet avec toi, ici à Lobster Cove. On pourra voir ta mère tous les jours, et s'assurer qu'elle va bien. Si jamais elle a besoin de soins médicaux plus tard, on sera là pour elle. Mais je ne veux pas te brusquer non plus.

Chad roula sur le côté jusqu'à ce que Britt se retrouve sous son corps. L'amour qu'il ressentait pour elle était presque écrasant.

— Brusque-moi, dit-il avec fermeté, reprenant les mots qu'elle lui avait autrefois soufflés.

Elle sourit.

— Je pense que si ta mère veut des petits-enfants... on pourrait peut-être faire un effort pour répondre à son souhait.

Il la regarda fixement, les mots lui manquant.

Son sourire s'effaça légèrement.

— Tu m'as dit de te brusquer, murmura-t-elle, presque comme un reproche.

— Comment tu te sens ?

— Quoi ?

— Comment tu te sens ? répéta Chad. Je sais que tu dois être courbaturée. Est-ce que tu as mal quelque part ?

— Aucune douleur. Oui, j'ai des courbatures. Et je suis fatiguée, mais aussi électrisée, comme si je pouvais encore rester éveillée deux jours avant de m'effondrer.

— C'est l'adrénaline.

Chad se déplaça pour s'allonger davantage à côté d'elle que sur elle. Il balada sa main de sa clavicule jusqu'au centre de sa poitrine, puis remonta doucement sous le tissu de son T-shirt pour saisir l'un de ses seins.

Elle inspira et se cambra sous son contact.

— Oui, souffla-t-elle.

Elle leva la main, l'enroula derrière sa nuque et attira sa bouche contre la sienne.

Les dix minutes qui suivirent furent à la fois pleines d'amour et d'urgence. Leurs vêtements s'éparpillèrent dans la pièce, et Britt fut plus entreprenante que jamais, même quand Chad chercha à rester doux. Elle n'en voulait rien.

Lorsque Chad s'enfouit enfin dans ses plis trempés, elle gémissait déjà de désir. Leurs ébats furent rapides et intenses, mais il veilla à ne pas lui faire mal.

Il ne fallut pas longtemps pour que les deux atteignent l'extase. Elle serra son membre plus fort que jamais lorsqu'elle explosa, ce qui déclencha son propre orgasme.

Jouir au plus profond de son corps fut une satisfaction d'un niveau que Chad n'avait jamais connu. Il n'avait pas été capable de l'apprécier consciemment la dernière fois, mais il le faisait maintenant... et la possibilité qu'ils aient peut-être conçu un bébé était exaltante.

— Alors... dois-je dire à maman que nous allons emménager dans le chalet à l'automne, une fois la saison des locations terminée ? demanda Chad en se hissant sur ses coudes.

Il était toujours enfoui profondément en elle et ne voulait pas bouger de peur que son sexe ne s'échappe.

— Oui.

— Alors j'ai encore une question à te poser.

— Dis-moi ?

— Est-ce qu'on va se marier avant de donner un petit-enfant à ma mère, ou tu préfères attendre ?

Les larmes lui montèrent immédiatement aux yeux, mais Chad vit tout de suite que c'étaient des larmes de joie, à en juger par le grand sourire qui illuminait son visage.

— C'était une demande en mariage ?

— Oh que non. Je vais t'acheter une bague énorme, t'emmener sur la plage pendant que mes frères et ma mère nous observent depuis la terrasse de la maison principale, poser le genou à terre, et te supplier de m'épouser. Ce sera un vrai spectacle. Il y aura peut-être des bateaux dans la crique qui feront retentir leurs cornes de brume, un dîner au homard ensuite, et une grande fête avec toute notre famille.

— Je n'ai pas besoin de tout ça. J'ai juste besoin de toi.

— Tu m'as, lui dit Chad, sentant ses paroles jusqu'au fond de son âme. Je crois que tu m'as eu dès ce premier jour, sur le parking de cette scierie.

— Il se peut que ça prenne un peu de temps avant que je tombe enceinte.

— Pas du tout. Je t'ai mise en cloque ce soir.

Britt leva les yeux au ciel.

— Tu ne sais pas si c'est le bon moment ou pas.

Il haussa les épaules.

— Mes spermatozoïdes sont déterminés. Hier, et à l'instant, ce sont les deux seules fois où ils ont eu l'occasion de faire ce pour quoi ils ont été conçus... féconder un ovule. Et j'ai toujours été du genre à me surpasser.

Britt gloussa, son sexe ramolli glissant alors hors de ses replis.

— Merde, se plaignit-il.

Britt prit son visage entre ses mains et se mordilla la lèvre.

— Je t'aime.

— Moi aussi je t'aime. Merci d'avoir veillé sur ma mère aujourd'hui. Merci d'avoir été forte. Merci de ne pas avoir abandonné. De t'être sauvée toi-même. D'avoir fait tout le nécessaire pour vous protéger, toi et ma mère.

— Je t'en prie, murmura-t-elle.

— Mais plus jamais. Mon cœur ne supporterait pas qu'un incident pareil t'arrive une seconde fois.

— Marché conclu.

Chad se déplaça sur le côté et attira Britt contre lui. Elle posa sa tête sur son torse, leurs jambes entremêlées. Rien ne lui semblait plus apaisant que de tenir cette femme dans ses bras. Sa vie avait changé du tout au tout en si peu de temps. Si quelqu'un lui avait dit, quand il était revenu dans le Maine, qu'il rencontrerait la femme qu'il voudrait épouser, et qu'il essaierait de la mettre enceinte, le tout en l'espace de quelques mois, il aurait levé les yeux au ciel en rétorquant qu'il était complètement fou.

Et pourtant... le voilà. Plus heureux qu'il ne l'avait jamais été, et impatient de ce que l'avenir leur réservait.

Il tourna la tête pour lui demander si elle avait besoin d'aller aux toilettes, ou si elle voulait qu'il lui apporte un gant pour se nettoyer, mais ses paupières étaient fermées et elle dormait déjà comme un loir.

Elle avait besoin de se reposer après cette longue journée éreintante, alors décidant de ne pas la déranger, Chad resserra ses bras autour de son corps et ferma les yeux à son tour. Il était certain que l'avenir ne serait pas toujours tout rose, mais ensemble, comme l'avait prouvé cette journée-là, ils sauraient affronter tous les obstacles que la vie mettrait sur leur route, et s'en sortiraient encore plus forts.

26

Zach soupira.

Il était fatigué. S'il avait cru travailler dur quand il était dans la Marine, cela lui paraissait dérisoire comparé à ça. Il avait toujours rêvé de posséder son propre restaurant. Ses idoles étaient Gordon Ramsay, Anthony Bourdain, David Chang et Julia Child.

Mais acheter une échoppe dans sa ville natale et y servir du homard, ce qui était terriblement cliché, n'avait jamais fait partie de ses projets. Il avait trente ans, dans la fleur de l'âge, et ses journées consistaient à se lever aux aurores, le soleil pointant le bout de son nez très tôt durant les étés dans le Maine, à se rendre dans son nouveau restaurant, le *Lobster Buoy* ; à faire l'inventaire ; à décider du plat du jour ; puis à commencer les préparations.

Bien sûr, la partie cuisine n'était pas si différente de ce qu'il faisait dans la Marine, sauf que maintenant, il ne cuisinait plus pour des milliers de personnes en même temps.

Il avait été farouchement opposé à l'idée d'ouvrir une échoppe de homards. Il y en avait à la pelle sur la côte du

Maine, et la plupart ne duraient pas plus que quelques étés. C'était un travail épuisant pour peu de bénéfice. Mais à la mort de son père, lorsque son frère aîné avait suggéré que toute la famille revienne s'installer pour aider à la gestion de la propriété et être plus présents pour leur mère, cette idée l'avait sincèrement séduit.

Zach avait toujours adoré le Maine. Et... depuis qu'il avait quitté la Marine, il pataugeait un peu. Il essayait de décider ce qu'il voulait faire et où il voulait aller. Être rentré chez lui avait ôté de ses mains l'énorme décision de ce qu'il ferait de sa vie.

Il avait sincèrement rêvé d'ouvrir un restaurant comme le *Lost Kitchen*, un endroit où les gens se battraient pour avoir une réservation, et qui lui rapporterait un million de dollars dès la première année. Tenir une petite échoppe de homards comme le *Lobster Buoy*, localisé dans un trou perdu, n'avait rien à voir avec ce qu'il avait imaginé.

Il lui avait fallu un moment pour changer de perspective dans sa tête, pour passer du restaurant cinq étoiles en pleine campagne de son imagination à quelque chose de plus modeste, mais malgré le travail éreintant et son immense fatigue... le *Lobster Buoy* commençait à lui plaire.

Il s'amusait même à créer de nouvelles recettes innovantes à base de homard. Des plats que les autres restaurants ne proposaient pas. Il était hors de question qu'il ait un menu ennuyeux avec seulement des trucs banals, comme des sandwichs au homard. Il voulait épater ses clients. Il voulait pouvoir vendre suffisamment pour rester ouvert pendant les mois d'hiver plus calmes, et ne pas juste dépendre des touristes qui traversaient la ville côtière en route vers Acadia National Park et Bar Harbor.

Chaque jour qui passait, il sentait qu'il se rapprochait de cet objectif. Bien sûr, il lui faudrait plus qu'un été pour savoir s'il allait y arriver ou non. Mais la réputation de sa petite échoppe de homards grandissait plus vite qu'il ne l'aurait cru. Il avait même été interviewé par Bon Appétit, et il avait constaté une hausse de la fréquentation depuis.

Il venait aussi d'embaucher une créatrice de contenu pour ses réseaux sociaux, ce qui lui paraissait ridicule, mais il savait que s'il voulait faire du *Lobster Buoy* un succès, il avait besoin de toute la publicité possible, et ce qu'elle publiait était incroyable. Des vidéos, des photos, des interviews de clients satisfaits. S'il n'était pas le propriétaire, il aurait eu envie de venir voir ça par lui-même.

Tout se passait bien, mais il était débordé. Ouvrir l'échoppe le matin, rendre visite à sa mère dès qu'il avait un moment de libre, rencontrer les pêcheurs l'après-midi pour examiner leurs dernières prises et acheter les homards et autres fruits de mer dont il avait besoin pour ses plats uniques.

La situation avec l'ami de longue date des Young, Otis Calvert, et son fils avait jeté une ombre sur ce qui avait autrement été un retour à la maison très réussi. Apprendre qu'Otis volait ses parents depuis des années lui avait été révoltant. Et Camden qui avait carrément kidnappé sa mère et Britt la semaine dernière ? Cela avait été aussi choquant que révélateur.

Zach s'était toujours senti extrêmement en sécurité ici, à Rockville. Il avait toujours vu cet endroit comme une sorte de bled tranquille où il ne se passait jamais rien d'intéressant. Et non, le Festival du Homard estival annuel de la ville ne comptait pas.

C'était en partie pour ça que Zach et ses frères avaient tous rejoint l'armée. Pour partir, voir le monde, vivre autre chose que leur petit coin du Maine. Et oui, pour trouver un peu d'adrénaline. Maintenant qu'ils étaient tous de retour, il s'était réjoui à l'idée d'un rythme plus lent.

Mais ensuite, ils avaient découvert le détournement d'ar-

gent d'Otis. Et sa mère s'était fait kidnapper. Ça avait complètement changé la perspective que Zach avait de Rockville. Il
n'était pas idiot, il savait que des choses horribles arrivaient
partout dans le monde, il en avait vu plus qu'assez, mais il avait
toujours eu l'impression qu'une bulle protectrice entourait
Lobster Cove, la propriété où il avait grandi.

Jusqu'à ce que Camden Calvert se pointe carrément chez
eux et embarque sa mère en plein jour.

Mais Otis et son fils étaient en prison, et Lobster Cove allait,
espérait-il, se remettre. Sa mère et Britt allaient devoir témoigner au tribunal à un moment donné, mais pour l'instant, les
choses étaient revenues à la normale.

Enfin... plus ou moins. Chad, le deuxième frère Young le
plus âgé, était tombé amoureux et allait sûrement se marier
dans un avenir pas si lointain. Lui et Britt allaient reprendre
l'un des chalets de location... bon, ce ne serait plus une location. Sa mère avait décidé d'arrêter de les louer aux vacanciers
après cette saison-là.

Des changements se produisaient tout autour de lui, et
Zach ne savait pas trop quoi en penser. Il était heureux pour
Chad et Britt... mais le changement le rendait nerveux.

— Zach, si tu veux arriver aux quais à temps pour aller voir
les bateaux de homards, faut que tu te bouges le cul ! cria Jack.

C'était la première personne que Zach avait embauchée
après être revenu chez lui, et il avait touché le gros lot avec lui.
Il était plus âgé, autour de cinquante-cinq ans, mais il
travaillait avec plus d'ardeur que n'importe quel gamin, n'importe quel jour. C'était un vétéran, mais il détestait parler de
son passage dans les Marines. Et il n'était pas très à l'aise avec
les clients.

Mais en cuisine, avec une spatule, c'était un vrai maestro.
Zach avait besoin de gens capables de reproduire ses plats sans
avoir besoin de surveillance constante. Jack suivait ses recettes

à la lettre, en plus de proposer ses propres idées pour améliorer certains plats de temps en temps.

Zach avait une poignée d'autres employés qui prenaient les commandes et faisaient la causette avec les clients, mais Jack était clairement le chef quand Zach n'était pas là.

— J'y vais, lança-t-il à Jack. Je pensais à un risotto homard-asperges comme plat du jour demain. Qu'est-ce que tu en dis ?

— J'en dis que c'est toi le patron et que ça va être putain de génial, répondit Jack en souriant.

Il lui manquait une dent en bas devant et une canine en haut, et avec ses cheveux noirs grisonnants un peu longs tirés en arrière sous une charlotte, il avait l'air un peu cinglé, mais Zach se fichait pas mal de son apparence. Tant qu'il gardait la cuisine propre et continuait à cuisiner aussi bien, tout allait pour le mieux.

Zach fit un signe de la main au lycéen qui gérait l'accueil de l'échoppe, puis se dirigea vers son Explorer. Il devait traverser la ville pour rejoindre le parking situé derrière le studio qu'il louait. Ce n'était pas une situation de vie idéale, mais ça ferait l'affaire pour l'instant. Il était proche du *Lobster Buoy*, à peine cinq pâtés de maisons plus bas, et un pâté en retrait ; ça faisait environ cinq minutes à pied, et il était habitué à vivre dans des espaces restreints, comme lorsqu'il était déployé sur les navires de la Marine.

Depuis le restaurant, il pouvait aussi se rendre à pied jusqu'au quai, là où les pêcheurs débarquaient leur prise chaque après-midi. Mais puisqu'il prévoyait d'acheter une grosse quantité de homard, il lui fallait un moyen de transport.

Il n'y avait rien au monde de comparable au homard frais. Et il pouvait l'avoir à un bien meilleur prix en l'achetant directement sur les bateaux plutôt qu'en magasin ou auprès d'un distributeur. Il aimait aussi jeter un œil à tout ce qu'ils avaient pêché d'autre. Bien souvent, une simple promenade sur le quai, à observer les fruits de mer fraîchement sortis de l'eau, suffisait à l'inspirer.

Zach se gara et rangea ses clés dans sa poche pendant qu'il s'avançait vers la rangée de bateaux de pêche au homard qui déchargeaient leurs prises du jour. Il se dirigea directement vers son pêcheur préféré. Eliot Sullivan approchait de la cinquantaine et travaillait sur un bateau de homard depuis l'âge de douze ans environ. Son fils, Jonah, avait à peu près l'âge de Zach. Il avait toujours travaillé aux côtés de son père.

La pêche au homard était un travail difficile. En général, ils commençaient leur journée à la même heure que Zach, très tôt. Ils ne rentraient pas avant la fin de l'après-midi, ce qui signifiait de longues heures à remonter les filets, trier les crustacés, s'assurer de relâcher les plus petits ou ceux portant des œufs, tenir un registre du nombre de prises, et suivre les déplacements des créatures pour optimiser les prochaines opportunités de pêche.

— Salut, dit Zach en s'approchant du bateau.

— Zach ! le salua Jonah dès qu'il le vit.

— La journée s'est bien passée ? demanda Zach.

— Super. On a trouvé un coin en or. On a de sacrées beautés aujourd'hui. Tu veux voir ?

— Non, je me promène juste pour le plaisir sur le quai, parce que je ne peux pas passer une journée sans sentir le poisson mort et voir les mouettes se battre pour des tripes de poiscaille.

Jonah éclata de rire, comme si Zach était l'homme le plus drôle du monde. L'une des raisons pour lesquelles Zach appréciait autant Jonah, c'était justement sa joie et son optimisme. Même lorsqu'ils avaient eu une journée difficile, il restait toujours pragmatique, et disait que demain serait meilleur. Il faisait sourire Zach, et ce dernier lui en était reconnaissant.

— Salut, Zachary. Comment ça va ? demanda Eliot.

Il était penché sur une pile de papiers, sans doute en train de faire les comptes du jour, et Zach n'avait pas voulu le déranger. Jamais il ne voudrait faire une erreur dans sa déclaration au Département des Ressources Marines du Maine.

— Top.

— Ta mère va bien ?

— Elle va très bien. Merci d'avoir posé la question.

— J'ai entendu dire que ton frère allait bientôt se marier.

Zach ne put s'empêcher de sourire. Le réseau de commérages de Rockville était toujours aussi actif.

— Ce n'est pas officiel, mais oui, je parie qu'il ne faudra pas longtemps avant que Chad et Britt se passent la bague au doigt.

— C'est super. Oh, tu es au courant ? On a une nouvelle employée. La voilà, justement.

Zach se tourna dans la direction indiquée par l'homme plus âgé et aperçut une femme qui marchait vers eux. Il écarquilla les yeux de surprise. Elle ne ressemblait en rien à ce qu'il imaginait d'un membre d'équipage sur un bateau de pêche au homard. Il savait qu'il se basait sur des stéréotypes, mais Zach n'y pouvait rien.

La femme qui avançait vers eux était minuscule, surtout comparée à son propre mètre quatre-vingt-dix-huit. Il doutait que sa tête lui arrive à l'épaule. Elle avait des cheveux blond clair, presque blancs. D'après les petites rides autour de ses yeux, Zach devina qu'elle devait souvent sourire et rire.

Elle se dandinait légèrement en marchant, mais il ne pensait pas que ce soit à cause de son poids. C'était plutôt à cause de tout l'équipement qu'elle portait, un ciré pour se protéger des embruns, des bottes en caoutchouc solides, et une paire de gants isothermes et imperméables glissée dans la ceinture à outils épaisse autour de sa taille.

Pour une raison que Zach ne comprenait pas, la regarder marcher vers eux fit accélérer les battements de son cœur, et il se retrouva incapable de détacher ses yeux d'elle. Elle s'arrêta au bord du Wave Rider, le bateau de pêche d'Eliot.

— Salut ! dit-elle gaiement.

— Marit, voici Zach Young. C'est un gars du coin qui est récemment rentré chez lui après avoir bossé dans la Marine. C'est le propriétaire du *Lobster Buoy*.

— Oh, waouh, vraiment ? J'adore ce resto, s'extasia Marit. J'ai pris l'avocat farci au homard l'autre jour, c'était teeeeellement bon.

La sensation de fierté et d'accomplissement qu'il ressentait quand les gens lui disaient combien ils appréciaient sa cuisine faisait toujours sourire Zach.

— Merci.

— Marit travaille avec nous depuis seulement une semaine, mais je ne sais déjà plus comment on faisait sans elle, lança Eliot avec un clin d'œil.

— N'importe quoi, répliqua-t-elle avec un petit rire.

— Non, je suis sérieux. Elle vient de Portland, et elle a travaillé sur des bateaux de pêche au homard toute sa vie. Pas vrai, Mar ? ajouta Jonah en souriant.

Le fils d'Eliot avait très clairement le béguin pour la nouvelle membre de l'équipage.

— Je ne dirais pas toute ma vie, répondit-elle nonchalamment en tendant la main à Zach. Marit Phillips. Ravie de te rencontrer.

À la seconde où la main de Zach se referma sur celle de Marit, quelque chose s'embrasa en lui. Il ne croyait pas au coup de foudre. Ni au Bigfoot, au monstre du Loch Ness, ou aux théories du complot en général. Il était bien trop rationnel pour ce genre de bêtises.

Pourtant, au tout premier contact entre leurs mains, Zach se surprit à s'imaginer assis sur la terrasse arrière de Lobster Cove avec cette femme, à regarder leurs enfants jouer dans l'eau sur la plage.

Le sourire sur son visage s'effaça légèrement alors qu'il la fixait du regard comme un idiot, abasourdi. Elle retira doucement sa main de la sienne et fit un petit pas en arrière, ce qui le transperça comme s'il avait laissé tomber l'un de ses couteaux à fileter sur son pied.

— Alors... qu'est-ce que tu veux aujourd'hui ? Des homards ? demanda Eliot, ignorant tout de l'électricité entre sa nouvelle matelote et son meilleur client.

Zach s'éclaircit la gorge, et tenta de se concentrer. Heureusement, il avait déjà fait dans sa tête les calculs sur la quantité de homard dont il aurait besoin pour le risotto.

— Oui, des homards. J'expérimente des recettes simples, faciles à manger sur le pouce, pour le Festival du Homard de la semaine prochaine.

— Bonne idée. Il paraît que le temps sera au beau fixe. Ensoleillé mais pas trop chaud. Ils annoncent une affluence record cette année, commenta Eliot, pendant que Jonah et Marit s'affairaient à emballer la commande de Zach.

— Super, répondit-il distraitement, en détournant péniblement le regard de Marit.

Il ne savait pas exactement ce qui se passait, mais il n'allait pas trop réfléchir à sa réaction quand il avait touché la jeune femme. Le bonheur débordant de Chad et Britt devait sûrement déteindre sur lui. C'était tout. Il était trop jeune pour se caser. Il n'en avait pas envie. Il ne voulait même pas de petite amie. Il était trop occupé, et avait trop de priorités dans sa vie en ce moment.

Une petite voix en lui le prévint qu'il protestait un peu trop. Il s'empressa de la faire taire.

Mais Marit se tourna alors vers lui en soulevant une grande caisse lourde avec un sourire et apparemment sans effort.

— Je vais t'aider à charger, dit-elle. Montre-moi le chemin.

Zach eut aussitôt la sensation que sa vie venait tout juste de changer de façon radicale.

Ce petit bout de femme débordant d'énergie allait bouleverser absolument tout. Il n'en avait aucun doute. Mais était-ce pour le meilleur ? Ou pour le pire ? Seul le temps le dirait.

* * *

Zach a trouvé son âme sœur. Mais bien évidemment, rien n'est jamais aussi simple. Marit essaie de trouver sa place dans un milieu dominé par les hommes, et quelqu'un ne voit pas cela d'un bon œil. Ce qui signifie que notre héroïne au caractère bien trempé va avoir des ennuis. Découvrez comment les frères Young s'uniront une fois de plus pour veiller à sa sécurité dans le prochain tome de la série Au repos du guerrier, Le Marin.

DU MÊME AUTEUR

Le Fruit du Hasard

Le Protecteur

L'Aristocrate

Le Héros

Le Bûcheron

Forces Très Spéciales : Alliance

Un protecteur pour Remi

Un protecteur pour Wren

Un protecteur pour Josie

Un protecteur pour Maggie

Un protecteur pour Addison

Un protecteur pour Kelli (2 Sept)

Un protecteur pour Bree (6 Jan 2026)

Sauvetage à Eagle Point

Un sauveteur pour Lilly

Un sauveteur pour Elsie

Un sauveteur pour Bristol

Un sauveteur pour Caryn

Un sauveteur pour Finley

Un sauveteur pour Heather

Un sauveteur pour Khloe

Silverstone

Pour la confiance de Skylar

Pour la confiance de Taylor

Pour la confiance de Molly

Pour la confiance de Cassidy

<u>Delta Force Deux</u>

Un refuge pour Gillian

Un refuge pour Kinley

Un refuge pour Aspen

Un refuge pour Jayme

Un refuge pour Riley

Un refuge pour Devyn

Un refuge pour Ember

Un refuge pour Sierra

<u>*Hawaï : Soldats d'élite*</u>

Un paradis pour Élodie

Un paradis pour Lexie

Un paradis pour Kenna

Un paradis pour Monica

Un paradis pour Carly

Un paradis pour Ashlyn

Un paradis pour Jodelle

<u>Mercenaires Rebelles</u>

Un Défenseur pour Allye

Un Défenseur pour Chloé

Un Défenseur pour Morgan

Un Défenseur pour Harlow

Un Défenseur pour Everly

Un Défenseur pour Zara

Un Défenseur pour Raven

Ace Sécurité

Au Secours de Grace

Au Secours d'Alexis

Au Secours de Bailey

Au Secours de Felicity

Au Secours de Sarah

Forces Très Spéciales Series

Un Protecteur Pour Caroline

Un Protecteur Pour Alabama

Un Protecteur Pour Fiona

Un Mari Pour Caroline

Un Protecteur Pour Summer

Un Protecteur Pour Cheyenne

Un Protecteur Pour Jessyka

Un Protecteur Pour Julie

Un Protecteur Pour Melody

Un Protecteur pour l'avenir

Un Protecteur Pour Les Enfants de Alabama

Un Protecteur Pour Kiera

Un Protecteur Pour Dakota

Un protecteur pour Tex

Forces Très Spéciales : L'Héritage

Un Sanctuaire pour Caite

Un Sanctuaire pour Brenae

Un Sanctuaire pour Sidney

Un Sanctuaire pour Piper

Un Sanctuaire pour Zoey

Un Sanctuaire pour Avery

Un Sanctuaire pour Kalee

Un Sanctuaire pour Jane

Delta Force Heroes Series

Un héros pour Rayne

Un héros pour Emily

Un héros pour Harley

Un mari pour Emily

Un héros pour Kassie

Un héros pour Bryn

Un héros pour Casey

Un héros pour Wendy

Un héros pour Mary

Un héros pour Macie

Un héros pour Sadie

Un héros pour Annie

Autre

Un moment suspendu : Recueil de nouvelles

AUDIO

Un paradis pour Élodie

À PROPOS DE L'AUTEUR

Susan Stoker est une auteure de best-sellers aux classements du New York Times, de USA Today et du Wall Street Journal. Elle a notamment écrit les séries Badge of Honor: Texas Heroes, SEAL of Protection et Delta Force Heroes. Mariée à un sous-officier de l'armée américaine à la retraite, Susan a vécu dans tous les États-Unis, du Missouri jusqu'en Californie en passant par le Colorado, et elle habite actuellement sous le vaste ciel du Tennessee. Fervente adepte des fins heureuses, Susan aime écrire des romans où les sentiments laissent place au grand amour.

http://www.StokerAces.com

 facebook.com/authorsusanstoker

 x.com/Susan_Stoker

 instagram.com/authorsusanstoker

 goodreads.com/SusanStoker